L’assistant

Fleur Hana

L'assistant

ÉDITIONS FRANCE LOISIRS

Cet ouvrage est paru sous le titre *Feeling good.*

Édition du Club France Loisirs,
avec l'autorisation des Éditions Blanche

Éditions France Loisirs,
123, boulevard de Grenelle, Paris
www.franceloisirs.com

ISBN : 978-2-298-12763-8

Mantra 1

Je ne boirai plus une goutte d'alcool

— Non, je suis désolée, mais non ! C'est un mythe, cette histoire ! Bastien nous regarde tour à tour. Isabelle fronce les sourcils, Mélodie affiche un air satisfait et moi, je ne la ramène pas trop. Il cherche des yeux l'appui d'Olivier, mais ce dernier, prudent, garde le silence en attendant de voir ce que donne la suite, Isabelle, notre Carrie Bradshaw à nous, reprend la parole :

— Une femme est tout aussi capable de draguer qu'un homme. De la même façon que nous pouvons également coucher sans avoir besoin de sentiments.

Bastien balaye cette dernière affirmation d'un geste méprisant de la main avant de terminer sa bière. Je sirote mon monaco sans chercher à m'en mêler.

N'ayant pas de vie sentimentale ni sexuelle d'ailleurs depuis plus de six mois, je n'ai pas grand-chose à dire sur le sujet. J'ai l'impression que tout cet aspect de ma vie n'est qu'un vieux souvenir poussiéreux… Oui, je dramatise toujours un peu.

Olivier repose sa bière et hausse les épaules :

— Ne vous vexez pas, les filles, mais c'est un fait. Tout le monde le sait. Si c'était une légende, on n'en parlerait pas autant. Pour vous, le sexe et l'amour, c'est lié. Alors que pour nous…

— Oui ? Pour vous ?

Mélodie le fusille du regard. J'en connais un qui va passer la nuit sur le canapé… Il pose sa main sur le bras de mon amie qui le repousse sans ménagement.

— Mélo, avec toi c'est différent ! Je t'aime, ça change tout !

— Bien tenté, répond-elle en le toisant.

Isabelle interrompt la querelle d'amoureux pour se concentrer sur le sujet houleux :

— Vous êtes deux machos réacs !

Ce qui est plutôt bien résumé.

Bastien et elle sont en couple depuis plusieurs années. Pourtant, chaque samedi soir, je les observe se disputer pour des bêtises de ce genre. Comme s'ils se donnaient pour mission d'animer nos soirées, sait-on jamais qu'on vienne à s'ennuyer.

J'ai eu une semaine épuisante au boulot et j'ai surtout envie de me détendre. Ce qui est sans compter sur mes amies qui cherchent un soutien en ma personne. Consciente de devoir me manifester au nom de la solidarité féminine, je soupire, vaincue, avant de me joindre à la conversation :

— Les femmes ont aussi des besoins physiques, les gars. On le sait mieux que vous, je pense. En fait, je me pose même en chef de file du Mouvement de libération du vagin !

J'ai encore trop bu et tous mes efforts pour rester en dehors du conflit sont annihilés dès l'instant où j'ouvre la bouche pour faire autre chose que boire. Certains ont l'alcool triste, d'autres l'ont euphorique. En ce qui me concerne, la boisson donne lieu à une logorrhée abrutissante pour tout le monde, y compris pour moi. Surtout que les connexions neurologiques censées imposer la censure à la parole sont en train de cuver dans l'obscure arrière-salle de mon cerveau, juste à côté de ma responsabilité. Isabelle et Mélodie lèvent leur verre en signe d'encouragement pour que je ne m'arrête pas en si bon chemin. Il ne m'en faut malheureusement pas plus pour continuer, je retire ce que j'ai dit sur ma volonté de ne pas me mêler à la conversation, j'en suis vraisemblablement incapable.

— Est-ce que vous pensez vraiment que vous avez le monopole de la baise de complaisance ? Non, Messieurs ! Je l'affirme haut et fort (et je hausse la voix pour appuyer mes propos) : les femmes aussi aiment la baise pour la baise, la baise bestiale et sans votre numéro de téléphone à la fin, s'il vous plaît !

Applaudissements de mes complices, mais aussi de la table d'à côté. Oups, peut-être que ça serait bien que quelqu'un me dise de la fermer maintenant, non ? Un volontaire ? Mes amis ? Personne ?

Damned, foutue solidarité unilatérale !

Une fois les applaudissements taris, Bastien reprend la parole, visiblement agacé par mon succès :

— Vous parlez beaucoup, vous, les femmes. Mais quand il faut agir, il y a moins de volontaires. Toujours de la théorie, hein ? Mais l'action, c'est quand ?

— Tu es en train de me pousser à te tromper pour te prouver notre point de vue ? lui demande Isabelle sur un ton qui me laisse à penser qu'Olivier ne sera pas le seul à dormir sur le canapé…

— Sarah.

Tout le monde me regarde. Quoi, Sarah ? Quoi ? Qu'est-ce qu'ils me veulent, tous ? J'ai un bout de salade entre les dents ? Oh mince, à voir l'expression de Bastien, je sens les ennuis arriver à grands pas. Je prends une gorgée de bière et attends qu'il se décide à s'exprimer. Après une profonde inspiration, il joint les mains, coudes posés sur la table, et se penche un peu en avant. Nous l'imitons, attendant la confidence qu'il s'apprête à partager. Nous avons l'air d'un groupe de conspirateurs pendant la guerre. Des conspirateurs bourrés, certes, c'est l'intention qui compte. Il parcourt l'assemblée du regard et Isabelle, dont la patience n'est pas le fort, lui envoie un coup de poing dans l'épaule qui lui fait perdre l'équilibre.

— T'as pas fini avec ton suspense à deux balles ? Accouche !

— O.K., les filles. Sarah est la seule célibataire de notre groupe. Elle est, selon ses propres paroles, sexuellement en manque.

Je ponctue sa phrase d'un « alléluia » sonore, imputable à la boisson alcoolisée, cela va de soi.

— Je propose donc qu'elle nous démontre la première partie de la théorie. À savoir : est-elle capable de draguer ?

— Hé ! Bien sûr que je sais draguer, tu me prends pour qui ?

Je le suis. C'est évident. Enfin, je crois…

— Attends un peu, ma cocotte *(c'est moi la cocotte ?)*, je parle de *vraiment* draguer, Aller voir un type qui te plaît, *mais* qui ne manifeste aucun intérêt pour toi. Ça, c'est un challenge.

Mélodie et Isabelle tapent dans leurs mains, façon « à nous la victoire ! » Merci, mais c'est un peu de moi qu'on cause, là, non ?

Isabelle affronte son compagnon du regard, plus déterminée que jamais. Et je me sens plus manipulée que jamais, aussi.

— Corsons le tout avec un pari…

Je tente d'interférer, sans succès.

— Heu, les gars, j'aimerais bien pouvoir…

— Un pari, parfait ! me coupe Bastien. Mais soyons téméraires : on n'annonce pas l'enjeu avant de savoir qui a gagné ! continue-t-il sur un ton de défi mêlé d'excitation.

— Non, mais attendez, je…

— C'est d'accord.

Isabelle se tourne vers moi et m'observe de la tête aux pieds, avant de déclarer :

— Tu es canon, ce soir, aucun mec ne peut te résister.

Je souris bêtement en entendant son compliment. Oui, j'ai mis le paquet, comme tous les samedis soir. C'est mon mantra du moment : *« Je suis célibataire et je suis sexy »*. Même si, pour soutenir plutôt la thèse de Bastien, je n'ai effectivement jamais vraiment dragué de ma vie. J'ai toujours eu tendance à laisser le mâle venir à moi. Ce qui peut être plus ou moins long, je l'accorde, mais ça lui donne l'impression qu'il maîtrise, domine, et c'est une technique qui a fait ses preuves. Vingt-huit ans me semblent cependant un âge tout à fait respectable pour tester une nouvelle stratégie. En revanche, je vais devoir faire preuve d'assurance pont réussir à tromper l'intuition de Bastien et Olivier. Ils me connaissent depuis des années et sont persuadés que je ne sais pas draguer, Et pour cause, ils m'ont déjà vue en situation à plusieurs reprises. J'ai souvent même beaucoup de mal à réaliser quand un type me fait du rentre-dedans… Ce qui me pousse à penser que mes amies sont aussi entamées que moi, sans quoi elles ne se lanceraient pas dans ce pari stupide qui repose sur mes épaules.

Pour me donner du courage, je commande un autre monaco que j'avale presque cul sec. Heureusement, je ne suis jamais malade avec l'alcool. Bourrée, bavarde, désinhibée, je récolte également une terrible migraine le lendemain : mais je ne fais jamais de coma éthylique et je ne vomis pas non plus. Ce qui évite à mon capital glamour de passer en négatif.

Mélodie se lève afin de capter l'attention du groupe :

— Allons en boîte, c'est le meilleur endroit pour que Sarah déniche sa proie.

Nous suivons le mouvement et, afin de booster ma motivation, je me répète inlassablement que je vais chasser. Je suis excitée comme une gamine jouant à Action ou Vérité. Dans un sombre recoin, je me dis que c'est l'alcool qui me rend si sûre de moi et que je vais probablement avoir des regrets demain matin. Mais c'est un recoin lugubre, sans intérêt ; je cesse aussitôt de lui porter de l'attention. Sarah Jones, spécialiste en politique de l'autruche, à votre service.

L'air frais et la marche m'ont un peu dégrisée, mais je suis encore euphorique en arrivant devant la boîte. Le videur nous reconnaît et nous fait entrer sans attendre. C'est l'avantage de sortir toutes les semaines avec les mêmes personnes, aux mêmes endroits. Bon, c'est surtout l'avantage de se pointer dans le seul club intéressant de notre petite ville où nous avons l'habitude de traîner. Enfin bref, on se prend un peu pour des V.I.P. à force de venir ici. Mais c'est aussi le cas de tous les autres habitants… On se valorise comme on peut.

Olivier nous trouve une table contre un mur et nous commandons des cocktails. Comme si mon foie n'avait pas assez souffert ce soir ! Cela dit, je ne suis plus vraiment en état de m'imposer de limites. En plus, j'ai une mission à accomplir au nom de toutes les femmes libérées. Réflexion qui me met la chanson dans la tête et que je vais essayer de garder à cet endroit. J'ai comme dans l'idée que me mettre à chanter un vieux tube des années 1980 ne jouera pas en ma faveur pour mon objectif. Bastien me sort de ma rêverie musicale en reprenant son air de comploteur :

— Sarah, décris-nous un peu ton genre.

— Mâle alpha ! je couine comme une adolescente en rut.

J'ignore pourquoi je réponds ça, c'est complètement faux. Je n'ai pas de genre, à dire vrai. Ces derniers mois, je suis tellement frustrée sexuellement que mon genre, c'est à peu près tout ce qui a un joli p'tit cul musclé et un service trois-pièces pour aller avec. Et encore, je pense que j'arrive à un stade où je deviens de moins en moins exigeante.

— Donne-moi des détails, que je choisisse ta victime.

— Pourquoi ce n'est pas moi qui le sélectionne ?

— Où serait le challenge si tu pouvais décider de tout ? Déjà que je te demande ton type, histoire de ne pas t'envoyer dans les bras de Quasimodo…

— Tu es d'une générosité sans borne. Bon, d'accord, trouve-moi l'homme idéal. De toute façon, comme je l'ai dit, nous aussi nous avons des besoins et quand on est en manque comme moi… on ne fait pas la difficile. Choisis, mon grand, ça te donnera un petit avantage.

— Lui.

Il désigne un groupe à l'opposé de la boîte. Des jeunes de notre âge à peu près, un peu plus âgés peut-être. Ils sont une dizaine autour d'une table. Pourtant, je sais immédiatement lequel a fait l'objet du choix de Bastien. Il a les cheveux longs façon grunge, aspect dégueu… Brun, un jean noir troué, de grosses bottes avec des tas de chaînes et de clous, un T-shirt noir tout déformé. Mais surtout, en plus du look assez rebelle, Bastien m'a dégotté le plus taciturne.

Le type a l'air de s'ennuyer ferme, limite de faire la tronche. Les gens discutent autour de lui, mais il répand une aura de « me faites pas chier » qui l'isole un peu des autres. Tout de suite, c'est tellement avenant… Je jette un regard noir à mon bourreau qui hausse les épaules en souriant, comme s'il était déjà sûr de gagner. Petit con prétentieux !

C'est ce qui me décide, ça, mais aussi le fait que je le trouve craquant, ce ténébreux qui fait la gueule à l'autre bout de la salle. Ah oui. *L'autre bout*. Détail important puisque je vais devoir m'y rendre sans trébucher ni me ridiculiser.

Mes amies m'encouragent et je me lève, me sentant aussi forte que *Xena la guerrière*. Le tour de poitrine en moins. Le fouet en moins, aussi. Je me penche vers Bastien :

— On est bien d'accord, je le drague et je gagne ?

— Si tu réussis à coucher avec lui sans lui demander son numéro ou lui donner le tien… tu gagnes un bonus, déclare-t-il avec son petit sourire moqueur même pas dissimulé.

— Un coup d'un soir, et je gagne ?

— Sur tous les plans, justement.

Arf, je reconnais bien là son humour moisi. Il m'adresse un clin d'œil, mais je le connais assez pour voir qu'il jubile et qu'en réalité, il se fout de moi. Il pense que je ne vais pas y arriver. Il va voir un peu ! Pour la peine, je descends la moitié de son cocktail et m'essuie la bouche sur la manche de sa veste pendue à sa chaise. Je suis en mode rébellion ! Ou juste en mode chieuse. Tout est question de point de vue, je pense.

Je me tourne vers les filles, mes fidèles alliées :

— J'ai l'air de quoi ?

Mélodie et Isabelle détaillent encore une fois ma tenue, à la recherche d'un élément à modifier. Mini-jupe et chemisier noir, bottes montantes, mais plates, ce qui est un bon point pour traverser la salle. Bourrée comme je le suis, avec des talons, ça aurait été mission impossible. Isabelle se lève et me fait face. Elle détache mes cheveux châtains à l'ondulation hésitante qui me tombent dans le bas du dos, ouvre un bouton de mon chemisier et brandit un pouce, me signifiant que je vais casser la baraque. Enfin, c'est ce que je traduis, pour me motiver. Encore une fois, tout est question de point de vue.

La traversée est laborieuse, en grande partie à cause des clients qui dansent. On n'a pas idée de gesticuler comme ça au beau milieu d'une pièce ! Mais je parviens de l'autre côté sans m'être vautrée une seule fois. Les murs tanguent un peu, certes. Le cocktail était bien plus corsé que je ne l'ai cru ! Je me retourne pour croiser le regard de mes amis qui ne perdent pas une miette de ma progression. Isabelle et Mélodie m'adressent encore des signes d'encouragement, ce qui suffit à m'aider à mettre un pied devant l'autre.

Arrivée devant la table de mon ténébreux taciturne, je m'appuie sur le rebord, tête en avant, prise d'un petit vertige. Je confirme : ce cocktail est vraiment mortel. Tout le monde se tait et, lorsque je lève les yeux vers eux, chaque personne autour de moi m'observe. Pourquoi ai-je la sensation d'être en terrain familier ?

— Sarah ?

— Heu…

— Lionel, du S.A.V.

C'est bien ma veine ! Ce trou du cul de Bastien m'a envoyée à la table de mes collègues ! Je suis sûre qu'il le savait ! C'est à moi de dire quelque chose, il me semble. Je n'ai rien préparé. J'ai du mal à connecter mes synapses qui macèrent dans l'alcool en chantant « Du rhum, des femmes » au lieu de faire leur boulot. D'accord, je peux le faire…

Heureusement, Matthew Bellamy me sauve la mise dans les haut-parleurs de la boîte en démarrant « Feeling Good ». Parfait, je vais improviser. Je suis la reine de la drague et je vais gagner un pari qui me permettra d'emprunter le coupé Mercedes SLK de Bastien que je rêve de conduire ! Sentir mes cheveux dans le vent, ça va être le pied ! Voilà, c'est ça le gain que je réclamerai quand je serai victorieuse !

Quelqu'un tousse, et je reviens à l'instant présent. Je souris parce que mince, le cabriolet ! Et je remarque le silence embarrassant qui s'étire depuis que j'ai débarqué. Ça va jaser dans les couloirs, lundi matin. Tant pis, je suis là, j'assume !

Je me redresse, fixe mon attention sur le ténébreux et lui fais signe de me rejoindre en agitant mon index. Ses potes, dont certains sont mes collègues donc, émettent des sifflements, mais je ne le quitte pas des yeux. Les siens sont bleu très pâle. Je n'avais pas remarqué ça de loin et je bloque. Je vais finir par perdre mon assurance s'il ne réagit pas, genre maintenant ! Il lève un sourcil interrogateur, mais je lui réponds par un sourire que j'espère charmeur et pas psychopathe. Il bouge enfin et s'approche de moi. Je lui prends la main et l'entraîne sur la piste de danse. Je n'ai pas trouvé quoi faire d'autre et, surtout, j'ai peur de raconter n'importe quoi si je me mets à parler. Je me connais, je préfère être prudente.

La chanson, naturellement langoureuse, m'aide à relever mon challenge. Je l'attire contre moi pour un slow sensuel. Enfln, j'espère… Il me dépasse d'une bonne tête et, alors que je noue mes mains sur sa nuque, il m'oblige à lui faire face, d'un doigt sous mon menton. Je relève le visage vers lui et plonge dans ses yeux. Il a l'air aussi taciturne que tout à l'heure, mais je m'en fous pas mal étant donné qu'il est parfaitement à mon goût ! Mâchoire carrée, mais pas trop, lèvres qui me supplient de les embrasser, nez proportionné, peau un peu mate… Je suis futile et superficielle, mais un visage comme celui-ci, je suis incapable de ne pas réagir. *Merci, Bastien, je retire le « trou du cul » !*

Mon ténébreux m'observe sans ciller. Je me demande s'il y a un médecin dans la salle, an cas où je défaillirais. Je suis le rythme de la musique pour coller mes hanches aux siennes et il adopte le mouvement sans cesser de me fixer. Il passe une main dans mes cheveux et l'autre trouve sa place dans le bas de mon dos, légèrement sur mes fesses. Juste assez pour me rendre folle d'excitation. Je suis en réhabilitation sexuelle et le moindre contact charnel d'un beau mâle comme lui peut provoquer une overdose, j'en suis sûre. Je descends une main jusqu'à sa taille et me déhanche lascivement, oubliant que nous sommes dans un lieu public, mais ne perdant pas de vue ma mission. Je mets ma réaction provocante sur le dos du pari, de l'alcool, de la musique et, surtout, du beau gosse que je tiens dans mes bras. Mais certainement pas sur moi, je décline toute responsabilité !

Il place une jambe entre les miennes, frôlant dangereusement la partie de mon anatomie qui n'a plus connu aucun autre contact que le mien depuis belle lurette. Tout ça devient trop intense, j'ai du mal à respirer correctement. Bien qu'à l'heure actuelle respirer me semble une activité futile et secondaire. Respirer, c'est pour les faibles, et je suis une femme forte. J'ai démarré ce petit jeu, il faut que j'aille au bout. Je presse ma main sur ses fesses pour l'obliger à se coller un peu plus à moi. J'ai besoin de reprendre le contrôle.

Pendant la dernière partie de la chanson, il fait glisser ses doigts de mes cheveux à mes lèvres qu'il effleure du pouce. Je le caresse du bout de la langue, les yeux brillants d'excitation, j'en suis sûre. Les siens demeurent insondables. Je ne sais pas s'il aime ça ou si c'est juste pour le spectacle. Je me rapproche encore un peu de lui et sens une bosse contre le haut de ma cuisse. Ah ! Il aime. Bien, je lui fais vraiment de l'effet, mon ego est flatté : j'en pleurerais de joie si je n'étais pas obsédée par son pouce qui joue avec ma langue. Je plonge la main dans ses cheveux, qui ne sont pas sales, contrairement à ce que j'avais pensé. Bonjour le tue-l'amour, sinon… Non, ils sont doux, en vrac, mais doux…

La chanson s'achève et l'intensité du moment retombe d'un coup. La bulle dans laquelle j'étais durant toute cette danse éclate et je réalise que nous sommes le centre de l'attention. Dans son dos, mes collègues nous fixent, et je suis sûre que mes amis en font autant derrière moi. Il retire son pouce de ma bouche et je recule. Je lui jette un dernier regard et tourne les talons pour retourner à ma table et surtout quitter cet endroit. Je titube un peu et je suis convaincue que ça n'a rien à voir avec l'alcool et tout avec lui. Je me suis comportée comme la dernière des salopes alors que je savais très bien que je n'allais pas pousser plus loin ce petit jeu. J'entends les acclamations quand il se rassoit à sa table.

Isabelle et Mélodie sont tout sourires alors que Bastien et Olivier pourraient tout à fait postuler pour le rôle du loup de Tex Avery. Elles me tendent les mains pour que je leur fasse un *high five* de circonstance. Je me rassois et constate que mon ténébreux a observé mon retour triomphal. Je suis mal à l'aise, ce n'est pas moi. Surtout que mes collègues ne me quittent pas des yeux. Je fais un signe à Isabelle qui comprend, et nous partons, Je me retiens de tourner la tête dans la direction du taciturne, mais je sens encore la pression de son attention sur moi.

~

Le dimanche n'est pas suffisant pour faire passer la monstrueuse gueule de bois que je me paye. Sans parler de la tension dans mon bas-ventre. J'ai dû, comme toujours depuis des mois, assouvir seule mes pulsions. Avec le temps, j'ai vraiment l'impression d'effectuer une basse besogne. Je l'ai bien cherché, cela dit : à jouer avec le feu, on se brûle.

Je n'en reviens toujours pas de ce que j'ai fait dans cette boîte. M'exhiber de cette façon n'est pas du tout mon genre. Enfin si, mais là, c'était juste allumer un inconnu et ça, ça ne me ressemble pas. Tous mes collègues fréquentent le *Topaze*, en plus. Et puis, j'aurais pu le draguer sans me la jouer chaudasse, non plus.

Je me promets, comme chaque semaine lors du retour de bâton, que je ne boirai plus jamais une goutte d'alcool. Tout en sachant que cette promesse sera rompue dès le samedi suivant. On va dire que c'est l'intention qui compte.

~

Lundi matin, je marche pour rejoindre mon lieu de travail, essayant d'éviter comme je peux les passants pressés. Je hais le lundi matin, je le hais et il me le rend bien. Le ciel est voilé, mais je porte mes lunettes de soleil pour contrer la migraine que j'ai récoltée suite à ma débauche de l'avant-veille. J'ai poussé le bouchon un peu loin avec tout ce que j'ai bu. Le cocktail a incontestablement été de trop. Les bières aussi, d'ailleurs. Je préfère ne pas penser à la danse.

En arrivant à mon bureau, je garde mes lunettes, le temps d'avaler, au minimum, un café. J'arrive toujours très tôt, j'aime être là avant tout le monde. C'est avec des habitudes comme celles-ci qu'on parvient à monter les échelons plus vite. J'ai peut-être des week-ends agités, je n'en demeure pas moins consciencieuse dans mes fonctions. Et je n'ai pas à me plaindre, je suis responsable régionale des achats dans une enseigne de grande distribution. J'ai atteint ce stade grâce à mon mérite, mon travail et, surtout, parce que la place s'est libérée et que j'étais l'assistante de l'ancienne responsable. Je connais donc ce travail sur le bout des doigts.

Depuis deux mois que j'occupe ce poste, j'ai du boulot par-dessus la tête. C'est peut-être pour ça que je me lâche autant le samedi soir… Oui, me trouver des excuses est une habitude.

Oriane, mon amie des ressources humaines, arrive dix minutes seulement après moi. Ce n'est pourtant pas son genre, elle est très ponctuelle, mais rarement à l'avance… Et surtout, que fait-elle à mon étage de bon matin ?

— Bonjour, Sarah… Houlà ! Mauvaise nuit ?

— Salut, Oriane. Oh non, c'est rien. Une petite gueule de bois… Rien dont une bonne dose de caféine ne viendrait à bout !

Je me lève pour l'embrasser sur la joue et chancelle un peu en me rasseyant, sous son regard amusé. Elle s'installe en face de moi et j'ôte mes lunettes de soleil, par politesse.

— J'ai quelque chose qui va égayer ta journée.

Je devine immédiatement de quoi il retourne :

— Non ? Ils ont dit oui ?

— *Yep*. Il arrive ce matin !

— Déjà ? C'est rapide !

— Je lui ai fait passer l'entretien vendredi, mais je voulais être sûre avant de te l'annoncer, pour t'éviter une fausse joie.

Elle a raison, ça égaye tellement ma journée que je me relève pour la prendre dans mes bras ! J'ai réclamé une assistante depuis des semaines et je ne pensais vraiment pas qu'Oriane réussirait à me l'obtenir. La direction traînait des pieds alors que c'est un poste qui était déjà créé à l'époque où je l'occupais. Bref, je ne pensais pas qu'elle obtiendrait si rapidement gain de cause. Je vais enfin retrouver un rythme de travail humainement supportable ! Et donc, moins picoler le week-end, C.Q.F.D.

— Attends. Tu as dit « il » ? je réalise d'un coup.

— Oui, un homme. Ça ne te pose pas de problème ?

— Non, bien sûr que non, je suis juste surprise. En général, ce sont des femmes qui postulent pour ce genre de poste.

— Il a déjà fait ses preuves, il a bossé à la concurrence pendant quelques années. Par contre, il a un look un peu atypique pour le poste, mais fais-moi confiance, c'est l'homme qu'il te faut.

— Je passerai outre son apparence. Il a quel âge ?

— Trente-deux ans.

— Mince, il est plus vieux que moi, ça craint, non ?

— Mais non !

— Il s'appelle comment ?

— Alessandro.

— Italien ?

— D'origine en tout cas, Alessandro Novelli, ça sonne bien, non ?

— Oui, clairement italien. Je vais attaquer en attendant qu'il arrive, j'ai une tonne de choses à faire.

— Bon courage, on se voit pour le déjeuner ?

— Bien sûr ! Merci, Oriane, tu me sauves !

— C'est mon boulot !

Je n'aurais jamais imaginé avoir un homme pour assistant, encore moins un homme plus âgé. J'espère qu'il n'est pas aussi buté que Bastien et Olivier, dans le genre Cro-Magnon… Moi Tarzan, toi Jane… Tout ça, quoi… Je n'ai vraiment pas besoin d'asseoir mon autorité avec un employé qui va être sous mes ordres directs. Mais bon, s'il a postulé pour cette place, c'était en sachant qu'il devrait obéir à une femme. Ah, mais oui… C'est peut-être ça qui lui plaît, en fait ? Avoir une dominatrice devant qui ramper… *Oui, Maîtresse ! Pardon, Maîtresse ! Punissez-moi !* Je m'imagine avec le fouet de Xena que je n'avais pas sur moi samedi soir, et je me mets à rire nerveusement. Ça ressemble d'ailleurs plus à un ricanement. Un peu comme les hyènes dans *Le Roi Lion*, pour situer. Foutue gueule de bois à rallonge… En plus, je ne sais pas pourquoi mes pensées m'entraînent toujours vers des images ridicules comme ça, mais je pique un fou rire incontrôlable. Je suis obligée de me pencher sur mon bureau pour me tenir le ventre tellement je ris. Je pense que c'est une réaction post-alcool mêlée à la migraine et la fatigue. Sans parler de mes hormones qui passent leur temps à danser le jerk et m'imposent des visions sexuellement connotées de ma petite personne.

C'est ce moment que choisit mon nouvel assistant pour arriver. Évidemment.

Mantra 2

Je ne dois pas fantasmer sur mon assistant

— Mademoiselle Jones ?

Je relève la tête, surprise, et tombe nez à nez avec mon taciturne de samedi soir. Est-ce que je suis en train de fantasmer tout éveillée ? Toujours est-il que la seule chose que je réussis à répondre est un « *merde* » d'une éloquence rare et je dérape sur le bord de mon bureau pour me retrouver sur les fesses, à fixer mon nouvel assistant.

Il s'avance pour m'aider à me relever, me tendant une main que je n'ose prendre, me souvenant de l'endroit où son pouce se trouvait quelques dizaines d'heures auparavant. Je le soupçonne de savoir qui je suis depuis samedi soir… Sympas, les collègues.

Je déglutis avec peine et saisis finalement sa main tendue pour me remettre sur mes pieds et ramasser au passage les lambeaux de ma dignité.

— Alessandro Novelli. Je suis votre nouvel assistant.

Je le fixe, bouche bée, yeux écarquillés. Effectivement, il est tout serein et pas du tout surpris. Je réussis tant bien que mal à faire bonne figure et parviens à reprendre mes esprits :

— Bien, Vous pouvez m'appeler Sarah Jones. Enfin… je veux dire… Sarah. Vous pouvez m'appeler Sarah. Eh bien… heu… je vais vous montrer votre bureau.

Il attend sans bouger. J'en profite pour le détailler. Je dois lever la tête, car il me dépasse au moins de quinze centimètres, et je porte des talons. Aujourd'hui, il a un pantalon noir, une ceinture à large boucle, une chemise noire. Ses cheveux sont attachés et dévoilent ainsi plusieurs piercings à ses oreilles. Ses grosses bottes de samedi soir font également partie du look. Pas si extravagante que ça, son allure… On s'attendrait en effet à le voir en costume comme tous les employés masculins, mais il n'est pas non plus arrivé avec une plume dans le cul. Je ricane et stoppe net en me rappelant que je ne suis pas seule. Il a entrelacé ses doigts devant lui et mon regard s'arrête dessus. Je passe inconsciemment la pointe de ma langue sur mes lèvres, quand il se racle la gorge. Eh merde… c'était une forme de harcèlement sexuel, ça, non ? Dans le doute, je range ma langue à sa place. Dans ma bouche, bien sûr, pas sur sa joue, ça ferait mauvais genre comme première approche de me mettre à lui lécher le visage. Même moi j'en ai conscience.

— Oui ?

— Vous vouliez me montrer mon bureau ?

— Ah ! Oui, heu…

Ce mode « demeurée » ne joue pas en ma faveur. Je me mettrais des baffes. Oh, la *team* Sarah, un peu plus d'encouragements, merci ! En plus, je suis en train de réaliser que son bureau est *dans mon* bureau. Mais comme personne ne m'a prévenue que ma requête a enfin été acceptée, je me suis étalée. Je me précipite sur son poste de travail en babillant :

— Désolée, je ne savais pas que vous arriviez ce matin. J'enlève mes affaires tout de suite.

Je me comporte comme si c'était *moi* l'assistante, alors que je suis la boss ! Je sens sa présence dans mon dos et je me retourne pour me retrouver pile face à lui. Nous ne sommes séparés que de quelques malheureux centimètres. *On ne lèche pas son assistant...*

On ne lèche pas... Ma respiration se fait plus rare et s'interrompt carrément quand mes yeux croisent les siens, pour repartir de plus belle, en tandem avec les battements de mon cœur qui se la jouent grand épileptique. Quand je disais que respirer, c'est surfait !

— Je vais débarrasser. Je suis là pour ça, Mademoiselle Jones.

Oh. Mon. Dieu.

Il a une façon de prononcer mon nom qui me donne envie de me vautrer dans sa voix pour m'en enduire le corps. Je secoue la tête pour faire taire mon imagination.

— D'accord. Merci.

Je lui laisse la place, triturant le bas de la jupe de mon tailleur que je trouve tout à coup trop courte. Je recule jusqu'à mon bureau et m'y installe, l'observant ramasser mes effets. Je reprends mon ton professionnel et lui explique comment je classe les dossiers ainsi que le fonctionnement de notre service. Je lui raconte le déroulement habituel d'une journée de travail. Il prend quelques notes, sans jamais me regarder. Mon orgueil commence sérieusement à en prendre un coup. Je le laisse totalement indifférent alors que je suis moi-même prête à arracher mes vêtements pour qu'il me prenne sauvagement sur son bureau fraîchement débarrassé !

Il me fixe. Quoi, qu'est-ce qu'il attend ? J'ai pensé à haute voix ? Pitié, faites que je n'aie pas pensé à haute voix…

— Oui ?

— Vous étiez en train de me donner les différents délais de commandes.

— Ah ! Oui. Bien. Heu. Voilà.

De pire en pire. Je me ridiculise totalement, pourtant je connais mon boulot sur le bout des doigts et c'est moi qui l'ai réclamé, cet assistant ! Je termine mes explications et m'excuse pour me rendre aux W.-C., attrapant mon sac au passage.

Une fois à l'abri dans les toilettes, je sors mon portable et appelle mon amie :

— Isa !

— Hum…

— Je te réveille ?

— Je ne bosse pas le lundi, donc oui, à neuf heures du matin, je dors.

— Je sais, mais là, c'est une situation d'urgence !

— Quoi ?

— Il est là !

Je hurle dans le combiné et Isabelle m'ordonne de baisser d'un ton ou elle raccrochera. Elle me menace aussi de porter plainte si j'ai endommagé son audition. Je tente de me calmer avant de reprendre plus doucement :

— Le type de la boîte, celui que j'ai dragué !

— Tu veux dire celui avec qui tu as failli coucher sur la piste de danse ?

— Ouais… Dit comme ça, aussi… Bref. Lui… C'est mon nouvel assistant !

— Sans déconner ? Tu te fous de moi ?

Je m'assois sur le marbre, à côté du lavabo, laissant pendre mes jambes dans le vide, et soupire :

— J'aimerais bien, mais non. Il est là, il est dans mon bureau et je suis hyper mal à l'aise. Je fais quoi ?

Isabelle, ma traîtresse de meilleure amie, ne répond pas. À la place, elle se marre. Elle a même un énorme fou rire. J'attends patiemment qu'elle se calme.

— Désolée, Sarah, mais avoue que ce genre de truc n'arrive qu'à toi !

— Je sais… C'était vraiment une idée de merde de draguer un inconnu dans le bar que fréquentent tous mes collègues de travail. Mais tu ne m'aides pas beaucoup, là !

— Bon, prenons les choses dans l'ordre. Il est toujours aussi canon, maintenant que tu as dégrisé ?

— Encore plus. Et sa voix… Pfff. Je pourrais avoir un orgasme juste à l'écouter parler.

— Ça, ma chérie, c'est parce que tu es à la diète depuis trop longtemps.

— Il faut que j'y retourne, il va croire que je suis constipée ou je ne sais quoi…

— Tu m'appelles à midi, d'accord ? Je veux *tous* les détails. Je peux prévenir Mélo ?

— Oui, appelle tout le monde, on fait une réunion de crise ce soir !

— Bon courage !

Je raccroche et descends de mon perchoir. Je jette un œil à mon reflet. O.K., je ne suis pas désagréable à regarder, je suis sa boss, il va me respecter. Pour ça, il faut juste que j'arrête de me ridiculiser. Et que j'arrête aussi de penser à son pouce sur ma langue. Oh, non ! Je ne dois pas y penser, j'ai dit ! Respiration zen… inspirer, expirer. Voilà. J'y retourne. C'est moi la boss.

En sortant des toilettes, je croise Oriane, tout sourires :

— Alors, il est comment ?

Sexy. Tellement sexy, même, que ça devrait être illégal de se balader avec autant de sexytude sans un panneau d'avertissement.

Je modère mon enthousiasme.

— Très bien. Enfin, on en reparlera dans quelques jours.

— Tu te souviens qu'on lui fait un pot d'accueil, ce soir ?

— Ah oui, la tradition… Tu avais trouvé ça sympa quand ça avait été pour toi.

— Oui, désolée, c'est juste que j'avais un truc de prévu.

— Annule ! C'est important de le mettre dans le bain. De lui montrer qu'il est le bienvenu.

— Tu as raison. Je serai là, bien sûr. Merci de m'avoir prévenue.

— C'est pour ce genre de détail que tu as besoin d'un assistant.

Elle m'envoie un clin d'œil complice. Chère Oriane, si tu savais le nombre de choses que j'aimerais faire avec cet assistant… Lui demander de me rappeler des rendez-vous est tout en bas de la liste, mais alors tout en bas, dans les abysses de ma liste. Et au top, il y a « *Me faire l'amour en chuchotant des cochonneries à mon oreille* ».

La mort dans l'âme, je retourne à mon bureau, *notre* bureau, en traînant les pieds. Ce qui, avec des talons de dix centimètres, est assez difficile à faire, je tiens à le préciser…

Mika, le technicien et seul membre de l'équipe informatique, est en train de lui installer un ordinateur. Je m'arrête à l'entrée pour observer le postérieur de mon ténébreux. Je n'avais pas eu le loisir de l'admirer samedi soir et je crois bien que j'ai actuellement un peu de bave au coin de la bouche. Je pose l'index sur mes lèvres, juste histoire d'être sûre…

— Sarah ! J'installe son ordi à Sandro, ça te va ?

— Salut, Mika ! Oui bien sûr, pas de souci.

J'évite soigneusement de croiser le regard de mon assistant et reprends ma place. Je vais pourtant devoir lui parler toute la matinée pour l'informer de notre organisation. Je vais devoir lui parler tous les jours ! Pas de panique. Comme dirait Barack : *Yes, I can !*

Une fois Mika parti, mon ténébreux s'assoit à son bureau et je l'observe du coin de l'œil. Je me croyais discrète, mais ce ne devait pas être le cas. Il se lève et vient se placer devant moi.

— Vous désirez quelque chose, Sarah Jones ?

Alors oui, j'aimerais encore lécher tes doigts, j'aimerais que tu me prennes sur ton bureau et, pourquoi pas, sur le mien dans la foulée. Si tu pouvais aussi me faire un petit défilé en tenue d'Adam, que j'admire ton joli cul d'un peu plus près, je ne dirais pas non. Une lap dance *ne serait pas de refus non plus, si vraiment tu insistes...*

Je chasse toutes ces pensées et me reprends :

— Pourriez-vous m'apporter un café, Monsieur Novelli ?

— Sandro. Appelez-moi Sandro, je préfère, si ça ne vous ennuie pas.

Oh, mais je t'appellerai comme tu veux, darling...

— D'accord... Sandro.

Il sort pour aller à la cuisine me chercher un café. J'en ai besoin et ça me permettra d'arrêter de déconner, ça nous changera, un peu.

Contre toute attente, la journée se déroule plutôt bien. Le professionnalisme de Sandro y est sûrement pour quelque chose, étant donné que le mien laisse totalement à désirer aujourd'hui.

Oriane vient nous chercher pour le pot d'arrivée de mon assistant. Je suis sûre qu'elle a eu peur que je me tire discrètement, comme si c'était mon genre. D'accord, c'est mon genre et je réfléchis depuis une heure à la meilleure esquive possible. Loupé...

Nous la suivons dans la salle de réunion qui fait office de salle de réception pour ces petits événements qui ponctuent la vie de l'entreprise. Toute la boîte ou presque est là, Mika me fait signe en souriant et je salue mes collègues en rejoignant le buffet.

Sandro se fond totalement dans le décor. Il discute avec tout le monde, et moi, qui suis habituellement une butineuse sociale, je reste dans mon coin. J'ai décidé de soigner le mal par le mal et j'en suis à ma troisième coupe de cidre. Je n'arrive pas à détacher mes yeux de Sandro qui s'entretient avec Lila-la-morue, la réceptionniste du big boss. Elle vient de gagner son nouveau surnom, parce que je n'aime pas du tout la façon dont elle pose sa main sur le bras de *mon* assistant.

Je fulmine en les observant quand il lève les yeux sur moi. Il me fixe pendant que Lila-la-morue lui parle. Il ne l'écoute pas, ou il fait semblant, fichtrement bien semblant, d'ailleurs. Mais il me regarde, moi.

Sentant une réaction familière entre mes cuisses, je me tortille, gênée, et m'échappe de la salle. Je me réfugie dans mon bureau, je m'assois devant et pose la tête dessus, je tape des petits coups avec mon front en récitant mon nouveau mantra : *« Je ne dois pas fantasmer sur mon assistant. »* C'est mal. C'est très mal.

— Un souci ?

En entendant sa voix, je dérape (encore) et me cogne sur l'arête du bureau.

— Eh merde !

Je me relève d'un bond, éjectant ma chaise à roulettes contre le mur, une main pressée sur mon front douloureux. Il m'observe, mystérieux, ténébreux, terriblement attirant. Il a le bon goût de ne pas rire. Il entre dans la pièce et referme la porte derrière lui. Il tourne le verrou.

Je suis dans la merde.

Dans une merde noire.

Dans une putain de merde.

Il s'avance vers moi et me prend la main. Il se penche et m'embrasse juste là où je me suis blessée. Mon cœur repart dans sa danse sauvage et ma respiration devient saccadée.

— Je peux faire quelque chose pour vous ? me demande-t-il tout en m'embrassant le front.

— Hmmm…

— Je vous écoute.

Est-ce que je comprends bien ce qu'il est en train de me proposer ? Oserai-je vraiment lui dire ce qui me passe par la tête, là, maintenant, tout de suite ? Je sais que je suis sa supérieure et que c'est contraire à l'éthique de solliciter quoi que ce soit qui n'ait pas de rapport avec le travail. Je le sais, ça ne veut pas dire que ça me donne la force de résister à la tentation…

— Je voudrais… J'aimerais…

C'est bien, je progresse, mon balbutiement me fait gagner dix points en crédibilité patronale.

— Un peu de musique vous aiderait à savoir ce que vous voulez, peut-être ? Voyons voir… « Feeling Good » ?

Ha ha. Très drôle, cette référence à mon attitude de traînée de samedi soir. Si je me souviens bien, nous étions deux à ce petit jeu…

— Alors, Sarah Jones… Je pourrais peut-être vous offrir… un orgasme ?

— Quoi ? je m'étrangle, affolée.

Il approche sa main de ma bouche et glisse son pouce entre mes lèvres. Je gémis de plaisir d'avoir mon fantasme de la journée enfin assouvi. Il sourit et

Oh. My… Son sourire… Il aurait pu faire sauter tous les boutons de mon chemisier juste avec ce sourire, à la Fonzarelli… Il me laisse encore un peu lécher son pouce puis descend jusqu'à ma jupe. Il la remonte sur ma taille sans me quitter des yeux. Je suis incapable de faire le moindre mouvement.

Dix points de plus.

— Donc, ce sera un orgasme ?

— Oui… je souffle en un murmure plaintif.

— Vos désirs sont des ordres.

Oh. Putain.

Il glisse la main sous la dentelle de ma culotte. Inutile de préciser que je suis déjà tout à fait accueillante. Il insère deux doigts en moi sans aucune résistance et pose directement son pouce, celui que j'ai léché, sur mon clitoris. Je respire de plus en plus fort, complètement à la merci de son regard qui ne me quitte pas. Il réussit à me rendre folle avec juste une main, je lâche le bord du bureau où j'étais appuyée (pour ne pas dire carrément agrippée) et tire son élastique pour libérer ses cheveux. Je le préfère comme ça, comme quand on s'est vus pour la première fois, samedi soir. Oui, j'ai déjà une préférence. Mes gémissements sont de moins en moins discrets, je suis à deux doigts (trois, pour être honnête) d'exploser. Je veux enfouir ma tête contre lui pour me laisser aller, mais il saisit mon chignon et m'oblige à garder le visage incliné vers lui.

— J'aimerais vous voir jouir.

Oh purée, s'il se met en plus à me parler en même temps, c'est tout l'immeuble qui va en profiter ! Il poursuit les va-et-vient de ses doigts en moi, tout en effectuant des petits cercles avec son pouce un peu plus haut.

— Je sens que vous êtes sur la brèche.

Je résiste encore un peu, par esprit de contradiction, mais sa voix transpire effectivement la luxure, ce qui me mène jusqu'au point de non-retour. Je me laisse aller, et un orgasme cinq étoiles me submerge. Sous les spasmes qui contractent le bas de mon ventre, je renverse la tête en arrière et m'agrippe à ses bras. Quand je suis au sommet du plaisir, je crie, je ne sais même pas quoi, des gros mots, probablement. Le sexe me rend grossière. Il ralentit ses mouvements, me permettant de revenir doucement dans notre dimension. Ma respiration ralentit. J'incline la tête vers lui et l'observe. Une fois le tsunami orgasmisque passé, il retire sa main de ma culotte et porte son pouce à sa bouche, le léchant sans me quitter des yeux.

Il rajuste mes vêtements et récupère son élastique dans ma main amorphe. Il se rattache les cheveux et se presse contre moi. Son érection contre ma cuisse, je ne suis pas sûre de pouvoir me contrôler longtemps.

— Êtes-vous satisfaite de mes services ?

Je le regarde sans réussir à parler, j'ai besoin d'un peu plus de temps pour me remettre de mes émotions. Je me redresse, car je suis toujours appuyée sur mon bureau, et il me rattrape au moment où je menace de tomber. Aucun de mes orgasmes autoprovoqués ne m'a jamais fait cet effet. Aucun. Je suis perturbée.

— Est-ce que mon travail vous a plu, *Sarah Jones* ?

— Oui, c'était parfait, Merci, *Sandro.*

— Je vais retourner à la petite fête si vous n'avez plus besoin de moi.

— Bien sûr.

— Vous venez ?

— Non, je vais… je… hum… je vais rentrer, je pense.

— Je vous vois demain matin, alors. Bonne soirée.

Il se retourne, mais avant qu'il n'ait pu atteindre la porte, je me jette sur lui et l'oblige à me faire face. Je me mets sur la pointe des pieds et glisse les doigts dans ses cheveux pour descendre son visage à mon niveau. Il a l'air surpris. J'ai enfin un peu le dessus, étant donné que je suis son boss, ce n'est pas plus mal.

— Juste une dernière chose : embrassez-moi, Sandro.

Il rive son regard au mien et sa bouche rencontre enfin la mienne. Il ne ferme pas les yeux, moi non plus. Je l'observe alors que sa langue s'immisce entre mes lèvres et me caresse. Je savais qu'il ne pouvait pas embrasser comme un manche… Je crois que j'ai encore gémi, je vais faire comme si de rien n'était… sur un malentendu, il n'aura pas fait attention. Quand il se recule, j'ai toujours du mal à respirer.

Ce type a réveillé mes pulsions et je ne sais pas si je vais être en mesure de m'arrêter. Je n'ai pas à le vérifier, car c'est lui qui rompt le contact entre nous.

— Est-ce que je peux y aller maintenant, Sarah Jones ?

— Oui, mais arrêtez de m'appeler comme ça.

— Pourquoi ?

— Parce que.

— Vous n'aimez pas ?

— Ce n'est pas ça.

— Ça vous excite ?

Mon silence répond à ma place. Il sourit et se retourne pour déverrouiller la porte avant d'ajouter par-dessus son épaule :

— Dans ce cas, je m'en tiendrai à *Sarah Jones.*

Il me laisse plantée là, complètement frustrée malgré l'orgasme qu'il vient de me procurer. Il n'a pas perdu son self-control une seule fois. Et moi, il suffit qu'il dise mon nom pour que je sois à genoux, le suppliant de me faire jouir ! Je suis pitoyable, Quelle image de sa patronne je viens de lui donner ? Il ne va jamais me respecter. Moi-même j'ai d'ailleurs du mal à me respecter, là, tout de suite.

D'abord, est-ce que c'est bien légal, cette histoire ? En tant que supérieure hiérarchique, je n'ai sûrement pas le droit d'avoir des relations intimes avec lui. Techniquement, c'est lui qui a fait la démarche.

Oui, c'est bien Sarah, rejette la responsabilité sur quelqu'un d'autre. C'est quand même toi qui l'as allumé, samedi soir, tu n'as que ce que tu mérites.

Oh oui, ça, pour avoir eu ce que je méritais, je l'ai eu.

Je remets de l'ordre dans ma coiffure, ma tenue, et je quitte ce lieu de perdition. Sur le chemin, j'attrape mon téléphone, encore fébrile d'avoir été envoyée au septième ciel avec seulement trois doigts, et appelle Isabelle.

— Changement de programme. Réunion de crise entre filles uniquement. Je vous attends au pub.

Je ne lui laisse pas le temps de répondre et presse le pas. J'entre en trombe dans le bar et fais un signe au barman qui connaît mes habitudes. Il arrive à ma table dans la minute, avec un monaco. J'en engloutis la moitié devant son air ahuri.

— Dure journée ?

— Tu n'as pas idée, Marco. Merci.

— Zen, ma belle, détends-toi.

— Ouais... Tu m'en remettras un dans la foulée, s'il te plaît.

J'estime qu'une bière par doigt utilisé est le minimum pour reprendre possession de moi-même. Oui, se réfugier dans l'alcool, c'est mal. Mais à situation exceptionnelle, réaction exceptionnelle. Mélodie arrive la première, suivie de près par Isa. J'attends que nous soyons toutes les trois installées avec nos consommations pour lever le voile du suspense. Je leur raconte tout, absolument tout.

Elles m'observent, incrédules. C'est Isabelle qui brise le silence qui suit mes confidences :

— J'ai plusieurs choses à te dire. Déjà : putain, quoi ! Merde !

Elle boit une gorgée de bière et repose doucement son verre, contraste saisissant avec les jurons qu'elle a presque criés et qui ont attiré l'attention des quelques clients.

— Ensuite... Je ne vois pas où est le problème.

— Heu... Tu as écouté mon histoire ? Je bosse avec lui. Pire : il bosse *pour* moi !

— Et alors ? Tu ne l'as forcé à rien, que je sache.

— Mais l'ambiance va être...

— Extra ! L'ambiance va être extra. Vous allez travailler et au lieu de faire une pause-café, vous ferez une pause-cul.

Mélodie s'esclaffe et prend la parole :

— Tu te rends compte que je t'envie ?

— Pourquoi ? Ça ne va pas avec Olivier ?

— Oh si, très bien, même. Mais c'est une histoire spéciale qui t'arrive, là.

— Une histoire ? Non, ce n'est pas une histoire, c'est une catastrophe !

— Arrête de tout voir en noir, insiste Isabelle. Le hasard a bien fait les choses, tu ne trouves pas ? Tu ne l'aurais peut-être jamais revu s'il n'avait pas été ton assistant.

Je panique en imaginant la scène.

— Mais c'est glauque, non ? Je dois me pointer demain matin et lui donner des ordres alors qu'il m'a regardée prendre mon pied sur mon bureau, tout à l'heure ! Oh, merde, je ne vais jamais plus pouvoir travailler sur ce bureau !

Mélodie soupire. De contentement, il me semble…

— Demain matin, je mets les choses au point avec lui. Il faut qu'on reparte sur de nouvelles bases, je déclare, sûre de moi.

— Tu es dingue ! Pourquoi te priver ? Depuis le temps que tu meurs d'envie d'avoir un orgasme provoqué par autre chose que ton vibro…

— Oui, bon, ça va, hein… Je vais trouver quelqu'un d'autre, tant pis.

— Et puis…

Isa a son air calculateur, ça ne me dit rien qui vaille.

— Quoi ?

— Le pari, Tu peux le gagner.

— Je l'ai *déjà* gagné.

— Non, tu as gagné la première partie, uniquement. Depuis samedi soir, Bastien me rebat les oreilles avec le fait qu'il avait raison, que tu n'es pas allée au bout parce que tu n'avais pas de sentiments pour lui et que tu prouvais donc sa théorie, *bla-bla-bla.*

— Mais je ne peux pas me servir de mon assistant !

— Pour le moment, c'est lui qui mène le jeu, ma chérie, désolée de te le faire remarquer. Tu lui manges dans la main, J'ai mouillé ma culotte juste à t'écouter raconter ce qu'il t'a fait.

— À t'entendre, on dirait que tu es privée…

— Réfléchis, intervient Mélodie, c'est tout bénef : tu prends ton pied, tu l'as sous la main au travail, tu peux lui donner des ordres… et au final tu pourrais gagner le cabriolet de Bastien pour le temps que tu voudras.

Est-ce que c'est malsain de me dire qu'elles ont peut-être raison et que je pourrais essayer de jouer à ce petit jeu ? Sandro n'a pas l'air d'être un type sensible qui se formaliserait si je lui demandais de coucher avec moi pour un pari. Je ne voudrais pas qu'il en attende plus. Je n'ai pas envie d'une relation suivie, pas maintenant, alors que j'arrive enfin à me remettre de ma rupture d'avec Grégory.

C'est en pensant à tout ça que je m'endors, quelques heures plus tard, arrivant à la conclusion que ce n'est pas correct. Je vais mettre les choses au clair avec mon assistant, et tant pis pour le pari. En plus, je ne sais pas ce que je risque concrètement avec l'entreprise. Et si l'envie lui prenait de porter plainte pour harcèlement ? Je perdrais mon boulot et ma réputation… Non, je ne peux pas faire ça. Il est temps d'utiliser ma conscience, elle est presque neuve… Ce serait bien qu'elle serve enfin à quelque chose.

Mantra 3

Je suis une femme sexuellement libérée

Forte de ma bonne résolution, je me rends au travail, plus motivée que jamais. J'ai effectué mes préparatifs matinaux sur la musique de *Rocky* pour me donner du courage : épilation, maquillage, choix de ma tenue (hyperprofessionnelle : jupe crayon plus longue, talons moins hauts).

Il est déjà là quand j'arrive : encore plus beau et attirant que la veille. Où ai-je mis ma conscience, déjà ? Je devrais être contrariée, c'est moi qui arrive la première, d'habitude ! Je reste une seconde de trop sur le palier à l'admirer et il relève la tête, sentant sûrement ma présence de sale petite voyeuse obsédée.

— Bonjour, je m'occupe tout de suite de votre café.

Il se lève et passe tout près de moi pour sortir, je sens sa main s'attarder sur ma hanche, du bout des doigts, et je tressaille à son contact. Merde. Je dois être plus résistante que ça !

À force de vouloir prouver que les femmes peuvent être guidées par leurs pulsions comme les hommes, je suis en train de me réduire à ça !

Je m'assois et attends son retour. Il pose ma tasse de café sur mon bureau, et ses yeux sur moi. *Allez, Sarah, c'est toi le boss, tu peux le faire !*

— Merci. Asseyez-vous, je vous prie. J'aimerais vous parler.

Je trouve ce ton formel sur lequel je m'adresse à lui complètement inapproprié avec ce qui s'est produit sur ce bureau la veille, je trouve également le vouvoiement parfaitement ridicule. Je dois cependant remettre quelques barrières en place. Il s'installe en face de moi, un peu avachi sur le dossier, sa posture lui donnant un air nonchalant. Je remarque alors qu'il a lâché ses cheveux, ce matin. Je refuse de me dire que c'est pour moi. Je déglutis et prends une gorgée de café en fermant les yeux avant de me lancer :

— Vous comprenez bien qu'on ne peut pas se comporter comme ça au travail… Il y a des règles, je veux dire… des lois. Et puis, je suis votre patronne. Ce qui s'est passé hier ne doit pas se reproduire, ça nuirait à notre collaboration. Je suis désolée de mon comportement samedi soir, mais vous étiez l'objet d'un pari. C'était très déplacé de ma part et je vous présente mes excuses. Jamais je n'aurais imaginé vous retrouver dans le cadre du travail. Jamais même je n'aurais imaginé vous revoir. Mais maintenant, il faut qu'on oublie tout ça et qu'on se concentre sur ce qui est strictement professionnel.

Voilà, je savais que je pouvais le faire !

Il ne répond rien, il me fixe.

— Sandro, vous m'avez entendue ?

— Pardon, j'étais en train d'admirer vos lèvres pendant que vous parliez et je me demandais quel effet ça me ferait si vous les mettiez autour de ma queue. Vous pourriez répéter ?

Je m'étouffe avec mon café et en recrache une partie sur mes papiers. Je dois être en déficit concernant mes points de crédibilité. Le con ! On n'a pas idée de parler comme ça sans prévenir ! Quand je relève la tête, il me tend un mouchoir, un petit sourire au coin des lèvres. Je le prends et m'essuie la bouche. Il se rassoit en face de moi.

— Donc, vous disiez ? me demande-t-il d'un air trop innocent pour être honnête.

Je pousse un soupir exagéré, vaincue, encore troublée par ses propos.

— Laissez tomber ! Au travail !

— Tout ce que vous voudrez, Sarah Jones.

Je frémis et sens une petite tension au bas de mon ventre, je ferme les yeux le temps qu'il retourne à son poste, imaginant ses doigts en moi, et un minuscule petit riquiqui gémissement franchit mes lèvres.

— Vous m'avez parlé ?

C'est l'Homme qui valait trois milliards, ou bien ? D'où ça sort, cette audition bionique ?

— Non, non. Je… Rien !

Eh merde de merde ! Comment je vais m'en sortir, moi, maintenant ? Je me laisse diriger par mon assistant ! Enfin : mes hormones se laissent mater par ce type… Ce n'est pas de ma faute, si on y regarde de plus près… Tout un tas d'éléments indépendants de ma volonté me poussent à… D'accord, même moi, je ne me trouve pas crédible.

Je réussis à me concentrer, mon devoir professionnel me rappelant à l'ordre. Je n'ai pas envie de perdre ma place parce que je suis en chaleur !

Quand Oriane vient me chercher pour le déjeuner, je sors en adressant un vague « *Bon appétit* » à mon assistant. C'est seulement une fois au restaurant que je réalise que j'ai retenu mon souffle toute la matinée, métaphoriquement parlant, bien entendu. Je serais morte, sinon.

Cette pause me permet de me relâcher, un peu. Mais dès que je retourne travailler, je sens à nouveau l'effet que me procure sa simple présence dans un périmètre non sécurisé, comme l'est notre petite pièce. Avant, je me sentais plutôt à l'aise ici. Maintenant, c'est comme si son charisme occupait tout l'espace, et je me sens toute coincée dans mon coin…

Je l'envoie faire des photocopies dont je n'ai absolument pas besoin, espérant par la même occasion me détendre un peu durant son absence. Il me demande de lui indiquer où se trouve le local de reprographie. Je me mets à lui donner les explications tout en agitant les mains. Mais son air perplexe me prouve, une fois de plus, que je suis absolument nulle pour indiquer un itinéraire, même dans un immeuble. J'avoue que je serais foutue de me perdre dans mon propre appartement. Qui doit faire soixante-dix mètres carrés tout au plus…

— Je vais vous montrer, comme ça vous comprendrez pour la prochaine fois.

Je passe devant et il m'emboîte le pas. J'essaie de ne pas trop onduler des hanches histoire de ne pas l'allumer, mais mon corps lutte pour me rendre désirable. Comme si j'avais besoin d'en rajouter au niveau de mon cul ! Nous descendons à l'étage du dessous pour rejoindre notre destination. Une fois sur place, je commence à lui expliquer le fonctionnement de la photocopieuse et il me fixe avec un peu trop d'intensité pour que je me sente à l'aise.

— Sandro, si vous ne regardez pas, vous ne saurez pas utiliser la machine.

— Pardon. Je connais ce modèle, je sais m'en servir. J'étais encore attiré par vos lèvres.

Je pique un fard, me souvenant bien entendu de son allusion du matin même. À ce moment, je ressens le besoin de lui montrer qui est le boss. Je laisse l'adrénaline me transformer en super-héroïne des temps modernes ! Je ferme et verrouille la porte du petit local à photocopies et le pousse contre le mur. (Mentalement, je lâche mon chignon et secoue la tête, mais seulement mentalement, cette coiffure m'a pris un temps fou, ce matin.) Je défais sa ceinture tout en lui parlant :

— Mon cher *Alessandro*, nous allons tout de suite mettre fin à ce suspense qui vous empêche de vous concentrer. Je vais donc poser mes lèvres autour de votre queue, comme vous le souhaitiez, ainsi nous pourrons travailler sans interruption, Qu'en dites-vous ?

J'adore voir l'effet que mon initiative a sur lui. Il bande déjà, j'ai la main autour de son érection pour m'en rendre compte. Il me sourit et hausse un sourcil, comme pour me provoquer, J'entends dans ce haussement « *Alors, cap ou pas cap ?* » et il ne m'en faut pas plus pour continuer, incapable que je suis de résister à un défi. Je m'agenouille devant lui et positionne mes lèvres comme il l'a évoqué. *Oh. Mon. Dieu.* Il n'a pas non plus un machin disproportionné entre les jambes, mais ne serait-ce que par rapport à la nouille trop cuite de Greg, c'est carrément honorable. Je fais courir ma langue de la base jusqu'à l'extrémité. Une fois. Deux fois. Il respire difficilement. Trois fois.

Et puis je le prends enfin le plus loin possible, ma main enserrant le reste, et je lui prodigue une magnifique fellation. Comment je le sais ? Il s'accroche à mes cheveux, appuie ma tête contre lui, gémit comme jamais je n'avais entendu un homme gémir. J'alterne entre lécher chaque petite parcelle de peau et le sucer sur le plus de longueur possible. Il m'encourage en réagissant positivement à certaines zones sollicitées, je note… ça peut servir. Il ne met pas longtemps à jouir. Et pour la première fois de ma vie, j'avale. En même temps, les circonstances ne me laissent pas beaucoup de choix. C'est tiède, j'essaie de ne pas réfléchir et ça passe tout seul, si je puis dire… Je suis fière de moi. Je relève la tête pour le regarder. Ses yeux brillent et, cette fois, c'est lui qui a du mal à s'en remettre. Je lèche une petite goutte au coin de mes lèvres et me relève en lissant ma jupe, très professionnelle… Non, ce n'est pas ce que je voulais dire, ça sonne pute, dit comme ça… Bref, je me tiens devant lui, tout sourires, parce que je suis incapable de faire comme si je n'étais pas très satisfaite de ma performance. Je range ensuite son sexe à sa place, hop, referme son jean et sa ceinture, et tout ça sans le quitter des yeux. Et, d'un coup, je redeviens quelqu'un de responsable et adulte :

— Merde ! je crie en plaquant la main sur ma bouche.

— Quoi ?

— J'ai avalé !

Il sourit. Je lève les yeux an ciel.

— Certaines MST se transmettent ainsi, Monsieur Novelli !

— Vous n'avez aucun souci à vous faire, Mademoiselle Jones.

Je l'observe quelques secondes. Je ne sais pas si je peux lui faire confiance. Si, je le sais. Je peux. Je le connais depuis quelques heures seulement, si on compte le temps passé ensemble, et je sais qu'il ne me mentirait pas. En même temps, s'il s'y amusait, je pourrais facilement le confronter. Et puis, ce qui est fait est fait. Mais ceci est la preuve que ce type est dangereux.

Je déverrouille la porte et retourne près de la photocopieuse.

— Donc, Sandro, maintenant que j'ai toute votre attention, je vais vous montrer comment faire des photocopies recto verso.

Il cligne des yeux plusieurs fois et s'approche de moi avant de se placer dans mon dos. Il m'enlace par-derrière, m'attirant à lui, et se penche pour murmurer à mon oreille :

— Merci, Sarah.

Je frémis en entendant sa voix et en sentant son souffle dans mon cou. Je pose une main sur la sienne et passe l'autre en arrière, dans ses cheveux.

— Alors, vous avez la réponse à votre question ?

— Quelle question ?

— Vous vous demandiez quel effet ça faisait.

— Ah ! *Cette* question. Eh bien, disons que personne ne m'avait jamais aussi bien sucé. J'ai ma réponse, en effet.

Merde alors, je ne sais pas comment prendre cette réponse. Est-ce que ça sous-entend qu'il a été pompé par toute une équipe de majorettes et que je suis en train d'en subir la comparaison ? Ou est-ce plutôt un compliment ? Je ne peux pousser ma réflexion plus loin, car il m'embrasse dans le cou.

— Et vous, vous vous posez des questions ?

— Putain… Arrêtez de me parler comme ça, je vais avoir un orgasme auditif !

Ben voilà, je me remets à penser à haute voix. Plus dix points de crédibilité.

— Sarah ? insiste-t-il sans cesser de m'embrasser.

— Oui, j'ai des questions !

Je m'agace, parce que tailler une bavette après une pipe ne me semblait pas vraiment la priorité.

— Je vous écoute…

— J'aimerais savoir ce que ça me ferait si vous me… vous savez… sur votre bureau, je capitule.

— Non, je ne sais pas… dites-moi…

Bien sûr, qu'il sait… Je ne sais pas si c'est les endorphines qui me poussent à me la jouer *dirty talk*, mais je précise en chuchotant :

— Si vous me baisiez sur votre bureau…

C'est l'effet qu'il me fait, c'est comme si j'avais picolé alors que je suis à jeun. Il rit sans interrompre ses petits baisers sur ma peau. Un bruit dans le couloir nous pousse à reprendre une posture normale et légale pour une patronne et son assistant, et je peux enfin lui montrer comment faire une photocopie recto verso. Je retourne à mon bureau, encore sous le choc de ce que je viens de faire, et dire. Je suis déchaînée et rien ne peut m'arrêter. Je me fais peur à moi-même, parfois. Je me mets dans une sacrée merde et, je vais devoir en payer les conséquences tôt ou tard, je le sais. Je n'ai simplement pas assez de volonté pour que ce constat ait un impact sur mon attitude.

Le soir, j'appelle Isabelle et Mélodie pour une nouvelle réunion de crise, chez moi. Cette fois, on s'en tient à une tasse de thé, histoire de ne pas devenir alcooliques à cause de mes élucubrations. Nous sommes dans mon salon et elles attendent que je crache le morceau.

— Ça a recommencé.

— Il t'a sauté dessus ? me demande Mélodie avec un peu trop d'empressement…

— Non, cette fois, c'est moi.

— Toi ?!

Isabelle ne cache pas sa surprise.

— Mais tu es si sage, Sarah ! Qu'est-ce que ce type te fait pour te mettre dans un tel état ?

— Je ne sais pas, la tension sexuelle est à son maximum quand je suis à côté de lui… Et puis… bon…

— Raconte !

Mélodie est bien curieuse sur le sujet…

— Je lui ai fait une pipe dans le local de reprographie.

Pour le coup, Isabelle s'étouffe à moitié avec sa gorgée de darjeeling alors que Mélodie me regarde avec des yeux ronds comme des soucoupes.

— Et j'ai avalé… j'ajoute d'une petite voix.

Là, ça la leur coupe. Pourtant, nous nous racontons absolument tout, avec mes amies. Alors elles savent que la position préférée de Grégory était le missionnaire, qu'il n'aimait pas pratiquer de cunnilingus et que je ne le suçais que rarement, un petit peu, avant de s'envoyer en l'air. Ce n'était pas non plus ennuyeux, mais très basique et sans aucune fantaisie. Tout le contraire de Sandro, en somme.

— Je sais, je réplique à leur stupéfaction muette, ce type est dangereux, je vous le dis.

— Oui, tu es en grand danger, ma chérie. Il risque de te faire prendre ton pied quotidiennement, tu n'y survivras pas.

Le sarcasme de mon amie ne m'aide pas vraiment à gérer la situation. Enfin, « amie », c'est vite dit…

~

J'ai été sérieuse toute la semaine. Je suis trop fière de moi. Sandro n'a pas spécialement cherché à provoquer quoi que ce soit, non plus. Ça aide. Face à son indifférence, je me sens forte et assez maîtresse de mon corps pour lui résister. Comme quoi, ce n'est pas difficile d'être raisonnable. Même si tout mon être se révolte en réalisant le peu d'effet que lui a laissé ma fellation de luxe : il n'est pas marqué à vie.

Lors de notre petite soirée du samedi, Isabelle et Mélodie s'attendent à avoir des tas de détails croustillants sur ma semaine. Mais je n'ai rien à leur mettre sous la dent. Elles pourraient au moins me féliciter… que dalle, elles ne cherchent même pas à masquer leur déception.

Nous restons un peu au pub, les filles affirmant à Bastien que j'ai gagné le pari. Lui, leur répondant que comme Sandro travaille pour moi, ça ne compte pas. Il a trop peur de devoir me laisser sa voiture, il n'a aucune confiance en ma conduite ! Peut-être à juste titre, pour le coup… J'observe mes amis et je me rappelle ce que j'avais, moi aussi. Un couple, nous sortions à six, avant. Je leur serai toujours reconnaissante d'avoir choisi mon camp. Car, quoi qu'on en dise, lorsqu'un couple se sépare, les amis sont obligés de décider qui va avoir la garde : papa ou maman. Au début, je savourais ma liberté et je considérais tous les hommes comme des parasites néfastes à éliminer. J'ai toujours été féministe dans l'âme, Greg et son attitude ont exacerbé ce trait de ma personnalité. Je suis malgré tout forcée de reconnaître que j'ai sous les yeux des couples solides et, si je n'aspire pas à me caser pour le moment, ça me fait rêver.

Isabelle et Bastien passent leur temps à se chamailler. Elle est la patronne à son travail, elle possède une boutique de vêtements pour hommes riches et bien foutus. Enfin, c'est comme ça que je vois son job. Lui, il est expert-comptable. A priori, pas grand-chose en commun. Mais ça fonctionne. Même si pour Mélodie, directrice d'une école maternelle, et Olivier, instituteur dans une école primaire, l'association paraît bien plus évidente. Bref, j'adore mes amis et j'aime qu'ils ne me donnent jamais l'impression d'être la cinquième roue du carrosse. Ce que je suis totalement. Cependant, ils ont la délicatesse de faire comme si je n'étais pas la seule célibataire.

Vers vingt-trois heures, Isa ramasse ses cheveux blonds naturellement bouclés (qui font que des fois, je la hais) et les remonte en un joli chignon avant de déclarer qu'il est l'heure de migrer au *Topaze*. Elle fait toujours ça, comme si elle se préparait à passer aux choses sérieuses et que ça nécessitait une coiffure spéciale. Je suis fatiguée et je ne pense pas pouvoir y tenir longtemps. Mais comme l'entrée est gratuite, je n'ai pas trop de scrupules à y aller, même si c'est pour n'y rester qu'une heure.

Je fais bien attention à ne pas prendre de cocktail comme la dernière fois, une bière fait l'affaire. Je sais que ce n'est pas très « féminin » comme choix de boisson, mais j'adore la bière. Avec un peu de bol, je ne finirai pas avec les abdos Kronenbourg…

Je pique déjà du nez sur mon verre quand Isabelle me donne un coup de coude dans les côtes.

— Quoi ? je marmonne en relevant un peu la tête.

— Dis donc, c'est pas ton assistant là-bas qui te dévore des yeux ?

Je me retourne et aperçois Sandro avec ses potes et quelques collègues de la semaine dernière. Il me fixe, sans ciller, même quand il s'aperçoit que je le regarde. Le genre de regard « *I'm eye-fucking you, babe* ». S'il continue comme ça, il va réduire mes efforts de ces derniers jours à néant ! Je pivote afin de lui tourner le dos, pour qu'il ne voie plus mon visage et que je n'aie plus ses yeux de *serial fucker* sous le nez.

Bastien se penche vers moi :

— Tu ne nous présentes pas ton nouvel assistant ?

— Non.

— Ce n'est pas un peu malpoli ?

— Je m'en tape.

— Oh, j'ai touché un point sensible, ricane-t-il.

— Non, c'est lui qui a touché un point sensible, pour tout avouer !

Il éclate de rire, et ça détend un peu l'atmosphère. Mais il est temps pour moi de tirer ma révérence, surtout que je sens toujours le regard de Sandro sur ma nuque. Ce qui est stupide, on ne sent pas les yeux de quelqu'un, mais je me comprends. Je me lève et adresse un signe à tout le monde :

— J'y vais, je suis claquée. Je vous appelle, les filles.

— Rentre bien, mamie.

J'adresse un geste obscène du majeur à Olivier et sors de la boîte. Déjà qu'en temps normal c'est un endroit un peu étouffant, avec la présence de mon assistant c'était presque angoissant. Oui, je suis un poil excessive, je trouve aussi. Je laisse l'air frais envahir mes poumons et prends le chemin de chez moi.

— Sarah.

Je me fige en entendant sa voix dans mon dos, il a cette façon de prononcer mon prénom qui transpire le sexe. C'est complètement indécent dans sa bouche, je me retourne doucement, sentant toutes mes convictions m'abandonner.

— Bonsoir, Sandro.

— Tu pars déjà ?

Le passage au tutoiement ne me choque pas plus que ça. Après tout ce qu'on a partagé, ça me semble logique qu'en dehors du travail, il me tutoie. J'ai eu sa queue dans ma bouche, il a mis ses doigts entre mes cuisses, quoi de plus naturel qu'un peu de familiarité ? Je suis sûre que dans le guide de bienséance de Mme de Rothschild, on trouve un chapitre sur le sujet.

— Je suis fatiguée, alors oui, je rentre.

— Dommage.

— Pourquoi ?

Oui, pourquoi je pose la question, alors que je sais très bien que la réponse ne va pas me mener dans un endroit sûr et raisonnable ?

— Je pensais qu'on pouvait étudier un sujet ensemble.

— Étudier ? Je ne travaille pas le week-end.

— Je parlais de la question que tu te posais.

— Quoi ?

Je mets quelques secondes à me souvenir de ladite question, puis je rougis violemment en me remémorant sa teneur. Nous sommes dans la rue, des gens passent près de nous, il est à deux ou trois mètres de moi, si bien qu'il parle assez fort.

Personne ne peut deviner le sujet de notre discussion, mais tout de même… Je reprends contenance, assez pour lui répondre :

— Je n'ai pas accès aux bureaux le week-end.

J'aurais pu répondre que je ne suis pas intéressée, que ce n'est pas sérieux, que nous devons nous en tenir à des relations professionnelles. Au lieu de ça, je le dévore des yeux. Il a remis une tenue plus grunge, plus lui. Son jean est usé jusqu'à être déchiré à certains endroits, son T-shirt de Bowie période Ziggy Stardust a l'air d'avoir pas mal vécu, lui aussi… et ses cheveux sont lâchés, à la sauvage. Au bout d'une semaine seulement, je le connais sans trop savoir pourquoi. Il a les mains dans ses poches et m'observe également avec attention. Il me mate, quoi… Je rajuste mon sac sur mon épaule avant de me retourner :

— Bonne nuit, Sandro.

Ah ! Je suis si fière de moi. Je résiste et… et je n'ai pas le temps de faire un pas qu'il m'enlace par-derrière et m'entraîne dans une ruelle. Il me plaque dos au mur et tout mon corps se tend contre lui. Les points de crédibilité sont en chute libre…

— On peut se passer de bureau, en attendant.

Il pose sa main à plat sur mon cou et glisse l'autre entre mes jambes, par-dessus ma jupe.

— Alors, Sarah ? Qu'est-ce que tu en penses ?

— J'en pense que si tu ne me prends pas maintenant, ici, contre ce mur, je vais me consumer sur place. J'en pense que j'ai envie de toi. J'en pense que tu me rends dingue et j'en pense que ça fait des jours que j'attends que tu me sautes dessus !

— Enlève ta culotte.

Je ne me le fais pas dire deux fois. Je retire ce que j'ai dit sur la fierté, je n'en ai aucune et je m'en fous. J'entends la rumeur de la rue passante juste à côté, mais ça ne m'inquiète pas. Comme si la pénombre de cette ruelle était en mesure de nous protéger. Et puis ma raison fait une apparition en *guest star*. Et si des flics passaient par là ? Et si mes amis sortaient et nous trouvaient ici ? Et si *ses* amis sortaient et nous trouvaient ici ? Et si… ? Je n'ai pas le loisir de me poser d'autres questions, car pendant que je tergiversais (tout en enlevant ma culotte, je n'ai pas perdu le nord, il y a des priorités dans la vie), il a déboutonné son jean. Il me soulève et place mes jambes autour de sa taille. Il me maintient contre le mur.

— Dans ma poche arrière…

Je suis ses ordres sans même hésiter une seconde. J'en sors un préservatif que je m'empresse de déballer avant de le dérouler sur son érection. Je le fais entrer en moi d'un mouvement de hanches. Il lâche un soupir rauque quand il réajuste notre position, et s'enfonce plus profond.

— Embrasse-moi pendant que je te baise, Sarah,

Pfff… J'ai genre super-chaud quand il me parle comme ça. Il prononce des phrases obscènes avec un tel naturel qu'on dirait qu'il me parle de la pluie et du beau temps. Je penche la tête vers lui et l'embrasse pendant qu'il me donne des coups de hanches. J'agrippe ses cheveux de toutes mes forces. Un bruit nous interrompt. Il s'immobilise, me fixant sans relâche. Rien que son regard me provoque du plaisir. Il sent mes muscles vaginaux se resserrer autour de son sexe et sourit. Quand je suis sûre que la ruelle est déserte, je lui chuchote à l'oreille : « *Encore, s'il te plaît.* » Il recommence ses mouvements brusques et je gémis contre lui.

— Est-ce que tu as un début de réponse à ta question ?

Quoi ? Il veut vraiment qu'on papote, là ? Je suis à ça, juste ça, de jouir, et tout ce qui l'intéresse, c'est discutailler ? Sérieusement ? Il s'immobilise à nouveau, me privant de mon orgasme qui était pourtant si proche… *Enfoiré !*

— Est-ce que tu as un début de réponse à ta question, Sarah Jones ?

— Oui, oui ! Mais qu'est-ce que tu fous ?

— Tu vas continuer à m'ignorer, au travail ?

— Je ne t'ignore pas, je t'ai parlé, je… Sandro, s'il te plaît !

— Tu t'es fermée, je n'ai pas aimé.

— Non, je ne vais plus t'ignorer. Enchaîne !

Je commence à perdre patience et je suis à deux doigts de le frapper s'il ne reprend pas tout de suite.

— Promets-le-moi !

— Promis, promis. Continue ! Maintenant !

Il recommence encore plus fort, l'une de ses mains se faufilant de mes fesses à mon clito. Il me caresse en se calquant sur le rythme de ses va-et-vient entre mes jambes. Mon dos frotte contre le mur et je ne pourrais pas m'en foutre plus. Ses lèvres déposent des baisers légers et humides sur ma mâchoire, dans mon cou… Il lèche la jonction entre mon épaule et ma nuque, et c'est tout ce qui me manquait… Je peux enfin atteindre l'orgasme. Un orgasme si violent que je lui mords l'épaule pour éviter d'alerter tout le voisinage, je gémis contre le tissu de son T-shirt et il ne cesse ses petits cercles du pouce que lorsque je le supplie d'arrêter. Il redouble la force de ses pénétrations et je le sens tout près. Je l'embrasse à mon tour dans le cou, je le mordille et il jouit. Il me mord l'épaule, symétrie à ma réaction quelques instants auparavant. Par vengeance ? Parce que ça l'excite ? Peu importe, ça me fait frissonner. J'adore ça…

Il m'aide ensuite à descendre doucement et je repose les pieds sur le sol, tremblante, incertaine de la résistance de mes jambes après cette explosion sensuelle. Il prend mon visage dans ses mains et m'embrasse tendrement. Sa langue caresse délicatement la mienne, comme s'il comprenait que j'ai besoin de douceur après l'intensité de ce que nous venons de partager.

— Je dois retourner à l'intérieur. Ça va aller ? finit-il par me dire après avoir libéré ma bouche.

— Bien sûr.

Il m'a prise pour une poupée de porcelaine ?

Il retire la capote, fait un nœud au bout, la jette dans une des poubelles qui nous tiennent compagnie et se rhabille. Je me rassemble, autant que je le peux. Il se dirige vers l'extrémité de la ruelle, mais s'arrête soudain et fait demi-tour. Il prend à nouveau mon visage dans les mains et me regarde à sa façon… comme s'il y avait tellement plus qu'un simple regard.

Chaud, j'ai super-chaud…

— La prochaine fois, je te prendrai sur mon bureau. Je te le promets.

Il m'embrasse encore et repart. Je le suis, à un ou deux mètres de distance. Et bien sûr, pile au moment où nous sortons de la ruelle, je vois Isabelle et Bastien passer en voiture devant la boîte.

Ils me font de grands signes et je sais que je vais devoir tout leur raconter. Bizarrement, j'ai envie de garder pour moi ce qui vient de se produire. Sandro rentre dans le club sans un regard pour moi. Tant mieux, j'aime l'aspect exclusivement charnel de cette relation. Enfin, si on met de côté le fait qu'il travaille sous mes ordres, bien sûr. Mais j'ai une très bonne gestion de la politique de l'autruche, comme je le disais.

~

Je passe tout mon dimanche à songer à sa promesse. Et toute la nuit, également. Oui, je suis aussi futile que ça. Malgré le fait qu'il m'ait comblée au-delà de mes espérances, je fais des rêves érotiques qui me mettent dans un drôle d'état. Mais au moins, j'ai arrêté de me faire des illusions sur ma volonté de le tenir sexuellement à distance. J'en ai trop envie…

Et puis, merde, on n'a qu'une vie ! Je n'ai pas encore trente ans, si ce n'est pas maintenant que je m'envoie en l'air sans me poser de questions, quand est-ce que je pourrai le faire ? Je veux dire, à un moment, il va bien falloir que je devienne adulte et responsable et raisonnable… non ? Eh bien, je dois en profiter avant. Voilà. J'ai une bonne situation professionnelle, des amis, un super-appartement… Et un plan cul sous la main pour assouvir mes envies et les siennes. En dehors de ça, je suis libre, je n'ai pas à faire de serment de fidélité ni à rendre de comptes. Je vais où je veux, quand je veux. Je fréquente qui je veux sans me demander si la jalousie maladive de mon petit copain ne va pas en prendre ombrage. Oui… C'est du vécu-réel avec Grégory, c'est ce qui m'a finalement poussée à le quitter.

Je suis sexuellement libérée et j'adore ça. J'ai toujours considéré que la liberté sexuelle n'était pas de s'envoyer en l'air avec le premier pèlerin qui passe. Non, c'est de décider avec qui on s'envoie en l'air, comment, quand, où… Et c'est précisément ce que j'ai l'intention de faire avec Sandro. C'est pour ça que je me rends toute guillerette au travail, les paroles de mon assistant tatouées au creux du ventre.

J'arrive très tôt, comme tous les lundis, et il n'est pas encore là. J'étudie donc les commandes à passer cette semaine, les statistiques de consommation pour ajuster certains articles, et toutes ces tâches qui constituent mon travail.

— Bonjour.

Je sursaute, je ne l'ai pas entendu entrer et il est appuyé contre son bureau. Son bureau. Pas de panique, tu souris, tu réponds et tu demandes ton café.

— Bonjour, Sandro.

— Un café ?

— S'il vous plaît, oui.

Je repasse instinctivement au vouvoiement, me sentant un poil schizo sur les bords, mais ici, je ne me sens pas de le tutoyer. C'est stupide, tout le monde se tutoie, dans la boîte. Je ne cherche pas à être cohérente, j'ai dépassé ce stade depuis un bail. Il me rapporte mon café et je le remercie. Il s'installe à son poste, allume son ordinateur. Il a repris son attitude distante. Non, en réalité, il a une attitude normale, une attitude classique d'assistant envers sa patronne. Pourquoi m'a-t-il reproché mon indifférence alors qu'il fait la même chose ? Il me parle sans me regarder, concentré sur son écran :

— J'ai prévenu Oriane que vous n'iriez pas déjeuner avec elle, aujourd'hui.

— Pourquoi ? Je n'ai rien d'autre de prévu.

— J'aimerais vous inviter à manger. Sur mon bureau.

Je m'étouffe avec ma propre salive et replonge aussitôt le nez dans mes commandes pour éviter d'avoir à affronter son regard, à présent insistant. La matinée passe normalement, de son côté. Il vaque à ses occupations, il est assez performant dans son domaine. Que dis-je ? Il est performant en tant qu'assistant, mais c'est un dieu pour le sexe ! Je m'égare encore…

À l'heure du déjeuner, je fais mine d'être absorbée dans mes dossiers alors que je reluque la pendule toutes les cinq secondes, me demandant quand il va me proposer de le rejoindre. Enfin, il se lève et ferme la porte à clé.

— Sarah ?

Il m'invite à lui prendre la main, comme si nous allions danser. Alors que je sais ce qui m'attend, et ça n'a rien à voir avec une valse. Je me lève, ma main dans la sienne, complètement hypnotisée par ses yeux. Je suis une faible femme. Il me conduit à son bureau qu'il a débarrassé assez discrètement puisque je ne m'en suis pas aperçue.

— Assise ou allongée ? me demande-t-il sereinement, comme s'il me proposait un ou deux sucres dans mon café.

— Pardon ?

— Vous préférez que je vous baise assise ou allongée sur mon bureau ?

— Je… je ne sais pas… Comme vous voulez.

— Assise, alors.

Il me soulève pour m'installer sur son bureau et m'embrasse doucement.

— Débarrassez-vous de votre culotte, Sarah Jones.

— Faites-le vous-même, *Sandro.*

Il sourit. Après tout, ici nous sommes au travail, et au travail, c'est moi le boss. Il faut que j'arrête de faire ma petite vierge effarouchée ! « *Je suis une femme forte et sexuellement libérée* » est mon nouveau mantra. Il s'accroupit devant moi et soulève ma jupe pour attraper l'élastique de ma culotte qu'il fait glisser le long de mes jambes, tout ça sans rompre le lien entre nos yeux, comme d'habitude. Je ne sais pas ce qui m'excite le plus : avoir les fesses à l'air, être sur son bureau, ou qu'il me regarde dans les yeux. Il se relève et croise les bras.

— Vous faites quoi ?

— J'attends vos ordres.

— Oui, très bien… Heu…

Le ton hésitant que j'emploie est totalement à l'opposé du postulat de départ qui est « je suis le boss ». Pour ma défense, j'ai les cuisses écartées sous son nez. Ce n'est pas si facile que ça de se la jouer dominatrice dans une telle posture.

— Alors, que voulez-vous maintenant, patronne ?

— Je veux… Je veux…

Je perds encore mes moyens, et mon éloquence par la même occasion. Je respire un grand coup pour me recentrer :

— Je veux que vous me preniez sur votre bureau, maintenant.

— Vous êtes sûre ? Ce n'est pas exactement ce que vous m'aviez dit, il me semble. Je ne voudrais pas faire d'impair, vous comprenez ? Je suis encore en période d'essai, j'aimerais faire bonne impression.

Le con, il veut que je sois vulgaire, je suis sûre que ça lui fait prendre son pied, « *Je suis une femme forte et sexuellement libérée.* » Je redresse le menton et le toise (d'en dessous, d'accord, mais je le toise quand même) :

— Sandro, *cher assistant*, je veux que vous me *baisiez* sauvagement sur votre bureau, et je n'aime pas attendre quand je vous demande quelque chose.

Il éclate de rire et je ferme les yeux en sentant la moiteur envahir mon entrejambe, réaction au son de sa voix. Il me surprend en soulevant mes cuisses. Pendant le peu de temps où j'ai fermé les yeux, il a dégrafé son jean, d'une efficacité redoutable.

— Poche arrière.

Je n'ai pas besoin d'autre chose, ça sonne comme un nouveau rituel. Je répète les mouvements de samedi soir et, une fois le préservatif en place, il me pénètre sans autre forme de préliminaires. De toute façon, mon vagin est tellement prêt qu'on dirait une piste de bobsleigh. *Oh. Merde.* C'est trop bon. Je m'agrippe au bureau. Il me fixe toujours et je ne suis absolument plus mal à l'aise de gémir sous sa surveillance.

— Vous aimez ça, Sarah Jones ?

— Oui…

— Dites-le.

— Oui, j'aime ça.

— Qu'est-ce que vous aimez ?

— J'aime que vous me baisiez sur votre bureau. Oh, putain… N'arrête pas… Plus… plus fort !

Il obéit et, comme samedi soir, glisse sa main entre mes cuisses. L'orgasme me tombe dessus d'un coup, trop rapidement. Je me mords la lèvre pour ne pas hurler et il se penche pour m'embrasser. Mon cri meurt dans sa bouche et puis vient son tour. Discret mais intense… Je suis couverte de sueur, j'ai mal au cul parce que, finalement, le bureau n'était pas confortable du tout. Mais bon sang, je n'ai jamais pris mon pied de cette façon ! Chaque expérience avec lui est bouleversante.

Nous nous rhabillons et je vais aux toilettes me rajuster, recoiffer, remaquiller, réveiller… Waouh ! Je pourrais faire ça tous les jours sans aucun souci ! Ça fait brûler des calories, en plus, j'ai dû lire ça dans *Cosmo*.

Oriane entre pendant que j'apporte la dernière retouche à ma coiffure.

— Tu as bossé pendant la pause-déjeuner, alors ?

Alors là, je ne suis pas certaine que ce que j'ai fait entre midi et deux puisse être qualifié de travail. Sait-on jamais, en cherchant bien, je trouverai peut-être un dictionnaire des synonymes qui plaidera en ma faveur ? Dans le doute, je bredouille :

— Oui, Sandro prend encore ses marques… On a travaillé ensemble.

— C'est bien. On sent qu'il est motivé.

C'est rien de le dire…

— Oui, il l'est.

— Il a de la visite, là.

— Ah bon ?

— Une nana, une bombe… Brune, taille mannequin… des seins énormes…

Tout le contraire de moi avec mon mètre soixante-deux, mon petit 80 B et ma couleur qui hésite entre le châtain et le blond foncé fade sans nuances. Qui est cette pétasse ? Oui, c'est forcément une pétasse. Je m'excuse auprès d'Oriane et sors en me retenant de courir. En arrivant, je trouve la bombasse penchée sur *son* bureau en train de lui rouler une pelle monumentale. Il a les mains sur sa nuque, sous sa tresse qui semble mesurer dix kilomètres, au bas mot. Et il a l'air de drôlement apprécier. Putain, mais quelle conne je suis ! Je me fais sauter par mon assistant et je crois quoi ? C'était ce que je voulais, non ? Une relation libre ? Alors pourquoi ça me fait autant mal de voir la langue de cette pute dans la bouche de *mon* ténébreux ?

Je m'assois à mon bureau comme si de rien n'était et la brune se relève d'un coup en m'entendant.

— Oh, pardon, Sandro m'a dit que vous étiez partie déjeuner. Je ne me serais jamais permis sinon…

Je jette un regard noir à mon fourbe d'assistant. Il savait très bien que j'étais juste allée aux toilettes. Il a donc fait exprès pour que je les surprenne. Ça l'excite de s'exhiber devant moi avec une pétasse après m'avoir baisée sur son putain de bureau ? Il me sourit, l'enfoiré.

— Ce n'est pas grave, je marmonne, comme si ça ne me dérangeait pas alors que je pourrais le castrer et la lui faire bouffer à elle.

Je me concentre sur mon travail, mais la brune vient se planter devant moi, Elle me tend une main parfaitement manucurée et je m'imagine aussitôt lui arracher les phalanges une par une à la pince à épiler.

— Bonjour, je m'appelle Sindy, avec un « S ». Je suis la petite amie de Sandro. Ravie de faire votre connaissance, il m'a beaucoup parlé de vous.

Bonjour, Sindy avec un « S », je suis le plan cul de ton mec, il vient de me culbuter, d'ailleurs. Je suis ravie de faire ta connaissance et il n'a jamais mentionné ton existence, Lara Croft. Non, vraiment, je ne peux pas dire ça. Ce serait brouillon. À la place, je lui rends sa poignée de main en silence et fais signe à Sandro que c'est l'heure de reprendre le travail.

Mantra 4

J'ai des pouvoirs cosmiques phénoménaux

Sandro revient dans le bureau après avoir raccompagné sa poupée gonflable. Je ne relève pas la tête à son retour. Je ne lui donnerai pas le plaisir de voir qu'il a réussi son coup en provoquant ma jalousie. Maintenant, c'est à moi de commander et je vais le lui montrer de ce pas. Parce que je suis très contrariée et je n'ai pas envie de me demander pourquoi. Nous ne nous sommes rien promis, lui et moi. Ma réaction est irrationnelle et une petite voix dans ma tête me dit que c'est exactement ce qu'il souhaitait. Je fais comme toujours, j'ignore cette voix et je me laisse submerger par la colère.

— Sortez-moi les stats des dix dernières semaines pour les cuisses de dinde.

D'accord, ce n'est pas exactement ce que j'avais en tête en termes d'asseoir mon autorité. Mais, déjà, on va supprimer le « *s'il vous plaît* », ça lui fera les pieds. Il s'agirait qu'il se rappelle qui travaille sous les ordres de qui, ici ! Deux minutes plus tard, il me tend une feuille que j'attrape, sans le regarder. Et là, c'est le drame, tout dérape. Je suis en mode « blessée » et je fais n'importe quoi.

— Maintenant, fermez la porte, *Alessandro*. À clé.

Il s'exécute sans un mot et vient se placer en face de moi. Je prends soin de continuer à l'éviter, je sais que je pourrais céder à l'appel des sirènes trop facilement si je posais les yeux sur lui. C'est son regard de *serial fucker*, je suis trop faible et fragile pour y résister. Je dois rester concentrée sur la feuille que j'ai sous le nez, même si je n'ai aucune idée de quoi elle traite, Ah oui, les cuisses de dinde.

— Est-ce qu'elle vous suce aussi bien que moi, *Alessandro ?*

— Je vous l'ai dit, Sarah, personne ne me suce aussi bien que vous.

— Bien. Assis ou allongé ? Enfin, si vous pouvez assurer, s'entend.

Il ne répond pas. Je lève enfin les yeux, forte de mon pouvoir de boss. Je recule ma chaise et me redresse lentement, sans cesser de le fixer. Utiliser ses armes contre lui me donne des pouvoirs cosmiques phénoménaux. Enfin, l'impression… ce qui est déjà pas mal. Il a l'air un peu déstabilisé par ma prise d'initiative. Je le suis aussi, pour tout dire, j'espère simplement que ça ne se remarque pas. Ça casserait tout mon effet de *girl powa.*

— Je vais donc vous prendre allongé sur le sol, Dégrafez votre pantalon, *Alessandro*, et couchez-vous.

J'enlève ma culotte en prenant appui sur mon bureau, sans relever ma jupe, en mode commando. Il m'obéit en silence, mais je constate bien le début d'un sourire qui se dessine au coin de ses lèvres. *Sois forte, Sarah, c'est toi qui domines, là !*

Je récupère un préservatif dans mon sac à main, je suis venue équipée, moi aussi, et je m'installe à califourchon sur lui. Je suis prête à le recevoir, sans aucun doute. Après lui avoir parlé de manière salace, je suis assez humide pour remplir les nappes phréatiques d'un pays en pleine sécheresse. Lui aussi est plus que prêt. Sandro et moi, c'est l'osmose. Du cul, certes, mais c'est tout de même une osmose. Je le guide en moi et me penche en avant, plaçant mes mains à plat autour de sa tête. Mon tailleur remonte sur mes hanches, j'espère qu'il a bien fermé, parce que si quelqu'un entrait et nous trouvait dans cette position, je ne suis pas convaincue qu'une excuse comme « je montre à mon assistant que la moquette est hypoallergénique » passerait.

Tout en appuyant les hanches pour le faire entrer plus profond, je lui fais la conversation, sans le quitter des yeux :

— Et est-ce qu'elle vous baise aussi bien que moi, votre brunette ?

Il déglutit difficilement. Parfait, j'arrive à le déstabiliser. *Mouhahahaha* ! Le pouvoir me grise… Un chouia trop, peut-être…

— Non… souffle-t-il, avant de serrer la mâchoire.

J'accélère le mouvement, il a du mal à répondre, Très bien, très, très bien. Par contre, je dois faire un effort considérable pour ne pas me laisser aller si je ne veux pas que mon plan tombe à l'eau en lui montrant que j'apprécie notre tête-à-tête au moins autant que lui.

— Parfait, je réplique d'un ton superbement calme.

Je suis fière de moi. Il place les mains sur ma taille, le contact manque me provoquer un frisson que je ne veux pas qu'il remarque, et tente de me contraindre à me mouvoir plus vite. Je me soulève d'un coup, ne laissant de lui qu'un ou deux centimètres en moi, je lui souris, il a l'air frustré. De mieux en mieux. *C'est qui le boss, maintenant, trouduc ?*

— Sarah… me supplie-t-il en un murmure qui me donne envie de lui lécher goulûment la bouche.

Ce qui serait totalement hors de propos.

— Au bureau, je suis votre patronne, *Alessandro.* Tâchez de vous en souvenir,

— Mademoiselle Jones, s'il vous plaît…

Il s'assoit et passe ses mains dans mes cheveux. Je vais craquer d'une minute à l'autre, alerte rouge, on se concentre, on prouve qui détient le pouvoir ! Je reprends mes mouvements de hanches plus fort et je vois qu'il est sur le point de… *Et puis non, c'est moi le boss !* Je me retire d'un coup, mais reste assise sur lui. Nos respirations sont saccadées. Je le fixe, il ne me lâche pas des yeux quand il me lance :

— Terminez ce que vous avez commencé, Sarah Jones.

— Ne la laissez pas vous baiser, Sandro, Juste moi, Prenez-la de tous les côtés, mais comme ça, là, c'est seulement moi. Est-ce clair ?

Je ne sais pas pourquoi, je suis étrangement rassurée à l'idée que je sois la seule à avoir autant de pouvoir sur lui, à avoir le dessus, dans tous les sens du terme. Je ne cherche pas à comprendre ma réaction, je le regarde et attends sa réponse. Vraiment, ce regard est un aphrodisiaque à lui tout seul. En a-t-il seulement conscience ? Oui, j'en suis convaincue.

— Très clair.

— Bien.

Je repars dans ma mission, gonflée de confiance et de superpouvoirs, Oui, ça me monte à la tête, je compense. Au moment ultime, il pose la tête sur mon épaule, mais je lui tire les cheveux en arrière, lui renvoyant ses mots au visage :

— Je veux vous voir jouir, *Alessandro.*

Encore une fois, il m'obéit. C'est euphorisant de sentir mon ascendant sur lui, comme ça. Quand il est apaisé, il m'embrasse. Je le laisse faire, j'en meurs d'envie, de toute façon. C'est intime, c'est là qu'elle avait sa langue, mais moi, il m'embrasse avec tendresse. Et je ne veux même pas savoir pourquoi ; j'ai ça en plus et ça me contente. Je ne suis pas habituée à devoir lutter contre une autre femme, j'improvise, je fais comme je peux.

— Avez-vous pris votre pied, Sarah Jones ?

— Ça ne vous regarde pas.

Il rit, et je manque me vautrer en me levant et l'entendant. Parce que même son rire transpire le sexe. Je peux me féliciter d'avoir tenu bon dans ma mission de prise de pouvoir, ce n'était pas gagné. Je vais me chercher un mouchoir sur mon bureau. Tout en m'essuyant, je continue à tenir mon rôle de big boss.

— Rhabillez-vous et ouvrez la porte, nous avons du travail.

Je jette le mouchoir dans ma corbeille.

Je réussis alors un exploit digne des maîtres zen, j'en suis sûre : je ne le regarde plus une seule fois de la journée, alors que je sens son regard sur moi à plusieurs reprises. Ou alors, je l'imagine. Quoi qu'il en soit, je résiste. Je jubile : sa provocation avec sa bombasse m'a juste poussée à prendre les choses en main. Sérieusement, le cliché des gros seins, j'aurais pu m'en passer.

Et puis je me demande si ce n'était pas calculé de sa part. Non. Les mecs ne sont pas aussi futés. Si ? Je préfère mettre cette pensée de côté et me dire que je suis seule maîtresse de la situation.

Un peu plus tard, j'envoie un SMS à mes amies :

RÉUNION DU FLV CHEZ MOI, CE SOIR.

~

— Bon, les filles, maintenant, on arrête de déconner !

Isabelle me lance un regard interrogateur, mais Mélodie lui coupe l'herbe sous le pied :

— C'est quoi le FLV ?

Je lève les yeux au ciel, elles n'ont rien suivi ! C'est désespérant ! Faut-il tout faire soi-même ?

— Le Front de libération du vagin ! Vous vous concentrez, un peu ?

— Qu'est-ce que tu as encore fait ? me demande Isa, une pointe de lassitude résignée dans la voix.

— J'ai pris les commandes !

Je leur raconte mon petit épisode autoritaire de l'après-midi. Encore une fois, je réussis à surprendre mes amies, pour mon plus grand plaisir. Terminé de se laisser mener par le bout du nez, à lui de me suivre par le bout de son truc ! Il m'a vraiment mise en colère avec son exhibition de top model !

Isabelle est la première à réagir :

— Et le reste de la journée, ça s'est passé comment ?

— Normalement. On a travaillé.

— Tu arrives vraiment à bosser avec ce type dans la même pièce que toi ?

— Tout à fait ! Enfin, ça me distrait un peu, c'est sûr. Mais franchement, on s'en sort plutôt pas mal, je trouve…

— Tu t'es enfin décidée à prendre les choses du bon côté et à en profiter ! Il était temps !

~

Le lendemain, je me rends au travail un peu moins enjouée que la veille. Je suis sans cesse tiraillée entre mes pulsions physiques et ma culpabilité d'être la maîtresse de mon assistant, alors que sa brune, finalement, ne m'a rien fait. J'ai bien sûr le sentiment de faire quelque chose de mal en couchant avec lui. Mais je n'arrive pas à savoir si c'est une réaction qui me pousse à continuer, bravant l'interdit… ou qui m'incite à m'assagir. Je trouve nos jeux érotiques dans des lieux publics assez excitants, en fait… Mais quelque chose cloche, et ça m'agace de ne pas parvenir à mettre le doigt dessus. Je fais abstraction de ces interrogations, car nous sommes au travail et que, jusqu'à présent, j'ai monté les échelons en étant consciencieuse, pas en m'envoyant en l'air sur toutes les surfaces disponibles de cette pièce de quinze mètres carrés.

Je m'installe à mon bureau, contente d'être la première sur les lieux. Sandro arrive dix minutes après moi, affichant un grand sourire, Il a toujours l'air concentré ou taciturne, d'habitude. Qu'est-ce qui peut bien le rendre heureux comme ça ?

— Bonjour, Sarah Jones. Votre café.

Ah. Super. Il fait un détour par la cuisine maintenant pour m'apporter mon café. Il est un peu trop parfait à mon goût, cet assistant. Je vais finir par avoir des scrupules à jouer avec lui… Non, pour les faire taire, il me suffit de penser à Lara Croft et toute ma culpabilité s'envolera !

— Merci. Vous avez bien dormi ?

Je le regarde par-dessous, tout en buvant une gorgée de café. Il se penche un peu sur mon bureau et murmure :

— Je n'ai pas vraiment dormi, si vous voulez savoir.

— Ah bon ? Vous avez fait quoi ?

— J'étais avec Sindy, cette nuit.

Sale con, il m'a bien eue. Pourquoi est-ce que je pose toujours des questions qui finissent par se retourner contre moi ? Ma naïveté me perdra. Je fais mine de ne pas relever et me remets au travail. Mais intérieurement, j'imagine la tête de Lara sur un plateau argenté, une pomme dans la bouche et du persil dans les narines. Cette image m'aide à garder ma contenance, et je peux me concentrer sans, trop de problèmes.

Plus tard dans la matinée, alors que je m'en tiens au minimum syndical pour la conversation, il se plante à côté de moi.

— Vous devez signer ça, Mademoiselle Jones.

Je ferme les yeux et l'imite silencieusement d'une moue moqueuse. Oui, parfois j'ai des réactions de gamine de cinq ans. Mais il me tape vraiment sur les nerfs à toujours rester impassible. J'ai envie de le secouer comme un prunier (puis de le foutre à poil et de le chevaucher façon rodéo sur la musique de « Cotton Eye Joe », un vieux fantasme, hi ha) ! Il s'approche de moi pour poser la feuille sur mon bureau et je sens… O.K., ça ne va pas du tout.

— Retirez votre érection de mon épaule, je vous prie, je lui demande en tentant de rester impassible à mon tour.

J'échoue lamentablement, bien entendu, Le trémolo dans ma voix me trahit.

— Veuillez m'excuser, Sarah Jones. Mais c'est votre faute.

— Pardon ?

Il se penche et s'appuie sur le bureau, son visage pratiquement collé au mien :

— Vous m'aviez fait une promesse.

— Quel est le rapport avec votre entrejambe ? Et de quelle promesse parlez-vous ?

— Vous m'aviez promis de ne plus m'ignorer.

— Je ne vous ignore pas.

— Bien sûr que si. Et quand vous êtes froide et distante, ça m'excite.

Je respire difficilement, ce petit vicieux va réussir à me faire perdre mon assurance et la confiance que je place en moi depuis la veille. Enfin, au moins, en se penchant, il a éloigné l'objet du délit. Je décide de continuer à lui battre froid, me disant qu'il est peut-être en train de jouer à la psychologie inversée. Mais si je sais qu'il essaie d'obtenir le contraire de ce qu'il demande, alors je peux le prendre à son propre piège. Sauf si, bien sûr, il s'attend à ce que je prenne le contre-pied de ce qu'il me dit vouloir. À ce moment-là, il sait que je sais et je devrais plutôt l'allumer ? Non, là je tomberais directement dans son piège. Donc résumons, je sais qu'il sait que je sais et… En fait, j'ai perdu le fil depuis le début. Un gémissement s'échappe de mes lèvres quand il vient mordiller mon oreille. Je tousse pour reprendre contenance, ce qui ne fonctionne absolument pas, mais je ne cherche même pas à le repousser. Je suis pitoyable. Je suis réellement devenue l'esclave de mes sens !

Je tente mollement de protester.

— Ce n'est pas… très… correct…

Pour la forme, quoi. Histoire d'avoir la conscience tranquille. Hé, j'ai essayé…

— Plus vous m'ignorez, plus vous m'excitez.

— Vous n'en avez pas eu assez avec Lara ?

— Lara ?

— Votre brune aux gros seins !

Il mordille un peu plus fort et, encore une fois, je suis à la merci de mes réactions charnelles. Mon corps contredit ma détermination, je ne suis, absolument plus crédible. Mais franchement, avec sa langue qui ne cesse de caresser mon lobe, la Troisième Guerre mondiale pourrait bien démarrer, ce serait le cadet de mes soucis. J'ignorais avoir une zone érogène à cet endroit. Cela dit, je crois que tout ce que Sandro touche peut potentiellement devenir une zone érogène. Même mes narines… j'en suis sûre. Focus, je m'égare encore.

— Vous êtes jalouse, Sarah Jones ?

Le suis-je ? Bien entendu, Vais-je l'avouer ? Hors de question. Je n'ai aucunement l'intention de me montrer vulnérable. Greg a vu cet aspect de ma personnalité : la petite nana fleur bleue qui fond devant les comédies romantiques mielleuses et rêve que son prince débarque avec une rose entre les dents et des étincelles dans le regard. On ne m'y reprendra plus. Il a vu cet aspect et il l'a piétiné. Je suis faible et influençable, pas masochiste.

— Non, *Alessandro*, je m'inquiète juste de savoir où votre langue a traîné avant de venir sur moi !

— Exclusive ?

— Pas du tout…

— Je me protège aussi avec elle, pour information.

— C'est bon à savoir. Mais je ne vois pas le rapport avec votre langue.

Il la fait glisser légèrement entre ses lèvres, juste l'extrémité… Un soupir m'échappe. Il sourit et mes yeux retrouvent les siens.

— J'aimerais beaucoup que nous échangions nos tests de dépistage, Sarah Jones.

— D'accord.

Hein ? C'est ça ma réponse ? *D'accord* ? Mais j'ai perdu la tête ? Oui, je l'ai perdue dès l'instant où je me suis frottée à lui en boîte, répandant mes phéromones partout sur son corps… Comment sommes-nous passés de mes reproches à cette histoire de tests ? J'ai comme l'impression de me faire avoir, dans cette histoire. Il est fort vicieux et doué. Je trouve toutefois le courage de doucement le repousser.

— Reprenez votre poste, Alessandro.

— Si vous continuez à m'appeler comme ça, ne vous étonnez pas que je vous coince avant la fin de la journée.

Je hoquette de surprise comme une jouvencelle choquée. Il réussit vraiment à toujours tout ramener au sexe ! Qui j'essaie de tromper, là ? Comme si ça me posait un problème ! Maintenant, je vais aussi devoir faire attention à comment je l'appelle pour ne pas m'entendre dire que je l'avais bien cherché ! Et puis Ça veut dire quoi, ça, me coincer ? Non, je préfère ne pas savoir.

~

Après le déjeuner, Lila-la-morue, habillée comme une pute au rabais, se pointe à notre bureau, C'est donc bien la journée des traînées. Je n'avais pas noté ça dans mon calendrier,

— Bonjour, Sarah, me lance-t-elle avant de se tourner vers mon assistant, Sandro… roucoule-t-elle en bombant les nichons.

Elle roule le « r » de son prénom et fait traîner le « o » d'une façon tout à fait aguicheuse. Je vois parfaitement où elle veut en venir, cette petite truie (oui, toutes les insultes animalières vont y passer).

— Sarah, est-ce que je peux te prendre Sandro ?

Mais oui, bien sûr, prends-le : par-devant, par-derrière, sur les côtés, dans ton lit, sur le trottoir

d'où tu viens... Non mais, qu'est-ce que tu crois, grognasse ? ! C'est mon assistant, il n'y a que moi qui puisse le prendre !

— Sarah ? J'ai juste besoin de te l'emprunter une minute pour porter…

— Mais oui, prends ce que tu veux !

Je n'ai pas réussi à cacher mon agacement. Est-ce que mon assistant va réussir, quant à lui, à garder sa queue dans son pantalon ? Ou est-ce qu'il fait avec moi ce qu'il fait en réalité avec toutes les petites putes qui croisent son chemin ? Une minute… C'est comme ça qu'il doit me voir, non ? Une traînée ! C'est moi qui lui ai sauté dessus en boîte et, maintenant, il pense sûrement que c'est ce que je suis ! Une Lila-la-morue ! Je me suis mise dans cette belle merde toute seule ! Bizarrement, ça ne m'étonne même pas. Je crois que depuis vingt-huit ans, je me suis habituée à moi-même.

Je me prends la tête entre les mains, désespérée de voir que je suis sûrement juste une salope aux yeux de Sandro, de ses amis, de nos collègues, probablement à ceux de *mes* amis, aussi… Comment est-ce que j'ai pu tomber si bas ? Juste pour me faire sauter dans une rue plus que louche par un putain d'inconnu, entourés de poubelles ? Voilà, je suis vraiment très remontée contre moi-même, là ! Depuis l'instant où j'ai posé les yeux sur lui, ma vie n'est que bordel et chaos. Et orgasmes, certes.

— Sarah ?

— Quoi ? je hurle, agacée.

Oriane sursaute et je me ressaisis aussitôt :

— Désolée, je suis un peu tendue. Excuse-moi…

— Ça va, toi ? s'inquiète-t-elle.

Je l'observe, ma collègue DRH qui ressemble souvent plus à une maman de substitution pour moi qu'à une simple amie. Elle porte ses cheveux coupés court, à la garçonne, stricte et à la fois un brin rebelle. La cinquantaine approchante, elle est très athlétique et si j'arrive à être à moitié autant en forme qu'elle lorsque j'arriverai à son âge, je serai déjà heureuse. Elle a un petit nez en trompette qui ressemble un peu au mien. Je lui souris, parce que je n'ai peut-être pas l'habitude que ma mère se préoccupe de moi, ça ne me donne cependant pas le droit de me montrer agressive avec celle qui a été là pour moi à plusieurs reprises. La dernière fois ne remontant pas si loin, elle a été un des piliers qui m'ont permis de tenir le coup après Grégory.

— Oui, ne t'en fais pas… juste… ça va… Tu voulais quelque chose ?

— Il est où, ton assistant ?

— Avec Lila-la-morue.

— Sarah !

— Oh mince, j'ai pensé à voix haute, encore.

Je lève les yeux au ciel, de plus en plus agacée par mon attitude.

— Au moins, on sait ce que tu penses d'elle, maintenant.

— Non mais, c'est juste que… Elle fait du rentre-dedans à mon assistant…

— Et alors ?

— Ben… Ils bossent dans la même boîte, ça ne se fait pas !

La mauvaise foi incarnée, *yep*, c'est moi.

— Ils ne sont même pas dans le même service ! Si toi tu lui faisais du rentre-dedans, là, ça poserait un souci, puisque tu es sa patronne. Mais s'ils veulent sortir ensemble, il n'y a aucune loi qui les en empêche. Tu regardes trop de séries américaines, Sarah.

Ah ouais. Envisagé sous cet angle, ça se tient. J'ai toutes les chances de voir mon ténébreux se vautrer dans les bras de toutes les gonzesses de l'immeuble, je me sens mieux, tout à coup. Ou alors, je suis sous le choc.

— Tu es sûre que tu te sens bien ?

— Oui, pourquoi ?

— Je ne sais pas, ta lèvre tremble et tu as les yeux rouges.

Ah oui, c'est le choc.

— Non, je… ça va. Vraiment. Tu avais besoin de quoi ?

— Il fallait que je voie Sandro, il doit me remettre un papier pour boucler son contrat.

— Tu es sa supérieure ? Techniquement je veux dire, dans la boîte, tu es sa supérieure ?

— Oui, Pourquoi ?

— Ah, voilà déjà une nana sur qui il ne passera pas !

Eh merde, j'ai à nouveau réfléchi à voix haute ! J'ai vraiment besoin d'un censeur qui m'accompagnerait partout et s'occuperait de me remettre à ma place quand je dérape. Ce serait un boulot à plein temps, bien entendu.

Oriane s'assoit en face de moi.

— Sarah, dois-je te rappeler que je suis mariée ? C'est insultant ce que tu viens de me dire.

— Désolée. Mais j'ai l'impression qu'il attire tout ce qui a un vagin !

— Il est canon, dans le genre mauvais garçon, c'est normal.

— Oui, mais ça… ça va perturber son travail !

— Il me semble qu'il fait du bon boulot, tu as à te plaindre ?

— Non ! Non, ce n'est pas ça…

— Bon alors, c'est quoi le souci ?

— Rien, laisse tomber.

— Ne me dis pas que tu en pinces pour lui…

— Pfff ! Moi ? Mais non, jamais ! Non, pas du tout ! Jamais de la vie ! Lui ? Moi ? Non mais où es-tu allée chercher tout ça ? je réplique en agitant les mains dans tous les sens.

— Peut-être dans la véhémence que tu mets à nier.

Je tombe en avant sur mon bureau, le front à plat sur mes feuilles.

— Eh merde, Oriane, suis-je si transparente ?

— Quand tu parles de lui, on dirait bien. Alors, suis mon conseil : n'y pense même pas. Tu oublies. Lui et toi, c'est juste impossible. Et puis, il a une réputation de coureur de jupons. J'ai parlé avec ses collègues, tout le service y est passé. Alors franchement, même s'il n'était pas ton assistant, je te conseillerais de prendre tes jambes à ton cou et d'oublier qu'il est un partenaire potentiel…

— Ne t'inquiète pas, lui dis-je sans relever la tête, de peur que mon mensonge se voie dans mes yeux, je n'y pense pas.

Oriane se lève, rassurée.

— Tant mieux, il te ferait souffrir. Tu veux faire croire que tu es une femme forte, mais tu es comme tout le monde, Sarah, tu as des sentiments. Et ce type, aussi sympa soit-il, aussi doué soit-il dans son travail, doit être la pire chose qui puisse arriver à une femme amoureuse.

Elle sort, et je médite ses paroles, le front écrasé sur mon bureau. A-t-elle raison ? Est-ce que je vais souffrir de la situation ? Je ne peux pas dire que ça ne m'a pas traversé l'esprit. Mais jusqu'à présent, nous étions deux à nous amuser sans chercher autre chose que s'envoyer en l'air. Suis-je à ce point fidèle aux mythes sur les femmes, comme l'affirme Bastien ? Vais-je me réveiller un matin en réalisant que je suis amoureuse de Sandro ? Non, je suis immunisée, je n'ai rien à craindre. Merci, Greg.

— Sarah ?

Quand on parle du loup…

— Hum… Lila en a terminé avec vous ?

— Vous vous sentez bien ?

— Comme un charme, pourquoi ?

— Vous…

Ah. Oui. Je suis toujours à plat sur mon bureau. Je relève la tête, une feuille reste collée sur mon front, je la retire vivement, ayant tout à fait conscience de ne plus en être à mon coup d'essai pour me ridiculiser devant lui. La tendance au grotesque, c'est quelque chose qu'on a dans le sang. Je pense que mes molécules d'ADN doivent former le mot « ridicule » si on les scrute au microscope.

Il m'observe sans laisser paraître le moindre amusement. Soit il est très doué au poker (et il faudrait que je pense à lui filer quelques billets pour qu'il mise pour moi), soit il est vraiment sérieux. J'avoue que son attitude solennelle, quand il aurait tous les droits de se foutre de moi, ça me fait un peu flipper.

— Et vous, tout va bien ?

— Je crois que Lila me drague, murmure-t-il, incertain.

Comment peut-il douter de son pouvoir de séduction ? Il ne s'est jamais regardé dans un miroir ?

— Sans blague… Et alors ?

— Et alors ?

— Heu oui, je répète : et alors ? Vous ne vous faites jamais draguer ?

— Si, mais j'ai remarqué que depuis que je me suis fait aborder par une nana en boîte l'autre soir, les autres filles me semblent sans saveur.

— Ah. Ben, tant mieux pour vous, je réplique en haussant les épaules.

— Sarah ?

— Oui ?

— Je parle de vous.

De moi ? J'enlève leur saveur à toutes les autres nanas ? Je suis une bombe et Lila-la-morue peut aller ranger son postérieur aguicheur dans des gaines de grand-mère ? Une minute, j'oublie Lara Croft dans l'équation… Forcément, ça remet les choses à leur place. Mon sourire s'efface et je fais de l'ordre dans mes papiers.

— Vous n'aimez pas les compliments ?

— Est-ce que je dois prendre comme un compliment le fait que vous me sautiez un instant et que vous rouliez un patin à Lara quelques minutes après ? Ou vous parliez plutôt du compliment quand vous m'avez dit avoir passé la nuit à jouer au docteur avec elle ? Oh, peut-être que le compliment était en fait quand vous parliez de la saveur de Lila, parce que vous devez toutes les goûter, j'imagine, comme dans votre ancien poste ? Non, attendez, laissez-moi trouver… Je sais ! Le compliment, c'était quand vous avez fait en sorte que je rentre pile pendant que vous faisiez de la spéléo dans la gorge de Lara Croft ?

J'ai pété un plomb, clairement. Et il est en face de moi, une expression de surprise sur le visage. Non, mais oh ! J'en ai marre de me laisser malmener comme ça ! Un coup, il me fait un compliment à se damner, un autre, il me colle sa queue sur l'épaule, ensuite, il évoque sa partie de jambes en l'air nocturne à laquelle je n'ai pas participé ! Oriane a raison, ce type peut vraiment me faire du mal. Sauf que c'est un plan cul, c'est ça l'idée ! Alors pourquoi est-ce que je viens de l'engueuler comme si j'étais une petite amie jalouse ?

Ah. J'ai une idée du pourquoi du comment mes réactions sont exacerbées. En me levant d'un coup, j'ai accéléré le processus et je sens un peu de liquide couler dans ma culotte. Merde. Mes règles. C'est donc pour ça que je suis tellement à cran ! Parce que d'accord, la situation est vraisemblablement toxique, mais je sais me contrôler, habituellement. Là, j'ai vrillé une cellule, J'attrape mon sac et vais aux toilettes en passant devant un Sandro tout à fait estomaqué. Bon, ça ne lui fera pas de mal d'encaisser tout ce que je viens de dire, là je dois m'occuper des Anglais qui viennent de débarquer si je ne veux pas me trimballer avec une auréole rouge sur le cul jusqu'à ce soir !

Une fois cette mission accomplie, je reviens au bureau, beaucoup plus détendue, Sandro est concentré devant son ordinateur. Il lève la tête et a l'air franchement inquiet. Il doit me prendre pour une dingue, si ça n'était pas déjà le cas avant. Ce que je suis, mais je suis normalement douée pour cacher cet état de fait. Quand les gens s'en aperçoivent, c'est foutu, ils ne peuvent plus fuir, je me poste devant lui et prends une grande inspiration :

— Je suis désolée de m'être un peu emportée, je lui lance posément pour démentir le côté cinglé de ma personne.

— Un peu ?

— D'accord, je suis désolée d'avoir pété les plombs. Mais, pour ma défense, j'ai des circonstances atténuantes !

— Vous avez vos règles ?

Ce cliché sur les femmes et leurs règles, ça me gonfle royalement. Sauf que là, je ne peux pas vraiment le contredire.

— Exactement, Sans parler du fait que vous vous comportez comme un connard.

Cet homme est perspicace, Il croise les bras et s'appuie sur le dossier de sa chaise. Le regard qu'il me lance est lascif, c'est le moins qu'on puisse dire, C'est un film porno à lui tout seul ! Et pas un de ces films petit budget, non, pas là. Plutôt la version Dolby Surround.

— Mais comment pouvez-vous penser à ça quand je vous dis que j'ai mes règles ? C'est dégoûtant ! je m'insurge en grimaçant.

Il hausse les épaules.

— Je pense à tout ce qu'on pourrait faire d'autre, en fait.

— Ah…

Il a réussi à éveiller ma curiosité, mais je suis bien décidée à ne rien demander. Ça lui ferait trop plaisir. Je réagis peut-être de manière disproportionnée, il n'en demeure pas moins que la situation est tendue. Je retourne à ma place et me concentre sur mon travail. Il fait de même. Il ne nous reste pas longtemps à passer ensemble dans cette atmosphère chargée de sous-entendus avant de débaucher, c'est toujours ça de pris. Un petit sursis qui sera le bienvenu, même s'il sera surtout de courte durée.

Au moment de partir, il me salue, mais je suis de nature trop curieuse et il gagne la partie.

— Attendez !

— Vous avez encore besoin de moi ?

— J'aimerais savoir… (tousse-tousse)… les idées… (regarde ailleurs)… de ce qu'on pourrait faire d'autre… (rougit)… tout ça… Simple curiosité… Hum…

Il s'approche, contourne mon bureau, fait pivoter ma chaise et s'accroupit pour se positionner face à moi, à ma hauteur.

— Je me disais que je ne m'étais pas encore occupé de vos seins.

Oh, My.

Je lâche un gémissement qui ressemble à une invitation à la luxure. Il sourit et passe doucement le bout des doigts au niveau de ma poitrine, sans jamais vraiment la toucher. Mes mains se crispent sur l'ourlet de ma jupe et ses yeux s'attardent sur l'endroit que ses doigts viennent de quitter.

— Peut-être demain, si vous en avez envie, bien sûr.

— Si j'en ai… envie ? De… demain ?

Vil tentateur, suppôt de Satan, sale incube ! Il ose me demander si j'en ai envie alors qu'il vient de m'allumer comme un incendie dans le maquis en plein été ? Je jette un coup d'œil rapide à l'horloge sur le mur. Tout le monde doit être parti, à présent, Et si ce n'est pas le cas, franchement, je m'en tape. Je pousse un soupir. Son regard remonte au niveau de mes yeux, J'entreprends de défaire le premier bouton de mon chemisier, consciente que la porte est grande ouverte, ce qui m'excite sûrement plus. Deuxième bouton, il ne me quitte pas des yeux. Troisième bouton, il déglutit, Quatrième bouton, il regarde enfin ce que je m'apprête à lui offrir. Il ramène ma chaise plus près de lui, écartant mes jambes pour s'y caler. Je termine d'ouvrir mon haut, Il approche sa main et caresse légèrement le sillon entre mes seins. Il sait faire durer le plaisir.

Il assure sa position en écartant un peu les genoux et fait délicatement sortir mes seins de leur écrin de dentelle. Bien sûr, les pointes en sont déjà durcies, histoire de lui montrer que je suis affamée *et* en manque. Mais au point où j'en suis, ma vertu ne risque franchement plus rien avec lui. Il pince doucement chacune d'elles entre le pouce et l'index et je gémis, me renfonçant un peu dans ma chaise.

— Caresse-toi, Sarah Jones.

— Quoi ? je sursaute en réalisant qu'il me parle.

— Je n'ai que deux mains, ajoute-t-il avec son petit sourire « *I'm a sex machine* ».

Il veut que je me caresse, mais il a déjà mes seins en main et… ah… D'accord… Il veut. Oh, Ma respiration se fait plus rapide, entrecoupée de petits gémissements qu'il provoque facilement maintenant qu'il titille mon sein gauche entre sa langue et ses dents.

— Essaie, ça te plaira, dit-il en s'écartant légèrement avant de reposer sa langue sur moi.

Cette langue, nom de Dieu, c'est une putain de langue de compèt' ! Je remonte ma jupe, hésitante, et passe deux doigts dans ma culotte.

— Attends, donne-moi ta main.

Je la lui tends, docile, comme chaque fois qu'il prend sa voix de dominant. *Pardon, Madame de Gouges, je suis une honte pour toutes les féministes du monde entier*. Il suce mon index et mon majeur, me vrillant du regard, provoquant un nouveau gémissement plaintif.

Cette langue… Non, mais cette langue…

— Tu peux y aller, maintenant.

Je remets mes doigts dans ma culotte et les presse sur mon clitoris. Il se met à mordiller mon téton au même moment, et la combinaison de nos caresses me provoque un petit spasme que je ne peux contrôler. Il gémit aussi, sans s'interrompre. J'ai l'habitude de me caresser, mais normalement je suis seule pour le faire. Là, nous sommes dans notre bureau, la porte ouverte, risquant ainsi de nous faire surprendre… Tout ça provoque des pulsions que j'ai du mal à contenir, Foutues règles et foutu tampon qui m'empêchent d'assouvir à fond ces pulsions !

De ma main libre, je l'agrippe par les cheveux et il grogne un peu en intensifiant les caresses qu'il m'octroie avec sa langue d'un côté, ses doigts de l'autre. Je n'ai pas besoin de beaucoup de temps pour atteindre le point de non-retour. L'orgasme arrive d'un coup et je tente de réprimer le cri qui monte dans ma gorge, ayant un soupçon de bon sens résiduel sur le lieu où nous nous trouvons. J'ai l'impression que l'extase dure une éternité, c'est bon, c'est tendre, c'est langoureux… c'est parfait.

Il réajuste mon soutien-gorge et, pendant que je recouvre mes esprits, prend ma main dans les siennes, la retirant de ma culotte. Il se remet à me sucer les doigts et j'ai un nouveau petit spasme orgasmique, totalement inattendu… Il sourit en me regardant.

— Je savais que ça te plairait.

Je descends de ma chaise et m'installe à califourchon sur lui, le poussant pour l'obliger à s'étendre sur le sol. Je m'allonge sur lui et l'embrasse. Il a mon goût dans la bouche, je suis encore complètement excitée, et ce que je sens contre mon entrejambe me prouve que lui aussi. Il a bien mérité que je m'intéresse à son plaisir. Mais quand je veux descendre plus bas, il me retient par les cheveux.

— Aïe ! je proteste en redressant la tête.

— Embrasse-moi encore, Sarah.

Mantra 5

Je suis célibataire et indépendante

Je me sens tellement bien quand il me parle normalement. Oui, j'adore qu'il se montre brutal et vulgaire avec moi. Mais il est totalement craquant quand il s'adresse à moi comme si… comme… eh bien… comme s'il était mon petit ami. J'ai un pincement au cœur en ayant cette pensée, parce que je sais pertinemment que lui et moi ne formerons jamais un couple, il est *déjà* en couple. Mais c'est ce que j'ai voulu, non ? Je fais taire ma raison et l'embrasse, tendrement. Je ne perds pas le fil de ce que je souhaitais faire au départ et ondule lascivement contre son érection. Il répond à ma provocation par un gémissement dans ma bouche, me tirant encore un peu les cheveux.

Cette fois, il me laisse descendre et je libère son sexe. Je le prends aussitôt entre mes lèvres. Il me tient toujours fermement par les cheveux. J'aime le sentir vulnérable, voir l'effet que j'ai sur lui. Comme s'il s'ouvrait un peu à moi. La satisfaction de ce constat me rassure et je souris. Il rit.

— Je ne sais pas à quoi tu penses, mais j'aime te sentir sourire contre moi.

Mon sourire redouble et je dois m'interrompre parce que faire une fellation en souriant, c'est une performance. Il m'oblige à remonter jusqu'à son visage et m'embrasse passionnément. Il m'embrasse si longtemps que je dois le repousser pour reprendre mon souffle. Il m'observe intensément et ce regard, que je ne lui connais pas, me met tout à coup mal à l'aise. Je repars terminer sa pipe et il me laisse faire. Je commence par lui lécher doucement les testicules et il réagit aussitôt en laissant échapper « *putain, n'arrête pas* ». Je m'occupe en même temps de le masturber et, finalement, je le reprends en bouche jusqu'à ce que je le sente éjaculer dans ma gorge. Je lèche chaque goutte qui perle et le sens se détendre sous ma langue.

Il m'attire doucement à lui et me prend dans ses bras. C'est bizarre, il n'a jamais fait ça. Normalement, nous devrions être en train de nous rhabiller et de nous souhaiter une bonne soirée. Au lieu de ça, il caresse délicatement mes cheveux, on dirait un câlin. Mais nous ne faisons pas de câlins ! C'est nouveau, ça ! Est-ce qu'il fait des câlins, avec sa brune ? Je ne suis pas sûre que ça me plaise, parce qu'il l'a elle, d'un côté, et moi, de l'autre. Il m'embrasse encore, les yeux fermés. Je me redresse, gauche et empêtrée dans ma gêne.

— Je dois y aller.

— D'accord.

— Bon… alors… à demain, Sandro, je te laisse… te rhabiller.

Je me lève précipitamment, prends mon sac et rattache les boutons de mon chemisier tout en sortant. C'est un peu comme si j'avais le diable aux trousses.

Ce n'est qu'une fois dans l'abri illusoire de mon appartement que je souffle pour de bon. Je n'ai même pas appelé mes amies pour leur raconter quoi que ce soit. Je n'ai pas envie de parler de ce qui vient de se produire sur le sol de mon bureau. C'était trop… trop… Je flippe carrément, en fait !

~

Le lendemain, Julie, la réceptionniste, m'appelle sur mon poste à huit heures trente. Je n'ai pas vu l'heure passer, où est mon assistant ?

— Bonjour, Sarah. Sandro est malade, il vient juste de me prévenir. La grippe, a priori, il risque de ne pas revenir cette semaine.

— La grippe ? Mais il était en forme, hier…

Je suis bien placée pour le savoir…

— Il n'avait pas l'air au top, au téléphone. Il était très ennuyé parce qu'il n'est là que depuis une semaine, mais je l'ai rassuré. On ne choisit pas quand on attrape ces saletés de maladies !

— Oui, c'est sûr. Merci de m'avoir prévenue !

Je suis dépitée. Je me suis vite habituée à sa présence, et travailler seule me semble totalement déprimant. La journée passe à une lenteur incroyable, tout me paraît morne et sans intérêt. J'ai besoin de sortir un peu. Nous sommes en plein milieu de semaine, mais il faut que je me change les idées. Entre ce moment intense que nous avons vécu hier et son absence ce matin, j'ai du mal à croire qu'il n'y a pas un lien de cause à effet. Et en même temps, c'est moi qui suis partie comme une voleuse. Tout ça me prend la tête, ça m'embrouille. Je voulais un plan cul et maintenant, c'est moi qui me fais un torticolis aux neurones en réfléchissant à tout ça. J'appelle Isa, elle est toujours partante pour aller boire un verre.

~

J'arrive au pub vers vingt heures, Isabelle et Bastien sont déjà là. Elle est en mode bobo chic, ce soir, un foulard dans les cheveux, des boucles sauvages qui s'échappent de tous les côtés, d'énormes créoles aux oreilles… J'adore, je suis jalouse. Mes cheveux sont longs, aussi, je sais que c'est sexy. Mais ils ont cette teinte entre le blond foncé et le châtain clair, ils ne se décident pas vraiment… Et surtout, pas question d'avoir des boucles. Ils ne sont ni raides ni bouclés, ils sont en mode free-style, tout le temps. Comme si je sortais du lit alors que je fais des efforts incroyables pour les dompter.

Bastien, quant à lui, porte encore son costume de travail, je me demande s'il a pris le temps de passer se changer. Il remonte ses lunettes sur son nez et me sourit. Je m'installe et Marco m'apporte mon sacro-saint monaco.

— Mélo et Olivier sont à la bourre… je constate.

— Elle est en ovulation, lance Isa comme si c'était une explication logique.

— Quoi ?

— Tu sais bien qu'ils essaient d'avoir un enfant, donc là en ce moment, c'est pile les jours où il faut faire les lapins pour mettre toutes les chances de leur côté, m'explique-t-elle.

Ben voilà, dit comme ça, je comprends tout de suite mieux. Mes pensées sont tellement loin des considérations de mes amis en couple que je me sens, d'un coup, tout à fait futile. J'ai besoin qu'on me remonte le moral parce que mon assistant, partenaire de baise, n'est pas venu travailler. C'est pire que pitoyable. Je suis d'un égoïsme à toute épreuve, c'est honteux. La porte du pub s'ouvre et je m'apprête à balancer une remarque douteuse sur le retard de Mélodie et Olivier, en rapport avec leurs essais bébés, quand ma mâchoire s'ouvre en grand pour venir cogner contre la table. Ou presque. Sandro et Sindy se tiennent par la taille façon « *on va s'envoyer en l'air* », ou pire : « *post-coïtale* », et il a l'air d'être tout sauf malade. Excité, heureux, canon, en pleine forme quoi, mais sûrement pas victime de la grippe. Je hais le fait que nous fréquentions les mêmes endroits. Et en même temps, si ce n'était pas le cas, nous ne nous serions pas croisés, cette première fois. Qui restera, quoi qu'il arrive, un merveilleux souvenir. Pour l'heure, ce souvenir est remisé dans les archives, parce que mon assistant s'est bien foutu de ma gueule. Il passe devant moi sans me voir, Instinctivement, je me lève et le saisis par le bras :

— Hé !

Il se retourne, interloqué. En me voyant, il comprend qu'il est dans une situation que je qualifierais de merdique. D'ailleurs, c'est tout ce qu'il trouve à dire :

— Eh merde…

— Je croyais que tu avais la grippe…

Je suis en mode boss. J'ai les poings sur les hanches et, bien sûr, pour changer, toute l'attention des clients est sur moi. Heureusement, Sindy avec un « S » se joint à moi. Elle est la dernière personne que j'aurais imaginée dans mon équipe. Finalement, je ne suis peut-être pas une honte pour toutes les féministes de cette planète, et elle non plus. Elle s'extirpe de ses bras et l'interpelle :

— Tu m'as dit que tu ne bosses plus là-bas !

J'entends Isabelle glousser dans mon dos, elle attend de voir (comme tout le monde) comment Monsieur « Orgasme-en-trois-doigts » va s'en tirer. Il reste silencieux et me fixe, toujours bizarrement, comme la veille. Je commence sérieusement à le trouver inquiétant…

Face à son mutisme, j'insiste.

— Alors ?

Il soupire, comme s'il venait de décider de rendre les armes :

— Je ne veux plus travailler avec toi, déclare-t-il simplement.

On m'aurait mis un coup de poing dans le bide, ça m'aurait fait le même effet. En tout cas, c'est l'idée que je m'en fais. Je reste sans voix. Sindy lui dit quelque chose, mais je ne comprends pas, je suis trop focalisée sur ses yeux. Froids et distants. Il ne plaisante pas, il est sérieux, il ne veut vraiment plus qu'on travaille ensemble. C'est humiliant.

— D'accord, je finis par dire. Tu auras l'obligeance de prévenir Oriane, je te fais grâce de ton préavis. Salut.

Je ne sais pas si je suis bien placée pour décider d'écourter son préavis, mais il est clair que dans les circonstances actuelles, je refuse de travailler une journée de plus en sa compagnie. Je ramasse mes affaires, tentant de garder mon calme pour ne pas lui donner la satisfaction de voir qu'il m'atteint, et sors du pub sans même un regard pour mes amis. C'est quoi son problème ? Il a quel âge pour mentir dans le but de sécher le boulot ? Qu'est-ce qui m'a pris de croire que ce type, capable de tromper sa copine avec sa patronne, a un peu de jugeote ? Je suis vraiment conne quand je m'y mets ! Je n'ai même pas à être déçue, depuis le début c'était un problème pour moi qu'il devienne mon assistant, au moins là, c'est clair. Eh merde ! Je ne vais pas me prendre la tête avec cette histoire, je suis débarrassée de tous mes soucis à la fois : mon assistant, mon plan cul, son regard étrange… Voilà, c'était sympa, on a dit qu'on n'échangeait pas nos numéros de téléphone, enfin, c'était le but du défi. J'ai gagné mon pari parce que, techniquement, même si j'ai accès à ses coordonnées, nous n'avons pas vraiment échangé nos numéros. Et cette fois, Bastien ne peut pas dire le contraire !

Le reste de la semaine, Sandro ne revient effectivement pas travailler. J'ignore s'il a déjà donné sa démission ou pas, mais je n'ai pas de nouvelles. Comme j'ai récupéré sa charge de travail, je n'ai pas vraiment le temps de m'appesantir sur la situation, qui ne mérite pas qu'on s'y apitoie, quoi qu'il en soit ! Oriane me propose son aide, mais je sais qu'elle a déjà assez de boulot comme ça. Et puis je dois me réhabituer à m'en sortir seule. Je ne suis pas près de demander un nouvel assistant de sitôt !

Je ne déroge pas à notre sortie du samedi soir. Je mets le paquet sur ma tenue : petite robe noire à manches longues, mais à décolleté vertigineux, bottines à talons quasi aiguilles (non, je n'ai pourtant pas d'envies de suicide), maquillage charbonneux, cheveux lâchés à la sauvage. Je sais que je suis sexy à mort, comme ça. J'ai confiance en moi. Il ne peut pas m'enlever ça. Voilà, c'est ça, ma thérapie... Quand j'ai quitté Grégory, j'ai passé beaucoup de temps à me pomponner. Mais pourquoi je pense à ça ? La situation n'a rien à voir avec Sandro ! Je suis célibataire, je l'ai toujours été depuis ma rupture, rien n'a changé ! En plus, je suis remontée à bloc pour exiger auprès de Bastien le gain du pari qui me revient de droit. Je reprends les choses en main. Je laisse cet épisode derrière moi et j'avance.

Mais il reste campé sur ses positions. Selon lui, le pari est biaisé, car j'ai fréquenté Sandro quelques jours et que le but était d'avoir un plan cul sans lendemain. Je fulmine, élaborant des tas de stratagèmes pour me venger. Rayer la carrosserie de sa voiture ? Non, elle est trop belle, ce serait criminel. Lui crever un pneu ? Je ne suis pas sûre d'avoir assez de force. Jeter des œufs pourris sur les vitres ? Non, ça ne servirait à rien, un tour à la station de lavage et il n'y paraîtra plus. Décidément, je suis en panne d'idées, ce soir. Et puis j'en ai marre de prendre racine sur ma chaise, dans ce pub. Je n'ai pas mis ma robe à jupe patineuse pour qu'elle moisisse ici, non, j'ai mis ma jupe « qui tourne » pour onduler mon anatomie de rêve !

— On va danser ? J'ai la bougeotte !

Mes amis me suivent en boîte. Les garçons ne sont pas motivés pour danser, mais les filles, oui. Nous les laissons donc jouer le rôle de vestiaires et nous dirigeons vers la piste, « Fuck You » de Lilly Allen résonne pile quand nous arrivons au milieu. Parfait. Ça ne pouvait pas mieux tomber. J'ai besoin de me défouler. J'ai pris un mauvais pli en m'habituant à mes parties de jambes en l'air presque quotidiennes, et je suis à nouveau à la diète depuis plus de trois jours. Autant dire que j'ai de l'énergie à revendre suite à ce changement brutal de doses d'orgasmes ! Et cette agitation n'a absolument rien à voir avec cette impression que quelque part, l'air de rien, j'ai perdu plus qu'un amant. En plus de ma dignité, s'entend. Isabelle fatigue rapidement, elle retrouve les garçons, Mélo reste avec moi. Je la trouve superbe, ce soir. C'est une jolie femme, mais elle n'a aucune confiance en elle. Elle est toute en formes et la mode étant aux anorexiques, elle complexe. Alors que, très sincèrement, elle est loin d'être en surpoids. C'est donc assez rare de la voir avec des vêtements près du corps qui la mettent en valeur. Et là, sur la piste de danse, elle est déchaînée. Habituellement, elle lisse sa petite coupe au carré, stricte et rigide comme elle peut l'être dans son métier de directrice d'école maternelle. Mais ce soir, ses cheveux auburn sont tout fous. Je ne sais pas ce qui se passe dans la vie de mon amie en ce moment, en dehors des essais bébés, mais elle rayonne. Tellement que son gardien, Olivier, éprouve le besoin de venir la chercher sous prétexte de lui proposer de boire un verre. C'est cela, oui, il a lui aussi remarqué que sa copine attirait tous les regards. Je reste encore un peu, je ne suis pas fatiguée. La musique me permet d'oublier. Je sais bien qu'après ça, je retrouverai tout ce qui me prend la tête. Là, j'ai juste envie de profiter.

Je m'amuse à faire tourner ma jupe comme une gamine (j'ai mis un shorty dessous, je n'ai pas une âme de Mallaury Nataf), quand un gros lourd vient se coller à moi. Dans une boîte de nuit, il y a toujours *LE* gros lourd. Celui qui va penser que tu es un morceau de viande sur l'étal du boucher, juste parce que tu es seule. En général, on les repère facilement : il y a un panneau clignotant « *boulet de service* » qui les suit à la trace. Et bien sûr, souvent, ça tombe sur moi. Pourquoi ? Bonne question. Autour de moi, il y a pourtant des tas de nanas super bien roulées, seules, et qui n'ont pas leur gros lourd attitré. Mon deuxième prénom, c'est « Pas-de-bol »…

D'abord, il commence à danser près de moi : je me détourne pour le décourager. Mais il suit ma rotation et se retrouve de nouveau en face de moi. Il n'est pas moche, mais le fait qu'il m'ait abordée de cette façon m'agace au plus haut point. Il s'enhardit, l'alcool aidant probablement, et se rapproche. Je le repousse en plaçant une main à plat sur son torse pour le tenir à distance. Cet abruti prend mon geste pour une invitation et m'attrape le poignet pour m'attirer à lui. Je jette un œil vers Bastien et Olivier qui m'ont déjà tirée de ce genre de mauvais pas plus d'une fois. (Je suis un aimant à boulets.) Ils sont en grande conversation avec les filles et personne ne fait attention à moi. Je dois me débrouiller seule, je suis une grande fille, je peux me débarrasser d'un type un peu, complètement même, bouché.

Profitant d'un moment d'absence de mon assaillant, merci l'alcool, je m'extirpe de son emprise. Mais c'est pour me retrouver dans d'autres bras. Le gros lourd lève les mains pour signifier qu'il lâche l'affaire, mais je dois me débarrasser de l'autre, maintenant ! Je me retourne vivement et découvre que mon sauveur est Sandro. Bien sûr, où avais-je la tête ? Il vient ici, lui aussi… Il me fixe sans rien dire, mais j'ai assez de griefs contre lui pour justifier un coup de genou bien placé. Ce que je ne fais pas, dans un accès de bonté qui me relève à un niveau bien supérieur au sien (amen).

Je retire ses bras de ma taille et me détourne de lui. Il me rattrape, m'obligeant à m'arrêter et provoquant des petits fourmillements partout sur mon corps. Je ne me retourne pas. J'en ai assez de son attitude, je suis déjà passée à autre chose. (Même moi je n'y crois pas, mais c'est la méthode Coué.) « *Tu es célibataire et indépendante.* » Voilà ! Mon nouveau mantra me donne du courage et je me dégage de son étreinte pour rejoindre mes amis, à grand renfort de phrases chocs. Ah ça, en revanche, mes *amis* ont bien vu ce qui s'est passé avec Sandro. Quand il faut me sortir des griffes d'un pot de colle, il n'y a personne. Mais quand on peut mater un petit extrait de ma vie pourrie, il y a du monde aux premières loges ! Je m'assois, un peu agacée, et prends une grande gorgée de je-ne-sais-quoi qui est sur la table et ne m'appartient pas. Mais, bien sûr, personne n'ose me le signaler, étant donné que je suis assez virulente dans mes gestes. Ils me connaissent assez pour savoir que là, je suis énervée. Et dans ces cas-là, je m'en prends à tout le monde, sans distinction.

Je pose mon verre et constate qu'ils m'observent.

— Quoi ?

— C'était pas ton assistant ?

— Je vais te dire qui c'était : un type qui pense que je suis un distributeur de pipes, un type qui couche de tous les côtés, un type qui n'a pas assez de couilles pour affronter la situation et se pointer à son travail, un type qui doit mentir à la Terre entière, un type qui pense pouvoir conquérir le monde avec sa bite et qui ne peut pas s'empêcher de la fourrer dans tout ce qui passe, un type qui croit pouvoir débarquer pendant que je m'amuse pour me foutre en l'air ma soirée. Voilà qui c'était !

Bastien ne répond pas, tous mes amis regardent leur verre ou leurs mains, la tête baissée. Ils devraient répliquer, au moins pour me soutenir et balancer des trucs dégueulasses sur le compte de Sandro. C'est comme ça qu'on fait entre amis. Mais ils restent silencieux. Isa me fait un petit signe de tête et je comprends enfin. Normalement, ça n'arrive que dans les films, ce genre de plan, et pas dans les meilleurs. Mais moi, non, moi : j'ai le cul bordé de nouilles et j'ai droit à des scènes mission suicide comme ça, dans ma vraie vie ! Petite chanceuse ! Je me retourne et, bien sûr, Sandro se tient derrière moi. Il ne manifeste aucune émotion, pour changer. Espèce de cyborg.

— On peut discuter ?

Il me demande la permission pour me parler, maintenant, c'est nouveau ! Je hausse les épaules. J'avoue que même si lâcher toutes ces vérités m'a fait du bien, je n'y ai pas mis les formes, et c'est vache pour lui.

Enfin, je me sens surtout merdeuse qu'il m'ait entendue. J'ai pour habitude de ne ressentir de la culpabilité que lorsque je me fais prendre, pour tout dire. Je sais, il y a une place avec mon nom dessus au purgatoire. Il me tend la main, je ne la prends pas, mais le lui fais signe de passer devant. Grand seigneur, je vais lui accorder quelques minutes.

Je le suis dehors, il me conduit dans la ruelle où nous avons eu une autre sorte d'entretien, une semaine auparavant.

— Je te préviens, si tu penses pouvoir me sauter encore une fois dans cette rue dégueulasse, tu vas rentrer sur ta béquille !

— Je veux juste te parler.

— Quoi ?

— J'ai quitté Sindy.

— Et alors ?

— Je voulais te le dire.

— Je ne vois pas en quoi ça me concerne. Et surtout, ne t'avise pas de me dire que c'est pour moi que tu l'as quittée, parce que je ne t'ai jamais rien demandé.

— Compris.

— Bien. Tu veux me dire autre chose ?

— Je ne veux plus jouer.

— Parfait. Moi non plus.

— Je veux te faire l'amour.

Je m'appuie sur le mur pour éviter de tomber sur les fesses. Dans la catégorie « réplique qui tue », il excelle.

— Je croyais qu'on était d'accord, qu'on ne voulait plus jouer ?

— C'est exactement de ça que je te parle.

— Tu me parles de cul !

— Non, tu ne m'écoutes pas.

Il s'approche et me prend les mains. Cette fois, je ne me dégage pas, je commence à comprendre ce qu'il veut dire, et donc à flipper bien comme il faut.

Je suis un peu en état de choc. Ça devient récurrent ces derniers temps.

— J'ai quitté Sindy et je veux quitter mon poste, parce que je veux être avec toi.

Je secoue la tête, espérant qu'il va me dire « *Je déconne ! Ha ha ha, je t'ai bien eue ! Allons plutôt tirer un coup pour nous détendre* ». Mais non, il attend une réponse.

— Je ne suis pas amoureuse de toi.

C'est lui que j'essaie de convaincre, ou moi ? La dernière fois que j'ai été amoureuse, je l'ai eu bien profond, à sec, et j'ai mis plus de six mois à m'en remettre, je ne suis même pas certaine de m'en être vraiment remise. Alors non, je ne veux même pas m'interroger sur l'éventuelle possibilité de sentiments autres qu'une attirance physique incontrôlable pour Sandro.

— Je ne t'aime pas non plus.

Ça a beau être rassurant, ce n'est pas valorisant pour autant.

— Ah. Alors pourquoi voudrais-tu être avec moi ?

— Parce que j'ai *envie* d'être avec toi, j'ai envie de te faire l'amour, dans un lit. J'ai envie que tu sois la seule.

— Oh, ben… Ça ressemble drôlement à de l'amour, ça !

Je cherche la merde, ou bien ?

— Non, j'ai juste envie qu'on ait une relation officielle et exclusive.

Je ferme à nouveau les yeux. De soulagement. De confusion. Je ne sais plus trop. Mais j'aime ça. J'aime qu'il me demande ce que je n'ose pas lui demander.

Mantra 6

Je n'ai pas l'âge de fréquenter un gigolo

— Pourquoi ?

— Parce que je ne veux pas que tu sois avec un autre.

— Qu'est-ce que ça peut te faire ? Tu te tapais bien ta brunette quelques heures après m'avoir…

— Je t'ai dit que je l'ai quittée.

— Je ne vois pas le rapport !

Il s'avance encore un peu et je perçois son souffle qui se rapproche dangereusement de mon cou. Il m'embrasse doucement, picorant ma peau du bout des lèvres. Il susurre à mon oreille :

— Laisse-moi te faire l'amour, juste une fois. Tu décideras ensuite.

Je ne suis vraiment pas en état de prendre une décision, là, tout de suite. Il sait très bien que je suis à sa merci et qu'il est en train de m'exciter. Je n'essaie même pas de le repousser ! Et ce qui m'ennuie le plus, c'est que ça n'est pas uniquement lié à cette attirance. C'est *plus*, parce qu'il me propose *plus*.

— Sarah, je veux juste que tu sois à moi, rien qu'à moi.

Je m'impatiente, partagée entre des émotions contradictoires.

— Mais j'étais déjà à toi ! Je ne suis pas allée voir ailleurs une seule fois !

— Je sais, je veux juste m'en assurer.

— Pourquoi ?

— Parce que tu me rends fou.

Je le regarde sans rien répondre. J'ai du mal à situer la limite entre « être fou de quelqu'un » et « être amoureux ». Je ne suis pas vraiment convaincue qu'il y ait une différence. Il doit voir mon air sceptique, car il reprend :

— Je serais contrarié si tu ne voulais plus me voir, mais je m'en remettrais.

Hum… C'est-à-dire… Comment prendre ça ? Ce n'est pas une déclaration d'amour et ça tombe bien, je n'en veux pas. Et en même temps, j'ai la sensation qu'il me dit ce qu'il pense que j'ai envie d'entendre. Je voulais quelque chose de simple, est-ce qu'il est en mesure de m'offrir ça ?

— Qu'est-ce que tu proposes ? je lui demande, méfiante.

— Pour commencer, j'ai envie de te voir nue.

— Non… je veux dire… pour nous… je marmonne difficilement.

Ma respiration est de plus en plus erratique, ses mains se promènent sur mon corps et ses lèvres ne laissent aucun répit à mon cou. Je frissonne, il sait déjà où me toucher, comment me toucher… Il me connaît tellement bien que ça me fait peur.

— Sandro ! Concentration ! Je le coupe en haussant la voix.

— Désolé.

Il ne rompt pas le contact, mais me permet de focaliser mon attention ailleurs que sur le désir qui picote entre mes cuisses.

— Alors ?

Je le repousse doucement, je veux être sûre qu'il n'attend pas une vraie relation. Je ne suis pas prête pour ça. Je fustigerais une relation sérieuse. Je la torpillerais parce que je n'ai pas encore cicatrisé de la précédente, je le sais. Il ne dit rien. Il faut que je ressorte mon mantra de la femme forte qui prend sa vie en main ! Je lui lance, d'un ton que je veux sans réplique :

— Juste pour le sexe.

— Juste pour ça, me confirme-t-il.

— Et tu reviens travailler.

— Pourquoi ?

— Parce que je veux t'avoir sous la main, en cas de besoin.

Il sourit, nous sommes à nouveau sur la même longueur d'onde. Je sais que je me comporte mal, je sais qu'il veut plus que ça. Je n'en reviens pas de ce que je suis en train de faire. En gros, je lui demande d'être mon gigolo. J'ai vingt-huit ans ! Je n'ai pas besoin d'avoir recours à un gigolo !

— J'ai les résultats de mon test.

Il me tend une feuille qu'il sort de sa poche arrière, je ne m'en suis pas encore occupée, de mon côté. Je lis les dernières lignes et j'ai la confirmation qu'il est clean.

Il se rapproche à nouveau et me murmure :

— Viens.

— Où ?

— Chez moi.

— Pourquoi ?

— Je te l'ai dit. Je veux te faire l'amour dans un lit. Et si tu ne me suis pas maintenant, je vais devoir te sauter encore dans cette rue dégueulasse, que ça te plaise ou non.

Voilà, il parvient à nouveau à m'allumer avec quelques mots, les miens qui plus est, et ma culotte sert une fois de plus à limiter les dégâts humides entre mes cuisses. Je saisis la main qu'il me tend et il me conduit jusqu'à sa voiture, garée deux rues plus loin. Il m'ouvre la portière passager, en parfait gentleman, et s'installe au volant. Il emprunte la route qui mène hors de la ville. Je suis complètement excitée, la faute à l'alcool, la faute à mes trois jours de diète, la faute à ce qu'il m'a dit, la faute à… Bref, je décline encore toute responsabilité, comme à mon habitude ! Je pose la main entre ses cuisses, repérant très facilement son érection. Il appuie son dos sur le siège en soupirant, pendant que je le caresse. Je défais la boucle de sa ceinture, dégrafe son pantalon et le libère pour l'emprisonner immédiatement dans ma bouche. Il gémit, mais je me rends bien compte qu'il fait un effort pour se concentrer sur la route. J'ai vaguement l'impression que ce que je fais est dangereux, je compte sur lui pour nous garder en vie.

— Sarah…

— Hummm… ?

— Tu devrais arrêter…

— Hun hun…

— Sérieusement, j'ai d'autres projets pour ce soir…

J'entends que nous croisons d'autres voitures et je trouve ça euphorisant d'être en train de tailler une pipe à mon assistant dans sa voiture, sur la route. Je prends mon temps. Je glisse la main entre ses cuisses et le caresse. J'aime l'entendre prendre son pied.

— Sarah…

L'effet que je suis capable de produire sur cet homme me rend complètement euphorique. Limite insupportable. Enfin, *limite*, c'est mon point de vue. Il se peut que mon entourage ne soit pas du même avis, cela dit, ça ne m'intéresse pas.

À contrecœur, je le rhabille et reprends ma place. Il se gare une minute après, parfait timing.

— C'est ta maison ?

— Oui, viens.

Donc, en plus d'être beau, un dieu du sexe, et de me vouloir *moi*, il est aussi très riche.

— Tu es propriétaire ?

— Tu es vénale ? se braque-t-il.

— Mais non ! C'est de la curiosité !

— J'ai hérité de cette maison, je ne suis pas plein aux as.

— Ne le prends pas comme ça… Tu vois, on s'engueule déjà alors qu'on est encore dans la rue. Je ne crois pas que ce soit une bonne idée qu'on se voie en dehors du travail.

— Viens, répète-t-il plus fermement.

Nous y sommes, il ne lui manque que le gourdin et il n'a plus qu'à me traîner par les cheveux pour m'amener dans sa caverne ! Je le savais que c'était une mauvaise idée !

— Est-ce que c'est bien clair, le fait que je ne t'appartiens pas ?

— Très.

— Alors, ne te comporte pas comme si c'était le cas.

— Sarah, j'ai envie de toi, maintenant. Alors on fait comme tu veux. Soit je te prends sur le gravier devant le palier, soit tu entres avec moi et on s'installe sur mon lit.

Je lui souris de façon très suggestive. Franchement, un lit ? C'est surfait ! Aucun intérêt à faire ça dans un lit ! Il me renverse sur le sol sans prévenir et je crie sous la surprise.

— Enlève ta culotte.

— Tu as eu la polio en plus de la grippe ? je le provoque en souriant.

— Putain, Sarah, tu penses que tu ne m'as pas assez allumé pour ce soir ?

— Non, je ne crois pas…

Il soulève ma robe et s'arrête, interdit. Ah oui. Mon shorty, ça fait très culotte de grand-mère quand on le voit comme ça.

— Ce n'est pas ce que tu crois, ce n'est pas une gaine de vieille dame, c'est… ah, enlève-le, j'ai une vraie culotte dessous !

Il rit, purée ce rire…

Il retire donc mon short et arrache ma culotte plus précipitamment.

— Hé ! Tu ne l'as pas déchirée, j'espère ? Une création de Dita Von Teese, je te signale, quand même, merde…

— Mais non !

Des petits cailloux me rentrent dans le dos, mais je n'admettrais mon inconfort pour rien au monde. Il s'allonge sur moi et me regarde intensément.

— Tu en es sûre ? Ici ?

— Depuis quand tu as besoin de mon accord ?

Il descend entre mes cuisses et commence à me faire le cunni le plus inconfortable de toute l'histoire des cunnis. Avant qu'il n'arrive au bout, je le repousse.

— C'est bon, on rentre.

Il sourit, mais se penche pour m'embrasser avant de me laisser me relever. C'est comme l'autre soir, dans le bureau. Tendre. Délicat. C'est trop… pas assez… Bref, ça ne ressemble pas à ce qui me plaît chez lui et, en même temps, c'est tellement plus que ce qui me plaît. Il faut que je lui dise, ça me fait peur, je n'ai aucune idée d'où on va, mais on y va trop vite. Je le repousse doucement.

— Sandro, tu m'embrasses trop.

— Tu n'aimes pas ?

— Je ne sais pas, c'est tellement intime…

— Et nous ne sommes pas intimes ?

— Si, mais…

— Ne te fatigue pas, j'ai compris. Allez, on entre.

J'ai clairement pourri l'ambiance. En même temps, je n'ai pas l'habitude que nos baises se passent comme ça. Pourquoi est-ce qu'il veut changer ce qui a très bien fonctionné jusqu'à présent ?

— Tu devrais peut-être me ramener en ville…

— C'est ce que tu veux ?

— Je ne sais pas. Toi ?

Il s'approche de moi et me prend la main.

— Moi, Sarah Jones, j'ai envie de vous voir nue, je vous l'ai déjà dit.

Oh yes ! Il est redevenu lui-même ! Je lui souris, contente que la pénombre de la nuit cache un peu mon teint écarlate. Je le suis chez lui. Il n'allume aucune lumière et je ne distingue rien autour de moi, ce n'est pas plus mal. Je n'ai pas vraiment envie d'entrer dans son intimité, matériellement parlant, s'entend. Et j'en ai envie. Et… bref… De toute façon, s'il veut vraiment me voir nue, il va finir par allumer la lumière. Je m'arrête en plein milieu d'un couloir. Il m'attire à lui :

— Un souci ? me demande-t-il en posant la main sur ma joue.

— Je ne suis pas sûre de vouloir connaître… ton chez-toi. Je…

Comment lui expliquer ce que j'ai du mal à comprendre ?

— O.K.

— Mais tu veux me voir nue, je continue.

— Oui.

— Donc…

— Je vais te masquer les yeux, déclare-t-il comme si c'était la solution à tous nos problèmes.

— Quoi ?

— Je peux t'admirer et toi, tu ne vois rien.

— Heu…

— Tu as peur ?

— Peur, non. Mais je n'ai pas l'habitude.

— Essaie, si tu n'es pas à l'aise, on arrête, promis, propose-t-il.

— Tu l'as déjà fait ?

— Non.

Je le regarde dans les yeux. Il fait sombre, je ne le distingue pas bien, mais je sais que je peux lui faire confiance. Là, comme ça. Je le sais. C'est tout. Parfois, il faut suivre son instinct.

— D'accord, on tente.

Il nous fait entrer dans une pièce et en referme la porte après moi. Il fouille dans un placard, toujours dans l'obscurité, et revient vers moi.

— Qu'est-ce que c'est ?

— Un foulard.

— Tu possèdes des foulards ? je ricane bêtement.

C'est le trac… Ça se passe de manière tellement plus fluide dans les films ou les livres…

— C'est un vieux truc avec des têtes de mort qui date de mon adolescence. D'autres questions, Sarah Jones ?

Je me retourne pour lui permettre de placer l'étoffe sur mes yeux et de la nouer.

— Ce n'est pas trop serré ?

— Non.

— J'allume.

Je perçois un peu de lumière à travers le tissu noir, mais je ne distingue absolument rien. C'est assez excitant comme façon de faire ! Du moment qu'il ne me propose pas de m'attacher, parce que là par contre, ce n'est pas du tout mon truc ! Grégory a voulu essayer un jour, et je me suis ennuyée comme un rat mort sans pouvoir utiliser mes mains. Sandro soupire et je reviens avec lui.

— Tu fais quoi ? je lui demande de ma petite voix sexy et innocente. (D'accord, de ma voix normale, mais ça le fait moins, tout de suite.)

— Je te regarde.

Je me dandine un peu, réalisant que je suis complètement à sa merci visuelle. J'ai évité d'y penser jusqu'à présent, mais il va me déshabiller d'un instant à l'autre et je ne suis pas vraiment à l'aise à l'idée de me retrouver nue et vulnérable devant lui. Il s'approche de moi.

— Enlève tes chaussures, m'ordonne-t-il de son ton de boss.

Je me baisse en m'appuyant sur lui et ôte mes bottines, perdant douze bons centimètres de hauteur dans l'opération. Je me redresse, sans retirer ma main de son torse. Il prend mon menton entre ses doigts et relève mon visage pour m'embrasser. Sa langue joue un peu sur mes lèvres, puis il libère ma bouche en rompant le contact. Il passe dans mon dos et trouve la fermeture Éclair qu'il fait entièrement descendre. D'un petit geste sec, il fait tomber ma robe au sol. Je n'ai plus ma culotte depuis un moment, d'ailleurs je me demande bien où elle peut être. J'imagine un voisin, un petit monsieur de quatre-vingts ans, la trouver sur sa boîte aux lettres demain matin, ce qui me fait glousser. Stupidement, pour changer. Comme une ado. Sandro, probablement habitué à mes accès de folie, n'y prête pas attention. Il dégrafe mon soutien-gorge et je n'ai plus que mes bas autofixants sur moi. D'instinct, mes mains se sont positionnées de manière à cacher la partie la plus intime de mon corps. Mais il me les prend, délicatement, et écarte mes bras.

— Tu es belle, Sarah Jones, ne te cache pas.

Belle, je note, mon ego s'en souviendra pour les jours où mon moral se sera barré en Patagonie orientale. Il m'entraîne avec lui et me fait asseoir sur son lit. Je l'entends défaire sa ceinture et son pantalon et, avant que j'aie le temps de comprendre, il me pénètre en me poussant en arrière.

— Je ne t'ai pas donné mon test, Sandro ! Je ne l'ai pas fait !

— Il y a des risques ?

Si je réponds « aucun », ça va jouer en ma faveur ? Non, hein…

— Aucun…

Allongée sur le dos, je cherche à tâtons ses cheveux pour m'y accrocher. Il se penche vers moi et m'embrasse doucement, suivant le rythme lent et langoureux de ses hanches. Il me fait vraiment l'amour, je connais cette façon de bouger, c'est loin de ce qu'on pratique habituellement. Ses gestes sont tendres, délicats. Rien que la présence du lit me semble déplacée ! Je ne peux pas dire que je n'aime pas ça, mais ça me fait peur ! Ça me fiche une trouille énorme parce que même avec Greg, ça n'a jamais été aussi intense. Comme s'il lisait dans mes pensées, il m'attire vers lui pour m'asseoir et me fait pivoter.

— Mets-toi à quatre pattes.

Oh. My ! Il m'aide à me positionner et me pénètre à nouveau. La levrette accentue drôlement les sensations, il se fait aussi moins tendre, ça m'aide à vraiment apprécier. Je me sens mieux. C'est moins cérébral, beaucoup plus bestial. Exactement ce dont j'avais besoin pour oublier la semaine qui vient de s'écouler.

Cette fois, il ne parle pas, il me prend comme si c'était la dernière fois et je me cambre à son contact, les avant-bras appuyés sur le matelas. Je laisse retomber mon front contre l'oreiller et mes gémissements se mêlent à ses soupirs.

— Touche-toi, Sarah…

La vache ! Je ne suis même pas sûre que me caresser soit nécessaire, au stade où j'en suis. Mais je ne suis pas contrariante, alors je glisse ma main droite entre mes cuisses et il ne me faut pas longtemps avant de sentir l'orgasme se pointer.

Les doigts de Sandro se crispent sur mes hanches quand je jouis en criant, le son étouffé par le coussin où j'enfonce mon visage. Ma main libre agrippe le drap et je vais à sa rencontre jusqu'à la dernière vague. Je n'ai plus de forces, mais Sandro en a encore pour deux. Il redouble de vigueur et je le sens pour la première fois éjaculer en moi. Je frémis de plaisir en recevant le sien, jusqu'à ce qu'il m'aide à m'allonger entièrement et se retire. Il s'étend à côté de moi, j'entends sa respiration se calmer petit à petit. Je tourne la tête vers lui, toujours sans le voir, et je souris. Il ramène le drap sur moi et je l'entends se rhabiller et se lever.

— Où tu vas ?

— Tu ne veux pas que j'éteigne la lumière pour te rhabiller ?

— Non, reviens, dis-je en tendant la main.

Il s'en saisit et se rallonge à côté de moi. Je perçois son souffle sur ma bouche.

— Tu gardes le foulard ? demande-t-il en glissant un doigt dessous.

— Oui.

Paradoxalement, c'est comme si j'étais moins vulnérable avec le bandeau, maintenant que je m'y suis habituée. Je ne vois pas ses yeux pâles me scruter. Je suis moins tentée de m'y perdre et de le laisser me dire et faire ce qu'il veut. Comme si ses désirs me dérangeaient…

N'importe quoi…

— Je pourrais m'habituer à te voir comme ça… murmure-t-il en repoussant mes cheveux par-dessus mon épaule.

— Vous avez des goûts particuliers, Monsieur Novelli.

— Avec toi, je pourrais tout aimer.

J'entends tellement plus dans sa voix que ce que les mots qu'il prononce signifient. J'ai vraiment peur que ce soit moi qui le fasse souffrir, maintenant. Bien sûr, j'ai tout à fait conscience que je suis à ça, juste ça, de lui laisser l'opportunité de me faire du mal. Mais là, tout de suite, je sais que c'est moi qui pourrais lui faire tant de mal… Je ressens le besoin de lui fournir une explication, même si elle n'a de sens que pour moi.

— Je n'ai pas envie de tomber amoureuse, je n'ai pas envie qu'on m'aime. Je veux juste que tu aies envie de moi.

C'est de ça que j'ai besoin. Ni plus ni moins.

— Je peux faire ça.

— Sûr ?

— Certain.

— Je suis fatiguée. Tu peux me raccompagner ?

— Bien sûr.

— Rhabille-moi, Sandro. S'il te plaît.

Il me remet mes vêtements, même ma culotte qu'il a dû ramasser tout à l'heure. (Dommage pour le voisin.)

Ses gestes sont méthodiques, ils n'ont plus la tendresse qu'ils exprimaient plus tôt.

Une fois que je sens l'air de la nuit et que j'entends Sandro ouvrir ce que je devine être la porte d'entrée, j'enlève mon bandeau. Je cligne plusieurs fois des yeux, Sandro m'observe.

— Quoi ? je m'inquiète devant son air bizarre.

— Rien.

— Si. Tu me regardes étrangement…

— Je me disais juste que je n'avais plus besoin de t'imaginer nue. Maintenant je sais ce qui se cache sous tes vêtements. Donc je ferme les yeux, et je te vois, dans ma chambre, nue.

Je souris, je suis bêtement fière de ce petit compliment. Même si je suis consciente qu'il y a autre chose. Mais je n'ai pas encore envie de jouer la rabat-joie. Je me rapproche et dépose un rapide baiser sur ses lèvres.

Il me ramène en ville, je lui demande de se garer près du *Topaze* pour rentrer à pied, je n'ai pas envie qu'il voie où j'habite. Ce qui est complètement stupide, il doit avoir accès à mon adresse très facilement au travail. Mais pour l'heure, j'ai eu ma dose de « *on va se connaître un peu plus* ».

— Merci, je te vois lundi ? Tu reviens travailler ? Je demande sans réussir à masquer l'espoir dans ma voix.

— Si tu en as envie.

— Bien sûr. Je trouve que tu es un très bon assistant, en dehors du fait que tu me permets d'avoir des pauses-cul délicieusement agréables.

Il ricane. Mais son rire sonne faux, il essaie, mais je vois bien que quelque chose a changé.

— Bon… Alors… À lundi, Sandro.

— À lundi, Sarah.

— Ah… je voulais te dire. Tu peux me tutoyer au travail… Tous les autres le font, ça serait logique que tu le fasses.

— D'accord.

Trop de vocabulaire tue le vocabulaire… Il se penche vers moi et m'embrasse longuement, me faisant encore une fois battre mon record en apnée. Je le repousse doucement. Je ne veux pas le blesser, mais je souhaite que les barrières restent en place. J'ai besoin de temps.

— Bon, j'y vais, avant d'avoir envie de tester ça dans une voiture, je lui annonce en m'écartant.

— Tu ne l'as jamais fait dans une voiture ? s'étonne-t-il sincèrement.

— Non, jamais…

— Voilà une information intéressante…

— Ne me regarde pas comme ça. Je suis épuisée.

Il me lance un sourire en coin qui me fait réagir instantanément. Mais je suis H.S. et j'ai un mal de tête en sourdine qui ne va pas tarder à se déclarer.

— Ne grillons pas toutes nos cartouches ce soir, je conclus.

Un petit bisou sur la joue et je sors de la voiture. Il ne part pas tout de suite, il m'observe. Je prends un malin plaisir à rouler du cul comme une poule de luxe, faisant virevolter ma jupe « *qui tourne* » sur mes cuisses.

Il démarre enfin, passe lentement près de moi et me lance un regard de ceux qui vous clouent sur place. Le regard qui tue, directement. Le regard où tu vérifies que tu as bien tes fringues sur toi parce que tu te vois nue dans ses yeux. Le regard que je connais bien de mon ténébreux taciturne.

Mantra 7

Je ne serai pas cette salope

— Bon, c'est pourquoi la réunion de crise, cette fois ? Un dimanche, en plus !

Je regarde mes amies tour à tour, consciente que je vais sûrement me faire engueuler.

Et je me lance :

— Je crois que Sandro est en train de tomber amoureux de moi.

Isabelle sourit de toutes ses dents.

— C'est super ! Félicitations, il faut fêter ça !

— Non, tu ne comprends pas… Je n'ai pas envie qu'il tombe amoureux de moi.

Regard lourd de reproches de Mélodie, qui s'apprête à me faire la morale que j'attends.

— C'est quoi ton problème ? Un canon, une bête de sexe, tombe amoureux de toi et tu te plains ?

— Ce n'est pas ce que je voulais ! Je voulais juste m'envoyer en l'air ! Je voulais être insouciante ! Je voulais…

— On a compris, m'interrompt Isabelle en lançant une œillade appuyée à Mélodie.

— Quoi, pourquoi vous vous regardez comme ça ?

— En fait, reprend Isabelle, on attendait que tu pètes les plombs, depuis Greg. Il a fait du sale boulot avec toi. On se disait que tu avais plutôt bien géré la rupture. Surtout qu'il t'y a poussée en t'en faisant prendre toute la responsabilité… Alors là, finalement, ça nous rassure de voir que tu réagis. C'est pas trop tôt, quoi…

— Qu'est-ce que vous racontez ? J'ai réagi quand on s'est séparés !

— Oui, mais… Disons que tu as eu des mois difficiles vers la fin de votre relation. Il t'a complètement bousillée, ce connard.

— C'est sûr… Mais là, je ne suis pas prête à m'embarquer dans une vraie relation. J'ai encore envie de m'amuser. Sauf que Sandro a l'air trop attaché à moi. Et au lieu de l'envoyer balader pour ne pas le faire souffrir, je lui ai demandé de revenir bosser avec moi.

— Il a dit quoi ? s'inquiète Isa.

— Il m'a demandé pourquoi je voulais qu'il revienne.

— Et… ? insiste-t-elle face à ma réticence.

— J'ai répondu que je voulais l'avoir sous la main en cas de besoin… sexuel…

Ma voix a peu à peu diminué de volume pour n'être plus qu'un murmure. J'ai tellement honte de mon attitude que je n'arrive même pas à en parler à mes meilleures amies.

Mélodie soupire. Isabelle ferme les yeux. Elles essaient de trouver une façon amicale de me dire que je me comporte comme la dernière des traînées. Je les devance, pour leur faciliter la tâche :

— Je suis une salope.

— Je n'aurais pas dit ça comme ça… avance Mélo.

— Moi, oui, ajoute Isa.

— C'est ce que je suis devenue. Et je ne pense pas qu'on puisse imputer toute la faute à mon ex. J'ai tout foutu en l'air.

— Demain, tu dis à Sandro que c'est terminé, m'affirme Isabelle.

— Je ne vais jamais y arriver !

— Pourquoi ? Tu es forte, tu es sa patronne, bien sûr que tu vas y arriver ! affirme-t-elle en tapant du poing dans sa main.

Elle peut être carrément flippante quand elle fait ça. Moi, en revanche, je ne suis pas sûre d'être aussi impressionnante… Je devrais peut-être lui demander d'y aller à ma place,

— Je ne vais pas y arriver, parce que je n'ai pas envie de le laisser filer ! Parce que je suis complètement accro au sexe avec lui ! Oh ! merde, les filles… Qu'est-ce que je vais devenir si je suis esclave de ma libido ?

— Ne dramatise pas non plus, ou va dire que tu fais ta crise de la trentaine un poil à l'avance, temporise Mélodie en posant une main sur mon bras pour m'apaiser.

— Mouais…

Je me vautre sur le canapé, le visage enfoui dans mes mains.

— Mmmfmmfmmmf.

— Hein ?

— Je disais, je reprends en dégageant ma bouche, que je n'avais pas envie d'arrêter de coucher avec Sandro.

Et voilà, je geins. C'est de pire en pire. Un volontaire pour me frapper ? Moi.

— Il te faut une cure de désintox, de toute façon tu n'as pas le choix. Tu ne peux pas lui faire ça, c'est dégueulasse ! me sermonne Mélodie.

— Ah ouais, comme quand il tirait son coup avec sa Lara Croft tout en me procurant des orgasmes… Oh mon Dieu… Des orgasmes d'une intensité, les filles, vous n'avez pas idée !

— Arrête de parler comme ça, tu me donnes envie d'aller le retrouver tout de suite pour vérifier.

— Isabelle ! s'offusque Mélodie.

— Oh, ça va, je dis ça comme ça… Sarah, blague à part, arrête tes conneries avec lui. Ne me dis pas que tu voudrais qu'il souffre comme tu as souffert avec Greg ? Je sais que la situation est différente, mais la souffrance, c'est la souffrance… Peu importe la façon dont elle est provoquée.

— D'accord, sainte Isabelle. J'ai compris.

— Tu le fais demain matin à la première heure !

— Je n'ai pas droit à un dernier petit coup, genre la baise du condamné, ça n'existe pas ?

— Sarah ! s'écrient mes amies en chœur.

— Pfff, c'est pour ça que j'avais besoin de vous, les filles. Vous allez veiller à ce que je tienne parole, alors que seule, je n'aurais pas le courage de tout arrêter, je capitule en un énorme soupir de désespoir.

~

Sandro est assis à sa place et je ferme la porte derrière moi pour nous donner l'intimité que cette conversation nécessite. Il m'observe et je ne cherche pas à cacher mon embarras. Il reste impassible et s'appuie au dossier de son fauteuil, croisant les bras, attendant que je me décide à parler. Je prends une chaise et la place en face de lui. Je n'arrive pas à le regarder dans les yeux, j'ai tellement honte de moi. Je n'aurais pas dû craquer samedi soir…

— Sarah, crève l'abcès, je survivrai.

— Je suis désolée, j'ai vraiment l'impression que tu commences à avoir des sentiments pour moi.

— Et ?

— Et je veux juste m'amuser. Je vais te faire souffrir.

— C'est mon problème.

— Non, c'est aussi le mien. Je me fais l'effet d'une… d'une salope, je lâche en un souffle.

— Qu'est-ce que tu veux, Sarah Jones ?

— Je ne veux pas te faire de mal. Et j'ai peur que ça finisse comme ça.

— Je suis assez grand pour m'occuper de moi. Mais si c'est ce que tu souhaites, alors d'accord.

— D'accord quoi ?

— On arrête tout. Je deviens ton assistant sans pause-cul.

— C'est ça.

Il retourne à l'écran de son ordinateur et je reste là, à le scruter. Il m'a peut-être dit la vérité quand il m'a affirmé ne pas m'aimer ? Il a l'air de prendre la chose plutôt bien. Ce n'était peut-être pas la peine d'en venir à de telles extrémités et… D'accord, je suis pathétique et je ne dupe personne en me cherchant une bonne excuse pour récupérer l'usage en libre-service de mon assistant… Il me regarde à nouveau, je vais finir par glisser de ma chaise avec l'effet qu'il me fait quand il me lance ce regard.

— Autre chose ?

Je sursaute, j'étais complètement partie dans ma bulle. Je soupire, résignée.

— Non.

— Sarah ?

— Oui ?

— Arrête de me reluquer, j'ai beaucoup de mal à me concentrer quand je sais que tu me regardes. Si tu veux que je sois sage et que j'arrête de penser à ta langue sur ma queue, arrête.

Ce coup-ci, je manque vraiment tomber de ma chaise, je veux dire : pour de bon. Je me rattrape in extremis au bord du bureau. Il a fait exprès de me parler comme ça, il se venge de ce que je viens de lui faire. Je ne vois pas pourquoi, sinon, il s'amuserait à me faire souffrir ainsi ! Bien qu'il n'ait pas l'air de se marrer des masses, là. Sa mâchoire est crispée et il me fixe, complètement immobile.

— Je… je vais à mon bureau… Je… Désolée…

Il hoche la tête et reprend son travail, je réussis enfin à me lever et à le lâcher des yeux. Mais que l'Univers entier en soit témoin : il m'en a coûté de m'arracher à la contemplation de mon ténébreux taciturne. Les choses vont devenir sérieuses par ici, et ça ne me plaît pas du tout.

~

Vers l'heure du déjeuner, Sandro vient se planter devant moi :

— Je voudrais que ce soit clair, lance-t-il sèchement.

— Quoi ?

— Je peux coucher avec qui je veux ? Je peux me faire baiser par ma brune, maintenant ?

Je déglutis difficilement. Il me provoque, je suis en train de payer ma sage décision. Je n'ai pas envie de tendre l'autre joue, ça n'a jamais été mon style.

— Ça ne te changera pas beaucoup de quand nous avions une relation… heu… appelle ça comme tu veux, je réplique sur le même ton.

— Sexuelle.

Quand il prononce ce mot, j'ai déjà des contractions musculaires entre les cuisses. Je suis devenue une véritable obsédée et maintenant, je vais devoir expier. Saleté de karma, je croyais qu'on ne payait que dans une vie future ! Et à présent, ma petite Sarah, vous me réciterez dix « *Je ne dois pas me faire sauter par mon assistant* ». Je reprends le fil de la conversation, il faut que je sorte les griffes ou il va me bouffer toute crue.

— Voilà, tu as toujours couru plusieurs lièvres à la fois, il me semble. Je ne vois pas pourquoi tu aurais besoin d'un éclaircissement, je contre-attaque, fière de ma repartie.

— Je voulais juste être sûr que ça ne te causerait pas de souci que Sindy mette sa bouche là où tu as mis la tienne.

Petit enfoiré ! Il sait très bien que je suis sensible à ce genre d'allusion ! Je ferme les yeux et prends une grande inspiration.

— Est-ce que tu es en train de me faire payer ? Je murmure en les rouvrant.

— Te faire payer quoi, Sarah ?

— Ma décision d'arrêter de coucher avec toi.

— Je ne sais pas. Est-ce que tu as l'impression que je te fais payer quelque chose ?

— Oui.

— Dis-toi que tu es du meilleur côté de la barrière. On ne m'a pas demandé mon avis dans cette histoire. Tu es venue me balancer ça dans la tronche, en espérant quoi ? Que j'allais te remercier parce que tu m'épargnes une souffrance future dont tu n'as aucune certitude qu'elle aura lieu ?

Ben merde alors, je ne me rappelle pas l'avoir entendu autant parler d'un coup. Il doit vraiment être remonté. En plus, je sens ma volonté me lâcher, je vais dire n'importe quoi d'une minute à l'autre. Là, tout de suite, je perçois déjà que ma bouche s'ouvre pour parler. Quelqu'un pour m'empêcher de m'enfoncer ! Non ? Trop tard…

— Non, tu ne peux pas coucher avec qui tu veux ! Parce que je veux être la seule avec qui tu t'envoies en l'air ! Non, je ne veux pas que cette pétasse aux gros seins te taille des pipes, je suis la seule à pouvoir aussi bien te sucer ! Non, je ne veux pas qu'elle te baise, je veux être la seule à te baiser parce que *je sais* comment *bien* te baiser. Merde ! Tu me fais chier ! j'explose en hurlant.

Je me lève et pars d'un pas décidé pour m'enfuir d'ici, mais il ferme la porte avant que je ne puisse l'atteindre. Il me prend dans ses bras et je me mets à pleurer comme une gamine. C'est la colère, la frustration et la contrariété qui parlent à travers mes larmes. Je suis pathétique, mais Sandro n'est plus à ça près, venant de moi. Et ça l'incitera peut-être à prendre ses jambes à son cou, s'il est futé.

— Tu es satisfait ? C'est ce que tu voulais entendre ? dis-je entre deux gracieux reniflements.

— Oui, mais je ne suis pas satisfait. Je voulais juste savoir si j'avais un peu compté pour toi.

— Abruti ! C'est parce que tu comptes pour moi que je veux te préserver !

— J'ai compris.

Il me caresse doucement le dos et je me calme à son contact. Contre toute logique, quand je suis près de lui, je me sens bien. Mais c'est tellement le foutoir, là-haut, dans ma tête, qu'au lieu de me rassurer, ça me fait peur. Il relève mon visage et plonge son regard dans le mien.

— J'ai compris, Sarah. On arrête tout parce que tu ne veux pas te servir de moi. Tu ne connaîtras rien de ma vie sexuelle à partir de maintenant, je te le promets. Je te respecte pour ce que tu fais. Je te déteste de me priver de ta bouche, de tes mains, de ton joli p'tit cul… Mais je te respecte.

— D'accord… Ce serait vraiment nul, là, tout de suite, de te demander de m'embrasser, juste encore une fois ?

— Oui, ce serait carrément nul. Ne me le demande pas.

Il se penche et m'embrasse tendrement, lentement, gardant les yeux ouverts et m'observant attentivement.

Je passe les mains dans ses cheveux et lui rends son baiser, parce que je suis pathétique, c'est tout moi. Et je le lui rends plus que passionnément.

Quand nous nous écartons l'un de l'autre, nos respirations sont affolées. Il essuie un peu de salive au coin de mes lèvres avec son pouce, que j'embrasse au passage, sachant que je tente le diable. Et il se détourne pour ouvrir la porte.

— Je vais déjeuner dehors. À tout à l'heure, Sarah.

Quand il est assez loin, je me laisse tomber à genoux sur le sol, je suis super-courageuse (c'est cela, oui…), il me respecte, mais je vais devoir supporter sa vue quotidiennement sans jamais plus pouvoir y goûter. Et je vais devoir faire taire la sensation que c'est une énorme connerie, sensation qui me harcèle dans un coin de ma tête. Pourquoi faut-il que j'aie une conscience ? Les vraies salopes ont cet avantage : elles n'éprouvent aucun remords, elles assument leur comportement et elles arrivent à ménager la chèvre et le chou. Alors que moi, je me retrouve à devoir mater en douce mon assistant et à ressortir ma panoplie de *sex toys* destinés à un usage solitaire. *Yeah.*

J'envoie un SMS à mes amies pour leur signifier que j'ai mené à bien ma mission et que je les déteste. Elles sont fières de moi et me souhaitent du courage. Ouaip. C'est plutôt quelques verres d'alcool fort qu'il me faudrait pour tenir le coup. Ou pas. Je serais capable de lui sauter dessus si j'étais sous l'emprise de l'alcool.

Il me faut un nouveau mantra pour m'aider à résister. J'opte pour « *Sandro a de l'herpès sur le pénis* ». Aux grands maux, les grands remèdes ! Et aussi sur la langue, les doigts, partout… Voilà : « *Sandro est couvert d'herpès purulent.* » Avec ça, je suis armée pour les longues heures en tête-à-tête avec lui. Quand je le regarde, j'ai l'impression d'être une diabétique devant la vitrine de Pierre Hermé. Avec ce mantra, je verrais un lépreux. La désintox peut commencer.

~

Les jours passent en suivant le même schéma : je suis tendue et lui, très naturel. Je me répète inlassablement que j'ai fait une boulette monumentale en interrompant nos ébats. Il n'a pas l'air amoureux du tout, il se remet parfaitement de la « *séparation* ». Alors que je suis sexuellement frustrée et qu'il m'agite sans cesse son magnifique petit cul sous le nez.

Et je ne parle pas du fait que cette ambiance professionnelle me laisse un goût de « t'as vu, c'était plus sympa quand vous étiez complices ». Je vis une réelle torture et j'ai décidé d'en vouloir à mes amies pour m'avoir poussée à prendre la décision la plus désastreuse de ma vie. Je suis la reine de la mauvaise foi doublée de la pire indécise que la Terre ait portée. J'ai même perdu le cordon de mon vibro qui s'est déjà déchargé, c'est dire si ma chance m'a abandonnée et si mon karma commence son boulot punitif.

Le vendredi matin, alors que j'en suis quasiment réduite à respirer dans un sac en papier en sa présence, il me rappelle un événement que j'avais totalement éludé de ma mémoire.

— Tu te souviens que tu as une soirée d'entreprise ? m'annonce-t-il en fixant l'écran de son ordinateur.

— Hein ?

— La réception pour remotiver les employés, précise-t-il face à mon éloquence à présent légendaire.

— Ah. Ça.

— Ça commence à dix-neuf heures. Tu as l'adresse ?

— Ouais…

— Ne déborde pas trop d'enthousiasme, on pourrait croire que tu es heureuse d'y aller.

— Je déteste ces soirées, mais au moins, il y a de l'alcool.

Voilà, comme ça, en plus de passer pour une traînée, je passe aussi pour une alcoolique. Pourquoi est-ce que je ne suis pas fichue de faire comme tout le monde et réfléchir avant de parler ? Sandro, toujours dix fois plus professionnel que moi, ne relève pas ma réplique douteuse. Brave petit, soit il a des problèmes auditifs, soit il est vraiment bien élevé.

Donc, non seulement je suis frustrée au point d'être sur les nerfs en permanence mais, en plus, je vais devoir me taper une soirée avec des péquenauds au lieu d'aller me défouler en boîte. *J'adore ma vie.* Je n'ai même pas le temps de passer chez moi me changer et me remaquiller. Heureusement, j'ai toujours mon kit de survie sur moi. J'attrape mon sac pour vérifier qu'il est bien là, mais c'est un véritable capharnaüm, là-dedans ! Comme tout sac de fille qui se respecte, en fait. Je le vide entièrement sur mon bureau, sous l'œil attentif de Sandro que je m'efforce d'ignorer.

Au milieu des vieux tickets de caisse, emballages de tampons et autres paquets de chewing-gum, je trouve ma petite trousse de secours avec le minimum vital de maquillage. J'ai fait tellement d'efforts pour oublier la présence de mon assistant que, me croyant seule, je brandis ma trousse en ricanant bêtement. Et je me souviens qu'il est là, je fais comme si de rien n'était, fourre en vrac ma vie dans mon sac et retourne à mes occupations. La meilleure des défenses est encore de nier.

Et comme la journée n'a pas été assez pourrie, Lila-la-morue vient nous faire une petite visite à l'heure du déjeuner.

— Salut, Sarah. Sandro, je t'attends dans le hall…

Il hoche la tête et elle sort. Je me lève doucement, exagérément lentement même, pour tenter de garder mon calme. Je lisse consciencieusement ma jupe et je m'avance, la tête haute. Je ferme la porte afin que personne ne risque de m'entendre et je souffle un bon coup, Allez, zen, tu *peux* parler, tu n'es pas obligée de crier, Sarah… Tu peux le faire !

— Tu sors avec Lila ? je demande en serrant les dents.

— J'ai rendez-vous avec elle, oui.

— Je croyais que tu devais être discret sur ta vie privée, je continue en me déchaussant au moins trois on quatre dents tant ma mâchoire est crispée.

— Je le suis, c'est elle qui est venue. Tu aurais voulu que je lui demande de ne pas venir me voir au bureau ? Ça aurait été louche, non ?

Je m'appuie sur la porte, ferme les yeux et souffle encore un bon coup. Je marmonne mon mantra pour me donner le courage de ne pas être atteinte : « *Sandro a de l'herpès purulent sur tout le corps.* »

— Qu'est-ce que tu dis ?

— Hein ? Heu… non, rien…

Dans le genre discrète, je me pose là. Et mon mantra ne me fait aucun effet puisque je sais pertinemment que mon assistant a un corps de rêve. En fait, j'ai plutôt envie d'en lécher chaque centimètre carré. Et de le voir sans ses fringues. Focus, Sarah.

— Pourquoi tu sors avec elle ?

— Je ne crois pas que ça te regarde.

— Non, tu as raison. Mais j'ai quand même envie de savoir, j'insiste, en bonne maso que je suis.

— Elle est sympa.

— C'est une morue, je déclare comme si c'était une évidence.

— Pardon ?

— Passons. Tu l'as déjà embrassée ?

— Tu es sûre que tu as envie de connaître ce genre de détail ?

— Merci, ça répond à ma question. Tu peux partir plus tôt, ta morue t'attend, je conclus en m'écartant de la porte.

— Sarah… Je te rappelle que tu as voulu arrêter ce qu'il y avait entre nous.

— Allez, pars, c'est bon, je vais bien, je suis superzen, je suis *hypercontente* pour vous, je réplique en agitant mollement la main devant moi.

Je retourne à mon bureau, un sourire crispé collé sur le visage, attendant qu'il soit sorti. Quand il referme la porte, je m'adonne à mon passe-temps favori : le désespoir. Et mon front tape plusieurs fois le bois. Pourquoi ai-je laissé filer ce dieu du sexe ? Il n'était pas amoureux de moi : il ne pouvait pas l'être et passer à une autre nana en si peu de temps, si ? Isabelle et Mélodie vont m'entendre, elles auraient dû me pousser à vérifier qu'il avait *vraiment* des sentiments ! Mais Lila-la-morue, enfin ! Merde, Sandro, un peu de dignité ! J'attrape ma veste et la roule en boule pour étouffer un cri primaire dedans. Sandro entre à ce moment.

— Tu fais quoi ?

— Hmmfmmf…

— J'ai oublié mon portefeuille…

— Hmmfmmf…

Il fait ce qu'il a à faire, me jetant des coups d'œil inquiets, pendant que je m'applique à sortir de ma bouche les fibres du tissu que je viens de manger, comme si de rien n'était. Ma vie est une suite de catastrophes. Il faudra bien que la roue tourne un jour. C'est bien fait pour tourner une roue, non ? Ou que j'arrête de provoquer les situations pourries ? Oui, ça peut être pas mal comme plan… B.

Mantra 8

Je n'embrasserai plus Bob l'éponge

Je passe deux heures à me pomponner, consciente que je répète à nouveau le rituel post-rupture, mais en tentant de me convaincre que ça n'a rien à voir avec une séparation. Je vais devoir supporter une soirée pourrie, mais au moins je serai à mon avantage. Robert, le vieil obsédé du service comptabilité, pourra tranquillement se rincer l'œil. Si je ne gagne pas ma place au paradis avec une attitude altruiste comme la mienne, qui la gagnera ?

Je quitte le travail à dix-sept heures trente sous le regard « *prends-moi-ici-et-maintenant* » de Sandro que je m'efforce d'ignorer. Je n'ai cessé de l'imaginer avec la langue de Lila-la-morue dans la bouche, ses mains à *lui* sur son cul à *elle.* Je suis en colère, mais je n'ai pas le droit de lui en vouloir, c'est moi qui ai provoqué cette situation. Enfin, ce n'est pas pour ça que la pilule passe mieux. Ce type saute littéralement d'une nana à l'autre, sans scrupule. Ce que je veux, c'est le beurre, l'argent du beurre et le cul du crémier *(le cul du crémier surtout...)* J'aurais voulu qu'il soit juste mon partenaire de baise, et celui de personne d'autre. Mais j'aurais voulu que ce soit clair pour lui aussi. Et finalement, je m'emmerde toute seule avec mes principes à la con. Oui, voilà, c'est surtout contre moi que je suis en colère. Parce que je suis très chiante. *Sarah, sans déconner, arrête d'être relou...* Ah, maintenant que cette vérité est établie, on peut dire que je ne me sens absolument pas mieux.

La soirée a lieu dans un hôtel en ville, certains prennent même une chambre sur place, mais je préfère rentrer chez moi. Je n'ai pas franchement envie de prolonger les mondanités au petit déjeuner ! Le coup de « l'entreprise est une grande famille », très peu pour moi, merci. Je ne me suis pas éloignée de *ma* famille pour m'en coller une autre dans les pattes ! Dès que j'en ai eu l'occasion, je me suis tirée. J'ai attendu que mes études soient payées, bien sûr, je ne suis pas inconsciente. Mais je choisis avec qui je sors, avec qui je déjeune, avec qui je passe mes soirées. Le syndic de copropriété m'accuse d'ailleurs d'être asociale et de ne pas m'intéresser à la vie du quartier. C'est exactement ça, si par « asociale » ils sous-entendent que je sélectionne méticuleusement mes fréquentations. Ce qui les exclut d'office, cela va de soi. Entre la vieille aigrie et frustrée du dessous et la veuve perchée sous acide du dessus, c'est la cour des Miracles, cet immeuble. Mais Mme Martin et son chien sont sympas, à petite dose. Bref, tout ça pour dire qu'avec les vingt premières années de ma vie passées à fréquenter un père bipolaire en mode violent/indifférent et une mère coincée, mes collègues resteront des collègues et c'est déjà pas mal. Mais en tant que responsable, je me dois d'assister à ce type de soirée, ça ferait mauvais genre de les sécher. Pour mieux tenir le coup, je décide de faire un saut dans mon pub préféré avant de m'y rendre, histoire de m'alimenter en courage liquide. Après quatre monacos, Marco me coupe les vivres, décrétant que dans mon état, même à pied, je suis un danger pour les autres. Il n'a probablement pas tort. Surtout avec les talons que je porte aujourd'hui. Ils sont parfaits pour donner l'impression que j'ai des jambes fines et fuselées, mais alors, pour se déplacer du point A au point B, on a vu mieux.

J'arrive à l'hôtel un peu après dix-neuf heures, bon d'accord, carrément après… J'arrive donc vers vingt et une heures. Un type en costume est juché sur une estrade et raconte des trucs sur la motivation et toutes ces conneries qui vont vachement m'être utiles quand je passerai mes commandes de surgelés et autres P.Q. Mon arrivée est remarquée, car un silence religieux règne dans la salle de conférences. Et donc, j'ai des talons. Qui font clac clac clac. J'ai droit à quelques sourcils froncés et regards assassins, je me glisse, aussi discrètement que possible, tout au fond, près du buffet. Quand le type a fini de raconter son expérience avec je ne sais plus trop quelle méthode de confiance en soi, enfin le top départ est lancé pour la bouffe. Avec toute la bière que j'ai ingurgitée avant de venir, il me faut un peu de nourriture solide pour absorber tout ça ! Et pour faire passer les petits fours, il me faut un p'tit truc à boire. C'est comme le coup du pain et du fromage : on a toujours besoin d'un morceau de l'un ou de l'autre pour terminer.

Je suis donc en train de vider une coupe de champagne bon marché quand je le vois. Le sosie de Ian Somerhalder. Ou lui-même, en personne. *Non, Sarah, qu'est-ce qu'un acteur américain beau à se damner ficherait à une soirée d'entreprise ?* Est-ce que c'est l'alcool qui me donne l'impression qu'il est canon ? Je veux m'en assurer et cherche Oriane dans la salle, il me faut un témoin. Je la trouve en grande conversation avec Robert. Il reluque mes jambes pendant que je me déhanche en venant vers eux, risquant de me tordre la cheville sur mes talons de dix centimètres. Mais je suis d'humeur généreuse, il a bien le droit de se faire visuellement plaisir, ce brave homme.

— Robert, Oriane, quelle soirée ! je minaude d'une voix trop aiguë.

Oriane me réprimande :

— Sarah, tu es arrivée il y a vingt minutes et tu te goinfres au buffet depuis…

— Oui, n'est-ce pas, c'est une très belle réception ! j'enchaîne, guillerette, ignorant les remontrances de ma DRH. Oriane, je peux te parler une minute ?

Robert s'excuse, gentleman, et nous laisse seules.

Elle fixe mes pupilles.

— Tu as bu, avant de venir ?

— Un chouïa, mais je vais bien. Dis-moi, tu vois le type au fond, près de l'estrade, costume gris clair, cravate rouge ?

— Oui.

— Il est canon ou pas ?

— Tu as tellement bu que tu n'es plus capable de voir si un mec te plaît ? se désespère ma collègue.

— Non, mais je me disais, on dirait Ian Somerhalder, tu ne trouves pas ?

— Qui est Ian Machinchose ?

— Attends… File-moi ton Smartphone.

Elle me tend son téléphone qu'elle a toujours dans les mains. Je fais une petite recherche Google pour lui montrer l'acteur dont je parle. Je trouve ça incroyable qu'elle l'ignore, de nos jours toutes les filles devraient savoir qui il est, juste pour le plaisir des yeux. Son regard va de son téléphone au type, du type au téléphone, deux ou trois fois.

— Effectivement, il lui ressemble pas mal.

— Merci, Seigneur ! Merci pour Ta miséricorde ! je lance au plafond.

— Tu vas le draguer, dans l'état où tu es ?

— Les femmes peuvent draguer aussi bien que les hommes, Oriane, je déclare en vérifiant que mes nichons sont bien à leur place.

— Je n'en doute pas, mais tu as l'air un peu trop pompette pour savoir ce que tu fais.

— Ne t'inquiète pas, je tiens très bien l'alcool, dis-je en frottant mes dents de l'index au cas où du rouge à lèvres s'y serait déposé.

— Oui, je sais. Mais tu racontes tout et n'importe quoi quand tu as bu. Tu vas te ridiculiser, affirme-t-elle en soupirant.

— Mais non…

— Bon, fais comme tu le sens, mais par pitié, ne te donne pas en spectacle. N'oublie pas qu'on est là pour le boulot, ce soir…

— Pas de problème, je souris à m'en luxer les zygomatiques.

Je me dirige d'un pas assuré vers le sosie de mon idole et ce qui devait arriver arrive. Je me tords la cheville. Heureusement, il n'a rien vu, mais je dois me rendre jusqu'à la chaise la plus proche en sautant sur un pied. Je suis en train de me masser la cheville quand une poche de glace surgit sous mon nez. Je relève la tête, suis des yeux le bras qui tient cette poche, pour rencontrer le visage de celui qui est accroché à ce bras. Ian. Nous l'appellerons ainsi, ce sera plus simple. Il me sourit.

— J'ai vu que vous vous étiez fait mal, j'ai pensé que ça vous serait utile, me dit-il d'une voix sensuelle qui n'a malheureusement rien à voir avec celle du vrai Ian.

Donc, il a été témoin. Autant pour l'approche discrète et glamour. Il s'assoit à côté de moi. S'il pouvait ne pas parler, l'illusion serait parfaite.

— Vous permettez ? s'enquiert-il avec un hochement de tête vers ma cheville.

Je lui souris à mon tour, sans avoir la moindre idée de ce qu'il me demande. Entre nous, ça m'est bien égal, je lui permettrais à peu près tout ce qu'il veut avec le physique dont la nature l'a doté. Sans parler de l'alcool qui fait du rafting dans mes veines en criant « lève les bras ! » Il pose ma cheville sur sa cuisse et y applique la poche de glace. *Oh, yeah !* Je n'ai même pas eu besoin de le draguer, il m'est tombé tout cuit dans le bec. Comme quoi, il y a bien une justice en ce bas monde ! Il faut que je pense à raconter ça à Bastien.

— Vous souffrez ? s'inquiète-t-il en me regardant avec ses yeux… des yeux, mais des yeux… Bref, des yeux, quoi.

— Un peu, je murmure de ma voix de petite fille, malheureusement éraillée à cause des bières.

— Vous avez pris une chambre, pour ce soir ?

— Non, je rétorque en battant innocemment des cils.

— Vous voulez monter vous allonger un peu dans la mienne ?

Si tu t'allonges avec moi, Ian, je monte où tu veux, surtout au septième ciel. Et voilà qu'il recommence à faire chaud, c'est fou le dérèglement climatique, les scientifiques ont raison.

— Je ne voudrais pas gâcher votre soirée, je continue, cils papillonnants, mèche de cheveux enroulée sur un doigt.

Je minaude comme une adolescente, mais c'est Ian ! Quand on rencontre son idole, ou l'équivalent, on minaude, point barre.

— Je vais vous aider à marcher, venez.

Il me soutient jusqu'à l'ascenseur et puis… Pause… Je suis en train de monter dans la chambre d'un inconnu ! Suis-je vraiment en état de faire ça ? Ne vais-je pas le regretter demain matin ? Pourquoi ai-je le visage de Sandro qui vient taper l'incruste dans ma tête, là ? Il est avec sa morue, sûrement en train de lui faire une auscultation des amygdales. Et moi, je suis libre, célibataire, sexuellement libérée. Et je m'apprête donc à suivre un type rencontré il y a trois minutes trente. Je suis pitoyable. Sauf si… Mais oui ! Sauf si ça me permet de gagner le pari et de récupérer la Mercedes ! Je la tiens, ma victoire ! Je ne suis pas obligée de lui dire que c'est Ian qui m'a draguée, et non l'inverse. Et puis ce n'est pas un inconnu, j'ai vu tous ses films et je suis assidûment toutes les séries où il apparaît ! Lui et moi, on est presque comme cul et chemise !

L'ascenseur arrive à destination et il m'aide à marcher jusqu'à la porte de sa chambre. Je m'assois sur le lit et il reprend sa position à côté de moi, ma cheville sur sa cuisse.

— Vous voulez vous allonger un peu ?

— Ça dépend, vous vous allongez aussi ? lui dis-je d'une voix que j'espère à présent suave.

J'ai dit ça, moi ? Mince, Oriane a raison, il ne faut pas que je parle ! Il me sourit, et un petit soupir s'échappe malgré moi de mes lèvres entrouvertes. Il caresse ma cheville et remonte sensiblement vers ma cuisse. Et je le laisse faire… J'ai bu, et tout le monde sait que je fais n'importe quoi quand je suis sous l'emprise de l'alcool… Pour ma défense, j'ai été privée de sexe depuis une semaine. En soi, ce n'est pas long, mais avec ce que j'ai vécu juste avant en compagnie de mon assistant, ça me semble une éternité.

Mon assistant ? Voilà que je me remets à penser à Sandro. À *ses* mains sur moi. Ian se penche vers moi pour m'embrasser. Et là, c'est le drame : il fourre sa grosse langue molle et moite dans ma bouche. Mais il cherche à faire quoi ? Il veut harponner ma luette, ou bien ? Mince, je ne vomis jamais, mais là, je ne réponds plus de rien s'il ne sort pas son gros appendice baveux de ma bouche ! Je le repousse un peu brutalement et me lève.

— Je n'aurais pas dû venir, désolée.

Je m'enfuis à cloche-pied de la chambre, et je l'entends jurer au moment où je ferme la porte. Il est canon, il est le sosie, de Ian, pourquoi est-ce que je m'échappe comme ça ? Quel est mon problème ? Pourquoi ai-je trouvé ça ignoble qu'il m'embrasse ? Il est sexy, bon sang ! Ian Somerhalder met sa langue dans ma bouche et je le repousse ! Il ne faut surtout pas que j'en parle à Mélodie… J'essaie de me trouver une excuse, mais rien ne vient, je ne tourne pas rond. Je suis bourrée, j'ai la cheville en vrac, je veux rentrer chez moi et je suis sur le point de pleurer. Et quand je me mets à pleurer, ce n'est pas de façon élégante comme une actrice de cinéma. Non, c'est plutôt son et lumière avec la morve, les gros sanglots et reniflements distingués. Le pack « sale chouineuse », en fait.

Je sors de l'hôtel sans repasser par la fête et je prends le premier taxi de la file. Je m'installe à l'arrière et pousse un énorme soupir.

— Mauvaise soirée ? me demande le chauffeur.

— Vous êtes loin de la vérité, je murmure.

— Vous voulez en parler ? C'est toujours plus facile de se confier à un inconnu.

— Oh, il n'y a pas grand-chose à dire, J'ai rencontré le sosie d'une star de cinéma sur laquelle je fantasme quotidiennement, et je ne l'ai pas laissé m'embrasser. Je suis dingue.

— Je ne dirais pas ça, vous êtes juste indisponible.

— Comment ça, indisponible ? je m'insurge.

— Votre cœur est déjà pris, c'est tout, affirme-t-il.

— Mais non, je suis libre comme l'air !

— Vous en êtes sûre ?

— Évidemment !

— Si vous le dites…

Le reste du trajet se déroule dans le silence, je vois juste que mon chauffeur-psychologue me jette parfois un regard chargé de compassion dans le rétroviseur intérieur. Bien sûr que je suis libre ! Je n'ai même jamais été aussi libre de toute ma vie, Et puis qu'est-ce qu'il en sait, lui, si je suis disponible ou pas ? Il a fait psycho, aussi ? Conduis et boucle-la !

J'ai un peu de mal à monter mes deux étages sans ascenseur, je fais même une pause au milieu. Je profite de cette escale pour enlever mes chaussures, inutile de risquer de me tordre l'autre cheville.

J'avance mollement dans le couloir quand j'ai une hallucination. Sandro est adossé au mur, à côté de ma porte. Je peste en passant devant lui.

— Putain, je suis tellement en manque de ce type que je me paye des fantasmes super-réalistes. Tu as déjà foutu ma soirée en l'air, va-t'en, illusion ! *Vade retro !*

Je fouille mon sac pour trouver mes clés quand elles surgissent sous mon nez.

— Tu es doué comme fantasme, toi, tu as trouvé mes clés avant moi !

— Sarah…

— Et tu parles, aussi ! Est-ce que tu peux me dire des trucs cochons comme l'original ?

Je prends les clés et m'approche de mon illusion pour l'embrasser, autant en profiter un maximum. Une fois les effets de l'alcool dissipés, mon fantasme disparaîtra avec les dernières bribes d'euphorie. Mon illusion me repousse, me maintenant à distance.

— Hé ! Tu es *mon* fantasme, tu n'as pas le droit de me résister !

— Sarah, je ne suis pas une putain d'illusion.

— Merde.

Les brumes qui obstruent la partie « réflexion » de mon cerveau commencent à s'éclaircir.

— Qu'est-ce que tu fous là, si tu n'es pas une hallucination d'alcoolique ?

— Je t'ai appelée au moins vingt fois ce soir, tu avais oublié tes clés au bureau. Je suis allé à la soirée à l'hôtel, mais tu n'étais pas dans la salle. Voilà ce que je fous là.

— Hein ? Mais non, mon téléphone n'a pas sonné !

Pour le lui prouver, je le sors. Vingt-deux appels en absence. Oups. J'avale lentement ma salive et relève les yeux vers Sandro. Si je lui fais le coup des cils qui papillonnent comme à Ian, quelles sont les probabilités que ça fonctionne ?

— Tu m'attends depuis longtemps ? Je risque d'une toute petite voix que j'imagine innocente.

— Quelques heures.

— Tu n'avais pas *encore* rendez-vous avec Lila-la-morue ? Je continue, moins innocente.

— Pas ce soir, non.

— Où étaient mes clés ? je demande en plissant les yeux et en lui agitant mon trousseau sous le nez.

Je mène mon enquête, comme si ces détails avaient une quelconque importance. Je le soupçonne en fait de me les avoir piquées quand j'avais le dos tourné pour lui donner une excuse de venir chez moi. Et puis, je suis bourrée, autant dire que mes raisonnements sont loin d'être logiques et rationnels. Disons qu'ils le sont encore moins que quand je suis à jeun.

— Par terre, à côté de ton bureau.

Ah, oui, elles ont dû tomber quand j'ai vidé mon sac… Merde.

Je sens que je vais encore parler, les conseils d'Oriane me reviennent en mémoire. Je vais raconter n'importe quoi et me foutre à nouveau dans une mouise sans nom. Pourtant, ces arguments ne suffisent pas à me pousser à la boucler.

— Pourquoi es-tu venu ? Tu aurais pu laisser les clés à l'accueil, au bureau…

Ah, tiens, je n'ai pas raconté n'importe quoi, pour une fois. Je pose encore une question dont la réponse ne me plaira sûrement pas, certes, mais j'ai limité les dégâts. Je souris franchement, fière de moi.

— Je voulais te voir, me confie-t-il.

— Pourquoi ?

— Il me faut une raison ?

— Ben…

Il s'appuie à nouveau contre le mur sans me quitter des yeux. Il ne répond rien, il reste impassible, mon ténébreux taciturne.

— Tu as couché avec Lila ?

— En quoi ça te concerne ? Je croyais que tu voulais rester en dehors de ma vie sexuelle.

— Je sais pas, je demande.

— D'après toi, j'ai couché avec elle ?

— Oui. Non, je ne sais pas, c'est bien pour ça que je te demande, Einstein !

Ta gueule, Sarah. Tu recommences. Tu étais bien partie pourtant, c'est bête de tout gâcher comme ça... De toute façon, il peut bien coucher avec elle, avec tout l'herpès qu'il se paye, elle en sera couverte demain. Voilà, lundi matin, si elle a des pustules partout sur la bouche, ce sera sa punition pour avoir convoité l'assistant d'une autre ! La punition divine lui tombera dessus ! Ou alors...

— Sarah, tu m'écoutes ?

— Hein ?

— Et toi, tu as couché avec quelqu'un cette semaine ?

— Ça ne va pas, non ? je lui balance, en prenant mon air le plus offensé possible.

Inutile de préciser que j'étais sur le point de... de quoi ? M'étouffer avec une langue croisée avec un mollusque ? Je préfère ne pas évoquer ceci.

— Ça paraît logique que je tire mon coup ailleurs, mais toi, tu le prends mal ?

— Tu ne sais pas contrôler ta queue ! Tu es un mec, c'est comme ça.

C.Q.F.D. ! Ah ! Non mais !

— C'est vraiment comme ça que tu me vois ?

Je hausse les épaules. Je n'ai pas tellement envie de réfléchir à ses questions. Quelle question, d'ailleurs ? J'ai déjà perdu le fil. Et puis je fatigue sur ma cheville, je m'assois par terre, il m'imite.

— Je me suis tordu la cheville ce soir, lui dis-je en la massant.

— Tu as mal ?

— Ça va, Ian m'a soignée.

— Ian ?

— Ouais, un type qui était à la soirée. Le sosie de… Laisse tomber.

— Il t'a soignée ? dit-il comme un écho.

— Oui, il m'a conduite dans sa chambre d'hôtel.

Silence. Quoi ? Qu'est-ce que j'ai encore dit ? En fait, je ne me souviens même pas de ce que je viens de dire, je suis en train de m'endormir, ma tête penchant dangereusement sur le côté.

— Tu es allée dans sa chambre ? me lance-t-il un peu fort, ce qui, vu mon état éméché, me réveille.

— Hein ?

Je me redresse d'un coup, consciente qu'il me pose une question sans comprendre de quoi il retourne.

— Ian, tu es allée dans sa chambre ? insiste-t-il.

— Ben oui, il m'a roulé le patin le plus ignoble qu'on m'ait roulé dans ma vie. Je me suis enfuie.

Rire. Je tourne doucement la tête pour éviter que les murs se mettent à valser. Sandro rit. Alors, j'ignore pourquoi, je fais comme lui. C'est communicatif, même si j'ai vaguement l'impression qu'on se fout de ma gueule, impossible de m'arrêter. Je crois même laisser échapper un petit reniflement de cochon, mais je vais faire comme si de rien n'était.

Sandro me prend la main et nos rires s'éteignent doucement dans un murmure…

— J'ai envie de toi, Sarah Jones. Quand tu ris, la seule chose que j'ai envie de faire, c'est être en toi.

— J'aime quand tu me dis des trucs cochons, je glousse comme une poulette de dix-sept ans.

— Je sais, tes yeux brillent, et je suis sûr que tu es prête.

Je le provoque.

— Tu peux vérifier !

Oh, la petite allumeuse ! Il se penche vers moi et soulève ma jupe. J'écarte un peu les cuisses pour faciliter le passage, tout en continuant à ricaner. Il pose sa main sur ma culotte et je pousse un gémissement ténu.

— Tu l'es, constate-t-il.

— C'est normal. Dès que je te vois, ça me fait cet effet.

— Alors, pourquoi tu ne veux plus qu'on en profite ?

— Je ne sais plus… Tu disais ?

— Tu penses vraiment que j'ai des sentiments pour toi ?

— Ah, oui, C'était pour ça. Ben… Tu ne serais pas sorti avec Lila-la-morue aussi vite si tu étais transi d'amour pour moi…

— Alors…

Je tourne la tête vers lui, il me regarde intensément, de ce regard auquel personne ne pourrait résister, pas même une sainte… Et je suis loin, à des années-lumière d'être une sainte.

— Dis-moi encore des trucs censurés, *Sandro*…

Merde, voilà que j'imite Lila-la-morue en appuyant le « r » et le « o ». Ça doit être la méthode « *j'ai un truc coincé dans le vagin, tu ne veux pas vérifier ?* » de parler comme ça. Il s'approche de moi, sa main toujours à plat sur ma culotte, et penche la tête. Il murmure à mon oreille :

— Sarah Jones, j'aimerais vous faire jouir avec mes doigts *et* avec ma langue. J'aimerais que vous me suciez comme vous savez si bien le faire. Et puis j'aimerais vous prendre dans toutes les positions possibles.

Je suis déjà en train de gémir de plaisir alors qu'il s'est contenté de me parler. Je suis vraiment une fille perdue, dans tous les sens du terme. Et j'en redemande.

— Tu m'obsèdes, Sarah… Depuis une semaine j'ai une érection qui me fait souffrir le martyre et je donnerais n'importe quoi pour que tu mettes fin à mon supplice en la prenant dans ta bouche…

Je hoquette en m'imaginant effectivement abréger ses souffrances. Moi, si je peux rendre service, ce n'est pas un souci. J'ai toujours eu une âme de bon Samaritain.

Je suis à deux doigts de l'orgasme. Il mordille le lobe de mon oreille avant de reprendre :

— Tu as encore tes règles ?

— Non…

— Caresse-toi, Sarah, prends ma main et caresse-toi avec…

J'ai de plus en plus de mal à me retenir de gémir plus fort, nous sommes dans le couloir de mon immeuble, il n'est pas minuit, n'importe qui pourrait arriver. Cette idée suffit à m'exciter encore plus. Si Mme Martin sortait maintenant pour promener son chien, elle en ferait une attaque. Je ris, je n'arrive jamais à censurer mes délires inappropriés. Je mets cette réaction sur le dos de l'alcool, encore une fois.

Sandro me ramène dans le moment présent en exerçant une pression sur mon entrejambe. J'entrelace nos doigts entre eux et glisse sa main sous l'élastique de ma culotte. Je nous guide en moi et nous fais faire des va-et-vient. Il m'embrasse dans le cou, jouant avec sa langue, me rendant complètement folle.

— Tu aimes ?

— Oui… je souffle entre deux gémissements.

— Tu veux encore t'en passer ?

— Non…

— Ne me repousse plus jamais, Sarah.

Pour toute réponse, je gémis plus fort et ma main retombe mollement sur le côté, je ne suis plus en état de guider la sienne. Il s'en charge très bien et l'orgasme m'arrache des spasmes et des petits cris, que les débris de ma conscience me conseillent de faire discrets étant donné que nous sommes dans un lieu public. Il m'attire à lui et me prend dans ses bras. Et c'est le black-out.

Mantra 9

Je ne sous-estimerai plus le pouvoir de Matthew Bellamy

J'ouvre les yeux avec l'impression d'avoir de la Super Glue entre les cils. Merde, mon téléphone. Trop tard, tant pis… Qu'est-ce que je fous dans mon lit tout habillée ? Ah oui. La soirée de l'entreprise… Je suis rentrée chez moi et je me suis couchée. Bien, j'ai été raisonnable, je n'ai pas trop bu, je… Oui, je me suis tordu la cheville, ça je m'en souviens bien, mais on dirait que ça va, là. Je n'ai plus mal. J'ai pourtant l'impression qu'il me manque un bout de soirée, celui entre la descente du taxi et ce matin, par exemple.

Je me lève difficilement et vérifie l'heure. Quatorze heures. Eh ben… Je devais vraiment manquer de sommeil. Ma langue est pâteuse et j'ai l'impression d'avoir une énorme éponge dans la bouche. Ce qui me rappelle la langue de Ian et m'arrache une grimace. Il me faut une douche et un brossage de dents dans l'urgence. Je me traîne jusqu'à la salle de bains, enlevant mes fringues sur le chemin. La douche me fait du bien. Je me brosse ensuite les dents quand un flash me frappe de plein fouet : « *Caresse-toi, Sarah.* » J'en recrache aussitôt tout mon dentifrice sur le miroir. Tout me revient d'un coup en mémoire. Qu'est-ce que j'ai encore fait ? Panique.

Comment est-ce que je peux changer si souvent d'avis sur la nature des relations que je dois entretenir avec Sandro ? Franchement, je suis pitoyable. Et lui, pourquoi il continue à me courir après comme ça ? Il a Lila-la-morue ! Ça devrait lui suffire. Oui, voilà, on n'a qu'à dire que c'est sa faute et que… D'accord, je n'ai aucune crédibilité. Même pas à mes yeux. Et je suis ma plus grande fan.

Je passe la journée à traîner en pyjama devant des films à l'eau de rose, accélérant les scènes érotiques pour ne pas penser à Sandro. Cela dit, tout me le rappelle. Oh, un vase ! Ça me rappelle la queue de mon amant. Oh, un avion dans le ciel ! Ça me rappelle chaque fois que je m'envoie en l'air. Oh, une pouffiasse brune ! Ça me rappelle Lara. Oh, un chat ! Ça me rappelle… Non, là ça ne me rappelle rien… Pour l'instant. Ah ! Non ! Pourquoi j'ai des idées aussi tordues ? Mes yeux me brûlent ! Stop. Le chat, ça ne me rappelle rien.

J'ai prévenu Isa et Mélodie que je ne sortirai pas ce soir. J'ai assez déconné en une soirée. La solution était sous mon nez depuis le début : si je me terre chez moi, les tentations seront limitées et j'arrêterai enfin de faire n'importe quoi. Voilà. Mon nouveau mantra est : « *J'adore passer du temps chez moi.* »

Sauf que, vers vingt heures, j'ai déjà trié mes CD par ordre alphabétique, puis par couleur, puis à nouveau par ordre alphabétique. Je me suis fait couler un bain. Je me suis fait un masque à l'argile. J'ai récuré la plaque de cuisson, que je n'utilise jamais, donc c'est allé assez vite. Et je suis à présent assise sur mon canapé en train de regarder l'écran noir de ma télé éteinte. La vérité, c'est que j'ai passé toute la journée à penser à Sandro. Je soupire, dépitée. Ce type m'embrouille les neurones. Il débarque avec sa belle gueule de *bad boy*, ses cheveux rebelles, son regard « *ready to fuck* », ses mains expertes… et même si j'ai envie de me convaincre que je ne suis attirée que par son physique de rêve, je sais qu'il y a plus que ça. Et je ne voulais pas qu'il y ait davantage. Je suis contrariée parce que mon plan tombe lamentablement à l'eau. Comme tous mes plans. J'aurais pu le voir venir, tout de même.

À vingt-trois heures trente, je ne dors toujours pas. Je me relève et range à nouveau les CD par couleur. Mauvaise idée, je sors mon album *Origin Of Symmetry* de Muse et mets « Feeling Good » à fond, en mode « *repeat* ». Je suis complètement masochiste, j'en ai conscience. Et cette fois, je ne peux absolument pas blâmer l'alcool ; c'est moi au naturel, dans toute ma splendeur de psychopathe. Mais j'ai besoin de revivre la scène. J'improvise un slow avec moi-même, je ne suis plus à ça près, tout en chantant. J'ai atteint le summum du lamentable. Surtout qu'on sonne pile à ce moment. Merde, j'ai réveillé un voisin. Si c'est la vieille bique du dessous, je ne suis pas d'humeur à supporter sa tronche de cul. Je mets « pause » et je me précipite à la porte pour vérifier qui c'est par le judas. Pas question d'ouvrir en débardeur-culotte au gros dégueulasse du bout du couloir !

Sandro.

Je déverrouille en ayant déjà des palpitations dangereusement intenses. Il ne dit rien, entre et referme derrière lui. Il me prend la main, se dirige vers la chaîne hi-fi et relance le morceau. Et nous dansons. Il m'embrasse longuement pendant que nos corps suivent les impulsions de la guitare et la voix du chanteur. Il me fait lever les bras et retire mon débardeur. Je le débarrasse de son T-shirt et de sa ceinture. Il me pousse contre le canapé et m'y allonge. Il ôte ma culotte tout en m'embrassant le long des jambes. Il remonte jusqu'au niveau de mes cuisses et dépose des baisers de plus en plus près de là où je le veux vraiment, celui qu'il connaît si bien. Sa langue remonte jusqu'à ce petit bout de chair qui provoque tant de sensations et… Putain, voilà que je me mets à penser comme dans les romances érotiques que lisait ma tante Marie-Bernadette… Mon clito, quoi ! Je ris, malgré moi, alternant gémissements et rires, je sens les lèvres de Sandro s'étirer en un sourire contre la peau sensible des miennes. Ses cheveux caressent l'intérieur de mes cuisses de manière très sensuelle, je ne suis même pas sûre qu'il en ait conscience. La moindre parcelle de son être me fait prendre mon pied. L'orgasme arrive, tout à fait synchro avec les cris de Matthew Bellamy. La chanson se termine et recommence. Ah. Oui. Le mode « *repeat* »…

Sandro s'allonge sur moi. Il attrape son T-shirt par terre et s'essuie rapidement les lèvres. Il m'embrasse. Je l'aide à enlever son jean en même temps que ses bottes. Je jette un œil à mon amant, enfin nu devant moi. Je crois à un orgasme multiple juste en le regardant. Il est encore plus appétissant que je l'avais imaginé. Il a un tatouage le long de la cuisse, mais je n'ai pas le temps de le détailler qu'il m'a déjà pénétrée. Lentement, tendrement, cette fois je le laisse faire car j'en ai envie. Peu importe comment il veut me prendre, sauvagement, doucement, ça ne compte pas du moment qu'il me prend. Il m'embrasse encore, et encore, et encore. Je souris, je suis heureuse de pouvoir enfin le mater à poil. Et qu'il soit avec moi, ici, maintenant. Il me rend mon sourire. Quand j'ai un nouvel orgasme, il ne me quitte pas des yeux, ce qui décuple tout ce que je ressens. Il me suit de près et c'est mon tour de l'admirer pendant sa jouissance. J'ai du mal à respirer tellement je le trouve beau, juste beau, dans tous les sens du terme. Et il est à moi. Nous n'avons pas bien éclairci les termes de notre relation, mais pour le moment, il est à moi, et franchement, je n'ai pas tellement envie de réfléchir, là.

Il se maintient au-dessus de moi, en appui sur ses mains, à m'observer en silence. Nous restons ainsi un long moment.

~

Un câlin, voilà ce que nous sommes en train de faire. Allongés sur le tapis du salon, il dort contre moi et je caresse machinalement ses cheveux. Je suis juste heureuse, comblée, sexuellement épanouie, et je n'ai pas envie de me poser d'autres questions. Je me lève doucement pour ne pas le réveiller. Il faut que j'éteigne la musique, ça fait au moins quinze fois que la chanson passe, je vais faire une overdose. Matt, t'es sympa, mais là, je sature.

Il est à plat ventre et je peux me rincer l'œil à loisir tout en me rhabillant. Mes yeux s'attardent en particulier sur ses fesses… J'en aurais bien croqué un bout pour mon dessert. Je manque glisser sur ma propre bave en m'approchant de lui. Je me mets à quatre pattes, la tête penchée vers sa cuisse, pour essayer d'identifier le motif de son tatouage, à moitié caché contre le sol. C'est bien entendu dans cette position très suggestive que je suis au moment où il se réveille, son visage du côté de mon cul en bombe.

— Tu cherches quelque chose ?

— Oui, ma dignité, tu ne l'aurais pas vue dans le coin, par hasard ?

Il m'attrape par la taille et me remet dans le bon sens. Je m'allonge contre lui.

— Je vais y aller, m'annonce-t-il.

— Déjà ?

— Il doit être une heure du matin, ça me semble raisonnable.

— Ah bon ?

Il dépose un petit bisou ridicule sur mon front et se lève. Je me mets à plat ventre, le menton dans les mains, coudes sur le tapis. Bref, je mate pendant qu'il s'habille. Il sourit, tout à fait conscient de son pouvoir de séduction sur moi. Et puis, je suis complètement folle de ce type. À quel niveau ? Je n'en sais rien, je veux juste qu'il ne soit plus hors de ma vue.

— Reste ! Je lui demande soudainement.

— Sarah Jones, c'est une invitation à la débauche ?

Je me redresse et me retrouve à genoux, position parfaite de la soumise. Je penche la tête sur le côté et lui souris d'une façon sans équivoque. Il s'accroupit devant moi.

— Je préfère rentrer.

— Pourquoi ? Tu es déjà fatigué ? Je te croyais plus résistant, je le provoque sournoisement.

— Je ne souhaite pas que tu aies peur que je développe des sentiments déplacés si je passe la nuit chez toi. Je n'ai plus envie que tu me repousses, Sarah. Alors, je vais sagement rentrer chez moi et je te verrai lundi au bureau.

Alors là, ou peut dire qu'il me l'a coupée ! Il m'embrasse en me tirant un peu les cheveux.

— Merci, c'était notre meilleure baise. Chaque nouvelle baise avec toi est la meilleure…

Il se lève et part. Le con. Il est vraiment parti. Il m'a vraiment laissée en plan alors que je le suppliais, à genoux, de rester passer la nuit avec moi. Une petite voix, toujours la même petite voix agaçante, me dit que je l'ai bien cherché. Oui, je l'ai bien cherché, certes. Mais merde ! Ça ne se fait pas de laisser une fille comme moi en plan ! Si ? Ça se fait ? Oui, si elle a joué au chat et à la souris pendant deux semaines, effectivement, c'est de bonne guerre. Bon, eh bien, tant mieux. On a enfin trouvé un terrain d'entente. (Non, je n'arrive même pas à me persuader moi-même…)

~

Le lundi matin arrive lentement, très lentement et, pour une fois, je prends même mon temps pour aller travailler. J'ai tout à fait conscience que la situation est devenue ce que je souhaitais qu'elle soit, enfin a priori. Mais je suis une femme. Et une femme, par définition, ça ne sait jamais ce que ça veut. D'ailleurs, j'ai une confirmation de mon sale caractère en voyant Lila-la-morue dans notre bureau, en train de faire du rentre-dedans à mon assistant qui n'esquisse pas le moindre geste pour la décourager. A-t-il au moins conscience que rien que le fait de regarder une nana suffit à lui donner envie d'écarter les cuisses pour lui ? Oui, il en a obligatoirement conscience…

— Salut, Sarah ! C'était bien la soirée de l'entreprise ? me lance-t-elle de sa voix nasillarde et agaçante.

Je ne suis peut-être pas tout à fait objective sur ce point, mais comme c'est moi qui raconte… on va dire qu'elle a une voix insupportable.

— Bonjour, Lila. Je n'y suis pas beaucoup restée, je réplique sèchement sans la regarder.

— Pourtant, tu as fait une forte impression, jubile-t-elle.

Je me fige, la dévisageant enfin, évitant volontairement de croiser le regard de Sandro qui, lui, ne me quitte pas. Je le sens. Je suis sûre qu'il attend que je me foute en rogue à cause de la présence de Lila, mais je ne lui donnerai pas ce plaisir, pas cette fois. Ou si, peut-être. Je me recentre sur ma conversation avec Lila.

— Tu peux développer ? Je demande sans une once de sympathie.

— Marc, ça ne te dit rien ?

— Non, rien du tout.

— Pourtant, lui, il parle de toi. Il a posé plein de questions à la soirée, c'est Julie qui me l'a dit, continue-t-elle, inconsciente du « collèguicide » qui lui pend au nez.

— Ah bon ?

— Il a dit qu'il viendrait te voir ce matin, personne ne t'a prévenue ?

— Je viens d'arriver…

— Eh bien, il va passer, là, avant de prendre son poste. Il a dit que tu t'étais tordu la cheville, ça va mieux ?

— Quoi ? je m'étouffe dans mon embarras croissant, comprenant enfin qui est Marc.

Je capte le regard de Sandro qui sourit, il a aussi déduit qui est le fameux Marc. Si je ne me trompe pas, il s'amuse de la situation et de me voir m'être, encore une fois, mise toute seule dans un scénario catastrophe, je lui lance le regard le plus noir que j'ai en stock. Mon effet tombe à plat quand il se passe doucement la langue sur les lèvres. Sale petit allumeur !

— Tu as de la chance, il est vraiment canon, il paraît qu'il ressemble à…

— Oui, je sais, Ian Somerhalder, je conclus pour elle, agacée.

— Ah ! Tu vois, tu sais qui c'est !

— Je me souviens vaguement… je concède entre mes dents.

— Bref, tu lui as fait de l'effet, en tout cas !

Je suspends ma veste au portemanteau et entends du bruit dans le couloir. Au loin j'aperçois Ian, *non mince, Marc*, qui arrive, tout en discutant avec Oriane. Vite, une planque ! Je me glisse derrière la porte.

— Je ne suis pas là ! dis-je en passant l'index plusieurs fois sur mon cou, façon commando en opération spéciale.

Lila me regarde bizarrement, elle ne doit pas comprendre pourquoi je fuis un canon comme Ian, *merde, Marc.* Elle hausse les épaules, mais Sandro s'installe plus confortablement contre son dossier, croise les bras et attend, sans me lâcher des yeux, J'en profite pour prendre un air très contrarié, mais ça ne l'impressionne pas du tout. Il sait qu'avec juste trois doigts, il me fera changer d'humeur.

— Tiens, Lila, tu es là ! Bonjour, Sandro. Vous n'auriez pas vu Sarah ? Elle a de la visite, lance Oriane en entrant, me tournant le dos.

Lila-la-morue, en plus d'être belle, est bête, collant parfaitement au cliché de la bimbo sans cervelle. Elle n'arrête pas de jeter des coups d'œil vers ma planque, ce qui, bien sûr, attire l'attention d'Oriane, qui me voit.

— Qu'est-ce que tu fais là ?

— Je… Hum… Je montrais à Sandro qu'on pourrait ajouter un petit classeur ici, pour nos dossiers. Je lui prouvais qu'il y avait tout à fait la place. N'est-ce pas, Sandro ?

Le traître ne répond rien. Mouais… Suis-je la seule dans la pièce à trouver mon explication vaseuse et absolument pas convaincante ? Oriane fronce les sourcils pour me signifier qu'elle n'est pas dupe. Je ne suis donc pas la seule, eh merde.

— Marc est là, me dit-elle, accentuant son air contrarié.

— Qui ça ? je demande d'un air exagérément innocent qui ne trompe, encore une fois, personne.

— Tu sais bien, le beau gosse sosie de je ne sais plus qui !

— Ah… lui. Je vois.

— Je lui ai demandé d'attendre dans le couloir, tu peux le recevoir ?

— Bien sûr.

Lila fait un petit signe à Sandro et emboîte le pas d'Oriane qui sort. Je lisse un pli imaginaire sur ma jupe pour éviter d'avoir à croiser à nouveau le regard moqueur de mon assistant.

— La meilleure pelle de ta vie arrive. Tu es fébrile ? me lance celui-ci derrière moi.

— Ta gueule !

Marc entre et je manque tomber à la renverse : il est vraiment le sosie de Ian, il est... Si Sandro n'était pas dans la pièce, je crois que je me serais jetée sur lui en hurlant : « Ian... Prends-moi !!! Je suis à toi, fais de moi ce que tu veux ! » Et en arrachant mes vêtements, bien entendu. Mais mon amant étant juste à côté, je me contente de tendre la main à la pire pelle de ma vie. Il s'en saisit tout en jetant un coup d'œil derrière moi et son visage devient... hostile ? Oui, c'est ça, carrément hostile. Sa main se crispe sur la mienne.

— Sandro ? dit-il, des trémolos de colère dans la voix.

Je me retourne et vois que mon assistant a l'air tout aussi surpris. J'ai dû louper quelque chose, je reviens vers Ian, *euh Marc*, je ne vais jamais m'y faire.

— Vous vous connaissez ?

Il ne quitte pas Sandro des yeux et j'ai bizarrement l'impression d'être de trop. J'exerce une petite pression sur la main de Ian (*merde, MARC !*) pour attirer son attention. Il me regarde enfin.

— Excusez-moi, Sarah, c'est bien ça ?

— Oui… Alors, vous connaissez mon assistant ?

— Nous avons travaillé ensemble.

Quelque chose me dit que le travail n'est pas le seul point commun qu'il y a entre ces deux-là. Une fille doit être mêlée à cette histoire. Et pour une fois, ce n'est pas moi qui suis dans une situation délicate. Un petit ricanement m'échappe. *Hé, la censure ! On se réveille ! C'est lundi matin, on n'a pas eu le café, mais c'est le moment de revenir bosser !*

— En fait, on a surtout été amants.

Sandro, mais en particulier ce qu'il vient de dire, me rend muette et coupe court à mon rire déplacé. J'ai toujours la main de Ian-Marc dans la mienne et il dévisage Sandro. Ma voix prend des accents hystériques quand je romps le silence qui s'est installé :

— C'est fantastique, tout le monde connaît tout le monde ! Fan-tas-tique ! Je n'ai même pas à faire les présentations ! Merveilleux ! Comme le monde est petit ! Incroyable, non ?

Marc, l'amant de mon amant, reporte encore son attention sur moi :

— Vous couchez avec Sandro ?

— Hein ? Mais pas du tout, c'est mon assistant ! Bien sûr que non, quelle idée ! je me révolte, presque en hurlant.

— Ne couchez plus avec lui, c'est un fléau.

— Heu…

— Est-ce que je pourrai vous revoir, Sarah ?

— C'est-à-dire que…

— S'il vous plaît ?

La situation est plus que gênante, je crois que si elle n'avait pas été sécurisée, j'aurais préféré me jeter par la fenêtre plutôt que rester une minute de plus ici. Marc-l'amant-de-mon-amant glisse sa carte dans ma main et sort. Lentement, par mouvements saccadés, je me retourne vers mon-assistant-qui-a-un-amant. À force de le répéter, je finirai peut-être par imprimer. Ou pas. Je crois que j'ai buggé.

— Tu peux m'expliquer ce qui vient de se passer ?

— Que veux-tu savoir, Sarah Jones ?

— C'était qui, ce type ?

— Marc Hamont. On a bossé ensemble dans ma précédente boîte.

— Oui, mais c'était *qui* ?

— On a eu une liaison.

— D'accord.

Je m'assois à même le sol. Sandro se lève et ferme la porte.

— Tu es toute pâle… Ça va ?

— Tu es gay, en fait ?

Il y a un mec, un mec qui veut de moi… et en fait il est homo ? C'est une plaisanterie du Cosmos ? Parce que clairement, ça me fait moyennement marrer…

— Non, j'ai juste voulu tester avant de choisir. Ça te pose un problème ?

Je me mets nerveusement à rire, froissant involontairement la carte de visite de Ian-qui-est-en-fait-Marc-l'amant-de-mon-amant. Sandro s'accroupit face à moi.

— J'ai été ponctuellement bisexuel, si tu veux vraiment coller une étiquette là-dessus. Mais pas polygame. Enfin, techniquement si, je l'ai brièvement été avant de quitter Sindy. Mais je ne suis pas convaincu que te rappeler ce détail maintenant me fasse gagner des points.

Impossible de descendre de quelques octaves, ma voix risque de briser tous les verres alentour si je ne me calme pas :

— Ah ah ah. Je suis rassurée, bien sûr. Aucun souci. Vive la vie ! J'adore ma vie. Tu as eu pour amant le type qui m'a roulé la pire pelle de ma vie. Où est le problème, hein ? Franchement, je me le demande. Bon, et si on se mettait au travail ?

Je me lève dans un état second. La situation s'est détériorée en quelques minutes, tout ça parce que j'ai voulu draguer le sosie de mon acteur préféré. Non, tout ça parce que j'ai jeté mon dévolu sur un tombeur qui, effectivement, sort sa bite face à tout ce qui bouge. Non, une minute… Tout ça parce que *Bastien* m'a choisi ce type à draguer ! Pourquoi, Seigneur, pourquoi, faut-il que la situation soit si compliquée ? Pourquoi ne puis-je pas avoir un peu, pour une fois, juste une relation normale ? Je voulais un plan cul, pas la lune ! Et pourquoi est-ce que j'invoque le Seigneur alors que je ne crois même pas en lui ? Je crois que je suis en train de craquer, c'est un signe qui ne trompe pas.

— Tu n'as pas l'air d'aller très bien, s'inquiète mon chaud lapin d'assistant.

— Je… Excuse-moi, Monsieur je-marche-à-voile-et-à-vapeur-et-j'oublie-d'en-informer-ma-partenaire sexuelle, mais j'ai une info de taille à digérer.

— Qu'est-ce qui te dérange ?

Il m'attire contre lui et attend ma réponse. Quel est mon problème, concrètement ? Je n'en ai aucune idée.

Je ne supporte pas d'imaginer Sandro avec quelqu'un d'autre. Que ce soit un mec ou une nana. Je réalise que je suis devenue possessive, je n'ai jamais été jalouse ou chiante. J'étais le genre de copine facile. Et j'ai eu ma dose d'émotions pour la journée, je refuse d'analyser la raison pour laquelle j'ai toujours été si cool avec les autres mecs de ma vie. Parce que visiblement, ce n'est pas le fait que Sandro se soit envoyé en l'air avec un type qui me pose souci. En fait, je n'ai aucun problème… Si, j'en ai un petit, maintenant que j'y pense…

— Est-ce que je dois m'inquiéter des Lila-la-morue *et* des Ian slash Marc-pire-pelle-de-ma-vie ?

— Quoi ?

— Je veux dire, tu es canon, tu le sais. Jusqu'à présent, je ne supportais pas l'idée que tu t'en tapes *une* autre. Mais est-ce que je dois aussi inclure les beaux gosses comme Marc dans mes inquiétudes ?

— Je te l'ai dit, je ne couche pas de tous les côtés.

Hum… Il n'y a que moi qui visualise d'un coup une image illustrant cette réplique ? Pitié, mais que quelqu'un m'éteigne ! Je finis par répondre :

— Nous ne sommes même pas un couple, qu'est-ce qui t'empêcherait d'aller voir ailleurs ?

— Je n'ai pas envie d'aller voir ailleurs. Tout ce dont j'ai besoin, tu me le donnes.

— Permets-moi d'en douter. Je pense que Marc est vachement mieux équipé que moi pour certains trucs…

— Dont tu peux te charger.

— Oui, mais…

— Si j'ai envie d'aller voir ailleurs un jour, je te le dirai avant, ça te va ?

Ah. C'est censé me rassurer, ça ? Merde, j'ai du mal à assimiler la nouvelle. Et je ne parle pas du caractère *pansexuel* de mon amant, non. Je parle de ce que ma réaction implique. Même si j'ai du mal à imaginer Sandro et Marc au lit. Ou ailleurs. Je fais la grimace en les visualisant dans diverses postures.

— Arrête d'y penser, lance-t-il d'un ton accusateur.

— Je ne pense à rien, je me défends, en reine de la mauvaise foi.

— Si, tu fais comme tout le monde face à un couple d'homos. Tu nous imagines en train de baiser.

— Non !

Il appuie son regard d'un froncement de sourcils.

— Un tout p'tit peu, peut-être, je concède dans un murmure.

— Donc, ça te pose un problème.

— Je ne sais pas. Non, pas vraiment. Un peu ?

— Viens.

Il m'entraîne par la main jusqu'à l'ascenseur. Je n'ai même pas la motivation de répliquer. Nous devrions être en train de bosser et, à la place, il me conduit jusqu'au parking pour sécher le travail, comme des adolescents s'échappant du lycée pour aller fumer un joint. Va-t-il me proposer un pétard ? Je ne dirais pas non, ça me détendrait… Il se dirige vers sa voiture, tiens, c'est une Renault, je n'avais pas noté ça la dernière fois. Comme si j'étais capable de faire la différence entre deux berlines, n'importe quoi, moi. Il me fait monter à l'arrière et m'allonge un peu brutalement sur la banquette.

— Tu fais quoi, King Kong ?

— J'efface l'image que tu as en tête, je la remplace par une autre.

— On peut nous voir ! je tente de protester en me relevant,

Il me repousse sans ménagement. Je devrais m'insurger, à la place je me découvre un penchant pour la soumission et je me surprends à sentir l'excitation monter d'un cran à chaque mouvement brusque que m'assène Sandro.

— Ça ne t'a jamais dérangée qu'on prenne des risques, jusqu'à présent, me fait-il remarquer en glissant les mains le long de mes jambes.

Il remonte ma jupe et retire ma culotte. J'ai beau protester en paroles, je me tortille pour l'aider à libérer l'accès à mon entrejambe. La mauvaise foi incarnée, *always and forever.* Je suis grisée, il est énervé. J'adore ce moment, tant pis si on nous prend en flagrant délit de baise exhibitionniste. Il défait sa ceinture et me pénètre sans plus attendre. Aucun souci, avec lui je suis toujours prête. Il me donne de grands coups de hanches, c'est à la fois douloureux et extrêmement bon. Je ne peux réprimer un petit cri à chacun de ses mouvements agressifs.

— Je t'ai demandé si ça te posait un problème, Sarah Jones.

Il ponctue sa question par un coup encore plus fort, ma tête cogne sur la portière et je gémis de plaisir. Je deviens complètement masochiste avec ce type, manquait plus que ça… Comme si nous n'avions pas déjà treize mille casseroles, hop, on va rajouter une marmite. Mais plus rien ne m'étonne. Je réponds, plus par réflexe qu'autre chose :

— Non !

— Tu es sûre ?

Nouveau coup brutal, nouvelle vague de plaisir. Bordel de merde, c'est quoi mon nom, déjà ? Aucune importance…

— Sarah, je te demande si tu en es sûre !

Ah voilà, Sarah…

— Certaine ! je crie en soulevant le bassin pour mieux l'accueillir.

Il termine par plusieurs va-et-vient de plus en plus intenses et plaque sa main sur ma bouche pour atténuer les cris que m'arrache l'orgasme d'une violence volcanique qui me submerge. Il s'effondre sur moi en gémissant. Et c'est le calme plat. Je respire fort, beaucoup trop fort. C'était, de loin, l'expérience la plus intense que j'ai vécue. Il se redresse un peu pour me regarder.

— Ça va ?

Je me mets à rire, c'est nerveux, je ne peux plus m'arrêter. Il me sourit. Enfin je peux à nouveau parler :

— Ça va bien, ça va plus que bien. C'était…

Je ferme les yeux pour trouver le mot adéquat.

— Je ne sais pas, t'y étais, dis-moi : c'était comment pour toi ? Je lui demande, toujours le souffle court.

— Orgasmique.

— Voilà, c'était orgasmique. Sismique.

— On t'avait déjà aussi bien baisée, Sarah Jones ?

— Non.

— Je ferai en sorte de rester le meilleur coup de ta vie, me promet-il.

Un petit rire m'échappe suite à cette affirmation. Et puis il m'embrasse tendrement.

— Et toi, *Alessandro* ?

— Oui ?

— Est-ce que je suis la meilleure baise de ta vie ?

— De loin, de très loin… tu es loin devant.

— Bien.

— Je vais te laisser remonter la première. Je n'ai pas envie de te mettre dans la merde si on nous voit revenir ensemble.

— On nous a peut-être vus sortir…

— Ce n'est pas la peine de prendre plus de risques.

— Tu crois qu'il y a des caméras, dans le parking ? je m'inquiète d'un coup.

— J'en doute, nous ne sommes pas dans une série américaine…

Pourquoi les gens me répètent tout le temps ça ? J'ai la tronche d'une fan de séries américaines ?

— Tu vas encore sortir avec Lila ?

— Tu n'écoutes pas quand je te parle. Je suis monogame.

Il se redresse et se rhabille. Je ramasse ma petite culotte et la remets tant bien que mal. Une fois nos ébats passés, je trouve soudainement l'habitacle un peu étroit. Je me demande comment nous avons réussi à prendre autant notre pied dans un si petit espace.

— Marc aussi est bi ? je demande en gigotant pour remettre ma jupe en place.

— Non, lui c'est juste un homo qui ne s'assume pas et qui se sert des belles femmes comme couverture. Et je ne suis pas vraiment bi, je te l'ai dit, c'était ponctuel.

Je note au passage le compliment « belles femmes » dont je fais partie. Mon ego étant insatiable, je dois le nourrir très souvent.

— Ah. Ça explique pourquoi c'était la pire pelle de ma vie, je déduis de sa réponse.

— Sûrement.

— Tu l'as embrassé ?

— Sarah, ne pose pas des questions dont les réponses te font peur.

— Dis-moi.

— Oui, je l'ai embrassé.

— Voilà, ça nous fait un point commun.

Je dépose un rapide petit baiser sur sa joue, captant au passage son air surpris, et retourne dans l'immeuble. Non, ça ne me dérange vraiment pas que mon amant ait été bisexuel. C'est étrange, complètement nouveau pour moi, mais je n'arrive pas vraiment à voir où est le souci. Il aime autant les hommes que les femmes. Bon. J'avoue moi-même avoir déjà songé à vivre une expérience avec une nana, histoire de pouvoir me dire que j'aurai essayé. Comme me conseillait ma mère quand j'étais petite : « On goûte avant de dire qu'on n'aime pas. » Au moins, Sandro peut affirmer ses préférences. Et il aime tout. Je peux gérer ça. Sans souci.

Pourtant, une question me perturbe, et ça n'a rien à voir avec le sexe. Pourquoi Marc a-t-il parlé de fléau au sujet de Sandro ? Est-ce que Sandro l'a plaqué et

Marc ne l'a pas supporté ? Ou est-ce que mon amant s'est comporté comme un enfoiré avec le sien quand ils étaient ensemble ? En rentrant dans le bureau, je trouve par terre la carte froissée de Marc. Je la range dans mon sac. Peut-être qu'un jour j'aurai envie d'avoir la réponse à cette question et qu'elle me servira…

Mantra 10

Je ne dois pas insulter mon assistant

— Non ! Tu nous fais marcher ? crie Isa, les yeux écarquillés.

— *Nope.*

— Sérieusement ?

— *Yep.*

— Ben merde, alors.

Elle se vautre sur mon canapé, la bouche ouverte. C'est bien la première fois qu'elle n'a rien à ajouter. Mélodie reste étrangement silencieuse à cette information qui est pourtant de taille. Elle est encore toute pomponnée, alors que son humeur est proportionnellement opposée à son allure… Plus elle fait d'efforts sur son look, moins elle semble épanouie. J'ai vraiment cru, pourtant, l'autre soir en boîte. Mais je suis probablement trop centrée sur moi en ce moment pour être attentive à ce qui se passe en réalité.

— Mélo ?

Elle prend une profonde inspiration et expire lentement avant de s'exprimer :

— Je trouve ça vraiment extra. Il t'arrive des trucs de folie. Mais je dépéris, moi, pendant ce temps ! se plaint-elle.

Nous y voilà.

Mon amie n'est effectivement plus rayonnante.

— Je croyais que ça allait, avec Olivier ?

Je suis un peu gênée de me rendre compte que Mélo n'est pas au meilleur de sa forme. Il est vrai que, depuis deux semaines, nos conversations tournent autour de ma petite personne et que j'ai peut-être négligé notre amitié.

— Ça va bien, ça va trop bien, même. Je m'ennuie. Nous sommes tombés dans une monotonie abrutissante. Et toi, tu nous ramènes tes frasques à chaque fois...

Nouveau soupir de Mélodie.

— Désolée, je ne pensais pas que ça pourrait avoir cet effet sur toi. Tu préfères que j'évite de vous en parler ? Je peux le faire, hein... Je suis potineuse, mais quand même...

— Tu rigoles ? Au contraire ! Je m'éclate par procuration avec ton histoire, ne change rien ! Tiens, tu ne veux pas le quitter encore une fois, ça ferait un nouveau rebondissement dans l'affaire ?

Je jette à mon « amie » un regard assassin. Je me sens beaucoup moins coupable, bizarrement... Cela dit, elle n'a pas tort, j'ai clairement changé d'avis comme de petite culotte, ces derniers temps. Et avec l'effet que me fait Sandro, j'ai souvent changé de culotte. Mais ce n'est pas une raison pour me le balancer comme ça, mince, c'est mon amie ! Isabelle choisit bien son moment pour retrouver sa voix :

— Ben merde, alors ! Tu as demandé des détails ?

— Hein ? Mais ça va pas bien ? je m'insurge.

— Juste par curiosité, quoi… Pour la science.

— Tu demandes à ton mec des détails de ses sauteries avec ses ex ?

— Non, c'est sûr…

— Ben là, c'est pareil, je n'ai pas envie de savoir !

Inutile de leur dire que j'ai tenté d'imaginer des scènes. De toute façon, je n'y pense plus, ça me met autant en rogne que d'imaginer Sandro avec Lara Croft ou Lila-la-morue.

Une minute… Depuis quand suis-je possessive ?

Isabelle reprend son interrogatoire avant que je ne me perde dans une suranalyse de mes réactions :

— Et ça ne te dérange pas que ton mec soit bi ?

— Alors déjà, il n'est pas vraiment bi, c'était avant. Maintenant il est juste à moi. Et monogame. C'est en tout cas ce qu'il m'affirme.

— C'est bizarre, quand même.

— Ah, c'est sûr que ça m'a fait un choc ! Mais bon, après ça, on a baisé un coup et je me suis détendue.

C'est moi, ou Sandro commence à avoir une très mauvaise influence sur mon langage ?

— Il t'a déjà proposé de…

— Quoi, Mélo ? Quelle est l'idée tordue qui est en train de te passer par la tête ?

— Eh bien… Je me disais… Tu sais bien quoi… Ce que font les homos…

— Non, il ne m'a rien proposé de ce genre.

— Tu le ferais ?

— Franchement, je ne sais pas. Je ne prémédite rien, peut-être bien ! Allez, on change de sujet ? Mélo, les essais bébé, tu en es où ?

La suite de la conversation tourne autour des périodes d'ovulation, des prises de température au réveil et autres positions acrobatiques à garder après l'acte pour favoriser l'ascension des mini-Olivier jusqu'à l'œuf de Mélodie. Je frémis en pensant à un bébé. J'ai la chance d'avoir une horloge biologique totalement insouciante ; comme moi, elle n'est jamais à l'heure. Elle ne m'a pas encore donné envie de pondre.

J'ignore l'appel. C'est le sixième, ce matin. Si elle veut vraiment me parler, elle peut laisser un message,

— On peut savoir qui tu filtres ?

Je relève la tête de mes bons de commande et Sandro m'observe attentivement depuis son bureau. Je hausse les épaules.

— Tu as l'air préoccupée.

Pourquoi est-il si perspicace ? Il pourrait être comme tous ces mecs qui mettent une plombe à réaliser qu'on revient de chez le coiffeur, par exemple. Mais non, j'ai trouvé un type presque parfait. Attentionné. Parfois trop.

— Sarah ?

Je soupire, vaincue :

— C'est l'anniversaire de mon père. Ma mère me harcèle pour que je n'oublie pas de le lui souhaiter. Et sûrement pour me rappeler qu'elle organise un repas mondain en son honneur.

— Tu ne veux pas y aller ?

— Non, je n'y vais plus depuis des années. Mais elle est un peu dure de la comprenette.

— Tu veux en parler ?

Est-ce que je veux en parler ?

— Il n'y a pas grand-chose à dire.

— Peut-être, mais ça a l'air de te perturber.

— J'ai plus ou moins coupé les ponts avec ma famille. Alors bon, je leur envoie quand même une carte de vœux en janvier. Mais ça s'arrête là.

— Une raison à ça ?

— Parce que ça se fait, tu sais, pour la nouvelle année ?

— Sarah, je parle du fait que tu aies rompu tout contact avec tes parents.

— Ah oui. Pardon. Eh bien… Ma mère est une épouse de chef de clinique qui mise tout sur les apparences et mon père est un homme tellement occupé qu'il ne se rappelle pas qu'il a une fille. Sauf les années bissextiles, peut-être.

— Ils ne te manquent pas ?

— Pas vraiment, Et toi ? Tu vois encore tes parents ?

— Bien sûr.

— Et tout se passe bien ?

— Oui, normal.

— Ils sont dans la région ?

— Oui, pas trop loin. Et toi ?

— Pareil.

— Tu devrais lui répondre. Lui dire que tu ne veux pas y aller. Faire l'autruche ne sert à rien.

Pourquoi ai-je l'impression qu'il ne parle pas de ma relation avec ma mère mais d'autre chose ?

— Je ne suis pas très forte pour affronter les problèmes.

Je ne sais pas pourquoi je lui dis ça. C'est un aveu à double sens, là aussi. Il se contente de me sourire. Je lui souris aussi et retourne à mon travail. C'est bizarre, on discute. Sans évoquer le sexe. C'est… agréable. Surprenant. Déstabilisant…

~

Vendredi matin… Avant, ces deux mots résonnaient comme un gage de libération à mes oreilles. Pourtant, depuis que Sandro est mon assistant, je n'attends plus le week-end avec autant d'impatience.

Je connais le passé de mon amant depuis quelques jours et j'arrive très bien à vivre avec cette information. Nos divers ébats au bureau cette semaine sont les témoins de mon acceptation. Ma seule inquiétude est de savoir si je vais devoir me passer de lui samedi et dimanche. Nous n'avons pas du tout évoqué la possibilité de nous voir en dehors du travail. Bien sûr, il est venu chez moi le week-end dernier, mais il n'a pas voulu y rester. Je ne sais plus très bien à quoi m'en tenir. Et je ne peux m'en prendre qu'à moi-même pour cette situation. J'ai voulu une relation sans attaches, je l'ai. Même si, honnêtement, je ne suis plus sûre d'en être totalement satisfaite. Comme je l'ai déjà dit, l'indécision est un trait de caractère intrinsèque chez la femme. Je n'y suis pour rien, c'est dans mon code génétique.

Je cesse de me prendre la tête et inspecte ma tenue dans le miroir avant de partir. Tailleur jupe crayon, comme toujours, escarpins vertigineux, chemisier sérieux, chignon lâche pour casser le côté psychorigide que peut évoquer l'ensemble, parfait. Je prends mes clés et sors de chez moi.

— Bonjour, Sarah Jones.

Et mince, ma culotte toute propre ! Pourquoi faut-il qu'il provoque instantanément cet effet uniquement en me parlant ? Sandro est appuyé sur le mur en face de mon appartement. Je le mate tranquillement quelques secondes. Pantalon noir, ceinture à grosse boucle, chemise noire, bouche aguicheuse, regard lascif. Absolument pas assorti à moi et pourtant, je ne pourrais pas imaginer un autre homme près de moi, en ce moment. Je pousse un gros soupir d'aise. Il faut que je pense à faire quelques offrandes à tous les dieux de la création, ne sachant pas trop auquel je dois l'arrivée de cette bombe sexuelle dans ma vie.

— Qu'est-ce que tu fais là ? je lui demande en m'approchant de lui.

— J'avais envie de t'offrir un cadeau, ce matin.

Je baisse les yeux vers ses mains : vides.

— Je l'ai laissé dans la voiture.

— D'accord. Hum… Eh bien… Heu…

Oui, mes pensées sont en train de divaguer dangereusement vers les suggestions de mes amies. Pourvu qu'il ne m'ait pas acheté un godemiché, je n'en ai vraiment pas envie. Vraiment pas. Il va peut-être me demander d'arrêter de me raser les jambes, aussi ? Oh, non, pas ça… Ça gratte quand ça repousse !

— Ça va ?

Il s'est rapproché de moi pendant que je m'imaginais le pire et je sursaute en sentant son souffle sur ma joue.

— Tout va bien ! Pfff, bien sûr ! Je vais super bien ! j'élude avec un rire nerveux.

— Tu n'as pas l'air, pourtant.

— Mais si ! Complètement !

Je glousse bêtement sans pouvoir me retenir. Je tente de le rassurer, mais je dois surtout passer pour plus dingue que je parais déjà l'être à ses yeux.

— Je n'aurais pas dû venir, c'est ça ?

— Ça n'a rien à voir ! je nie en partant dans les aigus.

— Ah. Alors, il y a bien un truc qui cloche.

— Pas du tout, je suis simplement surprise ! Et puis, je ne savais pas qu'on pouvait se faire des cadeaux, dépenser de l'argent pour l'autre, tout ça…

— Je n'ai pas dépensé un centime.

Je pousse un gros soupir de soulagement. Et me ravise. Va-t-il essayer de me refiler un *sex toy* d'occasion ? Pouah ! Le gros dégueulasse ! (Toy d'occase, non, *totally forbidden, never !*)

— Tu flippes encore, constate-t-il.

— Non, non, pas du tout, je…

Comme il m'embrasse à ce moment, je ne peux continuer à exposer ma mauvaise foi, et me laisse faire. De toute façon, dès l'instant où il me touche, je ne suis plus bonne à rien, à part peut-être faire augmenter le taux d'humidité de la pièce. Il me repousse contre le mur et descend une main jusqu'à mes fesses. *Mes fesses.* Pourquoi vise-t-il cette partie de mon anatomie ?

Pourquoi pas mes seins ? Les mecs n'ont pas de seins, mais ils ont des fesses. Est-ce qu'il n'est pas en train de penser à un mec pendant qu'il me tripote ?

— Sarah, j'ai l'impression d'embrasser une poupée gonflable. Ça te dirait de participer ?

— Hem… Comment tu sais, d'abord, ce que ça fait que d'embrasser une poupée gonflable ?

— C'était une image…

— Bon, on devrait y aller, non ? Tu m'amènes en voiture ?

— C'était le plan, tu ne pensais pas courir derrière ?

— C'est parti mon kiki !

Oui, c'est tout ce que je trouve à dire. De pire en pire, ma pauvre fille. « *Mon kiki* », sérieusement ? Ce type mérite une médaille juste pour ne pas s'être déjà enfui ou m'avoir fait interner.

Sandro marche devant moi, les mains dans les poches, comme toujours. Je n'ai pas été positivement réceptive à son contact, j'ai bêtement flippé, encore une fois. J'accélère le pas pour me retrouver à son niveau. Je lui prends le bras.

— Tu fais quoi ? me demande-t-il sèchement sans me regarder.

Ce n'est donc pas une bonne idée.

— Je…

— Tu n'as pas peur qu'on nous voie ?

— Okay…

Je laisse retomber ma main. C'est le matin, je me prends un râteau avant même d'avoir avalé un café. Sinon, à part ça, tout va bien. Je reprends ma place de femme obéissante et soumise quelques pas derrière lui.

Il s'arrête subitement et je lui rentre dedans. *Aïe ! Mon nez !* Je ne dis rien, j'ai déjà fait une boulette avec le coup du bras et ma réaction débile. Je n'en mène pas large.

— Tu sais quoi ? Laisse tomber pour ce matin. Je te retrouve au bureau, déclare-t-il sans se retourner.

Ben alors, ce ne sont pas des façons, ça !

— Tu pourrais au moins me regarder quand tu me parles. Tu m'as pété le nez, en plus ! je geins, m'autoagaçant.

— Sarah Jones, vous commencez à me taper sur les nerfs.

— Je n'ai rien fait !

— À tout à l'heure.

— Pauv' con !

Oups. Je n'aurais peut-être pas dû lancer cette dernière remarque. Mais il n'avait qu'à pas me laisser en plan ! Je le laisse s'éloigner, impassible, persuadée pourtant qu'il a très bien entendu mon insulte. Nouveau mantra obligatoire : « *Je ne dois pas insulter le type qui me fait grimper aux rideaux.* » Je risque donc de voir l'accès à son corps interdit pour la journée. Putain ! Je fais vraiment toujours tout de travers. À sa place, je me serais barrée depuis longtemps avec une frappadingue comme ça en face… Il a la patience d'un saint, si on y regarde de plus près.

Mantra 11

Je ne mentirai point

J'arrive au bureau juste après lui, il est encore en train de s'installer. J'ai un mea-culpa à faire. Il ne se retourne pas en m'entendant entrer. Premier mauvais signe. Je m'approche doucement et me place derrière lui, passant un bras autour de sa taille. Ce n'est pas une très bonne idée en soi, car là, j'ai surtout envie de glisser la main sous la ceinture de son pantalon. Bon, ça sera pour plus tard. Du moins, je l'espère. Il va peut-être me couper les vivres pour me faire payer mon attitude de sale gamine ? Je l'aurais bien mérité, cela dit.

— Hé, ça va ? je lui murmure à l'oreille, hissée sur la pointe des pieds, espérant que mon potentiel « sex-appeal » n'est pas au plus bas, lui non plus.

— Je vais bien, Sarah, j'ai juste du mal à te suivre et ça commence à sérieusement me gonfler.

— Désolée.

— Ouais.

Il enlève mon bras sans chercher à être tendre ou délicat.

Merde, c'est la première fois que je le vois faire la tronche comme ça. Je ne pensais même pas qu'il était capable d'être vraiment vexé. Je veux dire… Sandro, c'est un mec, pas une gonzesse qui va me répondre : « *Ce n'est pas ce que tu as dit, mais la façon dont tu l'as dit.* » Je soupire et décide de le laisser faire du boudin dans son coin. Même si ma conscience me rappelle que je suis sacrément fautive dans cette histoire.

Ma mère rappelle. Toujours comme un poil de couille dans le potage, celle-là. Je décroche, il est temps de m'en faire pousser une paire, pour rester dans la thématique. Pour une fois, ça changera. Et c'est comme si je voulais prouver quelque chose à Sandro. Qu'il soit fier de moi, je ne sais pas, qu'il voie que je ne suis pas qu'une chieuse.

— Ah, Sarah-Mary.

— Maman.

Je n'ai pas dit que je devais me montrer chaleureuse, juste répondre. C'est déjà pas mal, je suis à mon max, là.

— Tu as loupé l'anniversaire de ton père.

— J'avais du travail. Je lui ai envoyé une carte.

— Il l'a bien reçue.

— Pourquoi ce n'est pas lui qui appelle, alors ?

— Il est très occupé, tu le sais bien, Et ce n'est pas parce qu'il ne se manifeste pas qu'il n'a pas apprécié ton geste.

— Je suis au bureau, tu voulais me dire autre chose ?

— Tu as besoin d'argent ?

C'est sa réponse à tous les problèmes. Une contrariété ? *Tiens, prends ma Visa et va te changer les idées.* J'avoue qu'à une époque, j'en ai usé et abusé, mais aujourd'hui, je gagne mon argent et je n'ai pas besoin d'être entretenue par qui que ce soit.

— Non, merci. Je m'en sors très bien. Je dois te laisser.

— Tu passeras bientôt pour dîner avec nous ?

— Je ne sais pas, je regarderai.

Mensonge. Je n'ai aucunement l'intention de gâcher une soirée à regarder le visage figé de ma mère (merci, dieu Botox) et l'air absent de mon père. Je raccroche et insulte mon téléphone avant de me rappeler que je ne suis pas seule. Sandro m'observe sans rien dire. Il est parfois flippant. Je pense qu'il m'en veut toujours et je n'aime pas du tout cette situation. Mais je dois faire la part des choses et nous sommes actuellement au travail. Alors, je me concentre sur ce pour quoi je suis payée.

La matinée se passe de façon très professionnelle. Trop. Il ne jette pas un seul regard vers moi, Mais j'ai un plan, un plan diabolique, hé hé hé ! Puisqu'il s'est fermé comme une huître, je vais tenter de l'attirer dans mes filets d'une autre façon. (Vive les métaphores maritimes !)

J'attends que ce soit presque le moment du déjeuner et que les locaux soient déserts pour au moins une heure. Je défais discrètement les boutons de mon chemisier jusqu'au nombril. Je me lève et passe derrière le bureau de mon assistant qui m'ignore toujours superbement. Je me penche à côté de lui.

— Excuse-moi, je t'emprunte un stylo, je minaude.

Il a la tête juste entre mes seins, moins subtil, c'est impossible. Il se recule un peu. Mince, je pensais que ça aurait suffi à faire tomber ses barrières. Bon. Tant pis. Plan B. Je prends un stylo dans son pot à crayons et m'assois sur son bureau. Je croise les jambes à la *Basic Instinct* (sauf que moi, j'ai encore ma culotte… Mais plus pour longtemps, si mon plan fonctionne). Je place le stylo entre mes lèvres et le mordille négligemment, sans quitter Sandro des yeux, sentant qu'il m'accorde enfin un peu d'attention. Il s'appuie au dossier de sa chaise et croise les bras. J'attrape un pan de mon chemisier et le secoue.

— Il fait chaud, ou c'est moi ? je demande en un souffle.

— Ça doit être toi.

Le stylo dérape et je me griffe la joue avec.

C'est loupé pour être nommée dans la catégorie « sensuelle »… *Bien joué, Sarah Jones, tu as le sex-appeal d'un radis, tu iras loin…* Non, mais franchement ! Bastien a raison, je ne suis pas fichue de draguer ! Un concombre de mer s'en sortirait dix fois mieux que moi ! Sandro sourit. Au moins, il a arrêté de faire la tête. Je me penche un peu en avant pour lui offrir une meilleure vue sur ma poitrine, déjà étalée comme du poisson frais à la criée. (Maintenant qu'on est dans la métaphore maritime…) Mais il ne réagit pas. Ce type a un bouton off, ou quoi ? Si c'était lui qui avait tenté de me séduire, je serais sûrement déjà en train de jouir. Je rends les armes.

— Tant pis. J'aurai essayé. Je vais sortir déjeuner.

— Vous abandonnez vite, Sarah Jones, susurre-t-il avec sa voix « *I'm sexy and I know it* ».

— Arrête, tu n'as même pas l'ombre d'une réaction. Je sais que je suis une piètre dragueuse, mais tu aurais pu faire semblant, je me plains en me relevant.

Il prend ma main et la place sur son entrejambe, me faisant basculer en avant. Je souris de toutes mes dents. Il a une réaction ! Merci, je ne suis pas complètement nulle !

— Pourquoi tu ne fais rien, alors ?

— Je sais plus quoi faire avec toi, Sarah. Dès que je tente quelque chose, ça te fait flipper.

— Je t'ai dit que j'étais désolée.

— C'était quoi ton problème, ce matin ?

— Heu… Non, ça, je ne peux pas te le dire. Mais fais-moi confiance, c'était bête.

— Sarah…

— On pourrait passer à autre chose ?

— Non. Soit tu vides ton sac, soit…

— Quoi ? Tu vas me refuser tes faveurs parce que je ne veux pas déballer le gros bordel dans ma tête ? On n'est pas à la maternelle…

— J'attends.

— Eh bien, tu peux attendre. Bon appétit, je vais manger !

Il ne me laisse pas partir et m'attire sur ses genoux. Ah. Enfin ! Parce que bon, ce n'est pas tout ça, mais je me suis plus ou moins autochauffée avec mon petit jeu…

— Si je te touche là, dit-il en passant sa main sous ma jupe, je vais pouvoir te faire parler.

— Essaye…

— Sarah Jones, vous pensez vraiment que je vais vous faire jouir sans obtenir ce que je veux avant ?

Il commence à me caresser à travers le tissu de ma culotte. Je ne suis plus tellement en mesure de discuter. Mais je veux qu'il aille plus loin. Il est dix fois plus fort que moi pour ces manœuvres de commando du sexe, je dois bien l'admettre.

— Tu as répondu à ta mère…

— Heu… tu veux vraiment parler de ma mère, là ? Pendant que tu me touches… *là* ?

Il sourit et intensifie ses caresses.

— Je suis fier de toi, Sarah.

— Vraiment ? J'avais l'impression que tu m'en voulais.

— Je t'en veux, mais je suis fier que tu aies répondu au téléphone.

C'est à mon tour de lui sourire.

Aussi puéril que ça puisse sembler, son avis compte bien plus que je ne le pensais.

— Est-ce que tu aimerais que je te fasse jouir avec mes doigts, Sarah, ou tu préférerais ma langue ?

Pour toute réponse, je ne peux que gémir, les yeux mi-clos et la tête légèrement rejetée en arrière. Je ne suis déjà plus là. Il sait exactement comment me faire réagir. Ce type me connaît mieux que moi-même. Je réussis tout de même à formuler deux mots dans un soupir :

— Ta langue…

— C'était quoi ton problème, ce matin ? insiste-t-il, le fourbe.

Il retire sa main. Frustration. Colère.

— C'est du chantage !

— C'est exactement ça. Alors ?

Je lève les yeux au ciel et pèse le pour et le contre. D'un côté, je vais probablement me ridiculiser si j'avoue mon flip matinal. Mais dans la foulée, j'aurai un superbe orgasme pour me faire oublier mon humiliation. De l'autre, je garderai un peu de crédibilité, ce qui, au point ou j'en suis, ne serait pas du luxe. Mais je devrai me satisfaire moi-même… Ah ! En voilà une idée ! Si avec ça je n'arrive pas à l'allumer, je fais le serment de m'autopriver de sexe pendant au moins une semaine !

Je me rassois sur son bureau et fais pivoter sa chaise pour qu'il soit face à moi. Je pose mes chaussures à talons sur ses cuisses, écartant les miennes dans la manœuvre. Il me regarde d'un air intrigué, mais sans plus, fidèle à son self-control légendaire. Je me penche un peu en arrière, prenant appui sur une main. Je tends nonchalamment l'autre vers Sandro :

— Tu lèches ou je m'en occupe ? je demande en papillonnant des cils.

— Tu fais quoi, là ?

Je hausse les épaules.

— Je suis tout à fait capable d'assouvir mes envies, *Alessandro.*

Il déglutit. Il essaie de rester impassible, mais je vois bien qu'il commence à perdre ses moyens. Je suis une allumeuse de choix quand je veux bien m'y mettre ! On va voir qui aura le dernier mot, monsieur j'utilise-le-sexe-comme-une-arme ! Il ne prend pas ma main, je passe donc la langue sur mes doigts en le vrillant des yeux. Il se dandine discrètement sur sa chaise, mais pas assez pour que je ne m'en aperçoive pas.

— Un peu à l'étroit dans votre pantalon, Monsieur Novelli ? je le taquine avant de sucer mon majeur.

Il ne répond pas, il doit sentir arriver le goût de la défaite cuisante alors que je perçois déjà celui de la victoire ! Je passe la main sous ma jupe puis sous ma culotte. Je commence à me caresser sans le quitter des yeux. Qu'il me regarde m'excite encore plus... Quelle petite obsédée je suis devenue depuis que je le fréquente ! J'exagère mes gémissements, ruse de Sioux pour le faire réagir. Il se lève en pestant et se jette sur moi :

— Putain, laisse-moi faire !

Je ne peux m'empêcher d'éclater de rire. J'ai gagné très facilement, finalement ! Il a suffi d'y mettre un peu de cœur ! Il défait sa ceinture et m'aide à enlever ma culotte. Il hésite un moment en me détaillant d'un regard appuyé. J'expire un soupir de plaisir. Mon amant attend je ne sais quoi pour se mettre à la tâche.

— Sandro ?

— Hum...

— Tu attends quoi ? Que je meure de vieillesse sur ton bureau ?

Il me sourit,

— Je me demandais si je n'avais pas l'avantage, maintenant...

— Prends-moi, et je te dirai tout ce que tu veux.

Il me pénètre aussitôt. Ben voilà, ce n'était pas compliqué. Sauf qu'après seulement deux ou trois petits coups, il s'immobilise.

— Eh merde ! lâche-t-il en un murmure.

— Quoi ?

Il se retire et se rhabille, me tendant ma culotte.

— Lila nous a vus.

— Quoi ? ! je répète en criant.

— Elle était là. Rhabille-toi, je vais lui parler.

— Certainement pas !

— Pourquoi ?

— Il faut tout nier ! je déclare, sûre de moi.

— Sarah, que penses-tu pouvoir nier dans « Prends-moi » ? Parce que je suis sûr qu'elle t'a entendue.

— Attends, on ne va pas se mettre à paniquer parce que Lila a cru voir ou entendre quelque chose !

Cette morue ne perd rien pour attendre ! Qu'est-ce qu'elle est venue foutre dans mon bureau ? Elle veut pisser autour de Sandro pour marquer son territoire, à tous les coups ! Maintenant, je suis frustrée, en colère, inquiète, et j'ai des envies de meurtre. Sandro sort pendant que je me rends présentable. Je ne suis même pas surprise. Quelque part, je devais m'y attendre. À force de se sauter dessus n'importe où, et en particulier au bureau, il fallait bien que ça arrive. Mais Lila… Autant dire qu'elle doit déjà être en train de répéter au big boss ce qu'elle a vu et entendu. Je devrais peut-être commencer à ramasser mes affaires, ce sera toujours ça de fait. J'ai besoin d'un nouveau mantra en urgence : « *Je ne dois pas coucher avec mon assistant au bureau.* » Non, il faut plus précis : « *Je ne dois pas coucher avec mon assistant* sur *son bureau.* » *Damned !*

Sandro revient rapidement.

— Je ne l'ai pas trouvée.

— Tant pis. Il faut assumer, maintenant.

— Sarah, tu peux perdre ton job.

— Et alors ? J'en trouverai un autre, j'ai de bonnes qualifications. Je regretterai surtout mon assistant, pour tout avouer.

Il fronce les sourcils et se place devant moi.

— Tu perdrais ton travail pour nous ?

Le ferais-je ? Troquerais-je mon travail contre un plan cul ? Est-ce que Sandro est juste ça pour moi ? Je ne sais pas si c'est la situation de crise qui m'insuffle cette lucidité soudaine, mais je réalise, tout en observant Sandro, que non, il n'est pas qu'un plan cul. Quand est-il devenu plus que ça ? Je n'arrive pas à mettre le doigt sur le moment précis. (Et penser à mes doigts ou aux siens, là, tout de suite, n'est pas une riche idée.)

— Sarah ?

Quoi ?

Il réitère sa question.

— Tu perdrais ton travail pour nous ?

— Oui.

Il m'embrasse. Comme personne ne l'avait fait avant. Pas même lui. Merde alors, si j'avais su que je gagnerais la meilleure galoche que j'ai jamais eue, je lui aurais dit ça avant ! N'est-ce pas ironique d'avoir reçu la meilleure pelle de ma vie par l'amant de la pire ? Je ricane (encore) bêtement et je sens Sandro sourire. Il finit par s'écarter. Il passe doucement son pouce sur mes lèvres, houlà… Quelqu'un a monté le chauffage ? On ne sait jamais avec ces trucs collectifs, ça se dérègle tout le temps.

— Sandro ?

— Hummm ?

— Arrête. Elle pourrait revenir. Si on veut pouvoir nier, il va falloir se calmer.

— On s'en tape. Si ça se complique, c'est moi qui démissionnerai.

— De toute façon, si je pars, tu n'as plus de boulot.

Il rit à ma blague vaseuse. Le chauffage + le pouce + le rire… Mais non, ce n'est vraiment pas le moment de violer mon assistant. Je prends une profonde respiration et le repousse doucement.

— On devrait se mettre à bosser. On avisera plus tard pour Lila.

— Embrasse-moi, Sarah.

Quand il me parle comme ça, une grosse boule remonte dans ma poitrine et je ne serais pas étonnée de voir des petites ailes me pousser dans le dos. Je passe la main dans ses cheveux et l'embrasse le plus passionnément possible. J'ai les sourcils froncés tellement je me concentre pour que ce baiser soit parfait. Ma langue caresse la sienne et j'y mets toute la sensualité à ma disposition. Je mordille ses lèvres, les lèche délicatement… Et bien sûr, je ne réussis pas à me la boucler :

— Alors, c'était une sacrée pelle, hein ? je jubile en souriant.

— Sarah Jones, vous êtes vaniteuse.

— Mais encore ?

— Oui, c'en était une.

— Dans ton top cinq ? je tente de savoir, mon ego étant affamé.

— Tu es vraiment en train de me poser la question ?

— Allez, dis-moi !

— Tu es hors catégorie, Sarah.

— Pourquoi ?

— Je vais m'acheter un sandwich, tu veux quelque chose ?

— Pourquoi suis-je hors catégorie ?

— Non ? Rien ? Même pas une salade ?

— Sandro !

— À plus tard, future ex-patronne.

Il me laisse là, sans plus d'explications. Je suis sûre qu'il a fait exprès d'attiser ma curiosité parce que je refuse de lui dévoiler mes stupides pensées de ce matin. Je décide de l'ignorer à son retour, il finira par craquer. Moi, je tiendrai bon, pour une fois ! Mais je n'ai pas tellement l'occasion de tester ma résistance en tant que prisonnier de guerre. Lila m'appelle juste après le déjeuner :

— Le patron veut te voir, Sarah. Maintenant.

— J'arrive…

Je raccroche, mal à l'aise. Lila-la-morue-collabo n'a pas perdu de temps ! C'est maintenant, tout de suite, que je vais pouvoir tester ma véritable résistance. Je décide de m'en tenir au plan initial que j'ai proposé : tout nier en bloc. « *Je ne batifole pas avec mon assistant.* » Voilà un mantra parfait pour l'occasion, allez on le dit haut et fort et on y croit !

— Je ne batifole pas avec mon assistant ! j'affirme en tapant du plat de la main sur mon bureau.

— J'espère bien que si.

Mince, Sandro est là, je l'avais encore oublié, lui…

— Le boss m'attend. C'est mon nouveau mantra.

— Ton mantra ?

— Mais oui, à force de le répéter, on y croit. Essaie, tu verras, ça marche.

— Je vois. J'aime baiser ma patronne.

— Pfff, c'est pas un mantra ça, c'est déjà la réalité. Bon allez, j'y vais. Souhaite-moi bonne chance.

— Je viens avec toi.

— Ça ne va pas, non ? Autant écrire coupable sur nos fronts !

Faut tout leur expliquer à ces mecs… Je sors de mon bureau, regonflée de confiance, répétant mentalement mon mantra en boucle. Ma confiance diminue de moitié quand je me retrouve devant le bureau du big boss. Et elle part se faire un bronzage intégral à Ibiza quand je m'assois en face de lui. J'essaie de ne pas avoir l'air coupable ni honteuse. Et du coup, je souris trop, c'est flippant de me voir dans le reflet de ses lunettes. (Radin, il aurait pu se payer des antireflets quand même avec le pognon qu'il doit se faire.)

— Sarah, je suis désolé de vous ennuyer avec ça, mais on m'a rapporté une rumeur. Je ne prête pas vraiment de crédit à ces bruits de couloir, mais je me dois de vérifier. Vous comprenez ?

— De quoi s'agit-il, Monsieur Walter ? je demande de ma voix la plus délicate et innocente. (Autant dire que c'est foutu d'avance.)

— Est-ce que vous entretenez une relation avec votre assistant, M. Novelli ?

— Pardon ? je m'insurge de mon ton le plus choqué possible, yeux écarquillés et bouche en « o » inclus.

— Je sais, c'est très indiscret. Mais vous devez comprendre qu'il est interdit pour un cadre de l'entreprise de fréquenter un élément qui lui est inférieur dans l'organigramme.

— Je sais tout ça, Monsieur, et non, la réponse est non ! je réplique, outrée, une main sur le cœur.

— Bien, je serais désolé de devoir le transférer si cette rumeur s'avérait fondée. Et je ne pourrais plus vous garder, vous comprenez ?

— Ça ne vous regarde pas, mais si vous voulez tout savoir, j'ai un petit ami, Monsieur Walter. C'est très insultant qu'on me prête une liaison !

— Ah, très bien, Sarah ! À la bonne heure !

— Et vous le connaissez, je suppose. Il s'agit de Marc Hamont.

— Bien sûr ! C'est un nouvel élément qui a intégré l'équipe qui travaille sur l'enseigne allemande que nous venons de racheter ! Très bien, je vois que nous n'avons aucun problème à résoudre, ici, je vous laisse retourner à votre travail !

Sur le chemin de mon service, je réactive mon cerveau. Pourquoi ai-je voulu donner des détails ? Pourquoi ai-je cité le seul type gay qui embrasse comme Bob l'éponge ? Pourquoi n'ai-je pas pu la boucler ? J'aurais pu dire « j'ai un petit ami » et m'arrêter là ! J'aurais gagné en crédibilité pour nier ma relation avec Sandro, mais je ne me serais pas mise dans une mouise noire ! Je regagne mon bureau en mode zombie, y laissant tomber ma tête à plat, fidèle aux bonnes habitudes.

— Il t'a virée ?

Mince, je ne suis toujours pas habituée à la présence de mon assistant. Enfin si, mais bizarrement, dans ces moments-là, c'est comme si j'étais seule au monde.

— Pire.

— Pire que te virer ? C'est quoi ?

— Je lui ai dit que nous n'avions pas de relation, et il m'a crue.

— Et ça, c'est pire ?

— Pour être crédible, j'ai dit que j'avais un petit ami.

— D'accord…

— Marc. J'ai dit que c'était Marc.

— Ah.

Je tape trois coups sur le bureau avec mon front et Sandro m'interrompt avant le quatrième.

— Ce n'est pas grave. C'est rien, ça.

— Je suis sûre qu'il va en parler autour de lui.

— Et alors ?

— Sandro, parfois tu es brillant. Mais des fois, j'ai l'impression de parler à une moule avariée. Marc n'est pas au courant. Je vais passer pour une mythomane.

— Ben… c'est ce que tu es, non ?

Si un regard pouvait tuer, Sandro serait réduit en un tas de cendres…

Je préfère ne rien répondre, je risquerais d'être désagréable et j'ai explosé mon quota avec mon attitude de ce matin.

— Appelle Marc, je suis sûr qu'il t'aidera.

— Attends, tu veux que je l'invite à sortir ?

— Pourquoi pas ?

— Heu… Tu ne vois vraiment pas ?

— Sarah, il est gay. Tu ne risques rien avec lui, si ce n'est d'attirer la convoitise des autres femmes.

— Et de certains hommes…

— Tu recommences avec ça ?

— D'accord, c'est bon, j'arrête. Mais je ne l'appelle pas.

— Fais comme tu le sens. Mais si ton patron se rend compte que tu as menti, il ne lui faudra pas longtemps pour deviner la cause de ce mensonge. Quand on n'a rien à se reprocher, on ne raconte pas de conneries.

— Ouais… Fait chier… Mais ça ne te dérange pas que Marc soit officiellement mon petit ami ? Enfin, s'il est partant, bien sûr.

— Pourquoi ?

— Ben…

— Tu m'as bien fait comprendre que nous n'étions pas un couple, je ne vois pas où est le souci.

— Ah.

Je n'arrive pas à cacher ma déception, je pensais qu'on avait passé ce stade et qu'on était effectivement un couple. Enfin, un couple de baise, quoi, au minimum. Ça doit exister ça. *Bonjour, vous êtes en couple ? — Oui, mais juste pour le cul.*

Je viens de me prendre une bonne baffe, mine de rien. Vraiment, nous n'en avons pas parlé, mais là, il y va fort. C'est lui qui disait qu'il était monogame, il sous-entend quoi, là ? Je sais que ce que je m'apprête à dire et faire est stupide, mais j'ai besoin de savoir jusqu'où il va me laisser aller.

— Je l'appelle, je capitule en soupirant.

Je trouve la carte de Marc dans mon sac, après cinq minutes de fouilles archéologiques, refusant de demander à Sandro s'il a gardé son numéro. Ma dignité est assez mise à mal ces derniers temps, inutile d'en rajouter une couche. Marc décroche rapidement, je n'ai pas préparé de speech, je vais devoir improviser. Et tout le monde sait que je suis une quiche en improvisation.

— Marc Hamont, j'écoute.

— Marc !

Voix suraiguë, tremblement, trop enthousiaste. On prend les mêmes et on recommence :

— Bonjour, Marc ! C'est Sarah, la cheville tordue, je reprends, une octave en dessous.

Remplacer cheville par, au choix (rayer les mentions inutiles) : fille, folle, psychopathe.

— Sarah ! Comment allez-vous ?

— Très bien. Je me demandais… Ça vous dirait de sortir un soir ?

— Avec plaisir. Quand préférez-vous qu'on se voie ?

— Ce soir ? je propose précipitamment.

— Eh bien… Heu… Oui, d'accord, ce soir.

La Drague désespérée pour les nuls ? Un livre de Sarah Jones, bientôt en librairie.

— Super ! Je vous envoie l'adresse du restaurant par SMS et on s'y retrouve pour vingt heures ?

— Très bien. À ce soir, Sarah, j'ai hâte d'y être.

— Oui, oui, moi aussi, c'est ça.

Et je raccroche. Merde. Merde. Merde. Qu'est-ce qu'on fait à un rendez-vous galant avec un homo quand on n'a ni couilles ni bite ? Je me tourne vers Sandro avec un grand sourire. Il sent aussitôt le coup fourré.

Mais c'est lui qui m'a poussée dans cette direction, c'est le moment d'assumer. Et de voir effectivement pourquoi il me laisse faire ça.

— Quoi ?

— Tu ne pourrais pas me donner deux ou trois conseils ?

— À quel sujet ?

— Je fais quoi ce soir avec ton ex ? Je veux dire… Il me fait du gringue, mais il n'est clairement pas intéressé par moi, d'après ce que tu me dis.

— Ne te prends pas la tête, il fait très bien semblant.

— Ça, c'est toi qui le dis ! J'ai eu l'impression d'embrasser un poulpe en pleine crise d'épilepsie !

— C'est bizarre, dans mon souvenir il se débrouillait plutôt bien…

Je ferme les yeux et prends une grande respiration, toujours dans l'espoir de garder mon calme :

— Finalement, je n'ai pas tellement envie qu'on parle de tes ébats avec Marc…

— C'est toi qui as demandé.

— Pas vraiment, la conversation m'a échappé.

— Tu le retrouves où ?

— Tu vas nous suivre ?

— C'est juste pour savoir…

— Je vais l'inviter au resto. D'ailleurs il faut que je lui envoie l'adresse.

Sous son air décontracté, genre « rien ne m'atteint, je suis grunge dans mon look et dans ma tête », je vois bien que Sandro n'est plus tellement emballé par cette histoire. Mais c'est son idée, après tout. Je tape le SMS quand Lila-la-morue fait une apparition. Ça faisait longtemps. Un moment, j'ai cru qu'elle s'était asphyxiée dans sa paire de loches et qu'on aurait la paix.

— Alors comme ça, vous n'êtes pas ensemble ?

De quoi elle se mêle, la fouille-merde ?

— Sarah pensait que j'étais intéressé, elle s'est trompée. C'était juste un malentendu, déclare Sandro avec un petit sourire humidificateur de culottes.

J'ouvre la bouche pour protester et, pour une fois, prise d'une inspiration inespérée, je réfléchis. J'ai plutôt intérêt à suivre son scénario, aussi peu flatteur soit-il pour moi. Je me rends bien compte qu'il prend plaisir à me mettre dans cette situation. Lila-la-morue entre et s'appuie au bureau de Sandro, me tournant le dos et offrant ainsi à mon assistant une vue plongeante sur ses mamelles. Je me mets un doigt dans la bouche, mimant une envie de vomir, mais Sandro reste impassible. Ce type est un cyborg pour ne jamais trahir quoi que ce soit ! On alors, c'est mon humour qui n'est pas drôle… Non, c'est un cyborg.

— Tu es toujours libre pour qu'on se voie, alors ? susurre-t-elle de sa voix d'allumeuse, option pouffiasse, supplément morne.

— Bien sûr, Lila.

— Ce soir ?

— D'accord, avec plaisir.

Et mon poing dans ta gueule de beau gosse, avec plaisir, aussi ? Il joue à quoi, là ? C'est un test ? Mais bien sûr ! Il veut voir jusqu'où je vais aller moi aussi et jusqu'où je vais supporter tout ça, c'est évident ! C'est le coup de la psychologie inversée, encore une fois ! Sauf qu'on ne me la fait pas à moi !

Elle attrape un stylo et une feuille et griffonne quelque chose. Je suis en train d'élaborer un plan pour la liquider et la planquer dans le petit placard qui sert de réserve. Le temps de transporter son corps dans un congélateur, sinon ça va rapidement puer le poisson pas frais. Je peux aussi la bâillonner et lui couper les cheveux. J'ai également l'option de lui raser les sourcils…

— À ce soir alors, Sandro.

Gna gna gna… Traînée ! Elle sort en agitant son gros cul de blondasse et en me jetant un regard victorieux. Je me retourne vers Sandro.

— Elle a écrit quoi, sur le papier ?

— Son adresse.

— Tu vas vraiment sortir avec elle ?

— Si je refuse, elle en tirera les conclusions qui s'imposent et ne nous laissera jamais tranquilles.

— Quel sens du sacrifice ! Ça n'a pas franchement l'air de te contrarier, Casanova.

— Tu es prise, ce soir, de toute façon…

— Ne t'avise pas de l'embrasser ou…

— Sarah Jones, c'est que vous pourriez mordre…

— Ne te fous pas de moi ! Sérieusement.

— Et si tu me faisais confiance ?

— C'est en elle que je n'ai pas confiance.

— Je sais me défendre, ne t'en fais pas pour ça.

— Ça ne me plaît pas que tu sortes avec elle. Tu vas vite lui dire que ça ne colle pas. T'as qu'à lui dire que tu es gay ! je déclare alors, fière de mon idée.

— Laisse-moi gérer ça à ma façon, me rabroue-t-il, l'ingrat.

— Si ta façon est à l'horizontale, j'imagine bien…
— Tu n'as pas du travail ?
— Ouais… Et toi, tu n'en auras bientôt plus si tu poses une main ou la langue sur elle. Ou pire : en elle !
— Elle peut me toucher, alors ?
Je lui lance ma gomme. Mais je vise si bien qu'il n'a même pas à faire semblant de l'esquiver. Il se marre, ce con. Rira bien qui rira le dernier. Mince, c'est quand même son idée de me jeter dans les bras de Marc !
Ah mais oui… Tout s'explique !
— Dis donc, le tombeur, c'est pour avoir les coudées franches avec la morue que tu m'as envoyée dans les bras d'un octopode gay ?
Il sourit pour toute réponse. Heureux sont les ignorants : je suis à deux doigts de l'émasculer avec une petite cuillère à melon émoussée, et il sourit. Il n'a jamais vu Alan Rickman dans le rôle du shérif ? Le reste de la journée est ponctué par les regards assassins que je lui adresse et les sourires charmeurs avec lesquels il y répond. Non, vraiment, il est inconscient…

Mantra 12

Je suis la petite amie
de Ian Somerhalder

Je quitte le travail un peu après Sandro. J'ai toujours plus de boulot que lui, c'est sûrement pour ça que je suis mieux payée, aussi… En arrivant chez moi, je le trouve devant ma porte. Je l'ignore superbement, mais, faible femme, je laisse ouvert derrière moi. J'enlève mes chaussures et me vautre sur le canapé. Il m'a suivie, bien sûr.

— Va me chercher une bière, homme.

Il rit et va nous prendre deux bières dans le frigo. Il s'installe à côté de moi et pose mes jambes sur ses genoux. Nous sommes le parfait petit couple qui rentre du travail. Si on met de côté le fait que je vais sortir avec son ex-amant gay et lui avec Lila-la-morue.

— Sarah, fais-moi confiance, je ne ferai rien avec Lila, dit-il comme s'il lisait dans mes pensées (*creepy*).

— Tu as intérêt.

— Sinon quoi ?

— Ce n'est pas compliqué, c'est elle ou moi. Je ne partage pas, encore moins avec une morue.

Il se penche et m'embrasse. Bien. Au moins j'ai été claire. S'il se fout de moi, j'irai voir ailleurs. Si j'en ai le courage…

— Me proposerais-tu une relation exclusive ?

— Je pensais qu'on était déjà d'accord à ce sujet.

— Alors, pourquoi tu t'inquiètes ?

— C'est toi qui as parlé de ça, tout à l'heure.

— Je suis désolé, je voulais voir ce que tu en pensais.

— J'en pense que tu sais très bien que tu n'es plus uniquement un plan cul, pour moi. Alors, ne me teste pas trop.

— C'est noté. Mais sérieusement, fais-moi confiance.

— D'accord, j'arrête de m'inquiéter. Vous allez où, ce soir ?

— En boîte.

— Ouais… L'endroit parfait pour une relation platonique ! je raille avant de prendre une gorgée de ma Despé.

— Toutes les filles n'allument pas les mecs comme tu le fais, tu sais.

— Alors ça ! C'est petit ! Je t'ai déjà dit que c'était pour un pari ! je m'insurge en recrachant un peu de liquide par le nez.

Plus classe, tu meurs. Je m'essuie lorsqu'il reprend :

— Et tu penses que c'est mieux ?

— Tu devrais t'estimer heureux que ce soit tombé sur toi !

— Je m'estime heureux. J'aimerais juste pouvoir montrer à tout le monde que je le suis.

Merde. Une déclaration, je ne m'y attendais pas. Voilà pourquoi on est bien plus doués pour faire d'autres trucs que parler… Je ne réponds rien, tout simplement parce que je n'ai rien à répondre. Mais je l'embrasse à la place, selon mon nouveau mantra que je viens d'improviser pour l'occasion : « *Les actions valent mieux que les mots.* »

Je regarde l'heure en poussant un énorme soupir exagéré.

— Bon, je vais me préparer, j'ai rendez-vous dans moins de deux heures, j'annonce en posant ma bouteille vide sur la table.

Oui, j'ai une sacrée descente…

— Tu ne m'as toujours pas dit où vous allez…

— On va au *Fleur de Lys*.

— Tu ne te fiches pas de lui ! s'écrie-t-il.

Comme quoi, parfois, il est capable de manifester autre chose que de l'indifférence. Bien. C'est rassurant.

— Quitte à aller au resto, autant que ce soit bon, j'argumente.

— Tu as l'intention de l'inviter ?

— Qu'est-ce que ça peut te faire ? je m'agace, me sentant fliquée et détestant ça. (Merci, Greg, de m'avoir rendue parano.)

— Rien.

— Bon, laisse-moi aller me préparer.

— Tu vas mettre le paquet ?

— Je te rappelle que c'est ton idée, tu ne veux pas que je me colle une verrue sur le nez, quand même ?

— Mets le paquet, Sarah Jones, que je puisse en profiter avant que tu partes, murmure-t-il quand je me lève.

Il ne cesse de me surprendre. Et j'adore ça,

— Tu vas rester pendant que je me prépare ?

— Ça t'ennuie ?

— Non. Je vais sous la douche.

Bizarre. Avoir Sandro chez moi pendant que je fais ma petite vie… c'est vraiment étrange. Ça a un petit goût de normalité qui n'est pas désagréable du tout et qui pourrait me faire douter, encore, de ce que j'attends vraiment de nous.

Je suis déjà sous la douche quand je sens sa présence dans la pièce. Je me retourne en sursautant et passe la tête derrière le rideau :

— Espèce de voyeur !

— Je n'ai encore rien vu. Ton rideau et les petits canards qui s'y promènent me cachent le paysage.

J'ouvre pour qu'il puisse se rincer l'œil. Littéralement, puisque je dirige le pommeau vers lui, accidentellement bien sûr. Je suis tellement maladroite.

— Oups… dis-je innocemment alors qu'il s'essuie avec ma serviette.

— Ne me provoque pas, tu n'as pas franchement le temps si tu veux te rendre désirable.

— Mais quel gentleman ! Dégage de ma salle de bains, satyre !

— Avec plaisir, je vais faire un somme sur ton lit.

— Ne te gêne pas pour moi surtout, fais comme chez toi !

Je ris tout en me savonnant, je l'ai bien eu sur ce coup, pour une fois que j'ai un peu l'avantage, aussi puérile soit mon attitude, je jubile. Quand je le rejoins dans la chambre pour m'habiller, une minuscule serviette autour de moi puisqu'il m'a piqué celle que j'aurais dû utiliser, il est vautré sur mon lit, torse nu.

— Ciel ! Un homme dévêtu dans ma chambre ! je m'écrie en entrant.

— Tu as trempé mon T-shirt.

— Si j'avais su, je t'aurais entièrement arrosé. Et puis, ça vaut pour toutes les culottes que tu as trempées.

Je me plante devant mon armoire, fière de ma repartie, mais je n'ai pas le temps de l'ouvrir, car il m'attrape par la taille et me jette sur le lit. Ma serviette est restée devant l'armoire, elle. Il m'embrasse tout en commençant à laisser traîner ses mains un peu partout sur moi.

— Je n'ai pas le temps, Sandro… je proteste mollement, pour la forme.

— Je peux aller vite…

— Alors au boulot, Buzz l'Éclair, je n'ai pas que ça à faire !

Il rit et donc mon corps réagit aussitôt au son de sa voix, comme à chaque fois. Il déboutonne son pantalon et me pénètre dans la foulée. Et une douche pour rien, une ! Il est brutal et rapide. Je n'ai pas le temps de dire « *orgasme* » qu'il est déjà là. Effectivement, nous pouvons déclarer que nous avons tiré un coup vite fait entre le fromage et le dessert…

Mais la rapidité n'enlève pas l'intensité et il me faut plus de temps pour m'en remettre que l'acte en lui-même.

— Bon allez, il faut vraiment que je m'habille, je soupire. Tu devrais partir, je ne vais pas avoir envie d'y aller si tu es dans le coin.

— Sois sage, Sarah, pas de bêtise, ce soir.

— Je croyais qu'il était gay et que je ne risquais rien ?

— Avec toi, ça ne m'étonnerait même pas que tu réussisses quand même à déconner.

— Tu réfléchiras la prochaine fois, avant de m'inciter à sortir avec l'un de tes ex.

— Mon ex, pas l'un de mes ex.

— Qu'est-ce que tu veux dire ?

— Je n'ai eu qu'un partenaire masculin, m'annonce-t-il comme s'il me donnait l'heure.

— Ah… Pourquoi ?

— J'y vais.

Il m'embrasse, récupère son T-shirt et sort. C'est tout lui, ça : mystérieux là où il n'y a aucune raison de faire du mystère. Ah, maintenant je me mets à parler de lui comme si je le connaissais depuis toujours !

Je passe ma petite jupe plissée très écolière et un chemisier dont je ne ferme pas les boutons du haut, je laisse mes cheveux retomber librement dans mon dos et ne fais pas trop de chichis pour le maquillage. Je n'ai aucune envie de tenter de séduire un homo. J'ai assez d'autres occasions pour me ridiculiser. Enfin, ce n'est pas une raison pour avoir l'air de sortir de mon lit, non plus.

~

J'arrive avec un peu d'avance au restaurant, j'ai réservé la table à mon nom. Il entre à peine cinq minutes après moi et toutes les femmes présentes dans la salle en restent bouche bée. Oui, il ressemble vraiment à Ian Somerhalder, sans aucun doute. J'avais encore oublié ce détail et j'en suis moi-même à essuyer la bave qui coule sur mon menton.

— Sarah ! Comment allez-vous ?

Il s'installe en face de moi, tout sourires.

— Ian… Heu, Marc, pardon !

— Aucun souci, on me fait souvent la remarque. Vous m'attendez depuis longtemps ?

— Je viens d'arriver, mais on pourrait se tutoyer ? Après tout, tu as déjà mis ta langue dans ma bouche si je me souviens bien, on peut dire qu'on se connaît assez pour le « tu ».

Il rit, gêné. J'ai tellement l'habitude de parler sans tabou avec Sandro que j'oublie que ce n'est pas comme ça que communiquent les gens normaux.

Nous commandons et discutons de tout et de rien. À un moment du repas, il pose sa main sur la mienne. Je n'en suis qu'à mon deuxième verre de vin, je n'ai donc officiellement aucune excuse pour ce qui suit :

— Marc, je suis au courant que tu es gay, juste gay. Je ne sais pas trop pourquoi tu voulais sortir avec moi, mais je me doute que ce n'est pas pour ce que j'ai entre les jambes.

Il s'étouffe avec sa bouchée de risotto et met deux minutes à reprendre son souffle.

— Désolée, je ne voulais pas tenter de te tuer… Mais je m'interroge…

— Sandro t'a parlé ? finit-il par réussir à dire.

— On peut dire ça. Et puis bon, ne le prends pas mal, mais quand tu m'as embrassée… C'était… j'hésite, cherchant une formulation qui ne le blesserait pas.

— Oui, je sais, désolé. Pourquoi as-tu accepté de sortir avec moi en sachant ça ?

— Si tu me disais d'abord pourquoi Sandro est un fléau.

— Ah. Ça, je ne sais pas trop si je…

— Tu en as déjà trop dit, je le coupe en agitant ma fourchette sous son nez. Lâche le morceau, ça te fera du bien, on dirait que tu gardes pas mal de rancune.

— Bon, d'accord. Alors, je l'ai dépucelé et il m'a plaqué une semaine après.

Cette fois, c'est moi qui manque m'étouffer.

— Attends, Sandro était vierge ? je lance d'une voix rauque après avoir avalé par le mauvais tuyau.

— Vierge dans le sens gay du terme, oui, précise-t-il.

Comme si j'avais besoin de détails… Mais je comprends mieux pourquoi finalement cette soirée ne l'emballait pas plus que ça. Il a dû réaliser que nous allions parler et que je risquais d'en apprendre plus sur lui.

— Ah. Okay… Donc… Tu lui en veux parce que…

— J'ai l'impression qu'il s'est servi de moi pour tester ses attirances sexuelles. J'étais pas mal accro à lui. Et puis il m'a quitté en me disant que, tout compte fait, il aimait trop les femmes.

— Je vois. Tu lui en veux encore ?

— Je suis passé à autre chose, mais son attitude n'a pas été correcte. Il aurait pu se poser la question avant.

— Dis-toi que tu resteras sa première fois, je tente de positiver. On n'oublie pas sa première fois.

— Et sa dernière, probablement.

— Probablement, je soupire, soulagée parce que mon ego, toujours lui, souhaite que plus jamais Sandro ne s'envoie jamais en l'air avec quelqu'un d'autre que moi, que ce soit un homme, une femme ou toute autre chose.

Toute autre chose ? Hu… D'où me viennent ces idées malsaines ? Sérieusement ?

— Vous êtes en couple ? me demande-t-il.

— Pas vraiment. C'est comme qui dirait interdit dans la boîte, vu qu'il bosse sous mes ordres.

— Ah oui, c'est vrai. Il sait que tu es là, ce soir ?

— C'était son idée.

— Bizarre.

— Je sais, j'ai trouvé aussi, je réponds, contente d'avoir un allié.

— Il t'a raconté quoi sur moi ?

— Que tu cherchais à avoir une couverture avec les femmes.

— Il a raison, tu as vu comment j'embrasse… Je n'arrive vraiment pas à faire semblant. Je t'assure que j'ai meilleure réputation auprès des mecs, se défend-il en voyant ma grimace.

— Mais pourquoi ne pas faire ton coming out, tout simplement ?

— Ma mère ne s'en remettrait pas… Je ne peux pas lui faire ça.

— C'est ta mère, elle t'aime comme tu es, non ? L'amour maternel c'est genre… inconditionnel.

Enfin, ça marche pour tout le monde sauf pour moi, cette vérité absolue…

Il y a eu un bug dans la matrice juste au moment où on m'a attribué ma génitrice.

— Pas dans ma famille. Et je ne parle pas de mon père.

— Donc ton plan, c'est de te cacher toute ta vie ?

— Plus ou moins, toute *leur* vie en tout cas.

— Tu as quelqu'un, en ce moment ?

— J'avais… Il m'a largué la semaine dernière.

— Merde, désolée. Pourquoi ? Heu, pardon, ce ne sont pas mes affaires.

— Ça ne me dérange pas d'en parler. C'est justement parce que je n'accepte pas de le fréquenter en public.

— Je le comprends.

— Je sais, mais bon… Bref. Il refuse de me voir, de me parler. C'est un pote de Sandro, d'ailleurs. C'est comme ça que je l'ai rencontré.

— Ah tu vois, t'as pas tout perdu avec Sandro ! je m'enthousiasme, un poil trop.

— Enfin bon…

— Tu sais, c'est vraiment con que tu sois gay parce qu'avec ton physique, tu aurais l'embarras du choix avec des nanas comme moi. Je suis super-fan de Ian.

Mode groupie ON, on ne peut plus m'arrêter.

— On me l'a déjà dit. Merci… Je crois…

— Bon. C'est quoi ton plan pour récupérer ton mec ? Comment il s'appelle ?

— Stéphane. Et je n'ai pas de plan.

— J'en ai un ! Mais tu dois m'aider de ton côté.

— Je t'écoute.

— Tu as besoin d'une couverture gonzesse, moi j'ai besoin d'un faux petit ami.

— Pourquoi ?

— On nous a pris en flag' avec Sandro et cette petite pétasse de Lila-la-morue, l'assistante du big boss, nous a balancés. Je ne sais pas pourquoi, ne me demande pas, j'ai dit à mon patron que c'était toi mon copain.

— Ah oui. Je vois. Donc maintenant, il faudrait qu'on se montre un peu, histoire de passer pour un couple, c'est ça ?

— Exactement ! Le temps que les soupçons de Lila et du boss se tarissent.

— Et pour Stéphane, tu proposes quoi ?

— C'est un pote de Sandro… Dis-moi, il va au *Topaze*, le samedi ?

— Oui, c'est leur point de rendez-vous…

— Bien. Je m'en doutais. C'est là que j'ai rencontré Sandro. Donc, ça te dirait qu'on sorte en boîte samedi prochain ?

— Dis-m'en plus, me demande-t-il, méfiant.

— On va s'afficher tous les deux et rendre jaloux ton Stéphane. S'il ne t'a quitté que parce que tu ne voulais pas faire ton coming out, il reviendra en rampant.

— Je ne suis pas sûr que ce soit une bonne idée. Tu as vu que je ne suis pas doué pour faire semblant…

— Tu as toute la semaine pour te faire à l'idée. Et puis, on va juste flirter, tu n'auras qu'à imaginer que j'ai tout ce qu'il faut entre les jambes, des poils sur les mollets et une pomme d'Adam.

— Tu es complètement dingue, tu sais ça ? me dit-il en riant.

— Il paraît… Alors, deal ?

— Deal, répond-il en serrant la main que je lui tends.

— Génial ! J'ai hâte de découvrir la tête de mes amies quand elles vont me voir débarquer avec Ian Somerhalder !

— Je le répète : tu es dingue !

La fin du repas se passe très bien, nous nous trouvons des points communs (en dehors de Sandro bien sûr, sujet que nous avons prudemment évité par la suite), et je passe un agréable moment en compagnie de Marc. Oui, j'arrive maintenant à l'appeler Marc. Mon mantra du moment : « *Mon petit ami est gay, mais c'est le sosie de Ian Somerhalder, j'ai de la chance.* » Allez on y croit, c'est positif tout ça !

~

Je rentre chez moi, sagement, à vingt-trois heures. Sandro m'attend à son poste, devant ma porte.

— Salut, bel inconnu, je murmure en cherchant mes clés.

— Alors, ta soirée ?

— Très instructive.

Il s'approche de moi et passe la main sous ma jupe.

— Tu te la joues écolière innocente ?

— C'est l'idée.

Il glisse sa main sous ma culotte pendant que je sors mon trousseau. Je suis déjà en train de gémir de plaisir avant même d'être à l'intérieur. Une fois dans mon appartement, il me plaque contre la porte, ce qui la fait claquer.

— Vous m'avez manqué, Sarah Jones.

— Tu ne t'es pas amusé avec Lila-la-morue ?

— Elle n'est pas toi.

— Heureusement, j'ai un cerveau, moi !

— Ce n'est pas vraiment ton cerveau qui m'intéresse, là…

Il illustre ses propos en commençant à me déshabiller. J'essaie de le dévêtir en même temps, mais avec ses doigts à nouveau en moi, j'ai du mal à me concentrer sur ma tâche.

Je ne sais pas pourquoi, j'ai envie qu'il me prenne tout de suite sur le palier. Si, je sais très bien pourquoi… Et j'ai la sensation qu'il essaie de reprendre le contrôle de la situation après ma soirée avec Marc.

— Sandro… Maintenant…

Il m'attrape par la taille et m'allonge sur le sol. Il termine de défaire sa ceinture et, quelques secondes après, il est en moi, m'arrachant un gémissement.

— Dis-moi comment était ton rencard, me demande-t-il tout en se mouvant au-dessus de moi.

— Marc est un canon, je l'ai maté en bavant toute la soirée, je le provoque entre deux soupirs.

Il redouble la vigueur de ses coups de hanches et je gémis plus fort. Je remonte les jambes autour de sa taille.

— Je lui ai fait une pipe sous la table au restaurant, je continue sur ma lancée.

— Putain, Sarah, tu veux vraiment que je te prenne comme un sauvage…

— Des promesses…

Il m'oblige à remonter les genoux contre la poitrine et je crie lorsqu'il s'enfonce plus profond. La baise bestiale, y a pas à tortiller du cul, c'est le must.

— Comment était ta soirée, Sarah ? reprend-il.

— Merdique, elle était merdique ! Je gémis.

— Et maintenant ?

— Maintenant, Sandro, baise-moi et ferme-la !

— Sarah ?

Ma voisine, Mme Martin, a trouvé le moment opportun pour taper à la porte. Sandro s'immobilise, mais le regard que je lui adresse lui fait immédiatement reprendre son rythme.

— Sarah, ma petite, je vous ai entendue rentrer.

— Oui, Madame Martin ? je crie pour masquer les gémissements.

— C'est au sujet de Patapouf, je le trouve un peu déprimé, j'avais envie d'en parler…

— Ça aurait été avec plaisiiir, mais je suis un peu occupéééé…

— Vous êtes sûre, vous n'avez pas une petite minute ? Il est si taciturne, insiste-t-elle.

— Nooon, Madame Martin, vous tombez plutôôôt maaal…

— Vous allez bien, Sarah ? Vous avez une drôle de voix…

— Je suis en train de m'envoyer en l'air, Madame Martin !

Ma voisine de soixante-quinze ans pousse un petit cri horrifié. Mais suite à ça, nous avons la paix et je peux jouir tranquillement. Sandro a l'air aussi choqué que ma voisine.

— Quoi ?

— Tu viens de dire à cette pauvre femme…

— Ouais, on s'en tape, continue.

Il éclate de rire tout en reprenant son rythme et je me joins à ses rires, en ayant l'orgasme le plus farfelu de l'histoire. Sandro s'allonge sur moi, essoufflé. Note pour plus tard : éviter les horaires de sortie de Patapouf pour me montrer dans le couloir. Et vérifier que ma voisine n'y est pas restée d'une attaque cardiaque, sous le choc.

Il se redresse et prend appui sur un coude.

— Je n'aime pas que tu sortes avec quelqu'un d'autre, murmure-t-il sans me quitter des yeux. Même si c'était un faux rendez-vous.

— Possessif ?

— Complètement.

— Dommage.

— Pourquoi ? s'inquiète-t-il.

— J'ai rendez-vous avec Marc, samedi soir.

— Putain, Sarah, tu fais chier ! crie-t-il, me faisant sursauter.

Je crois que c'est la première fois qu'il me crie dessus.

— Mais ne sois pas jaloux, je te rappelle que c'est *ton* ex, pas le mien ! Et il est cent pour cent gay ! je me défends.

— Pourquoi tu le revois ?

— La couverture ? Faux p'tit copain, tout ça... C'était ton plan.

— Non, à la base, c'est *toi* qui as parlé de lui au boss.

— Oui, possible. Mais c'est toi qui m'as...

— On a compris. Pourquoi tu le revois ?

— Je vais l'aider à récupérer son ex.

— Stéphane ?

— Lui-même.

— Et tu vas t'y prendre comment ? demande-t-il, méfiant comme toujours face à mes plans.

— Ça ne te regarde pas. Garde juste en mémoire que Marc me voit comme… heu… Voilà, pour lui, je suis un eunuque, sans intérêt.

— Ça ne me plaît pas.

— Et la morue, tu vas la revoir ?

— Non, je me suis comporté comme un enfoiré ce soir. Elle ne veut plus qu'on sorte ensemble.

— Merci.

J'embrasse mon petit ami, le vrai, en passant les mains dans ses cheveux.

— On va dans mon lit ? Il fait un poil froid par terre…

— Sarah, tu sais pourquoi tu es hors catégorie ?

— Non…

Il se penche un peu et me chuchote à l'oreille :

— Parce que tu avais raison…

J'arrête de respirer. Il m'embrasse dans le cou, j'attends qu'il m'en dise plus. Mais il n'ajoute rien et m'aide à me relever. Les fringues en vrac, le cul gelé et les cheveux en pétard, je le suis jusqu'à ma chambre. Il me déshabille complètement et m'allonge doucement sur le lit.

— Sandro ?

Il enlève aussi ses fringues et me rejoint. Une fois étendu à côté de moi, il se tourne pour me faire face.

— Oui ?

— quel sujet ?

— De quoi parlez-vous, Sarah Jones ?

— Ne te fiche pas de moi. Tu as dit que j'avais raison…

— Je suis en train de tomber amoureux de toi.

Mon cœur fait un triple salto dans ma poitrine, je l'observe attentivement, il est sincère, ses yeux ne mentent pas. Je pose ma main sur sa joue et repousse vers l'arrière une mèche de cheveux. J'ai envie de lui répondre, mais aucun son ne veut sortir. Tout est allé tellement vite, finalement… Alors, je décide de lui répondre de la façon la plus évidente pour moi. Je le prends dans mes bras et je le serre contre moi.

Nous restons ainsi un long moment, et puis il s'assoit pour me faire face et m'embrasse. Tendrement, il prend son temps. D'abord il me caresse délicatement des lèvres, juste un effleurement. Il pose ses mains sur ma nuque et remonte doucement dans mes cheveux. Je me sens tellement bien que je ne crois pas avoir déjà été aussi détendue. Sa langue vient chercher la mienne, toujours sans hâte, il savoure. Je *le* savoure. Son corps recouvre le mien, légèrement, rien d'ambigu… Juste lui et moi.

Il recule un peu, m'observe, nos yeux se cherchent et ne se lâchent plus.

— Ne me quitte pas, Sarah.

Sa vulnérabilité me touche bien plus que je ne l'aurais cru. J'ai besoin de le rassurer. Je passe la main dans ses cheveux et lui souris.

— Je n'en ai pas l'intention.

— Bien.

— Et toi, Alessandro, juste moi, personne d'autre.

— Tu occupes tout mon temps.

— Tant mieux, Reste. Ce soir, je veux dire. Reste.

Il m'embrasse encore et nous nous rallongeons. Il se place derrière moi et m'enlace. Je remonte le drap sur nous et nous passons notre première nuit ensemble.

~

Sandro me réveille une fois cette nuit-là. Normalement, je suis très ronchon si on m'empêche de dormir au milieu de la nuit. Mais il a su comment s'y prendre pour que j'en redemande au lieu de l'envoyer balader. J'ai perdu un sacré paquet de calories en vingt-quatre heures !

Mon alarme nous tire du sommeil et là, par contre, mon amant peut profiter de mon humeur matinale exécrable. Comme chaque matin, je donne un bon coup de poing sur le réveil pour le faire taire et je m'assoupis pour mes quinze minutes de plus réglementaires. Mais ce masochiste se lève aussitôt et je ne suis pas en mesure de profiter de mon rab.

— Pourquoi tu te lèves ? Il reste un quart d'heure… je râle sans oublier de le mater au passage.

— Je dois passer chez moi.

Il m'embrasse dans le cou et s'éclipse. Avant que j'aie le temps de comprendre ce qui se passe, j'entends la porte d'entrée claquer. Ah ben bravo, quelle attitude exemplaire ! Je pue à ce point de la gueule qu'il a ressenti le besoin de mettre le plus de kilomètres possible entre nous ? Je place une main devant ma bouche pour vérifier et manque tourner de l'œil quand mon haleine putride me revient en mode boomerang. D'accord. Il a des circonstances atténuantes. Une famille d'opossums crevés y a élu domicile la nuit dernière, je ne vois pas d'autres explications ! Je me lève et me prépare pour aller au bureau, pour la première fois depuis longtemps, le cœur léger. Je ne vais pas me mentir, je suis sur un petit nuage après la déclaration à demi-mot de Sandro. Certes, c'était plus que du demi-mot, mais j'ai besoin d'y aller à petits pas pour ne pas prendre peur et m'enfuir.

~

Lundi matin, j'arrive sur place avant lui, comme presque toujours. Mais pas avant Marc qui m'attend déjà.

— Marc ! Je t'ai fait une telle impression que tu veux déjà me revoir ? Je le taquine.

— Bonjour, Sarah. Je me suis dit que ça serait pas mal pour ton alibi qu'on me voie de temps en temps ici.

Comme un fait exprès, Lila-la-morue passe à ce moment dans le couloir. Elle nous jette un regard appuyé et s'attarde un peu trop sur mon petit ami. Mon faux petit ami, d'accord, mais elle n'est pas censée le savoir et ça ne se fait pas de mater le mec d'une autre, comme ça ! Sauf si on est du signe pute ascendant traînée, bien entendu.

— Ne te retourne pas, il y a la collabo derrière toi, je chuchote à Marc sur un ton de conspiratrice.

— Ah. Il faudrait peut-être que je t'embrasse, pour la crédibilité ?

— Heu... Je ne sais pas trop... j'hésite, le souvenir de son baiser-ventouse un peu trop présent pour que le traumatisme s'estompe.

— Sans la langue ? ajoute-t-il, comprenant mon inquiétude.

— Vite fait alors, je capitule.

Il dépose un petit bisou sur mes lèvres crispées et Lila-la-morue continue son chemin, satisfaite. Un jour, je vais lui faire bouffer la ficelle du string qui dépasse de son gros cul quand elle se penche en avant !

— Viens, éloignons-nous des vautours.

Je le fais entrer et adresse un signe de mon majeur au dos de Lila. Je tire une chaise à côté de la mienne pour Marc qui s'y s'installe.

— Tu veux un café ? je lui propose.

— Non merci, je ne reste pas longtemps.

— Tu n'as pas l'air détendu.

— Je ne suis plus sûr, pour samedi soir…

— Pourquoi ? Tu ne veux plus le récupérer ?

— Si, bien sûr. Mais je ne suis pas convaincu que ton plan soit…

— Mon plan est parfait ! je déclare un peu vexée.

— Et si Sandro nous voit flirter ?

— Je ferai en sorte qu'il ne soit pas là. Ça te va ? Je le rassure en me disant en même temps que ça ne va pas être facile.

— Oui, je préfère. Il est très possessif.

— Je sais, j'ai vu ça.

— C'est sérieux, vous deux ?

— Je ne sais pas, on dirait… Ça le devient… Je crois.

— Ne le laisse pas filer, j'étais énervé et surpris quand je t'ai dit que c'était un fléau, Sous ses airs de rebelle, c'est un tendre.

Je lui souris, c'est marrant de parler avec lui. De lui faire des confidences et qu'il me donne des conseils. Même si je sais qu'il a mis sa queue dans un endroit de mon amant où je ne mettrai jamais rien. Jamais. Beurk ! Non ! Jamais ! Ah putain, maintenant j'ai une image gravée dans les rétines !

— Pourquoi tu fais la grimace ?

— Hein ? Moi ? Non, je ne fais pas la grimace ! je nie en repartant dans les aigus.

— Si tu le dis…

Voilà, maintenant il doit penser que j'ai des TOC faciaux ! Remarque, ce n'est pas important. Je reprends une attitude normale, enfin, aussi normale que possible en ce qui me concerne, et l'observe.

— Marc, je pourrais te mater pendant des heures. Dis-moi, franchement, tu entretiens la ressemblance ?

— Tu m'as percé à jour ! Eh oui, je soigne mon look pour lui ressembler. Un vrai piège à mecs.

— À filles, surtout ! je m'esclaffe.

— Je t'assure que les mecs y sont tout aussi sensibles !

Je ris franchement avec Marc.

— Je vous dérange ?

Ah. Sandro vient d'arriver et à voir son expression, il n'est pas d'humeur « youpi, salut les amis, le soleil brille, donnons-nous la main et aimons-nous les uns les autres ! » Marc se lève d'un bond.

— Je t'appelle, Sarah.

— Bien sûr.

Je dépose une bise sur la joue de Marc, plus pour faire enrager Sandro qu'autre chose. Je suis une sale petite allumeuse. Mais c'est amusant de le voir jaloux. Surtout quand il sait très bien qu'il n'a rien à craindre. Marc sort et Sandro s'approche de moi.

— Ta bouche est à moi, déclare-t-il, crispé.

— Non, ma bouche est à *moi*, je la mets sporadiquement à ta disposition, je précise.

— Sarah… me menace-t-il, sans aucun effet puisque je suis inconsciente, c'est bien connu.

— Bien dormi ?

— Tu as de la chance qu'on ne prenne plus de risque au travail, poursuit-il sur le même ton.

— Sinon ? je le provoque sans vergogne.

— Sinon, Sarah Jones, je pense que je t'attraperais par les cheveux pour t'obliger à t'agenouiller et à me tailler une pipe d'enfer. Histoire que tu comprennes que ta bouche est à moi.

Putain.

J'en suis tremblante rien que d'imaginer la scène. Il sait très bien que je vais réagir au quart de tour, ce con ! Je l'ai bien cherché, mais merde, juste une petite bise sur la joue d'un homo et je dois expier par le pire châtiment qui soit : la frustration. Je ne sais pas, mais son numéro de mâle dominant, ça fonctionne à tous les coups avec moi. Je suis un cliché. Même pas honte !

— Un café, Mademoiselle Jones ?

— Mettez-moi une bonne baise avec, cher assistant.

— Désolé, nous n'en avons plus en stock. Je vous en réserve une pour ce soir ?

— Mettez-en deux, dans ce cas, pour compenser.

Il pose sa main sur ma taille et vrille son regard au mien. Je suis irrémédiablement perdue. Dès que ce type me parle ou me touche, c'est terminé pour moi. Et il le sait très bien.

— Ça te plaît… je murmure.

— Quoi ?

— De voir que tu me rends folle.

— Oui, ça me plaît.

— Sadique.

— Amoureux, pas sadique.

Il jette un œil vers la porte et m'embrasse rapidement. Il a vraiment le don de me surprendre. *Amoureux.* Okay… *Sinon, bien dormi ? Oui, merci et toi ? Oh, ben, je suis tombé amoureux pendant la nuit. Ah, super ! Un café ?*

Je m'assois sans regarder et loupe ma chaise de peu, me retrouvant le cul par terre.

— Sarah ? s'inquiète-t-il depuis la porte.

— Je vais bien ! je lance de derrière mon bureau.

— Sûre ?

— Oui, super, nickel ! Je cherche un trombone qui est tombé par terre, ne t'en fais pas pour moi !

Sandro revient avec mon café. Il s'assoit à son poste et allume son ordinateur.

— Sandro ?

— Hummm ?

— Moi aussi.

— Quoi ?

Je lui tourne le dos sans répondre.

— Sarah ?

— Oui, cher assistant ? je réponds avec mon auréole bien en place au-dessus de la tête.

— Tu as quelque chose à me dire ?

— Non, rien de spécial. Ah, si.

Je lui refais face.

— Samedi soir, je vais flirter avec Marc pour rendre Stéphane jaloux, j'aimerais que tu ne sois pas là.

— Tu te fous de moi ?

— Non, pas vraiment.

— Putain, Sarah, ça veut dire quoi « flirter » ?

— Ben… on va un peu se frotter, se donner la main, se montrer en public, quoi.

— Pas question, déclare-t-il fermement.

— Je ne te demande pas la permission, Cro-Magnon. Je t'informe qu'il vaut mieux que tu ne sois pas là, ça ne va pas te plaire.

— Non.

— Non, quoi ?

— Tu ne vas pas faire ça ! crie-t-il.

Décidément, le Sandro amoureux est bien plus gueulard que la version plan cul. C'est con, mais ça me plaît.

— Oh ! Calme-toi, on va t'entendre dans le couloir !

Je tente de le « zénifier », sans succès.

— Je n'en ai rien à foutre ! Je n'ai pas envie que ma copine m'humilie en se tapant mon ex en public !

Et ben dis donc, quand Marc m'avait dit que Sandro était possessif, il avait juste oublié de rajouter « maladivement » ! Autant j'aime savoir qu'il tient à moi à ce point, autant ça me rappelle trop de mauvais souvenirs. Je préférais quand mon assistant se montrait impassible et grand maître zen. Je prends un ton calme et posé, mais ferme :

— Écoute-moi bien, Alessandro Novelli. Le dernier type que j'ai plaqué, je l'ai quitté parce qu'il ne me laissait pas respirer. Je te préviens que si tu me prends trop la tête, je m'en tape d'être amoureuse de toi ou pas, ce sera terminé toi et moi, compris ?

Il reste sans voix. Voilà, c'est qui le boss, hein ? Je retourne à mon ordi, lui offrant à nouveau mon dos comme interlocuteur, toute contente de m'être montrée autoritaire.

— Tu peux répéter ?

— Tu as très bien entendu ! Laisse-moi faire ma vie et…

— Non, la partie où tu parles d'être amoureuse.

— Ah. Ça ?

— Oui, ça.

— Eh ben, quoi ?

— Tourne-toi, Sarah.

Je lui fais face en levant les yeux au ciel. Je suis écarlate, je le sens. Je n'ai pas réalisé que j'ai lâché l'information dans ma tirade antimacho. Je n'avais même pas réalisé que je le pensais ! Non, mais quel boulet !

— Tu sais ce que je te ferais, Sarah Jones, si nous n'étions pas au bureau ?

— Non, je soupire.

— Si, tu le sais.

— Avec trois doigts ?

— Avec trois doigts.

Mantra 13

Je résisterai à la tentation

— C'est bizarre comme situation, non ? Limite malsain, même !

— Franchement, Isa, tu pousses un peu, là. On se rend mutuellement service, je ne vois pas où est le souci.

— Elle ne voit pas où est le souci, répond Isabelle en se tournant vers Mélodie, Bastien et Olivier.

Je leur ai demandé de me rejoindre au pub pour les prévenir de ce qui allait se passer le lendemain soir en boîte. Il ne s'agirait pas que Marc soit mal à l'aise face à la réaction de mes amies. Que ce soit parce qu'il est le sosie de Ian Somerhalder ou parce que je suis censée être la petite amie d'un autre.

Bastien hausse les épaules.

— Je trouve son plan plutôt pas mal, concède-t-il.

— Ah, merci ! Pour une fois que tu es de mon côté !

— Et Sandro ? demande Mélodie, aussi sceptique qu'Isabelle.

— Il est au courant. Je lui ai dit de ne pas venir… Il serait capable de faire foirer mon plan.

— Il aurait de bonnes raisons, non ? insiste Isabelle.

— Bon, les filles, tout ce que je vous demande, c'est de ne pas baver quand vous verrez Marc, et de ne pas le mettre mal à l'aise. Ce n'est déjà pas évident pour lui, comme situation. Je peux compter sur vous ?

Tout le monde acquiesce et je peux me concentrer sur mon plan d'attaque. Mais je ne m'attarde pas. J'ai une grosse soirée le lendemain et il n'est pas question d'avoir la gueule de bois ! Je m'approche de Bastien, battant des cils.

— Non.

— Je ne t'ai encore rien demandé !

— Je sais ce que tu vas demander, la réponse est non ! déclare-t-il fermement.

— Tu ne crois pas que je l'ai mérité ? je plaide en cherchant des yeux le soutien de mes amis.

— Elle a assuré, tu ne peux pas nier ça, répond Isabelle, mon alliée.

— C'est clair ! enchaîne Olivier.

— Allez, juste pour un soir… me soutient Mélodie. On vous ramènera.

Bastien fait un tour visuel de la table et pousse un énorme soupir de contrariété ! *Yeah !* Il me tend la clé et les papiers, mais les retient au moment où je les attrape.

— Écoute-moi bien, si tu joues à Starsky et Hutch avec mon bébé…

— C'est bon, fais-moi confiance, je réplique en lui arrachant des mains les précieux sésames. Merci !

Je lui claque une bise sur la joue et fais un signe enthousiaste de la main à mes amis en sortant du pub. J'ai enfin le droit de conduire ce petit bijou ! J'ai envie de rendre une visite surprise à Sandro. Je lui ai dit que je dormais chez une amie pour qu'il n'ait pas la merveilleuse idée de se pointer chez moi pendant que je vais chez lui. Tout à fait le genre de plan moisi qui pourrait me tomber dessus !

Je m'installe derrière le volant en pleurant presque de bonheur... Et je bataille quelques minutes avec le GPS pour entrer l'itinéraire. Je change la voix pour la masculine, Bastien ne m'en voudra pas. J'allume le poste et tombe sur « Dog Days Are Over » de Florence + The Machine et j'accompagne le morceau à tue-tête. Je rabats le toit ouvrant et en voiture Simone !

Je déchante rapidement : il fait froid, l'humidité me fouette le visage et quelques insectes m'attaquent de manière frontale. Je m'arrête pour remettre la capote, la mort dans l'âme, en pestant. Je m'étais fait toute une histoire de ma virée en décapotable, tout ça pour ça. Quelle déception ! Je regrette subitement mon choix de gain que je trouve finalement plus contraignant qu'autre chose.

Il est encore tôt dans la soirée quand j'arrive chez mon assistant. Sa voiture n'est pas dans l'allée. Je tape tout de même à la porte, par acquit de conscience, prête à retourner me mettre au chaud dans la voiture pour l'attendre. Mais on ouvre pendant que je fais demi-tour.

— Ah, tu es là !

— Oui, poupée.

— Hein ?

Je trébuche en me retournant au son de cette voix inconnue, sexy à mort, et me retrouve face à une gravure de mode, douce illusion nocturne. Il ne peut en être autrement, parce que le type qui se tient dans l'encadrement, torse nu (*Oh ! My !*), est tout simplement parfait. Je reste la bouche à moitié ouverte, à mater sans retenue l'adonis qui me sourit, Et puis je me ressaisis.

— Qui es-tu, apparition démoniaque ? je lui lance, sûre d'avoir affaire à l'un de mes délires psychotiques.

Il éclate de rire et sort sur le palier. Non, ce n'est pas une apparition. Je tâche d'avoir l'air crédible, autant que faire se peut après ma démonstration de un-neurone. com.

— Sandro est là ?

— Non, Sandro n'est pas là, mais moi oui, répond-il en ponctuant sa phrase d'un clin d'œil suggestif.

— Je vais l'attendre dans la voiture.

— Il risque de rentrer tard, tu sais. Pourquoi ne viendrais-tu pas l'attendre au *chaud* ?

Oui, j'ai chaud d'un coup, parce que ce tombeur est canon. Mais il aurait « malsain » tatoué sur le front, ça ne me surprendrait pas.

— Non, merci. En fait, je vais rentrer. Tu pourras lui dire que Sarah est passée ?

— Je ne crois pas, non.

— Okayyy, merci pour rien, Bon, ben, salut.

— Mon frère est repassé du côté des vrais hommes ?

Je m'arrête, me demandant si j'ai bien entendu. Inutile de lui demander de quel côté il était durant les manifs au sujet du mariage pour tous… Je ne prends pas la peine de relever et continue mon chemin. Ce type, qui me met carrément mal à l'aise, m'arrête d'une main sur l'épaule. Je me retourne en le repoussant :

— Qu'est-ce que tu veux ?

— Je t'ai demandé si mon frère était à nouveau hétéro.

— Si Sandro est bien ton frère, pour commencer, je le plains. Ensuite, tu n'as qu'à lui poser toi-même la question. Maintenant, laisse-moi partir ou je hurle !

— Oh oui, j'aimerais t'entendre hurler.

Merde, je n'en loupe pas une, moi. Je lui lance mon regard « Buffy » et m'engouffre dans la voiture. Il m'observe manœuvrer pour sortir de l'allée, comme une mémé. (J'ai trop peur d'abîmer le bijou de Bastien et de devoir verser tous mes salaires jusqu'à la fin de mes jours pour le dédommager !) Il croise les bras et, pfff, c'est ridicule tous ces muscles. Ri-di-cule. Ou à tomber. Mais je choisis la première option. Ce type est trop odieux pour que je puisse apprécier son physique… Son physique de top model pour lequel je vendrais mon âme au diable sans hésiter une seconde… *Non, non, non ! Arrête de fantasmer sur un connard ! Qui plus est, le frère de* ton *amant, celui que tu aimes, tu te souviens ?* Honnêtement, je ne vois aucune ressemblance entre eux. Si ce n'est qu'ils doivent sortir de la même agence de mannequins. Je lui fais un bras d'honneur au moment de m'engager sur la route, et je le vois dans le rétro se tâter l'entrejambe pour toute réponse. Ce type est à vomir (Ou à se damner… Non, on a dit à vomir.)

En arrivant chez moi, après avoir passé quinze minutes pour me garer dans la place de parking qui m'est réservée, j'envoie un SMS à Sandro :

JE SUIS PASSÉE TE VOIR, J'AI RENCONTRÉ TON CONNARD DE FRÈRE, JE SUIS RENTRÉE CHEZ MOI.

Il ne me répond pas. Je n'attends de toute façon pas de réponse puisqu'il doit être en train de… De faire je ne sais quoi, d'ailleurs. Mais j'ai confiance, maintenant, et je ne m'inquiète pas. D'accord, même moi je trouve que ça sonne faux. Disons qu'il m'a demandé de lui faire confiance, c'est ce que je tente de faire.

Il n'est pas encore minuit, je décide de zapper un peu avant de me coucher, histoire d'imprimer dans mes rétines une autre image que celle du connard se soupesant le paquet. C'est ainsi que je m'assoupis sur le canapé, telle une grand-mère narcoleptique. Je sursaute quand la sonnette de mon appartement me tire violemment de mon rêve. Je me sens toute chose. J'espère juste que le connard n'en faisait pas partie. Je me dirige en bâillant vers la porte, vérifie qui sonne à deux heures du matin : Sandro. J'ouvre et il entre en trombe, manquant me faire tomber.

— Tu as vu Dante ? me lance-t-il, agressif, limite la bave aux lèvres.

Je ne sais pas pourquoi, j'ai l'impression d'avoir fait une énorme boulette. Alors que je suis juste allée rendre visite à mon chéri. Mais le ton qu'il a employé et le regard qu'il m'octroie me donnent envie de me recroqueviller dans un coin et de me faire oublier. Comme quand j'ai rayé le 33 tours collector des Bee Gees de mon père en voulant scratcher comme un DJ. (Ah, les années 1990…) Sauf que là, je n'ai rien fait de mal ! Enfin, il me semble…

— Si Dante est ton frère, heu, oui, je l'ai croisé, j'hésite, toujours incertaine de n'avoir pas fait une connerie à mon insu.

— Pourquoi es-tu allée chez moi ?

— Heu…

— Tu as couché avec lui ?

— Traite-moi de salope, tant qu'on y est ! Ça va bien, maintenant ! Tu débarques à deux plombes du mat' chez moi pour m'insulter ! Fous le camp ! je crie à bout de patience.

Je le pousse vers la porte pour illustrer mes propos, mais j'ai l'impression de m'attaquer à un mur. Je savais bien que ce type était un cyborg !

— Tu n'as rien fait avec lui ?

— Si. En gros, je lui ai dit d'aller se faire foutre. Ça doit être un trait de famille, faut croire !

— De quoi ?

— De se comporter comme un connard !

Il s'empare de mes mains, qui tentent toujours de le faire reculer, et m'attire contre lui.

— Lâche-moi, Sandro, je ne suis pas d'humeur !

— Désolé.

— Je n'en ai rien à foutre, de tes excuses !

— Tu ne sais pas de quoi il est capable.

— Et ça non plus, je n'en ai rien à foutre ! Putain, ça ne se fait pas d'agresser les gens chez eux, comme ça ! Tu es con ou quoi ? Pourquoi je t'aurais envoyé un texto si j'avais quelque chose à me reprocher ? « Salut, je suis un peu blonde, alors je te préviens que je me fais ramoner la tuyauterie par ton frangin, LOL ! » Abruti !

— Quel texto ?

Il sort son téléphone de sa poche et pousse un gros soupir.

— Je ne l'avais pas vu…

Je ne réponds rien, j'attends de vraies excuses ; et il a intérêt à être convaincant, parce que « désolé », ce n'est pas exactement ce qui pourra m'aider à lui pardonner de s'être comporté comme le dernier des trous du cul.

— Quand je suis rentré, il m'a parlé de toi et… Ça m'a rendu fou. Il a dit des trucs…

— Et c'est comme ça que tu *me* fais confiance ?

Il essaie de me reprendre dans ses bras, mais je recule.

Il n'insiste pas.

— Sarah, cet enfoiré a déjà couché avec chacune de mes copines.

Hum… Il dit ça pour sa défense ? Non, parce que ça sous-entend clairement qu'il en a eu un paquet, de copines. Je décide de ne pas m'y attarder pour le moment et tente un trait d'humour douteux pour détendre l'atmosphère :

— Au moins, il n'a pas couché avec ton copain, d'après ce que j'ai entendu.

— Non, c'est sûr, répond-il sans l'ombre d'un sourire.

— Je ne vois pas en quoi tout ça me concerne. Il t'a pas draguée ?

— Si.

— Et ?

— Et je suis partie en lui faisant un bras d'honneur, si tu veux tout savoir. Maintenant que tu as la réponse que tu voulais, tu peux rentrer chez toi. Moi, je suis fatiguée de toutes ces conneries. Claque bien la porte en partant.

Je me dirige vers ma chambre en pensant très fort « suis-moi, ne pars pas ! », mais je ne veux pas le lui proposer. Il a besoin d'une bonne leçon. Je me déshabille et enfile ma nuisette, celle en coton avec la petite abeille qui me souhaite bonne nuit. J'entends alors la porte se refermer. Bon. On aura toute la semaine suivante pour parler de cet incident diplomatique. Je me brosse les dents, il faut que je me couche, j'ai une soirée importante le lendemain, je n'ai pas envie de me promener avec le regard de Fétide Adams après une nuit blanche. Je sors de la salle de bains en traînant les pieds et pousse un hurlement en me cognant dans Sandro, qui plaque sa main sur ma bouche. Quand je cesse mes cris de putois orphelin, il me libère.

— Mais ça ne va pas ?! Tu veux ma mort ?! je hurle à nouveau.

— Désolé, j'ai claqué la porte…

— Ben, annonce-toi, je ne sais pas, moi : toussote ou allume une putain de lumière !

— Je peux rester ?

— Je vais me coucher, là, je suis fatiguée…

Il m'attire dans ses bras et m'embrasse. Je le laisse faire.

— Je suis vraiment, sincèrement désolé d'avoir douté de toi, reprend-il après m'avoir galochée, ce qui était clairement un coup bas.

— C'est un bon début. On en reparlera demain. Viens.

Je me couche et Sandro se déshabille avant de se glisser, derrière moi sous les couvertures. Il est très content d'être là d'après ce que je sens sur ma fesse. Mais il ne tente rien, bizarrement.

— Qu'est-ce que tu fais ? je lui demande alors.

— Rien.

— Justement, pourquoi tu ne fais rien ?

— Hein ?

— Ben… Tu veux dormir ?

— C'est toi qui as dit que tu étais fatiguée !

— Et alors ? Si ce n'est pas toi qui me sautes dessus, c'est moi ! Tu frottes ton machin contre mon cul et tu crois que je vais rester indifférente ?

— Je n'ai rien frotté du tout, ce n'est pas de ma faute ! Tu voudrais que je le laisse sur le chevet, pour dormir ?

— Sandro, fais-moi l'amour au lieu de raconter des conneries.

Ah, enfin il se met au boulot ! C'est que je ne veux pas m'endormir tard, moi ! Il me déshabille en souriant à la vue de ma petite abeille. Mais le regard que je lui lance le décourage de faire une quelconque remarque. Il se replace derrière moi. Il écarte doucement mes cuisses et pose sa main entre mes jambes, je suis déjà humide, bien entendu…

— Je croyais que vous étiez fatiguée, Sarah Jones, murmure-t-il à mon oreille, augmentant l'irrigation entre mes cuisses.

— Je crois que c'est la norme de s'envoyer en l'air après une engueulade… Ça ne t'a pas excité, toi ?

Il m'embrasse dans le cou et se rapproche, remplaçant sa main par son sexe, qu'il n'a donc pas laissé sur le chevet, heureusement ! Qu'est-ce qu'il peut dire comme conneries, lui aussi, quand il s'y met. Il m'enlace et pose ses mains sur mes seins, les agrippant fermement, puis commence ses mouvements de va-et-vient. Je l'empoigne d'une main sur ses fesses et exerce une pression pour qu'il accélère le rythme. C'est tout moi, ça : je veux toujours que ça aille plus fort alors que je lui ai demandé de me faire l'amour ! Mais il n'est pas contrariant, surtout après la scène qu'il m'a servie, et, finalement, il me prend bien sauvagement. Il descend sa main jusqu'à mon clitoris et accompagne ses mouvements de bassin de petits cercles de son index et son majeur. Je me cambre contre lui et attrape une poignée de ses cheveux dans ma main, le collant un peu plus à moi. Il mordille mon cou, ma nuque, mon épaule… et je sens que ça monte. Vite, fort, à la hauteur de notre engueulade… L'orgasme explose dans mon bas-ventre. D'un coup. Il continue ses caresses jusqu'à ce que je lui demande d'arrêter, trop sensible pour en supporter plus. Je me dégage de son étreinte et me retourne, il me regarde faite en silence… Je descends entre ses cuisses et le prends entre mes lèvres, encore un peu tremblante de la jouissance qu'il vient de me procurer. Jamais je n'aurais pu faire ça, avant. Mais avec lui, rien ne me semble sale, déplacé, tout est au contraire naturel. Je le lèche lentement, il se laisse tomber sur le dos et ferme les yeux, se détendant complètement, je joue avec ses testicules, doucement, il m'encourage à continuer, je souris, il place ses mains sur ma tête et imprime quelques coups de hanches pour m'imposer son rythme, je le laisse faire. J'aime cette impression qu'il me domine autant que je l'ai à ma merci. Cette égalité entre nous, je donne autant que je reçois…

— Sarah…

Je m'applique à terminer ce que j'ai commencé et avale chaque goutte qu'il déverse en moi tout en gémissant et crispant les doigts dans mes cheveux.

Je me dégage et remonte sur son corps à présent détendu, pour lui faire face. J'ai envie de l'embrasser, longtemps, et c'est ce que je fais. Et puis, j'ai soudain besoin d'un éclaircissement. Il ne faut pas chercher à comprendre, mon cerveau a toujours un train de retard sur le reste du monde.

— Qu'est-ce que ton connard de frère, qui baise *toutes* tes copines, fait chez toi ?

— C'est aussi chez lui.

— Ah. C'est con, ça.

— Ouais.

— Il reste longtemps ?

— Aucune idée. On ne papote pas vraiment, tous les deux. Je n'ai su qu'il était là que quand je suis rentré, ce soir.

Je m'allonge complètement sur lui, prenant mes aises. Il pose ses mains sur mes fesses. Je sens que le couvert va être remis dans peu de temps. Ah, ces trentenaires bourrés d'endurance, c'est épuisant ! Mais je voudrais d'abord terminer la conversation.

— Installe-toi chez moi, le temps qu'il reparte.

— Sarah Jones, me proposeriez-vous vraiment de vivre avec vous ?

— Hé, juste le temps que ton frère se tire ! je panique, face à sa proposition carrément indécente.

Il rit. J'ai été peut-être un peu trop véhémente dans ma réponse, mais je ne me vois pas du tout m'installer avec lui ! Enfin, ni avec lui ni avec personne !

— Je plaisantais, Sarah. Tu as peur que je m'incruste pour de bon ?

— Non. Mais je préfère préciser que c'est temporaire, je reprends, sur la défensive.

— C'est gentil, mais non, décline-t-il, égratignant mon amour-propre an passage.

— Pourquoi ?

— Parce que tu n'en as pas vraiment envie.

— J'ai vraiment envie que tu restes chez moi, le temps que ton frère te foute la paix.

— Pourquoi ?

— C'est quoi cette question à la con ?

Il me fixe en attendant que je lui fournisse une réponse qui lui convienne.

— D'accord, j'avoue : je suis une grosse égoïste, et obsédée en plus. Pour que tu puisses me prendre tous les soirs, et tous les matins, et en rentrant du travail… Et que tu puisses me réveiller au milieu de la nuit avec ta langue. Entre autres.

— Tu te sers de moi, donc ?

— Complètement.

— Je vois…

Il a l'air tout tristounet.

— Sandro… Je plaisante…

— D'accord.

— Dormons, demain j'ai une soirée capitale.

— Tu vas vraiment faire ça ?

— On en a déjà parlé, je ne te demande pas ton avis.

— Je sais…

— Et puis, si tu me fais confiance, qu'est-ce que ça peut te faire que je me frotte un peu à un homo, hein ?

— Te frotter ?

— Pas vraiment me frotter, faire semblant de me frotter.

— Je n'aime pas ça.

— Je ne suis qu'à toi, ça ne te suffit pas ?

— Je croyais que tu ne m'appartenais pas.

— J'ai menti. Je suis juste à toi. Mais j'ai besoin que tu me laisses faire ma vie, que tu me fasses confiance. J'ai résisté à ton frère, je résisterai à n'importe qui.

Je l'ai dit ou je l'ai pensé ?

— Qu'est-ce que tu veux dire par « j'ai résisté à ton frère » ?

Je l'ai dit. Merde. Voilà pourquoi, à trois heures du matin, les gens normaux dorment et ne discutent pas !

— Eh bien… Il m'a clairement invitée à la débauche et j'ai tourné les talons.

— Sarah… Ne te fous pas de moi. Tu avais envie de coucher avec lui ?

— Mais non ! Ne recommence pas avec ça !

Je me pousse pour m'allonger à côté de lui et il s'assoit. D'accord, on va en discuter maintenant. Purée, cette nuit ne finira donc jamais !

— Sarah…

— Bon, je ne suis pas aveugle : ton frère est canon. Mais on s'en tape, tu l'es encore plus !

Ce que je pensais être un compliment tombe complètement à plat. Sandro préfère focaliser sur « ton frère est canon ».

— Dante te plaît ?

— Non, c'est un connard. Et puis lâche l'affaire, là ! Tu es super-lourd avec ton complexe d'infériorité ! C'est avec qui que je viens de m'envoyer en l'air ? Ton frangin ou toi ? Tu fais chier, Sandro, tu fais chier comme une putain de gonzesse ! Bonne nuit !

Je me couche en lui tournant le dos. Il fait de même. Bienvenue à l'hôtel des culs tournés !

~

Le soleil est déjà levé. Je n'ai eu droit à aucun réveil nocturne supplémentaire pour un petit coup vite fait. Sandro n'est même plus dans le lit. Toutes ses fringues ont disparu. Bon, je suis seule. Je vais pouvoir m'occuper de moi. Je passe par la salle de bains pour le petit pipi matinal et le brossage de dents (qui me permettra de sentir le goût de mon petit déjeuner). Un petit détour pour allumer la chaîne hi-fi qui hurle un morceau d'Iron Maiden dans les haut-parleurs. Vestige de mes années d'adolescente qui me donne toujours la pêche quand j'ai du mal à me sortir la tête d'un endroit où elle n'a absolument rien à faire ! Ouaip, de mon cul, précisément.

J'entre dans ma petite cuisine où je découvre une vision de rêve. Mon amant, fraîchement douché, sexy à souhait, a préparé le petit déjeuner, je me frotte les paupières et m'appuie sur le mur à l'entrée de la cuisine.

Il lève les yeux du livre qu'il lisait (il lit, Sandro ? Avec du heavy metal en fond, en plus, même pas ça le dérange), et me lance un sourire qui me donne envie de me caresser, là, tout de suite.

— Tu as croisé une prise de courant ?

Enfoiré. Il fait référence à ma coiffure « *out of bed* », bien aggravée par nos ébats de la nuit. Alors lui, il se lève, il ne touche à rien, il est en mode *serial fucker*. Moi, bien sûr, ça fait peur. L'effet « *so sexy* » s'estompe en un éclair.

— Bonjour à toi, cher assistant, je lance froidement.

Je m'installe à table, en face de lui. Il a fait des *pancakes*. Ce type est un rêve éveillé, tant qu'il n'ouvre pas la bouche pour me balancer des horreurs, cela va de soi.

— Tu as quelque chose à te faire pardonner, Alessandro ?

— Sarah Jones, je vous conseille de ne pas me provoquer de bon matin.

— Pourquoi ? je réponds innocemment en me servant une tasse de café.

— Parce que je me suis réveillé avec la trique, ce matin. En temps normal, je m'occupe seul de la faire passer. Mais il se trouve que tu étais à côté de moi. Par égard pour ta candeur, je me suis retenu, Ça signifie donc que je suis un peu tendu, sans mauvais jeu de mots.

Je prends une gorgée de café en l'observant. Il m'allume, clairement. Je hausse les épaules.

— La prochaine fois, ne te gêne pas pour moi, je le provoque de derrière ma tasse.

Moi, le petit déjeuner à domicile, ça me fout une patate d'enfer. Je suis de super-bonne humeur.

— Tu es sérieuse ?

— Si ce n'est pas toi qui le fais, je ne vois pas qui d'autre. Je suis très en colère de la petite scène que tu m'as jouée cette nuit. Et je parle de ton arrivée fracassante dans mon appartement, pas de ce qui a suivi.

— Je suis désolé.

— Je sais.

— Mais tu ne vas pas me laisser m'en tirer aussi facilement ?

— Exactement. Tu as bien dormi ?

— C'était parfait, toujours, avec toi.

— Tu ne m'auras pas avec des flatteries, fourbe !

— J'ai pourtant l'impression que ça fonctionne bien, habituellement…

— Ne me fais pas passer pour la femme futile que je suis, tu as déjà une ardoise de dix kilomètres de long,

Je me lève et, arrivée à la porte de la cuisine, j'enlève ma nuisette, n'offrant que mon dos à mon assistant. J'entends sa chaise racler le sol et je pars en courant. À allumeur, allumeuse et demie. Sauf qu'il me rattrape dans le couloir et m'attire contre lui, laissant traîner ses mains sur mon ventre et mes seins.

— Je connais un moyen de me faire pardonner…

— Hum hum ?

— Assise ou allongée ?

— Assise…

Il me soulève sans peine dans ses bras et me porte jusqu'à la chambre. Je l'embrasse pendant le court trajet. Il me pose au bord du lit et enlève ma culotte.

Je l'attends, jambes ouvertes, pour gagner du temps. Je suis pragmatique. Il s'agenouille devant moi et me regarde en souriant avant de se lécher le coin des lèvres. Je frémis d'impatience et retiens ma respiration juste au moment où il plonge entre mes cuisses.

Je prends appui sur mes avant-bras, mais ne m'allonge pas afin de l'observer. Je remonte une main sur ma poitrine et pince l'extrémité tendue de mon sein droit. Il relève les yeux et gémit contre moi. Il glisse un doigt en moi et je me rapproche du bord du lit afin de lui offrir un meilleur accès. Il lèche, suce, mordille… et il ne me faut que quelques minutes pour sentir l'orgasme monter. Ce moment où je sens que je vais jouir, mais où je n'y suis pas encore tout à fait, est peut-être celui que je préfère. Un peu comme ce quart de seconde entre le rêve et le réveil, quand on n'est pas plus tout à fait sûr de dormir, mais pas certain d'être éveillé. Un instant de félicité tellement intense qu'on croirait le temps suspendu pour nous. Comme si l'Univers retenait son souffle et s'esquivait pour laisser le plaisir me submerger. Et il te submerge, tranquillement, langoureusement… J'en apprécie chaque seconde jusqu'à ce que Sandro cesse de m'embrasser là et remonte tout aussi délicatement jusqu'à mon visage en laissant sur son passage des baisers humides de moi sur ma peau.

Je lui souris paresseusement, il pose ses lèvres sur les miennes, légères comme une plume… et me pénètre d'un coup. La brutalité de ses mouvements soudains contraste avec l'instant suspendu que je viens de vivre. Et j'aime ça. J'aime ce qu'il me fait. Tout en paradoxes…

Je le repousse et l'oblige à me laisser dominer, une jambe de chaque côté de ses hanches. Il hausse un sourcil et je prends appui sur ses épaules.

— Quoi ?

— Tu préfères ?

— Je te sens mieux, comme ça.

Il relève le bassin et m'arrache un petit cri de surprise.

— Vraiment mieux… je précise en accélérant,

— Qu'est-ce que tu préfères, encore ?

— Tu veux que je te dise des trucs cochons, Sandro ?

Il sourit.

— J'aime qu'on s'envoie en l'air dans des lieux publics, avec le risque de nous faire surprendre.

— J'aime aussi.

— J'aime te prendre dans ma bouche et que tu éjacules dans ma gorge. Ça m'excite.

— Ça m'excite aussi.

Je me soulève plus fort et je sens qu'il n'est pas loin. Ses mains se resserrent un peu sur ma taille, mais il me laisse décider de tout.

— J'aime ta langue… et tes doigts… et tes cheveux.

— Mes cheveux ?

— Ils sont doux, ils me caressent. Tu as interdiction de les couper.

— J'aime les tiens.

Il en enroule une longue mèche dans son poing, comme pour illustrer ses propos. Il tire un peu dessus, je gémis. De plaisir. Toujours de plaisir. Et puis il ferme les yeux, je le sens durcir en moi et je l'embrasse. Il gémit un peu entre mes lèvres et sa langue vibre contre la mienne.

Je me redresse, sans me relever vraiment, et lance :

— J'ai faim, maintenant ramène-moi à la cuisine, esclave, et nourris-moi !

Après le petit déjeuner, nous nous installons sur le canapé (« vautrés » serait le terme exact). Il a la tête posée sur mes cuisses et je caresse ses cheveux.

— C'est ton petit ou ton grand frère ?

— Grand.

— Il vient souvent dans le coin ?

— Ça t'intéresse ?

Je vois que Monsieur est encore sensible au sujet de ma petite bourde nocturne…

— Oh, je me demandais juste si j'allais profiter régulièrement du petit déjeuner de princesse.

— Il vient… quand ça lui chante. S'il voit que ça m'emmerde, il reste plus longtemps.

— Tant mieux.

— Évite-le…

— Je n'ai pas franchement l'intention de le fréquenter. Et puis je ne vois pas où je pourrais le croiser…

— Lui, il te trouvera.

— Il a une dent contre toi ?

— La mâchoire entière.

— Tu lui as fait quoi ?

— J'ai couché avec sa copine.

— Ah ben aussi, tu as commencé le premier.

— Erreur de jeunesse. C'était une traînée, grâce à moi il s'en est rendu compte à temps.

— Dis-toi qu'il t'a rendu service pour toutes les pétasses qui te servaient de copines et qui sont passées sous lui.

— Ouais… répond-il, pas convaincu par mon argument.

— Hé… Je ne fais que suivre ta logique !

— Tu n'es pas censée me soutenir inconditionnellement, tout ça ?

— Ben non, je ne crois pas. Pas après la crise de cette nuit.

— Tu ne vas vraiment pas me lâcher avec ça.

— Non, tu as tout à fait raison !

— Bon, faut que j'aille chercher mes affaires. Tu es sûre, tu veux de moi ici ?

— Hum… Non, en fait tu as raison, c'est débile comme idée.

— Sarah ?

— Quoi ? Ne pose pas des questions connes, tu n'aurais pas de réponses idiotes !

Je me lève et fouille dans le tiroir de la petite commode de l'entrée.

— Tiens, tes clés. Ne les perds pas, je n'en ai pas d'autres !

— Merci, chef.

— Je te rappelle que j'ai rendez-vous en début de soirée avec Marc.

— Je vais repasser poser mes affaires et je te laisserai tranquille.

— Ne viens pas au *Topaze* ce soir, s'il te plaît.

— Pourquoi ?

— Parce que je vais jouer le rôle de la petite amie de Marc, ça ne va pas te plaire. Je n'ai pas envie que tu saccages mon plan diabolique.

— C'est quoi, ce plan ?

— Je te l'ai dit, jouer mon rôle à la perfection pour que son ex en crève de jalousie.

— Donc, tous mes potes seront là, mais moi je dois rester à attendre Madame.

— Non, tu peux aller ailleurs…

— Sarah…

— Allez, juste ce soir… S'il te plaît, Sandro…

Je pose la main sur son entrejambe tout en le suppliant du regard de me laisser le champ libre pour la soirée. C'est un coup bas, oui j'utilise le sexe comme une arme, mais hé… à la guerre comme à la guerre ! Il m'embrasse et retire ma main. Je n'ai pas dit que c'était une arme efficace à tous les coups, hein…

— Je vais y aller maintenant, avant que mon connard de frère ne se réveille, je n'ai pas envie de le croiser. Alors, garde sous le coude ce que tu avais prévu de me faire pour me convaincre, Sarah Jones.

Pourquoi, depuis des semaines, j'inonde toujours ma culotte dès qu'il m'appelle comme ça ? C'est mon nom, bon sang, j'y suis habituée depuis presque trente ans ! Il sait exactement comment me parler, ce petit vicelard. Nouveau mantra : « *Je dois arrêter de tremper mes culottes, je n'ai pas assez de stock.* »

Mantra 14

Je partagerai ma ruelle

Après un après-midi passé en mode farniente, je me décide à bouger mes fesses pour faire autre chose qu'augmenter mon capital luxure. Sandro m'observe, curieux, dans tous mes rituels. D'abord la douche, oui il me reluque, cet obsédé. Et, cette fois, je ne l'arrose pas, dans ma grande clémence. Je le laisse me mater pour compenser le fait que je ne me prépare pas pour lui.

Ensuite vient le choix de la tenue. Il essaie de mettre son veto sur la longueur de ma jupe, mais ça n'a pour effet que de m'inciter à choisir la plus courte de ma garde-robe. Elle ne mérite d'ailleurs pas tant le nom de jupe que celui de ceinture. Je mets, comme d'habitude, un chemisier dont je ne ferme pas beaucoup de boutons… Et mes bottes montantes à talons de dix centimètres complètent le tout.

Satisfaite du résultat, je m'installe devant ma coiffeuse pour me maquiller.

— On dirait que tu vas faire le tapin… remarque-t-il.

— C'est un peu l'idée.

Ma tenue lui plaît, mais il aurait préféré que je la lui réserve. Normal. Je comprends. J'ai cependant une mission à accomplir, et pour ça, il faut que je sois sexy à souhait. Je vais devoir allumer un homo, il me faut bien l'artillerie lourde pour faire grimper ma confiance en moi. Et puis, je ne vais pas me mentir, je trouve ça marrant comme expérience.

— Du coup, tu fais quoi ce soir ?

— J'ai rendez-vous avec Lila.

Je dérape avec mon mascara et me le plante dans l'œil.

— Non, mais quel con ! Regarde ce que tu m'as fait faire ! Tu te fous de moi ?

— Oui…

Tout mon maquillage est à refaire, il a réussi son coup.

— Tu es mieux sans, Sarah. Je te préfère entièrement nue.

— Oh, ça va, pas la peine d'essayer de flatter mon ego pour te rattraper aux branches. Dis donc, tu cumules en ce moment !

— C'est l'amour, ça rend con.

Je dérape à nouveau.

— Ne me dis pas des trucs comme ça pendant que je me maquille, c'est hyperdangereux.

— Pourquoi ?

— Parce que… Ben, réfléchis et demande-toi pourquoi, en silence, pendant que j'essaie de rattraper les dégâts !

J'ai surtout besoin d'analyser la situation. Ce type m'avoue qu'il m'aime à peu près une ou deux fois par jour, et je ne lui réponds jamais. Ou par allusions. Mais je l'invite à s'installer chez moi. Il attend forcément une réaction de ma part, autre que celle de m'énucléer avec la brosse de mon mascara, s'entend. Tôt ou tard, il faudra bien que mes sentiments se manifestent autrement que physiquement.

— Sarah…

— Quoi ?

— Je vais t'embrasser, ne te blesse pas avec tes instruments de torture.

Il plonge dans mon cou et m'embrasse de haut en bas et de bas en haut et…

— Sandro… Je n'ai vraiment pas le temps, là… Marc arrive dans vingt minutes…

— Je sais. C'est le but.

— Quel but ?

— Te chauffer, comme ça, tu penseras à moi et tu reviendras vite.

— Tu restes là, ce soir ?

— Oui. Je t'attendrai.

— Pas de Lila ?

— Hum… Ça dépendra, si je m'ennuie trop à t'attendre, je pourrais l'inviter ici…

Je l'attaque avec mon bâton de rouge à lèvres « Russian Red » de MAC, le rouge à lèvres increvable qui dure une éternité et demie, et lui barbouille la joue. Avec ça, il lui faudra un moment pour le faire partir. Ça lui apprendra à me provoquer avec la morue !

~

Marc sonne pile à l'heure. Je fais signe à Sandro pour qu'il ne vienne pas foutre la merde. Il est trop occupé à se démaquiller pour ça, tant mieux. Je lui ai filé de l'eau micellaire, pour faire partir le waterproof, ça va prendre la vie des rats. Il faut bien occuper les petits…

Mon rendez-vous est super-tendu, Nous faisons le chemin à pied jusqu'au pub. Bastien viendra chercher sa voiture qui ne m'intéresse plus (capricieuse que je suis.)

— Marc, ça va aller, détends-toi.

— Et si Stéphane s'en fout ? S'il me voit avec toi et que ça ne lui fait ni chaud ni froid ?

— Eh bien, dans ce cas, tu sauras à quoi t'en tenir ! Ça t'aidera à tourner la page !

— C'est sûr… Mais bon, ce n'est pas pour ça que je le prendrai mieux.

— Écoute, on tente. Et s'il t'ignore, je resterai avec toi pour qu'on se bourre la gueule jusqu'à en oublier ce trou du cul.

— Merci, Sarah. C'est marrant que tu sois si cool après mon attaque de langue…

— Disons que je préfère ne plus trop penser à ce regrettable incident. Et puis, n'oublie pas que tu me rends vraiment service en échange.

— Et Sandro, ça va, il gère ?

— Non, mais il n'a pas le choix. On ne fait rien de mal, il apprend à me partager. Enfin, pas vraiment me partager, ça fait un peu échangiste dit comme ça. Allez on y est. Là, c'est l'entraînement, d'accord ? Le moment de vérité, ce sera en boîte. Il faut qu'on révise avant. Tu vas voir, mes amis sont un peu spéciaux mais très sympas.

Nous entrons dans le pub et je fais signe à Marco qui a déjà dégainé un verre à bière en me voyant arriver. Marc demande la même chose que moi et nous rejoignons mes amis.

— Bonsoir, tout le monde, je vous présente Marc. Marc, voici Olivier, Bastien, Isabelle et celle qui a la bouche ouverte, c'est Mélo. Elle est fan de toi, enfin de Ian. Donc, là, elle n'est pas loin de la crise d'apoplexie. Je l'avais prévenue pourtant, mais elle ne me croyait pas.

Olivier tapote la main de Mélodie qui semble se réveiller. Après ce petit moment de flottement, nous nous installons et Marc peut faire connaissance tranquillement avec tout le monde. Plusieurs nanas dans le pub regardent vers nous, je suis trop fière d'être la petite amie de Ian. Enfin, d'être la fausse petite amie du sosie de Ian, mais ça, elles n'ont pas besoin de le savoir.

Vers vingt-deux heures, après quelques bières, Marc est nettement plus détendu. J'en profite pour lui rappeler notre plan.

— Allez, Marc, concentration. Si Stéphane est là, et il sera là, on attend la bonne chanson, on danse collés l'un à l'autre. Tu dois t'imaginer que je suis un mec, que je suis *lui*. Mais surtout, tu ne le regardes pas. Isa et Mélo se chargeront de le surveiller et elles nous raconteront tout, hein, les filles ?

Je sais que mon plan sonne comme une aventure de collégienne, voire de lycéenne… Il n'empêche que je ne suis pas la seule à m'amuser, car, ravies d'être dans le coup, elles hochent vivement la tête. Mélo n'arrive pas à détacher les yeux de Marc. Olivier commence à en prendre ombrage. Je me penche vers lui et lui chuchote à l'oreille, pour que personne ne nous entende :

— Oliv', il est gay…

— Ouais, je sais… Désolé.

— Elle regarde, elle ne touche pas…

— Mouais… Mais ça ne va pas fort, en ce moment.

— Elle s'ennuie, surprends-la !

— Elle t'a parlé ?

— Pas la peine, ça se voit…

— Tu suggères quoi ?

— Il y a une petite ruelle tranquille à côté du *Topaze*…

— Comment tu sais ça, toi ?

Je le regarde sans rien dire.

— Non… Tu me fais marcher ?

— Tu vois, tu es comme un vieux pépé réac ! Il faut prendre des risques, dans la vie…

— Tu me fais peur, où est mon amie Sarah qui était sage et rangée ?

— Elle s'ennuyait, justement…

— De quoi vous parlez, les comploteurs ? demande Isa.

Tout le monde nous fixe.

— On parlait du *Topaze*, on va y aller. Alors, Marc, prêt ?

— Pas vraiment, répond-il en soupirant.

— Mais si, tu es prêt, nouveau mantra rien que pour toi : « *Je suis une bombe et mon ex va s'en mordre les doigts.* » Répète après moi !

Nous lui faisons réciter cette phrase une dizaine de fois et, à la fin, je pense qu'il y croit un peu. Ce type ne s'est jamais regardé dans un miroir ou quoi ? C'est un canon ! Dire le contraire serait insulter Ian *himself*, et ça, je m'y refuse. Question de principe !

Quand nous arrivons au *Topaze*, je repère tout de suite le groupe de copains de Sandro. Et pour cause : Dante-le-connard est là aussi. Installé tranquillement à une table avec d'autres types conçus sur le même modèle que lui. À savoir : tout à fait comestibles. Mais ils sont forcément aussi abrutis que lui, ça se regroupe en troupeau entre connards. Heureusement, mon assistant a suivi mon conseil et n'est pas venu. Je n'imagine pas le carnage s'il était là. Car si moi j'ai clairement des soucis relationnels avec mes parents, lui, c'est carrément la guerre avec son frère. Nous nous installons assez loin d'eux, mais de façon à ce qu'Isa et Mélo puissent les avoir dans leur ligne de mire. Oui, c'est une véritable opération commando, et je m'amuse beaucoup. Et puis je me sens quand même bien redevable envers Marc qui a joué le jeu quand la morue nous a vus. C'est la moindre des choses de tenter de l'aider dans sa propre relation. Ils ne nous ont pas encore remarqués, ça nous donne l'avantage de la surprise. Marc jette un rapide coup d'œil et s'assoit à côté de moi.

— Alors, il est là ?

— Oui. Écoute, je ne le sens pas, ce plan…

— Tu pourrais avoir un peu plus confiance en moi ! je m'indigne en le fusillant du regard.

Quel ingrat, quand même ! Je donne de ma personne, je me suis fringuée comme une pute ! Si ce n'est pas de la dévotion, ça, je ne sais pas ce que c'est !

— D'accord…

Il n'est vraiment pas rassuré, et moi, je jubile. Nous commandons à boire. Je devrais peut-être garder tous mes moyens et rester sobre, mais je vais danser langoureusement avec un type dont je sais pertinemment que je ne lui fais aucun effet. J'ai besoin d'une bonne dose de motivation. Et Marc aussi, d'après la façon dont il vide cul sec son verre. J'aurais pu le prévenir que ces cocktails sont traîtres. Mais finalement, il est un peu dans la posture où je me suis trouvée le soir où j'ai dragué Sandro… Lui aussi a besoin de courage. Je le comprends.

Isa et Mélo nous signalent que Stéphane a repéré Marc, et qu'il jette parfois des coups d'œil vers notre table. Bien, le plan se met en place, mouahahaha (rire diabolique et un brin psychotique). Enfin, une chanson parfaite démarre : « Radioactive » du groupe Imagine Dragons. Je n'aurais pas pu rêver mieux et je remercie silencieusement le dieu des plans récupération-de-son-ex. Finalement, quand on y pense, je suis polythéiste. C'est beau.

Je fais un signe à Marc qui prend une nouvelle gorgée de son troisième cocktail. Je me lève et l'entraîne à ma suite en le tenant par la cravate, que je lui ai demandé de porter juste parce que j'ai toujours voulu faire ça. Rien que le fait qu'il ressemble à Ian nous vaut des œillades des clients de la boîte. Et mon petit numéro d'allumeuse vient ajouter de l'intérêt au physique de rêve de mon partenaire de danse. Nous nous plantons sur la piste, juste à côté de la table de Stéphane. Je lance un regard lourd de sous-entendus à Marc pour qu'il se rappelle qu'il ne doit surtout pas zieuter son ex. Et nous commençons à danser.

La musique est parfaite et nous n'avons qu'à suivre le rythme, je colle mes hanches contre lui et il m'attrape par la taille. Contrairement à ce que j'ai pensé, il n'a pas beaucoup à se forcer pour rentrer dans son rôle. Il m'enlace et se déhanche langoureusement. J'en mouillerais ma culotte. Heureusement, je sens son entrejambe apathique sur ma cuisse et ça me rappelle qu'il est gay. Et moi en couple.

Je passe les mains dans ses cheveux sans le quitter des yeux, pour lui donner confiance en lui. Nous sommes serrés l'un contre l'autre, autant que possible, et je suis… Ouf… Je dois sans cesse me rappeler que Marc n'est pas Ian et qu'il est gay et que Sandro m'attend à la maison. Je me retourne, mes fesses contre ses hanches, et m'amuse à descendre le long de ses jambes, puis à remonter… Puis encore à descendre. Je prends ses mains et les pose sur mon ventre, les miennes par-dessus pour les guider. Je les fais remonter jusque sous mes seins, puis revenir jusqu'à la frontière interdite pour Marc. Je suis parfaite dans le rôle de la chaudasse de service. Un peu trop. Sérieusement, ce n'est pas du tout mon délire, mais je crois que mes amies ont raison : je me paye une sorte de crise de la trentaine à l'avance. À cet instant précis, je n'ai rien à envier à Lila-la-morue et je réalise, en plus, le fantasme de nombre de femmes ! J'adore ma vie…

Je me retourne à nouveau pour faire face à Marc et, dans l'opération, je vois que Dante nous mate. Enfin, il *me* mate. Et je n'aime pas du tout ce regard. Mais je dois aller au bout, pour Marc. Je suis sûre que Stéphane est en train de nous regarder, pour la simple et bonne raison que nous attirons l'attention de tout le monde avec notre petit numéro. Je souris à Marc pour lui signifier que je pense que c'est dans la poche, levant les sourcils plusieurs fois dans un geste très subtil, quand je sens quelqu'un s'appuyer contre mon dos. Marc prend un air penaud et tente de se reculer, mais je le maintiens contre moi et tourne la tête. Sandro. Bien sûr.

Eh merde ! Il va tout faire foirer ! Mais au lieu de se foutre en rogne ou de me traîner par la tignasse hors de la boîte comme je m'y attendais, il se met à danser avec nous. Il colle son érection contre mes fesses (il a donc assisté au début du spectacle) et place ses mains dangereusement près de mon bas-ventre. *On se concentre, Sarah, tu es dans une boîte de nuit, ceci est un lieu public, tu ne vas pas commencer à t'imaginer ce que ton amant pourrait te faire maintenant.*

Je me prends au jeu et danse en sandwich entre mon faux petit ami slash sosie de Ian Somerhalder slash gay et mon vrai petit copain slash canon slash bi. Voilà, tout va bien, je n'ai pas chaud, je ne suis pas en train de me faire des films avec des tas de plans à trois, et je n'ai pas du tout la queue durcie de mon amant dans le dos pour m'y inciter. Nous sommes juste en train de danser innocemment, comme de bons amis… *Oh. My. God.*

Il faut que cette chanson se termine, et vite, sinon je vais tenter de violer son ex-petit ami gay sous les yeux de mon amant.

Sandro s'est bien collé à moi et je passe une main en arrière pour la glisser dans ses cheveux. L'autre est toujours dans ceux de Marc, je suis une petite chanceuse. Toutes les filles doivent m'envier, d'après les regards que je capte furtivement. Et me traiter de traînée, oui, aussi. Hé, ou n'a rien sans rien. J'assume.

Je me recule un peu pour m'éloigner un chouia de Marc, ayant constaté que les mains de Sandro l'effleurent, « accidentellement » dirons-nous… C'est chaud bouillant, du genre intro de film porno… J'imagine la musique rythmée des années 1980 et ça m'aide à redescendre un peu sur terre, car je suis prise d'un rire nerveux. Sandro remonte ses mains et les colle pile sous mes seins, totalement en contact avec eux. Stop. Je ne vais pas pouvoir tenir longtemps.

Enfin, la libération ! Sandro me lâche et, m'ignorant totalement (sa petite vengeance parce que j'ai cherché à l'évincer, sûrement), va s'installer à la table de ses potes, qui sifflent. Encore. Pour eux, je suis la salope de service. Cela dit, les apparences sont clairement contre moi et si j'étais eux, je me verrais comme telle. Ça ne me plaît pas, mais je me suis bien amusée. On n'a qu'une vie et elle n'est pas faite pour y accumuler les regrets. Par contre, le Dante me reluque et Sandro envoie des éclairs à son frangin. Métaphoriquement, bien sûr, mon mec n'est pas une sorte de réincarnation de Zeus. Je sens que ça va partir en live, cette histoire. Je savais bien que Sandro ne devait pas venir !

Je prends Marc par la main (la main, Sarah, tu ne le prends que par la main, il est gay !) et, sous les regards haineux des filles qui voient en lui un Ian cent pour cent hétéro, nous regagnons notre observatoire. Mélodie et Isabelle trépignent.

— Alors ? je demande, essoufflée.

— Bon, commence Isa, Stéphane a l'air hyper en colère.

Je fais un clin d'œil à Marc. Mon plan fonctionne à la perfection.

— C'était prévu, l'arrivée de ton mec ? me demande Bastien.

— Pas vraiment, non. Mais bon, ça a mis du piment.

— C'était super-chaud, me souffle discrètement Mélodie.

Je mets un petit coup de pied à Olivier sous la table. Ce soir, je suis une entremetteuse hors pair. J'adore *Emma* de Jane Austen, j'aurais même bien aimé m'appeler Emma, du coup je me prends un peu trop au jeu… Il me lance un regard interrogatif et j'articule silencieusement « dehors ». Il met un petit moment à comprendre et, enfin, il réagit et propose à Mélodie d'aller prendre un peu l'air. Elle l'accompagne en sautillant. Youpi ! Vive moi !

Marc se penche vers moi :

— Et maintenant ?

— Maintenant, tu vas aller aux toilettes et je suis convaincue qu'il va t'y rejoindre.

— Heu…

— Mon plan fonctionne jusqu'à présent, non ?

— On dirait…

— Alors, fais ce que je te dis !

Il se dandine sur sa chaise. S'il attend trop longtemps, la tension va redescendre et je ne me sens pas du tout d'attaque pour remettre ça sur la piste.

— Les toilettes, Marc, les toilettes... Maintenant !

Enfin, il se lève et s'y dirige.

— Isa, Stéphane fait quoi ?

— Il te regarde méchamment. Et il y va ! Tu m'as donné envie de danser...

— Allons-y !

Bastien nous fait signe qu'il reste garder la table, et Isa et moi dansons un peu. On s'amuse, il ne nous en faut pas beaucoup et je suis contente de faire autre chose que peloter un mec en public. Bientôt, le patron du *Topaze* me filera un job de chauffeuse de salle, si ça continue. Après quelques chansons, je déclare forfait, laissant Isabelle se défouler sur la musique.

Je me dirige vers ma table quand *LE* gros lourd de la soirée se colle littéralement à moi, son érection là où se trouvait celle de Sandro quelques instants avant. Mais l'effet est tout sauf agréable. Je me dégage vivement. Sandro arrive vers moi, super en rogne, je ne l'ai jamais vu comme ça. Dante, qui s'avère être mon assaillant, se frotte à nouveau à moi, de face cette fois, et je fais ce qui me semble être le plus sage : je lui balance un bon vieux coup de genou dans les parties. Classique, mais certifié hyperefficace depuis des siècles ! Il hurle et se plie sous le choc. Sandro, stoppé dans son élan, me regarde, puis regarde son frère, puis encore moi. Je vais jusqu'à lui, le prenant par la main :

— On rentre.

Il ne dit rien mais sourit, je crois qu'il est fier de moi. Je récupère mon sac en passant devant notre table. Dehors, Sandro veut m'attirer dans la ruelle, mais je lui fais signe que non.

— La place est prise…

— Quoi ?

— J'ai donné le tuyau à un ami…

— Le tuyau ?

— Ben oui, il faut partager les bons plans avec les copains !

Il rit et m'attire contre lui.

— Pourquoi tu es venu ? Tu aurais pu tout faire planter !

— Je suis venu dire à Stéphane que Marc essayait de le récupérer.

— Quoi ?! Mais… Je croyais que mon plan avait fonctionné !

— C'était le cas, plus ou moins, mais je ne pense pas que Stef aurait saisi toute la subtilité de ce que tu cherchais à faire.

— Mince alors, j'étais trop contente de mon coup !

— Tu peux, tu as allumé toute la salle.

— Ce n'était pas mon but, appelons ça un dommage collatéral.

— Avouez, Sarah Jones, vous aimez exciter votre petit monde…

— Peut-être… Mais il n'y en a qu'un qui compte… c'est Marc.

— Tu me cherches ?

— Allez, ne fais pas la tronche, je t'ai débarrassé de ton frangin pour un moment, je pense. Tu pourrais être reconnaissant !

— Je pourrais, si je n'étais pas aussi excité et que j'arrivais à penser à autre chose que te prendre maintenant sur ce trottoir.

— Ah non, le trottoir, c'est pour Lila-la-morue ! Nous, on va chez moi !

— Je croyais que les lieux publics t'excitaient ?

La boisson ? La danse sensuelle ? L'adrénaline du coup de genou ? Le sex-appeal de mon amant ? Je ne sais pas ce qui me pousse à faire ça, mais j'entraîne Sandro dans la première petite rue sombre que je vois et m'agenouille devant lui.

— Sarah…

— Tais-toi et bande !

— Ça fait une heure que c'est le cas.

— Alors il ne te reste plus qu'à la boucler.

Je le prends dans ma bouche et c'est la fellation la plus rapide de tout le Far West, *hee-haw* ! Mais à ce que j'ai entendu, ça a été intense. Je le rhabille et remonte à son niveau. Il m'embrasse passionnément pendant de longues minutes. Je repense à quand ses baisers me faisaient flipper, c'était hier, pour ainsi dire. Et je réalise qu'aujourd'hui, je ne peux plus m'en passer. Je glisse les doigts dans ses cheveux, je le maintiens contre moi, toujours plus près. Il caresse mon dos sans cesser de m'embrasser, les mouvements de sa langue calqués sur le rythme de ceux de ses mains. Il n'y a plus rien de sexuel dans cet échange. C'est lui. C'est moi. Et c'est tout.

Cette nuit-là, Sandro me réveille deux fois. La première, je suis partante. La seconde, je me mets en mode « poupée gonflable », je suis trop claquée. Il rit beaucoup durant cette deuxième tentative et finit par laisser tomber face à mon manque de réaction.

Mantra 15

Par le pouvoir du crâne ancestral,
je détiens la force toute puissante !

Je me réveille tard, très tard. Quinze heures trente. J'ai la tête dans un étau, la bouche pâteuse. Sandro n'est plus dans le lit, c'est décidément un lève-tôt. Sur ce point, on va avoir du mal à s'entendre. Je le trouve au salon, allongé sur le canapé en train de lire, encore. Je dois me rendre à l'évidence : mon amant n'est pas uniquement un magnifique corps incitant à tous les péchés. Non, il a aussi un cerveau ! Enfin, je dis ça, si ça se trouve, il lit *Oui-Oui*… Je suis passée par la salle de bains, je suis présentable et fréquentable. Comprendre que je ne risque pas de le tuer par asphyxie buccale. Enfin presque présentable, j'ai fait l'impasse sur ma coiffure, nouant simplement mes cheveux en un vague chignon.

— Bien dormi, Sarah Jones ?

— Un satyre m'a réveillée deux ou trois fois… Sinon, ça va.

Je me jette sur lui, envoyant valser son livre sur le tapis, je jette un œil à la couverture. *Nope*, ce n'est pas *Oui-Oui*. Il ne porte qu'un jean déchiré sur à peu près toute la surface. Il tombe de manière *so sexy* sur ses hanches, dévoilant le haut de ses cuisses. Sa tenue crie

« je suis un bon coup et je le sais ! » Je suis bien placée pour confirmer que c'est effectivement le cas.

— Je pourrais facilement m'habituer à ta présence ici… je lui avoue en me lovant un peu plus contre lui.

— Je pourrais facilement m'habituer aussi…

Je l'embrasse. Ses baisers sont devenus une véritable drogue. Je n'ai aucune intention de me sevrer de cette nouvelle addiction. J'ai même l'intention de l'entretenir au maximum.

— J'ai donné ma démission à Oriane vendredi, enchaîne-t-il sans transition.

— Quoi ?! Mais pourquoi ? je m'écrie en me redressant.

— Parce que je n'ai pas envie de me cacher.

— Mais j'aime bien t'avoir toute la journée près de moi !

— Moi aussi, mais je ne veux plus faire semblant.

— Oh… Tu simulais donc, jusqu'à présent, je lui réponds d'un air malicieux (d'accord, d'un air carrément aguicheur).

Il empoigne mes fesses et me plaque contre lui.

— Je simule bien, tu en penses quoi ?

— J'en pense que je devrais vérifier de plus près pour être sûre…

J'essaie de ne pas être gloutonne et je ne poursuis pas les préliminaires. Au lieu de ça, je lui demande :

— Tu étais presque à la même table que ton frère, hier, et tu ne l'as pas tué. Je suis fière de toi.

— Je sais faire abstraction, quand il le faut.

— C'est positif, non ?

— Sarah, n'espère pas que Dante et moi puissions nous réconcilier.

— Je ne dis pas ça, mais dans la mesure où vous partagez une maison, je pense que ce serait bien que vous trouviez un terrain neutre.

— Tu n'as aucune idée de ce dont tu parles.

— Alors, éclaire-moi !

— Je n'ai pas envie de te raconter mon passé. Je n'ai pas envie que tu me voies différemment.

— Rien de ce que tu me diras ne me ferait changer d'avis sur ce que je pense de toi. Enfin… sauf si tu m'avoues avoir assassiné quelqu'un ?

— Je n'ai tué personne.

— Pas de casier judiciaire ?

— *Nope*.

— Tu ne collectionnes pas les mugs de Lady Di ?

— C'est une vraie question, ça ?

— Réponds, c'est important. Tu es en train de passer un test.

— Non, je ne collectionne rien.

— Est-ce que tu aimes le heavy metal ?

— J'adore.

— Les ananas ?

— Oui.

— À quel âge as-tu perdu ta première dent ?

— Je n'en ai aucune idée. Mais je me suis branlé pour la première fois à onze ans.

— Précoce !

— Je ne crois pas, pour un mec, ça me semble normal.

— Chaton ou chiot ?

— Ni l'un ni l'autre.

— Tu es parfait. Je valide.
— Tu valides quoi ?
— Toi, je te valide.
— Tes questions sont un peu pourries, quand même.
— J'ai improvisé. Je suis plutôt craignos en impro.
— Vraiment ? Je ne m'en serais pas douté !

Je le frappe, ça le fait rire. Mon ego est blessé, car j'ai vraiment voulu le frapper. Et puis je ramasse son livre.

— Poppy… Z. Brite… Ça parle de quoi ?
— Je ne suis pas sûre que tu aimerais.
— J'ai envie de savoir.
— C'est un genre de thriller gore.
— Gore ? Je dois m'inquiéter ?
— Absolument.
— Raconte !

Il m'explique à quel point il trouve que cette auteure, devenue un homme depuis, sublime le thème du tueur en série carrément crado. Je l'écoute me parler de ce qui semble être une passion pour lui. Et il finit par m'avouer :

— J'ai commencé à écrire un livre.
— Vraiment ? Je peux le lire ?
— Certainement pas.
— Mais à quoi ça sert d'écrire si personne ne te lit ?
— Il n'est pas terminé, il n'est pas prêt.
— Je pourrai le lire quand il le sera ?
— Ça t'intéresse ?
— Tout ce qui te concerne m'intéresse.

— Fais attention, Sarah Jones, si quelqu'un t'entendait, il pourrait se dire que je ne suis pas seulement ton plan cul.

Il pense vraiment que c'est tout ce qu'il est, même aujourd'hui ?

— Sandro… Ce n'est pas…

— Je sais. Maintenant, si tu me parlais de cette histoire de simulation…

Tout est prétexte à s'envoyer en l'air avec lui. Nous en sommes à la lune de miel de notre relation, c'est sain. Le contraire serait inquiétant. Ce pauvre canapé n'a jamais vu autant de scènes interdites au moins de dix-huit ans que depuis que j'ai ramené Sandro à la maison.

La journée étant déjà bien entamée, nous grignotons ensuite des cochonneries qui font grossir (enfin qui *me* font grossir, car je crois que les mecs sont immunisés) jusqu'à l'heure de se mettre au lit. Comme d'habitude, mon cerveau ayant toujours plusieurs wagons de retard, j'ai envie d'aborder le sujet que nous avons évité toute la journée…

— Sandro, tu n'aurais pas dû démissionner…

— J'ai mon préavis, tu m'as sur le dos encore un mois.

— Sur le dos ?

— Tu n'en as jamais assez ?

— Non, jamais.

Je l'embrasse et nous faisons l'amour. J'adore notre début de relation et toute cette passion. Épuisée, je m'assoupis dans ses bras, juste après. J'ai à peine le temps d'entendre : « Sarah, je t'aime » et de répondre « moi aussi je t'aime » avant de sombrer.

~

Le lendemain, nous arrivons ensemble au bureau. Sandro est tout sourires ; c'est contagieux, et je souris bêtement en retour, mais je ne vois pas pourquoi il rayonne autant. Dans le milieu de la matinée, alors qu'il m'observe encore une fois en souriant, je me retourne vers lui :

— On peut savoir ce qui te rend euphorique comme ça ?

— Tu ne t'en souviens pas.

— De quoi ?

— Tu m'as parlé avant de t'endormir, hier soir.

— Non, j'étais crevée, je me suis endormie direct. Et par pitié, ne me dis pas que je parle dans mon sommeil, je me ridiculise assez comme ça quand je suis éveillée !

— Non, tu ne parles pas en dormant. Mais je t'assure que tu m'as dit quelque chose.

— Et moi, je te dis que non, je le sais mieux que toi ! Tu entends des voix, sûrement.

— Si tu le dis…

Mais il ne se départit pas de son sourire pour autant. Je dois bien l'admettre, je souris encore, même si je n'ai aucune idée de la raison pour laquelle sa bonne humeur déteint sur moi !

En début d'après-midi, Oriane vient me voir. Elle a une triste mine, celle annonciatrice de mauvaises nouvelles. Ça ne peut pas être lié à mon assistant, il a déjà démissionné, C'est donc autre chose. Elle s'assoit en face de moi, après avoir salué Sandro.

— Il a dit non, m'annonce-t-elle gravement.

— De quoi tu parles, Oriane ? Tu me fais peur…

— La semaine de congés…

— Mais… Il m'avait dit oui !

Nous avons prévu une semaine en Tunisie avec Isabelle et Mélodie et mon patron avait accepté, oralement. Il ne lui restait plus qu'à signer ma demande de congés. Il m'avait promis !

— L'avion est réservé, l'hôtel aussi ! Tout est déjà prévu !!! C'est dans trois semaines ! Je croyais que c'était réglé, cette affaire !

— Il n'a pas dit pourquoi, mais il a dit non.

— Tu vas voir !

Je me lève, complètement survoltée, et Oriane n'essaie même pas de m'arrêter. Elle sait que quand je suis comme ça, il vaut mieux ne pas se trouver sur mon chemin. Je pars à grandes enjambées vers le bureau de mon boss, tout en fulminant et marmonnant des insultes à son encontre. Lila-la-morue n'est pas à son poste, tant mieux, elle en aurait pris pour son grade. J'entre en trombe, sans m'annoncer.

— Vous m'aviez promis ! Vous n'avez pas le droit de me dire non maintenant ! Je hurle en pointant sur lui un index rageur et accusateur.

Mon patron m'observe, l'air ahuri. Il est rouge, de grosses gouttes de sueur perlent sur son front. Il ne répond rien, ce qui est louche car je viens de débouler dans son bureau et de lui crier dessus. C'est là que j'aperçois une chaussure à talon dépasser de sous le bureau.

— Je ne le crois pas ! Vous vous faites pomper le dard par Lila et vous osez me faire la morale sur la possible aventure que je pourrais avoir avec mon assistant !

Je suis arrivée en colère, mais ce n'est rien à côté de ce que je suis en train de sentir monter en moi. J'ai laissé la porte ouverte et tout le service en profitera si je ne me calme pas. Je me retourne pour la fermer. Puis je m'assois en face du respectable M. Walter, que son épouse attend sagement à la maison.

— Essuie-toi la bouche et sors de là, Lila.

La situation me donne un sursaut d'autorité, je me fiche la trouille. Elle s'extirpe de dessous le bureau. C'est tellement cliché qu'un fou rire irrépressible s'empare de moi. Je me tiens les côtes en me levant et je n'arrive plus à m'arrêter de rire. Les deux coupables m'observent sans piper mot, si je peux me permettre cette petite galéjade. Une fois calmée, je m'installe sur la chaise en face de mon patron. Je ne sais même pas s'il s'est rhabillé. Cette idée m'arrache une grimace de dégoût, je n'ai pas tellement envie de le savoir, en fait.

— Je suppose que je peux compter sur ma semaine de congés, Monsieur Walter ?

— Bien sûr, Mademoiselle Jones.

— Je suppose que, si je souhaite garder mon assistant et entretenir une liaison avec lui, je peux aussi ?

— C'est évident, Mademoiselle Jones.

Je me tourne ensuite vers Lila.

— Tu ne poseras plus jamais ne serait-ce que les yeux sur Sandro ?

— D'accord.

— Bien.

Je sors, ravie de la tournure des événements. Oui, il y a une justice en ce bas monde, Non, je ne suis pas parfaite, mais je ne fais de mal à personne. Et si le boss peut faire passer sa secrétaire sous son bureau, je peux faire passer mon assistant sur le mien. Je les laisse là, tout honteux de s'être fait prendre.

Arrivée à mon bureau, Oriane est toujours là. Elle attend sûrement de savoir ce qu'il en est, si j'ai tué quelqu'un ou si je me suis fait virer. Je m'assois calmement à ma place, sous les regards inquisiteurs de mon assistant et de ma DRH.

— J'ai mes congés et je garde mon assistant.

— Comment ça ?

— Tu peux oublier la démission de Sandro.

— Mais…

— Tout le monde sait qu'on couche ensemble, je vais te dire : il vit même chez moi, en ce moment. Mais le boss est cool avec ça.

— Sarah, qu'est-ce que tu me caches ? me demande Oriane sur le ton maternel qu'elle emploie avec moi quand je fais une connerie.

— Si je te le dis, je serai obligée de te tuer, je réponds avec un clin d'œil.

Elle sort en secouant la tête, probablement en train d'imaginer ce que j'ai bien pu faire de stupide pour obtenir tout ce que je veux du patron.

— Sarah ?

— Oui, mon cher assistant ?

— Il s'est passé quoi ?

— Disons que tu n'es pas le seul à accorder tes faveurs sexuelles à ton supérieur direct.

— Lila ?

— Je n'en dirai pas plus. Nous avons du travail.

— Tu m'as dit que tu m'aimais.

Je lâche mon stylo et fixe un point imaginaire loin devant moi. Oui, maintenant qu'il en parle… J'ai bien dit que je l'aimais. Tout va bien. C'est le cas, non ? Je l'aime ? Alors, quel est le souci ? Je me tourne vers lui :

— Et alors ? Ça t'ennuie ?

— Non, je voulais juste savoir si tu t'en souvenais…

— Je m'en souviens… Ça me rappelle vaguement quelque chose, effectivement… J'ai une mémoire sélective et…

— Tu assumes ?

— Non seulement j'assume, Alessandro, mais…

Je me lève, encore sous l'emprise de l'assurance que m'a procurée la prise en flagrant délit de faute grave de mon boss et de sa stagiaire. Je fais le tour du bureau de Sandro et me penche pour que mon visage soit au niveau du sien. Il me prend par la taille.

— Je disais donc : non seulement j'assume, mais je te le redis. Oui, Sandro, je t'aime, et il vaut mieux t'y faire. Et je n'ai pas l'intention d'arrêter de t'aimer de sitôt. Ça te pose un problème ?

Il secoue la tête et me sourit. Je l'embrasse en m'agrippant à ses cheveux que je tire un peu pour lui faire lever la tête vers moi.

— Maintenant, je vais prouver à mon porc de patron que je peux bosser avec mon mec sans lui sauter dessus à tout bout de champ.

Donc, au boulot, si tu veux vraiment travailler ici. Mais garde-moi une baise pour ce soir !

— Une seule, Sarah Jones ?

— Garde-les-moi toutes, Alessandro.

~

— Les filles, j'ai un truc à vous dire…

Mélodie prend une gorgée de thé, ce soir nous sommes dans un café. Plus sages : impossible. Il ne nous manque plus que le twin-set Chanel pour être de parfaites petites bourgeoises. Isabelle a insisté pour qu'on se retrouve ici. D'après elle, on boit trop. Elle a sûrement raison, mais de là à s'enterrer dans ce salon de thé pour retraités… Bref, Mélodie boit encore deux ou trois gorgées. Isa s'impatiente plus vite que moi :

— Tu es enceinte ?

— Non, pas encore. Mais avec ce qu'Olivier m'a fait samedi soir…

— Quoi ? je demande aussitôt.

Elle nous raconte sa virée dans la ruelle et je bois ses paroles comme si je n'étais pas au courant, je n'ai pas envie de lui casser son délire. À la fin de son récit, je tends la main et elle se lève pour taper dedans en souriant.

Isabelle nous observe, silencieuse. Mélodie se rassoit et me sourit de toutes ses dents. Je suis ravie d'avoir pu aider mon amie à se sentir mieux dans son couple. Après tout, la baise, c'est à peu près le seul domaine dont je sois la spécialiste dans notre petit groupe. Ça, et les commandes de dentifrice pour les supermarchés. Hé, je suis une femme aux multiples talents, qu'y puis-je ?

Isabelle se tortille, mal à l'aise.

— Tu as des boules de geisha ? je lui lance en riant.

Elle me fusille des yeux et fond en larmes. Ben merde alors, qu'est-ce que j'ai encore dit ? Nous nous rapprochons d'elle et la consolons. Mais nous ne savons pas de quoi il retourne. Mélodie et moi échangeons des regards affolés, jamais nous n'avons vu Isa dans cet état. C'est la plus forte du trio, celle qui remonte le moral à tout le monde, qui a toujours des idées pour faire la fête… C'est déstabilisant de la voir craquer.

— Putain d'hormones ! lâche-t-elle, écopant d'un claquement de langue outré de la vieille Madame de Vaginpérimé.

— Ben, tu as tes règles, ce n'est pas grave… je tente de la consoler,

— Mais non, je n'ai pas mes règles ! J'ai un putain de polichinelle dans le tiroir !

Alors là, ça nous la coupe à toutes les deux. Mélodie, qui essaie depuis des mois de tomber enceinte, accuse le choc comme elle peut. Quant à moi, je n'imagine pas un bébé dans la vie d'Isa et Bastien. Pour moi, un bébé est l'équivalent d'un Gremlin, donc, en soi, je ne le visualise dans la vie de personne. À part peut-être dans celle de la vieille qui nous jette quantité de regards assassins… Je donnerais à bouffer au bébé après minuit et PAF ! Tant pis pour elle ! Je quitte ma lubie farfelue pour revenir dans le présent. C'est Sandro aussi, avec ses récits de tueurs en série…

— Et Bastien, il en dit quoi ?

— On ne veut pas de bébé…

— Je vais faire ma lourde, avance Mélodie, mais vous ne preniez pas vos précautions ?

— Bien sûr que si ! Je prends la pilule… Mais peut-être… Je l'ai peut-être oubliée quelquefois.

— Putain, Isa, ça fait des années que je te dis de passer à l'implant ! je rétorque, totalement consciente que je n'aide pas à faire avancer le Schmilblick.

— Je sais. Mais le truc, c'est qu'on n'en veut vraiment pas ! On en a parlé des tas de fois, surtout depuis que vous essayez d'en avoir un, continue-t-elle en fixant Mélodie. Mais non, on est heureux comme ça, on a notre équilibre, je n'ai vraiment pas envie d'un enfant dans ma vie. Et maintenant, il est là, termine-t-elle en montrant son ventre d'un air dégoûté.

— C'est pas pour dire, mais tu sais que tu n'es pas obligée de le garder… j'avance prudemment.

— Oui, mais… On n'a rien décidé.

— Tu en es à combien ? demande Mélodie sur un ton professionnel.

— D'après le gynéco, un mois environ.

— Zen, tu as encore le temps pour te décider. Il ne faut pas traîner, mais tu as le temps.

Mon regard va de Mélodie à Isabelle. L'une veut tomber enceinte mais n'y arrive pas. L'autre ne veut pas de mini-humain à quatre pattes et en a un dans le bide. Et moi, au milieu, je me demande simplement comment je pourrais faire pour inverser la situation.

Pour une fois, aucune idée ne surgit, même abracadabrante. La seule chose qui me vient à l'esprit, aussi futile et déplacée soit-elle, est :

— Et la Tunisie, tu peux quand même y aller, tu crois ?

J'ignore l'expression barbare de Mélo qui promet de me faire la peau tôt ou tard, et me concentre sur mon nouveau mantra : « *Je ne dois pas me faire mettre en cloque par mon amant. Ni par qui que ce soit.* »

Mantra 16

Je n'ai pas un si gros cul
que ça

— Je ne sais pas ce que vous en pensez, mais moi, je n'ai pas envie de quitter l'hôtel !

C'est la première fois de ma vie que je sors des frontières françaises. Je sais, à vingt-huit ans, il était temps. Cela dit, je ne suis pas spécialement une grande voyageuse et ce périple avec mes amies est surtout une occasion de nous évader du quotidien en nous dépaysant totalement. Sans les mecs, sans le travail, sans les soucis. Je suis sûre qu'ils nous attendent sagement pour notre retour. Dès que nous avons mis un pied sur le sol tunisien, le changement a été total. Nous sommes montées dans le bus affrété pour notre groupe. Car oui, nous n'avons pas l'esprit trop aventurier et nous avons opté pour une formule prêt-à-porter. Tout est organisé, mais nous conservons tout de même beaucoup de liberté. Chaque jour, des excursions sont prévues, nous n'allons que là où nous souhaitons aller. Pas de pression, tout au feeling, c'est ça qui nous plaît. À notre arrivée à l'hôtel, nous avons été accueillies par des cocktails colorés, super-*girly*, sans alcool, par contre. Hé, on ne peut pas tout avoir ! Ensuite, un photographe a proposé de nous faire poser toutes les trois. Nous allons sûrement payer la photo officielle une fortune, mais peu importe, ce sera un beau souvenir.

Les plafonds sont tellement hauts que ça me donne le vertige de chercher à distinguer les motifs qui les ornent. Car tout, absolument tout, est décoré d'arabesques, motifs floraux, plantes... C'est magnifique. Franchement, à quoi bon sortir de l'hôtel, le cadre est tout simplement magique !

On nous montre nos chambres et là, je suis convaincue que quitter l'hôtel serait une grossière erreur. C'est royal. Nous sommes toutes les trois dans le même couloir, côte à côte, au troisième étage. Nos balcons donnent directement sur la plage. Aujourd'hui, il y a du vent et on nous a déconseillé d'y aller à cause du sable. Qu'à cela ne tienne : notre première étape va être la piscine couverte et chauffée ! Je retrouve les filles dans le hall, et c'est parti pour une séance de détente.

— Oh... L'eau est parfaite ! je lance après avoir plongé d'un coup.

Aucun risque de choc thermique ou je ne sais quoi. Je nage un peu et m'appuie sur le rebord. Isa me rejoint aussitôt.

— Ce serait ringard de dire qu'Olivier me manque ? nous demande Mélodie en posant nos cocktails, avec alcool cette fois, avant de nous retrouver dans l'eau.

— Eh bien... ce serait mignon tout plein, mais oui, ce serait aussi carrément ringard ! répond Isa en riant.

— Je croyais que ce n'était pas top, votre relation, je demande.

— Le coup de la ruelle a vraiment relancé les choses... Et...

Elle rougit. Qu'est-ce qu'elle nous cache, encore…

— Il m'a demandée eu mariage… murmure-t-elle en souriant.

Des hurlements suivent son annonce.

— Pourquoi tu as attendu pour nous le dire ?

— Je ne voulais pas centrer notre voyage sur moi… mais je n'ai pas résisté !

Elle est rayonnante, ça fait plaisir à voir !

— Pas de bague de fiançailles ? demande Isa en regardant ses mains.

— *Nope*, on est des rebelles.

— Dites, les filles, cette ruelle… Vous m'intriguez. Ce n'est pas un peu cradingue ? reprend Isabelle qui n'a pas perdu le fil de la conversation.

— Un peu, il y a des poubelles… j'avoue en grimaçant. Mais quand tu es dans le feu de l'action…

— …tu n'y fais pas attention, complète Mélo en soupirant.

— Je ne pense pas garder le bébé, nous annonce Isabelle.

Un silence suit sa déclaration. C'est la journée des grandes nouvelles, sauf que moi, je n'ai rien de spécial à annoncer, mince. Après un regard à Mélodie, je suis soulagée de voir qu'elle ne semble pas contrariée.

— Chacune vit sa vie comme elle l'entend, souffle-t-elle en souriant. Je sais que vous marchez sur des œufs avec cette histoire, mais je vous assure, aussi grande soit notre envie d'avoir un enflant, nous sommes assez lucides pour comprendre que ce n'est pas le cas de tout le monde. Isabelle, ce n'est pas comme si tu avais prémédité ton coup, non plus.

— Avec Bastien, on se donne cette semaine pour y réfléchir tranquillement chacun de notre côté, et on en reparle à notre retour. Mais c'est vers ça qu'on se dirige.

— Ça me semble sage, comme décision, dis-je en souriant.

— Bon, et toi, avec ton assistant ? me demande Mélodie.

— Tout roule. Vraiment.

— Cet enfoiré de Greg ne nous a pas abîmé notre Sarah ! crie Isabelle avant de se jeter en arrière et de nous éclabousser.

Une demi-heure plus tard, nous sommes allongées sur des matelas gonflables et nous nous laissons flotter en silence. Les vacances démarrent parfaitement bien…

~

Deux jours, et je m'ennuie. Ces vacances ne sont pas aussi idylliques que je le pensais. Il pleut tout le temps, nous avons dû tomber sur une saison de merde, ce qui explique les prix ridicules auxquels nous avons eu accès. Nous n'en pouvons plus de la piscine chauffée, c'est devenu lassant dès la fin de la première journée. Quand il ne pleut pas, il y a du vent et l'eau est de toute façon trop froide, nous avons vérifié. La sortie de ce matin était dans un souk, à part nous inciter à acheter des tas de bouses qui finiront au fond d'un placard, ça n'avait aucun intérêt, ce n'était même pas beau. Bref, je veux rentrer chez moi. En plus, la nourriture me rend malade. Vraiment malade. Ce matin, après le petit déjeuner, j'ai vomi tripes et boyaux. Du coup je suis restée la plupart du temps dans mon lit, histoire de récupérer des forces. Et maintenant, j'ai envie d'appeler Sandro. Sauf que si je l'appelle au bout de quarante-huit heures, de quoi je vais avoir l'air ? D'une nana accro qui n'est pas foutue de lui laisser deux malheureux jours de liberté.

Cela dit, il a été établi depuis un moment déjà que je n'ai aucune dignité. C'est pourquoi je suis en train de lui téléphoner.

— Sarah Jones, je vous manque ?

— Atrocement…

L'honnêteté, c'est pas mal. Surtout quand on est à des centaines de kilomètres, ça aide à prendre de l'assurance et à dire ce qu'on a sur le cœur.

— Tu me manques aussi. Mais tu profites, au moins ?

— Je suis malade… Je crois que c'est trop riche comme nourriture, ici. Et pourtant, tu sais que je ne suis pas du genre à prendre une salade sans sauce et un Coca zéro quand on va au resto.

— Oui, je sais.

— Non, ce n'est pas censé être ta réplique, mais je suis trop faible pour vraiment râler. Qu'est-ce que tu vas faire, ce soir ?

— On va sortir, avec les potes.

— Pourquoi tu n'as pas l'air heureux à cette perspective ?

— Dante sera sûrement là… Comme on a pas mal de relations en commun, il s'incruste tant qu'il est dans le coin. Je crois même qu'il a l'intention de revenir s'installer définitivement dans la région…

— Mais tu es plus fort que lui, tu vas l'ignorer et t'amuser. Enfin, quand je dis que tu vas t'amuser, c'est…

Et voilà, je suis en train de me faire flipper toute seule. Oui, il est soi-disant amoureux de moi. Mais maintenant que je suis loin, peut-être bien qu'il va réaliser qu'il peut très bien se passer de moi, et si Sindy avec un S se pointe…

— Sarah ? Tu m'écoutes ?

— Non, j'hyperventile. Dis, tu as bien compris que nous avons une relation exclusive, hein ?

— Qu'est-ce qui te prend ?

— Juste, je voulais m'assurer que nous sommes sur la même longueur d'onde.

— Bien sûr, tu m'inquiètes… Tu voulais…

— Mais non ! Pas du tout ! Je pensais à Sindy et…

— Tu penses à mon ex ? Tu es sérieuse ?

— Tu vas sortir avec tes potes, elle fait partie de ton entourage, je me dis que si elle est là et que tu ressens le besoin de…

— Sarah, tu fais chier, à force. Je ne suis pas guidé par ma bite !

— D'accord, très bien. C'est parfait.

— Je te l'ai déjà dit, alors tes insinuations sont insultantes, à la longue.

— Non, je ne veux pas qu'on se dispute, d'accord ? Parce qu'on ne pourra pas se réconcilier correctement ! Nous sommes trop loin pour ça. Alors, ne te vexe pas.

— Bien sûr que nous pouvons nous réconcilier.

— Tu m'as fait une surprise et tu es en Tunisie, toi aussi ?

— Ne dis pas n'importe quoi, je parle du téléphone.

— Oh. Genre… téléphone rose ?

— Est-ce que tu as conscience que plus personne n'emploie cette expression depuis… les années 1980, je dirais. Je ne suis même pas sûr que tu étais née la dernière fois que quelqu'un l'a utilisée.

— Et tu appelles ça comment, toi ? Monsieur le spécialiste…

— « Sexphone. »

— Ah. Tu as l'air de t'y connaître. Tu l'as déjà fait ?

— Absolument pas.

— Ça me plaît, l'idée que tu sois puceau de sexphone.

— Je ne suis pas très emballé par le fait que tu me traites de puceau, Sarah… Il y a mieux pour séduire un mec…

— Allez, vas-y, je suis prête !

Maintenant qu'il a lancé l'idée, j'ai bien envie de tester cette histoire de sexe par téléphone.

— Heu… attends, je ne l'ai jamais fait, je ne suis pas en condition… Je disais ça comme ça et…

— Alessandro Novelli ! Je viens de réussir à te mettre mal à l'aise ?

Je me redresse dans mon lit et éclate de rire. C'est la première fois que je l'entends hésiter par rapport au cul !

— Très bien, je commence ! je déclare, triomphante.

Je me rallonge et réfléchis…

— D'accord, où es-tu ?

— Dans ma cuisine.

— Il va falloir que tu y mettes du tien, Sandro. Va dans ton lit, éteins la lumière.

— D'accord… Dis donc, tu sais que tu me plais quand tu prends les commandes ?

Et voilà, lui, il peut me dire n'importe quoi, je suis réactive dans le quart de milliseconde.

— C'est bon, j'y suis.

— Je crois qu'on est censés se demander ce qu'on porte…

— Et que portes-tu, Sarah ?

— Mon pyjama… et ce n'est pas une nuisette. C'est mon pyjashort Pucca.

— J'aime ton pyjashort Pucca.

— Oui, mais ce n'est pas sexy.

— Sarah, tu es tout le temps sexy…

— Et toi ? Tu es habillé comment ?

— J'ai un jean, un T-shirt… j'allais sortir.

— Je te dérange ?

— Ne dis pas n'importe quoi. Continue.

— Bien, alors… non, je ne sais pas comment on fait. Je suis nulle en dominatrice. C'est lamentable.

— Sarah Jones, glissez la main dans votre culotte et dites-moi si vous êtes mouillée…

Oh. My. Avec sa voix « *fuck me hard* », bien sûr que je le suis. Mais je vérifie, parce que je suis consciencieuse. J'ai le sens du travail bien fait. Je mets la main entre mes cuisses et soupire.

— J'en déduis que tu es déjà excitée, Sarah. Caresse-toi.

— Je suis en train de me caresser. Et toi ?

— Je dégrafe mon jean…

Je gémis. C'est ça, l'avantage de connaître son corps par cœur, je sais où me toucher, et surtout comment, pour me faire aussitôt de l'effet.

— Sarah, tu sais que ta voix devient rauque quand tu gémis ? Ça m'excite vraiment, vraiment, beaucoup.

— Oh, putain ! Tu n'as pas le droit de me dire des trucs comme ça ! Alors que je ne peux pas te toucher ou t'embrasser ou…

— Ne quitte pas, je pose le téléphone pour enlever mon futal.

Je reste en ligne, bien sûr, mais je n'arrête pas de me toucher pour autant. Mon bassin accompagne les mouvements de ma main. Je ne sais pas combien de temps je vais durer, mais pas longtemps… c'est sûr. J'entends soupirer dans mon oreille.

— Sandro ?

— Je suis là…

— Tu te…

— … branles, oui.

Où est passé le type embarrassé d'avoir une séance de sexphone avec sa copine ? Il affiche de nouveau l'assurance que je lui connais si bien et ça accentue le plaisir que je me procure.

— Tu penses à moi, en même temps ?

— Sarah, je pense tout le temps à toi…

— Tu t'es déjà masturbé en pensant à moi ?

— Souvent. Et toi ?

— Oui…

— Putain, je ne vais pas tenir longtemps, Sarah…
— C'est parfait, moi non plus…
— Caresse-toi plus fort, fais comme si c'était moi…
Je glisse deux doigts en moi et je les bouge avec autant d'empressement que si Sandro, était en train de me toucher. Ma respiration se fait plus forte, plus saccadée aussi… et quand je l'entends gémir, doucement, à sa manière de mec discret, mon pouce exerce une pression plus haut et je suis submergée par l'orgasme. Ce n'est pas aussi bon que lorsqu'il en est directement à l'origine ni aussi intense, mais bordel, c'est déjà beaucoup et je n'arrive pas à me retenir de crier.

Quelques secondes… minutes ? de silence passent et il est le premier à reprendre la parole :
— Je vais devoir y aller, ils m'attendent au bar…
— Bien sûr. Passe une bonne soirée…
— Sarah, tu me manques. Mais essaie de profiter. Et arrête d'être malade.
— D'accord.
Il raccroche. Pas de « je t'aime/moi aussi/non c'est toi qui raccroches/non c'est toi », je n'en ai pas besoin et je crois que lui, c'est pareil.

— Vous sentez ce que je sens, les filles ?
— Oh, oui ! répond Isa, concentrée.
— Incroyable… surenchérit Mélodie.
Le petit coucou de la compagnie low cost que nous avons choisie pour le retour est en train de décoller. Nous profitons d'un vibromassage collectif, saupoudré d'une trouille bleue que ce tas de ferraille se démantèle

sous les secousses. Je n'y tiens plus et éclate de rire. Avoir été privée de mon amant pendant une semaine, malgré notre petite séance de sexphone, ne m'aide pas à gérer les sensations que provoque l'avion dans mon bas-ventre. Ils devraient ajouter ça pour inciter les gens à réserver des vols… Sur la brochure, ça ferait sensation…

Je suis impatiente de retrouver Sandro et j'espère qu'il est encore chez moi. Mais à mon arrivée, je constate immédiatement que personne ne m'attend. Snif. Dépitée, je jette mes valises dans un coin du salon et m'allonge sur le canapé. Je suis trop fatiguée pour envisager de m'occuper de défaire mes bagages ou prendre la douche qui serait plus que nécessaire.

J'ai dû m'assoupir, car le bruit de la serrure me réveille en sursaut. Eh merde, j'ai bavé sur le coussin et ma joue est trempée ! Je m'essuie la bouche quand Sandro entre, je me lève et vais à sa rencontre en courant, pour finalement lui sauter dessus. Si nous étions dans un film, ou un livre, il me porterait à bout de bras et me ferait voltiger autour de lui en riant. Mais comme nous ne sommes que dans ma vie, nous nous vautrons sur le sol comme deux merdes.

— Putain, Sarah ! Mon dos ! peste mon prince plus vraiment charmant en tombant.

— Désolée…

— Tu peux te pousser ?

Je me vexe instantanément :

— Dis tout de suite que je suis grosse !

— Ben… Disons que tu n'as pas dû faire de régime, en Tunisie…

— Enfoiré !

Je me lève et pars d'un pas décidé vers la salle de bains pour me rafraîchir après ma petite sieste. Je vais devoir me trouver un de ces mantras rabat-joie du genre « *Je dois faire un régime* ». Mais je sais très bien qu'ils sont plus culpabilisants qu'autre chose… Il me rattrape et m'attire contre lui, laissant ses mains courir sur mon corps. Je me retourne pour lui faire face.

— Vous m'avez manqué, Sarah Jones.

— Ouais, ça se voit…

Il prend ma main et la guide jusqu'à la bosse qui tend son jean au niveau de son entrejambe.

— D'accord, ça se voit *vraiment*… je constate en souriant, mon ego reprenant du service.

Il me serre dans ses bras et je place mes mains autour de son cou.

— Tu m'as manqué, cher assistant.

— Comment se sont passés tes deux derniers jours ? Malade ?

— Un peu, mais juste quand je commençais à m'habituer à la nourriture, nous sommes parties. Et toi ? Tu as fait quoi ?

— J'ai travaillé. J'ai pensé à toi. J'ai écrit.

— Je peux lire ?

— Toujours pas, non.

— Et ton frère ?

— Je ne l'ai pas tué.

— C'est une bonne semaine, alors !

— Absolument pas. Tu n'étais pas là. Et j'ai besoin de toi pour passer une bonne semaine.

J'aime qu'il n'y aille pas par quatre chemins. Qu'il me dise ce qu'il pense. Qu'il m'aime.

Mes mains redescendent au sud. Je le caresse tout en le dévorant des yeux. Je ne suis partie que cinq jours, même pas une semaine. Mais nous sommes au début de notre relation et même quelques heures peuvent être trop difficiles à endurer loin l'un de l'autre. Non, je déconne, parfois c'est bien d'avoir un peu d'air. Je mentirais, cependant, si je disais que je ne suis pas contente de le retrouver.

— Je vais prendre une douche, tu m'attends ? je lui propose.

— Non, je viens, affirme-t-il de sa voix *bossy* qui transpire déjà la luxure.

— J'ai besoin de me laver, pour de vrai…

— Je peux m'en occuper…

Forte de cette promesse, je l'entraîne à ma suite dans le couloir. Il enlève son T-shirt et je m'installe à mon aise sur le couvercle des toilettes pour le mater tranquillement. Voilà. Tout ça, c'est à moi. Bien… La ceinture… Maintenant, le jean… Reste plus qu'à enlever ce… Ben alors, il attend quoi ? Je relève les yeux jusqu'à son visage pour constater qu'il me fixe, impassible.

— Tu ne vas pas garder ton caleçon, j'espère ?

— Et toi, tu vas rester habillée ?

D'accord, il veut sa part du spectacle. Je retire mes sandales et fais glisser les bretelles de ma robe qui tombe au sol dans un petit froufroutement. L'effet aurait été super-sensuel si je ne m'étais pas pris les pieds dedans en voulant l'enjamber. Je me rattrape à Sandro, qui se fout de moi, bien sûr. Et lui, même quand il se fiche de ma tronche, il est classe. Autant dire que je vais devoir le lui faire payer.

— Moque-toi et je te prive de douche, je le menace en le caressant.

— Sarah… murmure-t-il.

— Hum… ?

Il s'agrippe à mes cheveux et m'embrasse à pleine bouche. Je le débarrasse maladroitement de ce dernier bout de tissu qui nous sépare. Je n'ai pas la patience d'attendre la douche pour démarrer les festivités. Je m'agenouille et le prends dans ma bouche tout en empoignant ses fesses et en leur parlant mentalement : *voilà, mes petites, maman est de retour… Tout va bien maintenant…* Non, mais franchement… Comment ai-je pu me passer de tout ça ?

Il s'adosse au mur et ses gémissements m'encouragent à accélérer le rythme.

— Ta bouche m'a manqué…

Je fais courir ma langue le long de son érection, elle s'aventure plus bas, revient le caresser sur toute sa longueur avant que je ne le reprenne entièrement entre mes lèvres. Je l'aspire un peu, le mordille légèrement, je passe une main entre ses cuisses et le touche sur cette partie sensible qui le rend fou. Il ne me laisse pas aller jusqu'au bout. Il desserre l'étreinte de ses doigts dans ma chevelure et, d'une petite pression, m'invite à me relever. Il m'embrasse encore, très tendrement, tout en dégrafant mon soutien-gorge. J'enlève ma culotte et me plaque contre lui. Il me soulève en plaçant ses mains sous mes cuisses et pivote pour que je me retrouve à sa place, dos au mur. Nous nous rejouons la scène de la ruelle. Autant dire que je suis à mon niveau maximum d'excitation. Il me pénètre brutalement et un cri s'échappe de mes lèvres.

— Tu as pensé à moi ?

— Tu veux encore papoter, Sandro ?

— J'aime entendre ta voix quand je te baise.

— Oui, j'ai pensé à toi. Et toi ?

— À ton avis ?

— Je pense que tu as dû te branler chaque soir et chaque matin pour tenir le coup, et que tu as récolté des crampes, je lui réponds en riant.

— Tu es loin du compte, Sarah Jones…

Je ris encore.

— J'aime quand tu ris et jouis en même temps.

— Je sais…

Sauf que là, je n'ai plus envie de rire. Il me prend tellement vite et fort que je suis sur la brèche, prête à exploser de plaisir, sa main exactement là où elle doit être. Je me retiens, tentant de prolonger le plaisir. Mais il réussit à me faire partir au quart de tour en prononçant juste ces mots : « Je t'aime, Sarah. » Il m'embrasse et ma tête cogne contre le mur, mais je m'en fous. Il donne encore quelques coups de hanches plus forts et jouit à son tour, sans que sa langue ne quitte la mienne. Il me repose doucement au sol et m'enlace fermement.

— Ne pars plus, c'était long et chiant sans toi.

— Toujours intéressé pour me frotter le dos ?

— Juste le dos ?

Il s'occupe de chaque centimètre carré de mon corps. Il me chouchoute et j'adore ça… me laisser faire, profiter de ses attentions, rattraper ces jours sans lui…

Après m'avoir séchée, il me prend dans ses bras et me porte jusqu'à mon lit. Sandro s'allonge contre moi. Et cette fois, j'ai vraiment l'impression d'être rentrée à la maison.

— Debout, princesse…

— Hein…

J'ouvre un œil, puis les deux. Sandro est assis sur le rebord du lit et me caresse doucement la joue.

— Il est quelle heure ? je parviens à articuler d'une voix pâteuse.

— Quinze heures. Je t'ai laissée dormir, mais je dois sortir, là.

— Tu n'étais pas obligé de me réveiller…

— Je voulais te parler.

— Laisse-moi deux minutes pour émerger.

— Je t'attends à la cuisine.

Il dépose un petit bisou sur ma joue, évitant soigneusement la zone contaminée que représente ma bouche après une nuit de sommeil. Pas fou, ce petit !

Je fais un brin de toilette, passe un vieux T-shirt XXL, une culotte (discuter sans culotte est dangereux pour la santé) et le retrouve. Il a encore tout prévu pour un petit déjeuner tardif. Comment vais-je faire si son frère ne squatte pas leur maison plus longtemps ? Je me suis habituée à être servie en Tunisie, et maintenant chez moi. Je vais devenir une véritable petite fille gâtée et capricieuse. (Qui a dit que je l'étais déjà ?)

Sandro m'observe, les bras croisés, je serais bien passée directement au dessert, mais mon estomac bat ma libido à plate couture ! Et puis bon, la gloutonnerie va me jouer des tours, à force. Je me sers du café tout en matant mon amant. S'il était une friandise, je prendrais dix kilos juste à le regarder. Mais comme il est surtout genre… pfff… Les mots me manquent… Mais comme il est ce qu'il est, c'est ma culotte qui en fait encore les frais. Heureusement que j'en ai mis une !

— J'ai un cadeau pour toi, m'annonce-t-il sérieusement.

— Oh ! Celui que tu voulais m'offrir le jour où j'ai…

— Ah oui, tiens, c'était quoi le souci ce jour-là ?

C'est pas possible d'être aussi cruche et se tirer dans le pied comme ça ! Oserais-je mettre ma stupidité sur le dos de la fatigue ? Non, j'ai beaucoup trop dormi pour que ça soit crédible. *Damned !*

— Alors, mon cadeau ? j'élude *subtilement.*

— Tu as de la chance que je sois pressé, mais on en reparlera.

— Ouais, file-moi mon cadeau !

— Sale gosse ! Tiens…

Il me tend un petit sac en kraft. Je me jette dessus, c'est plus fort que moi : j'adore les cadeaux ! Franchement, qui n'aime pas recevoir un cadeau ? Je sors du sac une boîte et identifie le contenu en un clin d'œil.

— Tu m'offres un vibro ? je m'étonne, surtout parce que ses mains sont bien plus efficaces que n'importe quel accessoire.

— Plus ou moins…

— Comment ça « plus ou moins » ? Soit c'est un vibro, soit ce n'en est pas un ! je m'impatiente face à sa réponse évasive.

Le suspense, ce n'est pas mon truc. J'ouvre l'emballage qui indique le contenu comme étant un œuf vibrant. C'est donc bien un vibro, tout rose fuchsia, super-girly, j'adore !

— Il faut que tu le rapportes, il manque un truc, lui dis-je après un tour complet du contenu.

— Quoi ?

— C'est écrit qu'il y a une télécommande, or je n'en vois pas.

— C'est normal. La télécommande, je la garde.

— Hein ? Mais pourquoi ?

— C'est moi qui décide de ton plaisir, Sarah Jones.

Je retourne la boîte :

« Nous vous conseillons de l'utiliser dans les lieux publics, votre partenaire vous surprendra en activant l'œuf vibrant aux moments où vous vous y attendrez le moins ! »

C'est un peu bizarre, quand même.

— Je pensais que tu pourrais le mettre, ce soir.

— Le mettre ? je réponds bêtement, toujours en train d'assimiler la présentation du produit.

— Tu veux que je t'aide à comprendre comment ça marche ?

— Non, merci… Mais…

— On va au resto avec mes potes, j'aimerais que tu m'accompagnes.

Je pose la boîte sur la table et triture mes mains. Je n'ai pas du tout envisagé de rencontrer ses amis. Surtout pas après m'être donnée en spectacle devant eux, à deux reprises. Il faudra quelques décennies avant qu'ils me voient autrement que comme la salope de service, et encore… Je pense qu'un changement d'identité avec un programme de protection des témoins du FBI serait plus approprié, dans le cas présent. Voire un peu de chirurgie esthétique. Sandro tapote la table pour que je lui réponde au lieu de m'évader dans mes délires post-traumatiques. (Oui, faire la salope en public peut traumatiser !)

— Je ne sais pas trop… Tu aimerais que je rencontre tes amis et pour ça, tu m'offres un *sex toy*… C'est perturbant.

— Sarah, ils vont t'adorer.

— Je pense qu'ils m'adorent déjà, si tu vois ce que je veux dire… Et c'est ça qui me pose problème.

— Je leur ai tout expliqué.

— Voilà qui ne me rassure pas, si en plus tu leur as donné des détails sur moi…

— Alors quoi ? Toi et moi, ça va être juste nous deux ?

— C'est bien comme ça, non ? je m'enthousiasme, un peu trop pour être crédible.

Oui, j'aime l'avoir pour moi toute seule et oui, j'aime notre petite bulle privée. Mes voisins ont raison, je suis une asociale. Cela dit, ce constat ne me pose aucun problème.

— Sarah, j'ai envie de sortir avec toi… J'ai envie qu'on nous voie ensemble !

— Tu veux m'exhiber ? je tente de manière offensive selon la ruse qui consiste à détourner délicatement la conversation pour éviter d'avoir à vraiment répondre.

— Oui, exactement. Je suis fier d'être avec toi et j'ai envie de le montrer. Marc sera là…

— Ah. Stéphane aussi, je suppose ? je souffle, me souvenant du regard agressif du mec de mon faux petit ami gay lorsqu'il m'a vue danser (avoir une partie de *safe sex* en public serait plus approprié dans la situation présente) avec lui.

— Il ne t'en veut pas, au contraire…

— Je ne sais pas…

Il s'agenouille et me fait pivoter pour lui faire face.

— J'ai vraiment envie d'étrenner ton nouveau jouet. Ce soir.

Il m'embrasse langoureusement, mais il a déjà gagné, ce fourbe ! Et il le sait.

— D'accord, mais il nous faut un code ! je décide alors.

— Un code ?

— Oui, si je suis trop mal à l'aise, je te fais un signe et on s'en va.

— D'accord…

— Alors, réfléchissons… Tu sais ce que font les joueurs de base-ball, c'est pas mal.

Mais je ne vais pas porter de casquette, ça ne le ferait pas dans un resto.

— Sarah, tu t'égares.

— Bon, alors pas le base-ball. Je pourrais…

— Tu seras assise à côté de moi, tu pourrais me le dire, tout simplement.

— Oh, tu n'es pas très fun comme type !

— D'accord, Mademoiselle Jones, trouvons un signe.

— Je pourrais me gratter l'oreille ?

Il grimace, ouais, c'est nul comme signe.

— Je sais ! Je te caresse la cuisse !

— J'espère bien que tu n'attendras pas de partir pour le faire…

— Pas de signe, d'accord… Pfff… je capitule, déçue.

— Espérons que tu aies envie de rester jusqu'au bout.

Il se redresse un peu pour m'embrasser et se lève.

— J'y vais, je passe te chercher vers vingt heures, c'est bon ?

— Attends. Tu vas rentrer chez toi, après ?

— Je ne sais pas… Tu en dis quoi ?

— J'aimerais que tu restes encore un peu. On ne sait jamais, Dante pourrait revenir… je hasarde, en évitant son regard.

Il rit et m'embrasse. Chouette, j'ai réussi à le faire rester ! Il part et je profite de tout ce qu'il a préparé. Je pousse d'une pichenette mon ange d'épaule qui tente de me rappeler que Sandro a fait, la veille, une remarque sur mon poids. Quand on porte une toge et qu'on se trimballe avec une harpe, on ne la ramène pas…

Je m'attendais à passer mon samedi avec lui et, finalement, je me retrouve à devoir vider ma valise, faire une lessive et ce genre de choses passionnantes.

Lorsque mon téléphone sonne, je ne regarde même pas qui c'est, persuadée que c'est lui qui me rappelle, pour je ne sais quelle obscure raison…

— Déjà en manque ?

— Sarah-Mary ?

— Maman ?

— Je…

— S'il te plaît, ne dis rien…

Une chance que je ne me sois pas trop lâchée…

— Je voulais prendre de tes nouvelles depuis ton retour de voyage.

— Je suis en vie, l'avion ne s'est pas crashé, comme tu peux le constater.

— Ce n'est pas drôle.

— Je sais, pour une fois je n'essayais pas de l'être.

— Tu n'es pas venue depuis longtemps… Pourquoi ne passerais-tu pas pour le brunch, demain ?

Bien sûr, dans la famille Jones, on brunche le dimanche midi. C'est une question d'étiquette. Tous les amis de mes parents pratiquent ce mélange de petit déjeuner et déjeuner, sucré-salé, qui est tellement tendance dans la haute. Sauf que moi, le dimanche midi, je dors.

— Je suis prise, demain. Désolée.

— Nous recevons les Dumas, c'est dommage.

Bien entendu, les apparences avant tout. Et que leur fille, qui réside dans la même ville qu'eux, ne vienne jamais aux brunchs organisés par les Jones, ça fait désordre. Elle a peur qu'on finisse par jaser.

— Tu passeras le bonjour à René et Solange, tu leur diras que ta fille est une femme très occupée, qu'elle suit les traces de son père. Je suis certaine qu'ils comprendront.

Sur ce, je raccroche. Elle ne s'intéresse pas à moi, elle s'intéresse à ce que les gens peuvent penser de mon absence. Dans le milieu d'où je viens, la famille est la priorité. Enfin, pas dans le bon sens du terme. Plutôt dans le sens « les apparences de la famille sont la priorité ». Une fois les portes fermées et dans l'intimité, c'est chacun pour soi et Dieu pour tous. C'est bien pour ça, d'ailleurs, que je me suis échappée de ce bourbier. Je ne peux pas dire que j'ai eu une enfance malheureuse, je n'ai manqué de rien si ce n'est, au risque de paraître cliché, d'amour et d'attention. Mon père n'était jamais satisfait de mes choix, de mes notes, de mes performances. Il fallait toujours faire plus, faire mieux, faire comme lui. Quant à ma mère, elle prend des anxiolytiques et des antidépresseurs depuis ma naissance. Je crois que j'ai foutu en l'air sa vision de la famille parfaite quand je suis arrivée dans leur vie et que j'ai refusé de faire mes nuits avant mes dix-huit mois. Bref, j'ai tout chamboulé. Et ma mère ne supporte pas que ça ne se déroule pas selon ses plans. Je n'étais jamais assez propre (j'avais deux ans), je ne me tenais jamais assez droite (j'avais quatre ans) et ça a continué comme ça.

Alors non, je ne suis pas traumatisée, je n'ai pas viré psychopathe sous prétexte que j'ai manqué d'amour durant mon enfance. Et je ne reporte pas ce manque d'affection sur mes petits copains en étant excessive. Ni sur le sexe. J'ai quand même réussi à ne pas trop mal m'en sortir, je trouve. La différence entre maintenant et avant, c'est qu'aujourd'hui, je ne suis pas obligée de vivre selon les règles de mes parents.

C'est sur ces pensées que je me prépare pour ma soirée, et j'avoue, je me marre en imaginant la tronche que ferait ma mère si elle savait que je vais me pointer dans un restaurant (même pas étoilé, quelle honte !) avec un *sex toy* dans la culotte.

Mantra 17

Je suis un jouet entre les mains
de mon assistant

Mon chevalier servant doit arriver d'ici quinze minutes et il ne me reste qu'une chose à faire : m'équiper de mon œuf vibrant. J'opte pour la version externe grâce au string fourni avec. Même si, entre nous, les strings, je trouve ça atroce comme concept. Parce que dès qu'on prend un peu au niveau du cul (et ne nous leurrons pas, c'est là que le gras s'installe en premier), on a l'impression d'être un petit rôti saucissonné. Mais après tout, je suis bien plus réceptive en mode externe, autant en profiter ! Je fais quelques essais en me levant et me rasseyant. Avec le bol que j'ai, le vibro serait fichu de tomber devant tout le monde. Je dois m'assurer qu'il est bien en place. Je fais quelques génuflexions ; même si je sais très bien que je ne fais jamais ce genre de mouvements dans la vraie vie, c'est l'ultime crash-test. L'œuf ne bouge pas. Parfait. Je suis excitée comme une puce à l'idée de ce jeu érotique en public. « *Je suis un jouet entre les mains de mon assistant* », voilà mon nouveau mantra que j'adore déjà ! Malgré tout, mon impatience est tempérée par l'idée que je vais rencontrer tous les copains de Sandro et

Marc, témoins de mes exhibitions d'allumeuse. Et j'y vais avec un vibromasseur entre les cuisses. Je tente le diable, c'est certain. On n'a qu'une vie, cela dit, et je n'ai pas l'intention de la regarder sagement passer sous mes yeux.

Je descends attendre mon assistant dehors et il arrive pile à l'heure.

— Vous êtes bandante ce soir, Sarah Jones.

— Merci, cher assistant. Vous n'êtes pas mal non plus.

— Tu l'as ?

— Non, je n'ai pas pu me résoudre à le mettre… je minaude en tortillant l'ourlet de ma jupe.

Je sens une vibration et sursaute en émettant un petit cri de surprise.

— Vous êtes une piètre menteuse, Mademoiselle Jones, déclare-t-il en souriant.

La vibration cesse, me laissant frustrée.

— C'est tout ? je proteste en tapant du pied.

— Ne sois pas capricieuse. Allons-y.

Okay, boss… Il se penche et m'embrasse. Je tente de récupérer la télécommande, mais il esquive en riant. Il jubile quand il mène la danse ! Et je m'éclate à le laisser faire… Faible femme que je suis, guidée par ses hormones ! Je pensais pourtant qu'avec le régime hypercalorique auquel je les soumets depuis des semaines, elles se calmeraient un peu. Mais non ! Ces petites sont insatiables ! Plus je leur en donne, plus elles en réclament.

En arrivant, j'ai la surprise de voir qu'il y a deux autres filles. Je me sentirai moins seule. Sandro me prend la main et se penche pour m'embrasser sur la joue, pile quand une vibration se déclenche. Petit enfoiré, il va bien s'amuser à mes dépens, ce soir ! Cela dit, j'ai accepté les règles du jeu, je dois être un peu masochiste, quand j'y pense. Je fais mine de ne rien avoir remarqué et serre sa main. Je ne suis pas du genre timide, mais là, je perçois les regards de ses amis sur moi. Je suis la bête curieuse et je n'aime pas ça. Pas quand je n'ai pas décidé de l'être, en tout cas.

Je repère Marc et pousse un soupir de soulagement. Nous sommes les derniers et deux places sont libres à côté de lui. Bien, je vais encore jouer la garniture d'un sandwich humain ! Cette fois, ça m'aidera à m'intégrer.

— Sarah !

Stéphane se dirige vers moi et me serre dans ses bras. Okay, mon nouveau *best friend forever* ? Comme c'est singulier… Une vibration m'empêche de me concentrer et j'ai peur qu'il la ressente également.

— Merci… me murmure-t-il à l'oreille.

Je trouve sa voix étrangement sensuelle, ou est-ce l'effet que provoque le *sex toy* qui s'agite dans mon string ? Je lance un regard appuyé à Sandro qui reste impassible. Il a dû s'entraîner des années devant son miroir pour garder toujours un air neutre, quelles que soient les circonstances !

Stéphane me lâche enfin. Pour une entrée en matière discrète, c'est loupé. Cela dit, entre nous, je ne me souviens pas d'avoir déjà été douée dans le domaine de la discrétion. Je lui offre un pauvre sourire, retenant un gémissement de plaisir qui n'a rien à voir avec l'homosexuel qui m'entraîne par la main vers la table, fort heureusement.

— Je pense que tout le monde connaît Sarah… lance platoniquement mon assistant,

Merci, Sandro, merci. Cache ta joie aussi, hein, ce n'est pas comme si c'était *ton* idée. Dans le genre « voici mon allumeuse de petite amie que tout le monde a vue à l'œuvre… » La vibration cesse, je peux m'asseoir sans avoir l'air d'avoir avalé un parapluie par le mauvais trou. En même temps, y a-t-il un bon trou pour avaler un parapluie ? Ce petit jeu est très stressant, excitant et, surtout, déplacé. J'adore mon cadeau ! Je confirme : je suis maso.

Marc m'embrasse chaleureusement. Toute cette attention me met vraiment mal à l'aise, et je n'ai même pas de code pour le signifier à Sandro ! Je savais qu'on aurait besoin d'un signal ! Vibration. Oh. Merde. Ce truc est dix fois plus efficace que mon précédent vibro. Je tressaille dans les bras de Marc qui se recule.

— Tout va bien, Sarah ? s'inquiète-t-il sincèrement, choupinet qu'il est.

— Oui, un petit frisson, il fait frais… j'élude, en resserrant les bras autour de ma poitrine, super-mauvaise actrice.

— Tu as froid ? C'est surchauffé ici ! s'étonne-t-il.

Exact, tout le monde est en manches courtes. *Bien joué, Sarah. En agent secret, tu te ferais repérer et rétamer par les méchants en moins de cinq minutes. Tu sais, la blonde qui clamse avant la fin du générique d'un film d'horreur ? Voilà, c'est toi…*

— Heu… Oui… Chaud. Il fait chaud… Je…

— Allez, on commande ! lance quelqu'un.

Sauvée par le gong ! Sandro me présente tout le monde. Je suis bien trop absorbée par le désir qui monte en moi depuis cet innocent petit œuf rose pour y prêter attention. Je laisse mon assistant choisir pour moi, n'ayant aucune envie de nourriture terrestre. Je suis surtout attirée par autre chose… Mais pour l'heure, je dois faire l'effort de participer aux conversations.

Quand l'entrée arrive, l'œuf se met au repos. J'en profite pour me pencher et chuchoter à l'oreille de mon tortionnaire :

— Tu pourrais y aller mollo…

— Hein ?

— Ne fais pas l'innocent, tu ne me laisses pas respirer !

— Je n'ai appuyé que deux fois ! proteste-t-il en levant un sourcil étonné.

— Fais attention, tu as dû l'activer par accident. Je te garantis que ça n'arrête pas ! Laisse-moi au moins manger. Je risque de m'étouffer. Tu sais faire la prise de catch, là, au cas où un truc se coincerait dans ma gorge ?

— Tiens, je la reprends au dessert.

Il me tend la télécommande que je range discrètement dans mon sac. Bien, je vais au moins pouvoir me nourrir et prendre des forces pour la bonne baise qui aura immanquablement lieu à notre retour.

Je picore dans mon assiette pendant que tout le monde discute autour de moi. Sandro et Marc essaient de m'intégrer aux conversations. Mais je suis extrêmement mal à l'aise sous les regards que me lance l'une des filles, dont j'ai oublié le prénom parce que, je le rappelle, je suis une asociale égocentrique et je ne m'intéresse qu'à moi. Est-elle une ex de Sandro ? Ça ne m'étonnerait même pas… Je me penche vers Marc pour lui demander qui est cette fille (sublime, au passage, mais ça, je ne l'avouerai que si elle ne représente aucun danger pour moi.)

— Marc, qui est cette nana, la rousse ? Une ex de Sandro ?

— Non, tu rigoles… Elle n'est pas vraiment intéressée par Sandro.

— Ah.

Cette affirmation me semble totalement incongrue. Quelle fille saine d'esprit n'est pas intéressée par Sandro ?

— Elle est lesbienne.

Ah ben oui. Ces filles-là. Bien sûr.

— Ouf ! Tu me rassures !

— Pourquoi tu me demandes ça ?

— Je trouve qu'elle me regarde bizarrement… Je…

Je ne peux terminer ma phrase, l'œuf s'étant à nouveau déclenché. Je me retourne vers Sandro.

— Tu as fouillé dans mon sac ! On avait dit jusqu'au dessert ! je lui crie en chuchotant. (Mais bien sûr que si, c'est possible.)

— Je n'ai rien fait !

— Tu l'as reprise ! je l'accuse de mon index inquisiteur qui tapote son épaule.

— Non !

Je plonge la main dans mon sac, la télécommande s'y trouve toujours, bien éteinte. Ce truc déconne à plein tube ! Je retire les piles de la télécommande, mais les vibrations ne cessent pas. Merde. C'est quoi ce délire ?

C'est l'œuf lui-même qui est défectueux ? Avec la chance incroyable que je me paye, ça ne m'étonnerait même pas.

— Sandro, l'œuf est censé vibrer sans télécommande ?

— Impossible. En éteignant la télécommande, on éteint l'œuf.

— Ben… Ça vibre toujours…

— Tu déconnes ?

Je vrille mes yeux dans les siens, sourcils froncés, je prends mon air le plus sérieux en stock.

— Tu ne déconnes pas. Ben… Je ne sais pas, va l'enlever…

— Je n'ai pas vraiment envie de l'enlever…

Sale petite obsédée ! Quand vas-tu donc arrêter de penser au cul ? Oui, de temps en temps je m'inflige une bonne engueulade. Ça n'a aucun effet, mais ma conscience est en paix, comme ça.

— Il n'y a pas de souci, alors ?

— Non… Je crois…

Sauf que je suis vraiment tout près de l'orgasme. Je ne peux décemment pas prendre mon pied à table, en public ! La vibration s'interrompt enfin.

— C'est bon, ça s'est arrêté.

— Désolé, ce n'était peut-être pas une super-idée…

— Je trouve ça marrant, un peu surprenant, mais c'est fun… Et puis maintenant, je suis tellement excitée que je vais devoir assouvir mes pulsions sur toi, tout à l'heure.

— Dans ce cas…

Il glisse sa main sur ma cuisse et ce seul contact me fait frémir. Je tente de cacher ma réaction en toussant, mais je ne fais qu'attirer l'attention sur moi. De mieux en mieux… Marc, toujours très prévenant, pose une main sur mon épaule. Grand Dieu ! N'a-t-il donc pas conscience de son sex-appeal ? Ne réalise-t-il pas le danger immédiat pour lui que représente ce simple geste, a priori innocent ? Cela dit, avec moi, rien n'est vraiment innocent.

— Tout va bien, Sarah ? s'enquiert-il, les sourcils froncés.

Il lance un regard assez agressif à Sandro par-dessus ma tête. Alors là, si en plus deux mâles se battent pour moi, vibro ou pas, je vais exploser. *Mais non, Marc est gay et son mec est à côté de lui…* Je suis trop excitée pour réussir à raisonner correctement. Me voilà encore en train de divaguer… Si on pouvait également retirer *mes* piles, à l'occasion, Trouver le bouton off. Faire quelque chose, pour le bien de l'humanité…

— J'ai avalé de travers, ça va, merci.

Mon chevalier servant slash gay slash incendiaire de petites culottes à son insu me sert un verre d'eau. Je prends une gorgée avant de la recracher, surprise par une nouvelle vibration. J'ai enlevé les piles ! Ce bordel n'est plus censé s'allumer ! Marc me tape dans le dos, encore inconscient du fait que je suis à fleur de peau, prête à m'enflammer à la moindre étincelle, et que sa vie est potentiellement en grand danger. Même le souvenir de sa langue spongieuse n'arrive pas à me calmer. Il faut que je me sorte de là ! Je me lève précipitamment sous l'air ahuri de Marc et celui, hilare, de Sandro (il ne perd rien pour attendre) et me dirige vers les toilettes.

— Attends, je viens aussi !

La belle rousse m'emboîte le pas. Eh merde ! Je ne vais pas pouvoir prendre mon pied tranquillement et j'entends Sandro ricaner. Quel con ! Quand je lui ferai bouffer ses couilles en profiteroles pour le dessert, il rira moins !

— Tu vas bien, Sarah ? Tu as l'air…

— Ça va, merci. Excuse-moi, j'ai oublié ton prénom…

— Maria.

Elle s'engouffre dans une cabine et moi, dans une autre. Oh putain, ce truc a augmenté en intensité ! Je me souviens d'avoir lu sur la boîte qu'il y a dix vitesses… On doit être au moins à onze ! Je m'appuie face au mur, les bras tendus, les mains crispées, la tête en avant, sentant l'orgasme monter, de plus en plus intense. Je ne m'étais jamais imaginée capable d'être aussi… perverse ? Merde… Je suis une sale petite perverse !

— Tout va bien, Sarah ? me demande Maria de l'autre côté de la cloison.

— Hum…

— Je t'attends ?

— Hun hun, pas la peine, je…

— On dirait que ça ne va pas. Tu as besoin d'aide ?

— Non, merci… C'est…

Oh là là… Je tente de retenir les gémissements qui essaient de franchir mes lèvres, mais c'est trop difficile. J'ai toujours été incapable de prendre mon pied en silence. Et là, non seulement je suis dans les toilettes d'un restaurant mais en plus j'ai du public ! Serait-ce vraiment mal d'avouer que ça me stimule encore plus ? Au point où j'en suis, je ne pense pas... Nous avons établi le fait que je suis obsédée, perverse, égocentrique et qu'il me manque au moins trois ou quatre cases. Non, je n'ai plus aucun semblant de fierté.

— Sarah, ne le prends pas mal, mais on dirait que... que tu es en train de... jouir... murmure-t-elle à la fin de sa phrase.

— C'est le cas ! je lâche sans réfléchir, à bout de self-control.

Je me laisse enfin aller, tentant de réduire mes gémissements au maximum. Mais j'ai encore parlé sans établir de connexion entre mon cerveau et ma bouche, et le silence s'est fait de l'autre côté de la porte. Elle doit donc entendre le moindre soupir que j'émets. Et je ne prends pas mon pied en soupirant. L'orgasme se prolonge un peu trop et je retire finalement ce string à la con, l'œuf avec, avant d'être engourdie. Nom de Zeus, ce n'était pas une petite jouissance de débutante, ça... Avoir un témoin m'a même encore plus excitée ! Il me manque une bonne dose de bon sens. Oui, sans aucun doute, et de décence... et de pudeur !

Bon, maintenant, il faut que je me débarrasse de ce truc incontrôlable. Je ne peux pas passer la soirée à m'échapper ! Et puis, je vais avoir des irritations, à force ! J'ai le clitoris complètement anesthésié, ce n'est pas bon signe. Et s'il en était mort ? Oh. Merde. Une vie sans clito, c'est comme Sonny sans Cher : ça n'a aucun sens et ça ne vaut pas le coup de la vivre !

— Maria ?

— Je suis là.

— Tu pourrais aller me chercher mon sac, s'il te plaît ?

— Ne bouge pas…

Heureusement, la solidarité féminine fonctionne, même quand on ne se connaît pas. Même quand on vient de se donner en spectacle. Même quand on grimpe aux rideaux avec seulement une maigre porte entre nous… « La sororité, nous sommes toutes sœurs ! » Ma tante n'a peut-être pas eu tort de brûler ses soutifs…

— Tiens.

Maria me tire de mes pensées révolutionnaires en faisant glisser mon sac sous la porte.

— Merci ! Tu me sauves !

— Ils se posent des questions, à table…

— Merde. Ils vont croire que j'ai des soucis digestifs…

Bonjour, je m'appelle Sarah et j'ai, au choix, la diarrhée ou une constipation hallucinante, quand je vais au restaurant.

— Ce n'est pas tellement ce qui les occupe, en fait…

Je fourre le string et l'œuf vibrant dans mon sac, tout en papotant avec ma nouvelle meilleure amie :

— Qu'est-ce que tu veux dire ?

— Tu sais que je suis lesbienne ?

— Heu… Oui, Marc me l'a dit… Et alors ?

— Eh bien, disons que nous deux, si longtemps aux toilettes… C'est des mecs, tu connais les fantasmes des mecs.

— Mais ils savent très bien que je suis hétéro ! Sandro le sait !

— Et il n'est pas le dernier à cancaner, ton mec !

— Quel con ! Il va m'entendre !

— Dis, juste par curiosité… Jones, ce ne serait pas anglais ? Parce que j'ai la famille de ma mère là-bas, du coup je me demandais…

— Non, c'est polonais, je réplique, d'abord sèchement, en colère contre mon assistant, avant de me reprendre : désolée, si, mon arrière-grand-père paternel était anglais. Je sais, je n'ai rien d'une Anglaise… Toi, tu as au moins la décence d'être rousse.

— J'aime bien ton nom, le mien c'est Smith, alors tu vois, pas très original, malgré les cheveux roux.

— Merci. C'est sympa, Smith… Il y a un film, non ?

— Oui, c'est bien ça.

Nous sommes vraiment en train de parler de notre généalogie après m'avoir entendue jouir ? Ma vie est une succession de moments surréalistes. Je pense que si j'écris mon autobiographie, un jour, je n'aurai même pas besoin d'inventer quoi que ce soit.

Je sors enfin des toilettes et elle me toise de la tête aux pieds, un sourire aux lèvres.

— C'est bon ?

— Oui, merci encore… Pfff, quelle galère ! Je ne sais pas pourquoi ce truc s'est mis à vibrer en mode non-stop !

— Moi, je sais.

Je la regarde, curieuse, et attends qu'elle m'en dise plus.

— J'en ai un, aussi.

— Quoi ? Tu veux dire… là ? je demande en pointant l'endroit où doit se trouver son œuf.

— Oui.

— Et qui a la télécommande ?

— Moi.

Je reste bouche bée, en mode « *What the fuck ?!* » face à sa révélation.

— C'est toi qui m'as…

— Je ne savais pas, désolée… Je l'ai compris quand tu m'as parlé du vibro, pas avant…

— Mais alors, tu…

— Oui, le mien était aussi en marche. Je suis juste… plus… discrète. Sans te vexer, hein. J'ai aimé t'entendre essayer de te contrôler.

Elle est sérieuse ? Oui, elle a l'air. Quand je disais que mon autobiographie ferait un carton…

— Merde, c'est bizarre, non ?

— Sarah Jones, je suis ravie d'avoir pu te procurer un orgasme.

Elle dépose une bise sur ma joue, tourne les talons et me laisse sous le choc de la nouvelle.

Putain ! Pourquoi elle m'appelle comme ça ?

Pourquoi faut-il que cette nana se pointe à la même soirée que moi, avec le même *sex toy* ? Quelles étaient les probabilités pour que ça me tombe dessus, hein ? Saleté de bonne étoile qui passe son temps en RTT quand j'ai besoin d'elle ! Et mince, maintenant je suis encore excitée à cause de ce que m'a dit Maria !

Je m'installe à table, comme si de rien n'était, comme si tous les regards n'étaient pas dirigés vers moi. Il y règne un drôle de silence.

— Quoi ? J'ai loupé quelque chose ?

Sandro s'étouffe à moitié en riant, je me retourne vers lui, un peu agacée parce que tout ça, c'est de sa faute, si on cherche bien…

— Tu as quelque chose à dire ? je lui lance avec des pics à glace à la *Basic Instinct* dans la voix.

— Non, rien… répond-il en continuant à se marrer.

Je lui assène un coup de coude, ce qui, au lieu de le calmer, le fait éclater franchement de rire. Je me tourne vers Marc, cherchant un appui allié. Il hausse les épaules. Il a la courtoisie, au moins, de ne pas se foutre de ma gueule.

— Quelqu'un m'explique ?

Marc se dévoue, décidément je l'adore ce petit Ian…

— C'est juste qu'on se disait… Ben… Tu vois, quoi…

— Maria m'a expliqué, Et ça vous fait rire d'imaginer qu'elle et moi on…

— Ça fait rire *Sandro*… Pas nous.

— On ne faisait rien ! je démens en croisant les bras.

Ce qui, pour être tout à fait honnête, n'est pas totalement la vérité. Cela dit, pour ma défense… Bon, d'accord, j'arrête, je n'ai aucune défense.

— Vous y êtes restées un moment… parvient à articuler Sandro entre deux éclats de rire.

Sarah, c'est le moment de te taire. Là, tout de suite, écoute la voix de la sagesse et ferme-la. Je t'assure que tu me remercieras, moi, ta conscience, si tu te contentes de la boucler. Non ? Trop tard, j'aurais essayé. Tu es un cas irrécupérable, tu le sais ?

— Je vais te dire pourquoi j'y suis restée un moment, Monsieur j'ai-une-télécommande-universelle-pour-le-sex-toy-que-j'ai-offert-à-ma-copine !

Sandro, inconscient, suicidaire et totalement détestable, semble comprendre et repart de plus belle dans son fou rire. Merde, j'ai vraiment dit tout ça ? Il m'a pourtant semblé entendre une petite voix dans ma tête me conseillant de me taire. Pourquoi est-ce que je n'écoute *jamais* les petites voix ? Je fixe attentivement mes ongles, concentrée comme si je tentais de résoudre un algorithme à évolution différentielle. (Et comme je n'ai aucune idée de ce dont il s'agit, on en a pour un moment.) Marc pose la main sur mon bras.

— Tout le monde a entendu ? je lui demande, tout en connaissant la réponse.

— Je crois que tout le restaurant a entendu, en fait.

— Merde.

— Tu veux t'en aller ? propose-t-il, gentleman, le seul à cette table, d'ailleurs.

— Non, ça va. Je suis une femme forte, j'assume ma sexualité !

— Moi, j'ai trouvé ça cool, intervient Maria.

— Ah, merci ! Et vive la solidarité féminine !

— Tu m'étonnes qu'elle ait trouvé ça cool, enchaîne un type dont j'ai zappé le prénom mais que je décide de détester.

Hilarité des mâles autour de la table. Seule la deuxième fille garde le silence en dardant ses yeux assassins sur moi. Merde, qu'est-ce que j'ai fait de mal ? J'ai juste profité d'un *sex toy*, tranquillement, en solitaire… ou presque. Marc se penche pour me parler à l'oreille :

— Tous les hétéros sont un peu en train de fantasmer sur vous, tu le réalises ?

— Mais pourquoi ? C'est complètement con !

— C'est con, un hétéro.

— Bien d'accord ! Les bi, ça ne vaut pas mieux, si tu veux mon avis, j'ajoute avec un regard assassin vers Sandro.

Marc hoche la tête. Enfin, le sujet de conversation dévie sur autre chose. C'est toujours porté sur le cul, mais au moins, le mien n'en est plus la cible.

Je me désintéresse de ce qui se raconte autour de la table pour me focaliser sur mon dessert qui vient d'arriver. Je suis affamée, après ma petite virée au septième ciel !

— Et toi, Sarah, tu en penses quoi du mariage ?

Et voilà !

Je recrache la moitié de ma bouchée de glace et sauce chocolat en plein dans mon assiette. Qui est le con qui a gâché mon dessert ? Stéphane. Toi, mon coco, tu me fais déjà regretter de t'avoir rabiboché avec ton mec ! Je serais bien tentée de te répondre que sa langue a fait un petit tour dans ma bouche… Histoire de remettre les choses à leur place. En tout bien tout honneur, bien entendu.

Je m'essuie, ne cherchant même plus à faire l'élégante ou à jouer dans la discrétion, je suis foutue auprès de ces types, je n'ai plus rien à perdre.

— C'est de la connerie, je réplique, acerbe.

Je suis contente que mon amie se marie parce que c'est mon amie. Mais en règle générale, j'ai un avis assez tranché sur l'institution du mariage et ce soir me semble être le bon moment pour faire mon coming out.

— Tu peux développer ?

Connard. C'est quoi son problème ? Sandro se tourne vers moi, il attend patiemment que je réponde. Encore une fois, tous les regards sont braqués sur ma petite personne. Ras le bol d'être un objet de curiosité ! Et je dois quand même signaler que ce n'est pas toujours moi qui me mets toute seule dans des situations impossibles. Parfois, le sort s'acharne. Vraiment.

— Le mariage, c'est juste un moyen de s'assurer que quelqu'un trouvera ton corps quand tu crèveras d'un arrêt cardiaque en sortant de ta douche. J'aime mon nom, en plus, il est hors de question que j'en change, j'y suis trop habituée.

— Je l'aime bien ton nom, ne change jamais, intervient Maria.

— Merci, je l'aime bien aussi et rassure-toi, je n'ai pas l'intention d'en changer.

Je me tourne vers Stéphane.

— Ça répond à ta question ?

— C'était très… instructif… cynique, aussi, non ?

— La prochaine fois, ne me demande pas de développer si tu ne veux pas que je développe !

— Non, mais c'était très intéressant. Sandro, tu n'as pas trouvé ça passionnant ?

— Si, très, répond mon traître d'amant.

C'est le déclic. Pourquoi est-ce que je suis inadaptée socialement ? Ce n'était pas grand-chose : se pointer à un restaurant, faire connaissance avec les amis de mon mec, m'intégrer aux conversations… Au lieu de ça, il m'a piégée avec son idée de vibro déréglé, j'ai pris mon pied grâce à une nana qui, visiblement, m'aime bien, je casse l'ambiance avec ma théorie sur le mariage et je suis convaincue qu'en plus, ils se souviennent tous parfaitement des circonstances de notre rencontre, avec Sandro. C'est un fiasco. C'était un fiasco avant même que je ne débarque ici. Certaines causes sont perdues. J'en suis une, incontestablement.

— Marc, je pense que je vais y aller, parce que cette soirée ne tourne pas du tout en ma faveur. Je te remercie pour ta présence qui m'a aidée à ne pas trop me ridiculiser. Sandro, je vais prendre un taxi et je te dis à lundi, tu sais, au bureau, là où tu es sous *mes* ordres. Il me semble qu'il y a du tri à faire dans les archives, d'ailleurs. Maria, c'était un plaisir de faire ta connaissance. Merci tout le monde et bonne fin de soirée.

Je me lève pour faire ma sortie théâtrale, grande diva qui quitte la scène en conservant un poil de cul de dignité, quand je l'aperçois et m'immobilise. Il est deux tables plus loin et il n'a dû manquer aucune de mes interventions. Il me regarde avec un petit sourire en coin. J'attends de ressentir quelque chose. N'importe quoi. Des regrets. De la tristesse. De la colère. Je cherche une réaction. Rien.

Quelles étaient les statistiques maximales de couilles qui pouvaient me tomber dessus la même soirée ? Bon, résumons : j'ai dîné avec des types qui ne voient en moi qu'une allumeuse obsédée féministe et asociale. Pour ça, je ne leur en veux pas, je l'ai bien mérité. Et je suis probablement tout ça, mais habituellement, je fais en sorte que ça reste dans ma sphère privée. Juste moi avec moi, quoi. *Epic fail* pour ça, ce soir. Ajoutons que tout le restaurant a profité de mes élucubrations. Et que mon ex-petit ami est en train de me reluquer avec un regard que je lui connais bien. Celui qui dit « attention, ma cochonne, je vais t'enlever ta culotte par le pouvoir de la pensée ». Ce qui est tout à fait inapproprié puisque je n'ai plus de petite culotte. La question est : vais-je pouvoir rentrer chez moi, me coucher et *rebooter* pour effacer de ma mémoire cette désastreuse soirée ?

Greg se lève et vient à ma rencontre, sous les yeux de la tablée de Sandro, étrangement silencieuse. Donc, la réponse est non. Non, la soirée n'est pas terminée. J'ai ainsi à nouveau l'opportunité potentielle de me ridiculiser un peu plus. Le ridicule ne tue pas, mais il me fout bien dans la merde et mon ego commence à être dans le rouge. Ah, pardon, on me dit dans l'oreillette qu'il est en négatif depuis un moment déjà.

— Sarah.

— Greg.

— J'ai essayé de t'appeler, ces derniers mois.

— Je sais.

— Tu m'en veux toujours ?

— Non. En fait, je suis passée à autre chose. Depuis longtemps.

Ce qui me fait le plus plaisir, c'est que je le pense vraiment. Je l'aurais croisé il y a quelques mois, avant d'avoir Sandro, dans ma vie, je suis certaine que je lui aurais répondu la même chose. Je n'en aurais simplement pas pensé un traître mot. Là, je me sens sereine. Oui, il m'a fait du mal. Oui, j'ai appris qu'il m'avait trompée. Et oui, il a tout fait pour que je le quitte, parce qu'il fait partie de ces types qui ont des burnes de la taille de deux Smarties et que quand il s'agit de prendre ses responsabilités, il n'y a plus personne. J'ai donc nourri une certaine rancœur à son égard. Excepté que même cette rancœur, je ne la ressens plus. Je n'irais pas jusqu'à lui proposer qu'on devienne potes, je n'en suis pas là et je n'en serai probablement jamais là. Mais il ne m'atteint plus, et ça… je sais que je le dois à Sandro. Ce mec qui peut parfois autant m'agacer que me faire du bien. Et pour une fois, je ne parle pas de sexe. Pas uniquement, en tout cas.

— Tu ne me présentes pas ? me demande Greg en penchant la tête.

— À qui ?

— Le mec qui est derrière toi et qui semble attendre que tu fasses les présentations.

Je me retourne. Sandro s'est levé et je sursaute en constatant qu'il n'est qu'à quelques millimètres de moi. Ce type est en fait un cyborg ninja en mode furtif ! Il ne se marre plus du tout, par contre. Il se place à côté de moi et glisse un bras autour de ma taille. Ah. On entre dans le moment de la soirée où la testostérone va saturer l'atmosphère. Sandro tend la main à Greg, qui la serre.

— Sandro.

— Greg.

J'ai soudain très envie de m'éclipser et de les laisser jouer à celui qui pisse le plus loin tout seuls. Mais tous les copains de Sandro observent la scène avec attention, et je me suis assez fait remarquer comme ça. Si je détale en courant comme je viens d'imaginer le faire, ça ne jouera pas en ma faveur, je le crains. Mais l'empreinte de mon corps dans le mur, ça serait marrant. Ça détendrait l'atmosphère. Non ? Je me résigne.

— Bon, tout le monde s'est présenté, c'est merveilleux. J'allais justement partir, donc… je vais vous laisser… heu… entre vous ? Non, peut-être pas, mais bref, au revoir.

— C'est ton mec ? me demande Greg, une pointe d'agressivité dans la voix.

— Je ne crois pas que ça te regarde.

— C'est ton ex ? m'interroge Sandro.

— Bon. Greg, voici Sandro, mon… Sandro, comment te qualifierais-tu ? Mon amant ? Mon assistant ? Mon mec ?

— Oui, tout ça.

— Et donc, Sandro, voici Grégory, mon ex, maniaque du contrôle, qui m'a trompée et poussée à le quitter en me faisant croire que toute la responsabilité m'était due. C'est bon, Greg, je n'oublie rien ?

Il a la décence de ne pas la ramener. Et je dois reconnaître que ça fait du bien d'avoir verbalisé tout ça. Une sorte de point final.

— Je te raccompagne.

— Non merci, Sandro, j'ai vraiment envie de rentrer seule.

— Sarah… Je n'aime pas te laisser partir seule, il est tard.

Tu parles, trouduc, ça ne te posait pas de souci il y a quelques minutes, avant de voir mon ex…

— Je suis une grande fille. Et puis je suis un peu contrariée, tu sais… ton fou rire déplacé…

— Ne le prends pas comme ça, c'est toi qui as…

— Ne me cherche pas, d'accord ! je le coupe avant d'en venir au point de violence, celle qui couve et ne demande qu'à s'exprimer.

Greg nous observe avec une lueur malicieuse dans les yeux. Ça lui plaît que je me dispute, même légèrement, avec son remplaçant. Je prends une grande inspiration, il faut que je me débarrasse de mon ex. Je ne vais pas réduire à néant plus de six mois de silence radio à filtrer ses appels et ses e-mails, juste parce que mon assistant est un sale gosse.

— C'est d'accord, raccompagne-moi.

Sandro fixe Greg. Greg fixe Sandro. Je fais mentalement un gros plan des yeux de l'un, de l'autre, Sergio Leone aurait été fier de moi. Une grosse boule de ronces traverse le restaurant pile à ce moment. Non, je déconne, ce n'est pas la saison. Je tire Sandro par la main, mettant fin à ce duel des temps modernes. Au moment où nous sortons du restaurant, je capte rapidement l'expression de Maria qui m'observe avec intensité. Oh, enfin de l'air ! Quel repas sanglant ! Il me faut un nouveau mantra pour survivre : « *Je ne trouve pas les femmes sexuellement attirantes, et surtout pas Maria.* »

— Merci pour cette soirée qui restera dans mon top dix des plus pourries de ma vie, j'annonce enfin à mon escorte.

— C'était marrant.

Et mon poing dans ta gueule, tu penses que ça va être hilarant ?

— À mes dépens, oui, donc moyennement au final, je décide raisonnablement de répondre.

— Sarah, c'est quand même toi qui as raconté tout ce qui nous a poussés à nous marrer. Je n'y suis pour rien si tu me fais rire.

— Tu riais déjà quand je suis revenue des toilettes.
— C'était vraiment drôle, reconnais-le.
— Vous vous êtes bien foutus de moi !
— Non, on s'est marrés grâce à toi, ce n'est pas pareil. Ils t'adorent.
— Parce que je suis une bonne attraction.
— Non, tu te trompes. Ils t'adorent parce que tu comptes pour moi.
— Ne me fais pas le coup de la déclaration, je suis trop en rogne pour apprécier.
— Et si je t'offrais ton cadeau ?
— Quoi ? Encore un truc qui va se mettre à fonctionner n'importe comment ?
— Sarah, je sors le drapeau blanc, là… Fais un effort.
— C'est quoi ton cadeau ? De quoi tu parles ? je demande, ma vénalité prenant le dessus, comme souvent.
— De celui que je voulais t'offrir, l'autre matin.
— Ah. Lui. Tu me l'offres, et après je te dis si ça mérite une trêve.
— Tiens.
Il me tend les clés de la Renault.
— Tu me laisses conduire ta voiture ? C'est ça ton cadeau ? Tu ne vas pas aller loin sur l'échelle du pardon…
— Ça fait partie du cadeau, précise-t-il en voyant que je suis sur le point de péter à nouveau les plombs.
— Ce suspense est insoutenable, lui dis-je d'un ton chargé de sarcasme.

Je m'installe au volant, passe deux plombes à régler les rétros, le siège, etc. Si bien que Sandro commence à s'impatienter :

— Ne me dis pas que tu conduis comme une grand-mère… soupire-t-il en rejetant la tête en arrière.

— Faire attention, ce n'est pas être une grand-mère ! On va chez moi ou pas ?

— Tu veux venir chez moi ? s'étonne-t-il.

— Ça changerait…

— Alors ça me va, Dante n'est plus là… Tu te souviens de la route ?

— Bien sûr. Je crois… Bon, ben, tu me guides si besoin.

— Je ne sais pas si je pourrai…

— Pourquoi ?

— Démarre, Sarah Jones, que je t'offre ton cadeau.

Hop, une jupe mouillée. Ben oui, je n'ai plus de culotte donc, forcément… Heureusement, les sièges de voiture sont en tissu et pas en cuir, ça m'évitera de glisser ! C'est que ça pourrait être dangereux, je conduis !

Sandro pose sa main sur ma cuisse et la remonte jusqu'en haut.

— Pas de culotte ?

— Le string qui va avec ton vibro, je ne peux pas le porter sans, c'est trop grand, je lui explique en essayant de faire abstraction de la sensation de sa peau sur la mienne, ce qui est presque impossible.

— Tant mieux, ça me facilite la tâche.

— Qu'est-ce que tu fais ? Je conduis, c'est hyper-dangereux… je proteste mollement, comme toujours, juste pour la forme.

Il commence à me caresser. Je suis encore sensible de mon orgasme explosif provoqué par… Maria… Eh ouais… Il faut que je me fasse à cette idée.

— Sandro…

Il s'approche de moi et commence à m'embrasser dans le cou. Je ferme les yeux de plaisir… Et les rouvre aussitôt, me rappelant de justesse que je suis en train de conduire ! Je suis un véritable danger public !

— Je vais me garer… je décide.

— Non, tu roules…

— Oh… Merde… Je…

Je suis déjà en train de prendre mon pied, je n'arrive plus à parler et il faut que je conduise ? Oui, je suis une femme. Oui, je suis censée pouvoir faire plusieurs choses en même temps. Mais ce type va nous tuer ! Remarque… mourir en plein orgasme, c'est une belle mort… Non, mais… Là… j'ai l'impression d'être très vivante, en fait… Mes gémissements se font plus intenses et Sandro sort son arme secrète d'une efficacité redoutable : les trois doigts. Eh merde… C'est juste, là, juste… Oh… Il ajoute à l'équation sa langue dans mon cou et… c'est trop, j'explose, laissant l'orgasme me submerger tout en faisant un immense effort pour ne pas foutre la voiture dans le ravin. Je dois être à quinze kilomètres heure, grand max. Il cesse ses caresses uniquement quand je le repousse, ne pouvant en supporter plus.

— Putain ! J'aurais pu nous tuer ! je finis par m'énerver.

— Mourir avec toi, ça me va.

— C'est complètement con, on n'est pas Roméo et Juliette ! On a une longue vie devant nous ! Pleine de baises et d'orgasmes en sécurité !

— Ensemble ?

— Quoi ?

— La longue vie…

Ah. Il veut vraiment qu'on parle de ça, genre… maintenant ? Je suis encore là-haut sur mon petit nuage orgasmique et il parle vie future à deux ?

— Je ne veux pas te mettre la pression, Sarah. Mais après tout ce que tu as dit sur le mariage ce soir… je me pose des questions.

— Tu n'avais pas l'intention de me demander en mariage ? je m'affole un brin.

Mélodie, ça suffit. Elle est faite pour ça, pas moi.

— Non. Mais c'est bon à savoir que tu m'aurais refoulé si ça avait été le cas.

— Donc, c'était quoi ta question ? je reprends, un peu soulagée.

— Laisse tomber…

— Sandro…

— Non, c'est bon, je te prends la tête, je le sens.

— Attends, on est où, là ? Je nous ai perdus ?

— Prends la prochaine à gauche.

— D'accord.

Le reste du trajet se passe dans un silence inquiétant. Normalement, c'est un truc de fille de parler projets d'avenir, tout ça… Pourtant, avec Sandro, ça revient souvent sur le tapis. Il est en insécurité permanente. Mais je ne veux pas lui faire des promesses juste pour le rassurer, Qu'est-ce que j'en sais, si je vais passer une longue vie pleine de baises avec lui ? L'idée ne me déplaît clairement pas, mais bon…

J'ai bien cru que Greg était « *the one* »… Je ne serais pas restée quatre ans avec lui si je n'en avais pas été persuadée. Je fais attention, maintenant !

Je reconnais le chemin et me gare enfin devant chez lui. Je coupe le contact et le retiens au moment où il sort.

— Et si tu profitais de ce qu'on a aujourd'hui ? Pourquoi tu me poses des questions sur demain ? Je veux dire… Là, tout de suite, je suis avec toi et je n'ai pas du tout l'intention de m'en aller, ça ne te suffit pas ?

— Si, bien sûr.

— Alors, tu arrêtes de faire la bouille ? Je te rappelle que j'ai plus de raisons que toi de bouder, ce soir !

Il pousse un profond soupir et se tourne vers moi. Il emprisonne mes mains et plonge ses yeux dans les miens. Genre… Houlà… Réalise-t-il que là, il peut me demander à peu près n'importe quoi, je dirai oui ? Même de l'épouser. Non, sinon il en profiterait. C'est le bon moment pour la boucler et ne pas lui révéler cette information qui se retournerait contre moi, à coup sûr.

— Sarah, je crois que tu ne comprends pas…

— Quoi ? je souffle dans un murmure, toujours absorbée par son regard.

— Je t'ai tellement dans la peau que j'ai besoin de savoir. C'est la première fois que ça me fait ça, je ne suis pas chiant comme mec, je t'assure. J'ai juste une trouille monstrueuse que tu te lasses et que tu me quittes.

J'adore ça, chez lui. Moi aussi ça me fout une trouille monstrueuse, mais il s'ouvre à moi, il fout ses tripes sur la table (cette image est absolument dégueulasse…) et il m'annonce tout ça. Cet homme est assez à l'aise avec lui-même pour se rendre vulnérable et m'avouer chaque jour à quel point il tient à moi. Forcément, ça me touche.

— Sandro, tu t'es foutu de moi toute la soirée et je suis avec toi, chez toi, alors que je voulais rentrer seule à la base. Tu en déduis quoi ? je finis par lui répondre, inutile de lui dire que c'était aussi pour me débarrasser de Greg.

— Je ne sais pas, à toi de me le dire…

— Tu peux en déduire que je n'ai pas envie de passer une minute loin de toi, tu peux aussi en déduire que je t'aime tellement que je ne suis même pas capable de te faire la gueule pour de bon. Et puis, de toute façon, quand tu me regardes comme ça, sérieusement, tu me demanderais de faire le poirier en récitant la table de sept, je le ferais. Et je n'ai jamais réussi à apprendre cette table, elle est horrible. Il te faut quoi comme preuve supplémentaire ? j'ajoute, n'ayant donc pas réussi à me taire sur ma vulnérabilité.

Il m'attire contre lui et m'embrasse passionnément, le levier de vitesse planté dans ma cuisse. Mais je ne dis rien, je ne vais pas gâcher ce moment juste parce que… juste parce que j'ai putain de mal à cause de ce bidule !!! Je vais avoir un énorme bleu ! Je passe par-dessus et me mets à califourchon sur Sandro. Rien que le frottement de son érection sur mon entrejambe réussit à me faire perdre les pédales. Je défais difficilement sa ceinture, pas celle de sécurité, mais celle dont il ne se sépare jamais et qui n'a bien entendu pas de système de fermeture traditionnel, sinon ce serait moins fun, tout de suite.

— Sandro, il faut vraiment que tu arrêtes de mettre une ceinture quand on se voit. On perd un temps fou ! je râle en tirant sur l'ensemble. Je suis toujours en jupe, tu pourrais aussi faire un effort !

Il rit et je réussis enfin à me dépêtrer et à déboutonner son pantalon. Je me soulève un peu, le genou appuyé sur ce putain de levier de vitesse ! Qui a eu l'idée merveilleuse de placer cet engin ici ? Qu'il se dénonce et se fasse lapider en place publique à coups de cailloux acérés par tous les couples qui ont vécu l'enfer du levier de vitesse !

Je le guide en moi et lui fais, pour une fois, tendrement l'amour. Il m'embrasse sans relâche tout en me faisant garder le rythme, les mains sur ma taille.

— Sarah…

— Oui ? je gémis.

Il faut toujours qu'il discute pendant qu'on s'envoie en l'air…

— Je t'aime.

Oh. My. Sandro vient juste de réutiliser son multiplicateur orgasmique ! Le fourbe. Il me fait encore accélérer la cadence jusqu'à ce que je le sente éjaculer en moi. Je pose ensuite le front contre le sien et m'immerge dans ses yeux. Je n'essaie pas de jouir à nouveau, j'ai eu ma dose, mais ça ne me dérange pas.

Il m'embrasse. Ayant le levier de vitesse imprimé dans le genou, je décide de m'extirper de la voiture. Il me conduit jusqu'à sa chambre. Nous nous couchons rapidement, je n'ai toujours pas eu l'occasion de voir l'intérieur de sa maison, mais hé, je suis là, avec lui, le reste n'a franchement pas une grande importance.

Mantra 18

Je suis la reine
du *headbanging*

Je tâtonne à côté de moi… Personne. Mon assistant est décidément trop lève-tôt pour moi ! Mes parents ont toujours pensé que j'ai des gènes de loir ou de paresseux, ma mère ne supportait pas ça, d'ailleurs. Ce n'était pas assez politiquement correct de se lever après dix heures du matin, les gens pouvaient s'imaginer qu'on avait fait des trucs vraiment pas catholiques la nuit d'avant. Ce qui, de toute façon, avec Sandro dans le coin, est toujours le cas. J'ouvre difficilement les yeux et aperçois un papier sur l'oreiller où est censée se trouver la tête de mon assistant :

« *Je dois sortir, fais comme chez toi. S.* »

Mon premier petit mot d'amour ! Il écrit avec des pattes de mouche et je suis persuadée que s'il passait l'examen de calligraphie que doivent valider les étudiants en médecine, il l'aurait haut la main ! (Bien sûr qu'il existe cet examen, comment expliquer que tous les médecins écrivent aussi mal, sinon ?) Malgré ça, c'est mon tout premier billet doux de Sandro. Je le plie et attrape mon sac pour l'y glisser.

J'ai juste un petit souci : je n'ai toujours pas de culotte. Je me lève, à poil (mais je suis seule, donc, pas de pudeur déplacée), et ouvre l'armoire de mon hôte. Je déniche un pantalon de pyjama avec un lien coulissant que je serre au maximum. Parfait. Un T-shirt du groupe Kiss attire mon attention et vient compléter ma tenue de fortune, je sors de la chambre et parcours le couloir en ouvrant toutes les portes pour trouver la salle de bains. Je pique la brosse à dents de mon amant (vu l'endroit où il a déjà mis sa langue, il ne m'en voudra pas) et me rafraîchis. Je continue mon chemin jusqu'au salon. Je vois maintenant ce qu'il voulait dire quand il parlait d'héritage. On dirait qu'une grand-mère vit là, mais une de l'époque de Laura Ingalls. Il ne manque qu'une dizaine de chats pour compléter le tableau. Il y a ici un nombre incalculable de napperons, je n'en ai jamais vu autant de ma vie ! Je ne pensais pas qu'il était possible de faire une overdose de ces petits trucs crochetés, pourtant, je me sens oppressée par leur omniprésence. Je vais faire une crise d'angoisse. Le seul élément que je pense être imputable à Sandro est une chaîne hi-fi et c'est elle qui me sort de mon stress « napperonien ». Elle est énorme, un truc de pro, et trône sur la table où la grand-mère a dû organiser ses repas de famille et poser la soupière héritée de mémé Jeanine. Je l'allume (la chaîne, pas la soupière, bien entendu) et tombe direct sur « A Touch Too Much » d'AC/DC. Je ne peux résister, j'adore cette chanson et l'ai même reprise en karaoké, une fois. Et AC/DC en karaoké, autant dire que ça massacre bien le tout. Je pense que tous les clients du bar sont actuellement en thérapie pour tenter de surmonter le traumatisme.

Je me mets en mode « *air guitar* » et playback yaourt. Je monte le son et saute sur place. Je me déhanche, je me fais plaisir, je me réveille. Quand je me retourne et je le vois. Il est appuyé contre le mur et se marre en m'observant. Sérieusement ? Est-ce que je n'ai pas, genre, fait exploser mon quota de ridicule depuis quelques semaines ? Faut-il vraiment en rajouter une couche ? Avec Dante, qui plus est ?

Je me redresse, affichant un air neutre, et me dirige aussi tranquillement que possible jusqu'à la chaîne. Je l'éteins et prends quelques secondes pour faire face à la gravure de mode qui se fout de moi. La petite Sarah attend son amour-propre à l'accueil, je répète : la petite Sarah attend son amour-propre…

Enfin je pivote, forte de mon nouveau mantra de circonstances : « *J'assume mon penchant pour l'exhibitionnisme, aussi involontaire soit-il.* »

— Bonjour, Dante.

— Sarah. C'est un plaisir d'avoir partagé ce moment avec toi.

— Je t'en prie, je lui réponds, en pensant « gna gna gna ! »

— Je suis juste venu chercher quelques affaires.

— Fais comme chez toi.

Je prends le chemin de la chambre de Sandro dans le but de m'y enfermer, le temps que son canon de connard de frère est dans les parages. Mais il me barre le chemin. Cette histoire va encore se terminer en castration.

— Tu voulais peut-être le deuxième round ? je lui propose sèchement.

— De quoi tu parles ?

— Le coup de genou, ça ne t'a pas suffi ? Tu en redemandes ?

— C'est qu'elle mordrait, la petite chatte !

— S'il le faut, oui, mais chasse ces idées de débauche de ton esprit tordu. Si je te mords, c'est pour t'arracher une oreille, par exemple…

— Mike Tyson croisé avec Bon Scott… répond-il en souriant.

Son sourire est bien entendu indécent, comme tout ce qui se dégage de lui.

— Tu veux quelque chose ? Ou je peux avancer ? je reprends.

— Hum… Tu viens vraiment de me demander ce que je veux ? dit-il en passant la langue sur ses lèvres, le sagouin.

— Je vais te faciliter la tâche. Je ne coucherai pas avec toi, je vais même être plus précise : si l'avenir de l'espèce humaine dépendait de nous, je préférerais embrasser le cul d'un lépreux que juste t'effleurer. C'est clair ? je déclare en étant persuadée que si cette situation se présentait, je ne serais peut-être pas aussi radicale.

Mais pour l'instant, ce type a beau être canon, c'est un enfoiré de première, doublé d'un trou du cul de compétition. Magnifique, mais trou du cul quand même.

— Je pense qu'il a compris.

Sandro. Pile quand j'ai besoin de lui ! Il passe devant son frère en l'ignorant royalement, me prend la main et m'entraîne dans la chambre. Je ne peux m'empêcher de me retourner pour montrer mon majeur à Dante en souriant. Il en reste muet.

— Désolé, je ne pensais pas qu'il viendrait aujourd'hui, s'excuse Sandro en refermant la porte derrière nous.

Je me jette dans les bras de mon sauveur et l'embrasse comme si je ne l'avais pas vu depuis des semaines.

— Tu étais où ? je lui demande, une fois sa bouche libérée.

— Je devais aller voir un pote. Je t'ai pris du p'tit dej'.

Il pose un sachet de boulangerie sur le lit.

— Je vais te chercher un café, ne bouge pas.

Il revient avec deux tasses et nous improvisons un pique-nique sur le lit. Je dévore mes deux pains au chocolat sous son air amusé. Et je me souviens de son allusion sur mon poids.

— Tu trouves que j'ai grossi ? je m'inquiète en jetant un œil à mon ventre qui n'est plus si plat qu'il y a dix ans…

— Quoi ?

— Tu m'as dit ça, l'autre soir et là, tu me regardes comme si j'étais une curiosité… Je mange trop ?

— Mais non, mange ce que tu veux !

— Mauvaise réponse. Tu dois me dire : « Tu n'as pas du tout grossi, ma chérie. »

— Tu n'as pas du tout grossi, ma chérie, répète-t-il docilement.

— Ouais. Tu pourrais y mettre un poil plus de conviction ?

— Mange et tais-toi !

Je ris, qu'est-ce que nous sommes chiantes, nous, les nanas, dès qu'il s'agit de notre poids ! Mais ça fait partie de notre charme, bien sûr. Sans cela, les mecs s'ennuieraient, donc en gros, on leur rend service. C.Q.F.D.

Nous terminons le petit déjeuner et je m'approche ensuite peu subtilement de Sandro.

— À quoi jouez-vous, Sarah Jones ?

— Tu connais très bien les règles de ce jeu…

— Mon frère est sûrement encore là…

— Et alors ? S'il nous entend prendre notre pied, il nous foutra la paix, non ?

— Tu es impossible !

— Cher assistant, vous devez obéir à tous mes ordres !

Je me jette sur lui et l'oblige à s'allonger, renversant au passage le reste de son café. Oups ! Il n'y prête même pas attention, focalisé sur mes fesses qu'il malaxe doucement à travers le pantalon.

— Tu sais que tu es vraiment sexy dans mes fringues ?

— Je peux les garder, alors ?

— Je préfère quand tu ne portes rien… me susurre-t-il.

Il illustre ses propos en enlevant d'abord mon T-shirt puis le pantalon. La porte n'est pas fermée à clé, mais c'est le cadet de mes soucis. Si Dante ouvre, il me verra en train de m'envoyer en l'air avec son frère. Ça le calmera peut-être un peu. Ou pas. Je m'en fous comme de mon premier tampon. Ce que je n'ai pas prévu, en revanche, c'est que nous sommes au bord du lit, beaucoup trop. Et en gigotant comme je le fais, je nous amène plus loin que le bord. C'est-à-dire par terre. Sandro tombe en plein sur moi et je pars dans un fou rire que je ne peux contrôler, accentué par celui qui s'est emparé de Sandro. J'ai vaguement conscience d'entendre la porte d'entrée claquer et un moteur démarrer… Mais Sandro se reprend plus vite que moi et me pénètre alors que je ne l'ai même pas vu dégainer son arme ! Il me battrait sans aucun souci si on jouait à chifoumi !

~

— Tu ne m'en veux pas ?

Isabelle regarde Mélodie avec un air coupable qu'elle ne devrait pas avoir. Je décide de la boucler, pour une fois. Si, c'est vrai, je peux le faire.

— Ce n'est pas parce que je veux avoir un bébé que je considère que ce doit être le cas pour tout le monde ! répond l'intéressée en lui prenant la main. Et puis j'ai décidé d'arrêter de focaliser sur ce bébé, je me rabats sur le mariage !

Voilà, c'est à peu près ce que j'aurais répondu, sans la partie sur le mariage. En remplaçant le mot « bébé » par « alien » et en intégrant deux ou trois « merde ». Mais en substance, c'est ça.

— Donc, c'est bon ?

— Isa, franchement, Mélo te dit qu'elle est cool avec ça. Tu ne vas pas te flageller pour expier une faute que tu n'as pas commise ! Tu ne voulais pas de morveux, tu n'en auras pas, et, maintenant, tu feras gaffe ! Parce que l'avortement, ce n'est pas un putain de moyen de contraception !

Mince, j'ai menti plus haut... Donc, en résumé, quand j'arrive à me taire pendant trente secondes, c'est pour vite me rattraper et être submergée par la logorrhée insupportable qui sort de ma bouche ! Heureusement, mes amies ont l'habitude et ne relèvent pas. Mélodie se tourne vers moi :

— Alors, c'était comment le resto, hier soir ?

— Affreux, je veux dire... Si on m'avait donné le choix entre une prise de sang avec un tuyau d'arrosage en guise de cathéter et revivre cette soirée, je choisirais sans aucune hésitation la prise de sang.

— À ce point ? s'étonne Isa.

— Je vous raconte, mais vous me promettez que vous ne direz rien à personne, même pas à vos chéris !

Bien sûr, elles promettent ; mais nous savons toutes les trois qu'une fois le secret dévoilé, elles ne résisteront pas à leur en parler. Je leur détaille donc ma désastreuse soirée par le menu, mon récit se trouvant entrecoupé des rires de mes soi-disant amies. Une fois calmée, Isa, qui ne perd jamais le nord, me pose la question qui lui brûle les lèvres :

— Et ce *toy*, c'est vraiment bien ?

— Ça dépend de là où tu es la plus sensible. Mais pour moi... Ouais, c'était juste énorme. Je pense que le côté imprévu et exhibitionniste y est pour beaucoup.

— Il m'en faut un ! déclare-t-elle.

— Moi aussi ! surenchérit Mélo.

— Virée au *love shop*, demain soir ?

Oui, de nos jours, on n'appelle plus ça un sex-shop. Ça a trop une connotation « lieu sordide pour satyres avec des taches douteuses sur le sol ». Maintenant, c'est bien éclairé, *girly* à souhait et situé ailleurs qu'au fond d'une zone industrielle mal famée. Le rendez-vous est pris. La suite de la conversation tourne autour des préparatifs du mariage, ils ne font pas ça en grande pompe… et ils veulent vite se marier. Donc Mélodie est comme qui dirait obsédée par tout ça. J'imagine que c'est normal…

En tant que témoin, en plus, en binôme avec Isa bien entendu, je prends mon rôle très au sérieux.

— Tiens.

Sandro prend la télécommande que je viens de poser sur son bureau, en m'interrogeant du regard.

— Pourquoi tu me la rends ?

— À ton avis ? Je peux avoir mon café, cher assistant ? Ensuite nous ferons le point sur ce que j'ai loupé pendant ma semaine de vacances.

Je m'installe à mon poste et sens les vibrations démarrer quand il quitte la pièce. Oriane arrive à ce moment. Mauvais timing, mais avec cet accessoire, c'est le risque. Ça fait partie du jeu. Concentration.

— Salut, Sarah. Alors, c'était bien ces vacances ?

— Super ! je réplique, un poil trop enjouée.

— Tu as retrouvé ton assistant ?

— Je sens une pointe de reproche dans ta voix… Tu as quelque chose à me dire ? j'enchaîne en me tortillant.

— Je trouve la situation un peu déplacée.

— Au bureau, on bosse… je mens sans vergogne en sentant le *sex toy* augmenter d'une vitesse.

— J'espère que tu ne regretteras pas ce que vous faites, dit-elle en secouant légèrement la tête d'un air de reproche maternel blasé.

— Il a assuré, cette semaine ? je lui demande en tentant d'ignorer la sensation que me provoque l'œuf.

— Oui.

— J'assure depuis son arrivée ? je continue en serrant les dents, ce qui me donne l'air d'être agacée, alors que je ne le sais pas vraiment.

— Oui.

— Alors, quel est le souci ?

— Pour le moment, il n'y en a pas. Fais en sorte que ça continue.

— Ne t'en fais pas.

— Je te laisse bosser.

Elle croise Sandro qui dépose mon mug devant moi et retourne s'asseoir. Il augmente au passage l'intensité des vibrations… puis les coupe complètement.

— Hé ! je tente de protester.

— Je t'ai préparé un compte-rendu de la semaine dernière.

Le reste de la journée se passe entre plaisir, travail, frustrations et plaisir. Ah, je l'ai déjà dit ? C'est que ce petit œuf en a dans le ventre, mine de rien. Et j'ai beau me concentrer sur mon travail, tout me ramène à la télécommande que Sandro active de temps en temps.

Je le quitte le soir en la lui laissant et passe aux toilettes pour me changer et mettre une culotte normale, sans œuf. J'ai retenu la leçon du restaurant ! Je rejoins mes amies devant le *love shop*. Nous passons un long moment au rayon des vibros et autres petits *sex toys* tout mignons, fuyant le rayon S.M. qui me met hyper mal à l'aise. Appelez-moi sainte-nitouche, mais ce n'est vraiment pas pour moi. Mélo et Isa optent toutes les deux pour mon petit œuf télécommandé. Je devrais peut-être demander une commission au fabricant ? Je ne prends donc rien, étant comblée par mon œuf et mon homme. Et ses doigts. Et sa langue. Et… je crois qu'on a compris.

Je cherche mes clés devant la porte de mon appartement quand mon téléphone sonne au fin fond de mon sac. Je mets un moment à le trouver pour m'apercevoir que je ne reconnais pas le numéro. Je réponds, poussée par la curiosité. (Qui s'avère être un très vilain défaut, comme on me l'a souvent répété, enfant, en vain.)

— Allô ?

— Bonjour, Sarah, c'est Maria.

— Ah. Salut.

— Je te dérange ?

— Non, c'est juste que… Comment as-tu eu mon numéro ?

— J'ai demandé à Marc. Ne lui en veux pas, je l'ai harcelé, s'empresse-t-elle d'ajouter.

— Pas de souci… je crois… j'hésite, en entrant chez moi.

— J'aimerais te faire une proposition.

Je m'assois sur l'accoudoir du canapé, intriguée par le ton mystérieux qu'emploie Maria. Oui, ma curiosité ne m'apporte jamais rien de bon, et là… je sens que quelque chose se trame.

— Je t'écoute, j'enchaîne, au lieu de lui dire que je ne suis pas intéressée.

— Je ne vais pas te mentir, j'ai craqué sur toi.

Je glisse de l'accoudoir et m'empêtre avec mes jambes, mon sac… Bref, je suis littéralement sur le cul.

— Heu… Écoute, c'est gentil, mais… enfin tu sais… on ne joue pas dans la même équipe, tout ça… Je tente une métaphore de derrière les fagots.

— Tu as déjà été avec une femme ?

— Non, pas que je sache, je continue dans un trait d'humour plus que douteux.

— Comment peux-tu savoir que ça ne te plaît pas, alors ?

— Eh ben… Heu…

Je bafouille. Comme aveu que je suis troublée par *son aveu*, c'est assez explicite.

— Voilà ce que je te propose : un plan à trois. Sandro, toi et moi.

— Ne le prends pas mal, mais je ne saute pas de joie à l'idée que Sandro se tape une autre nana que moi. Et encore moins sous mon nez.

— Ton mec ne m'intéresse pas, je suis cent pour cent homo.

— Rien que d'y penser, ça m'énerve, ce n'est pas bon signe. Il pourrait te mater, te toucher, non, vraiment… Non, merci.

— Donc, ce qui te retient surtout, c'est que tu as peur que Sandro en profite ?

— Carrément !

— Mais tu ne dis pas que tu n'en as pas envie…

Je me suis fait avoir comme une bleue ! Elle a réussi à me faire admettre que je ne suis pas contre ! Pourquoi n'ai-je pas, comme les stars, un attaché de presse qui s'exprime à ma place ? Ça me faciliterait tellement la vie !

— Maria, je t'aime bien, enfin le peu que je te connais… mais…

— Parle à Sandro de mon idée. Je sais sûre qu'on peut être tous les trois sans qu'il me touche.

Je me tortille sur le carrelage, dont je ne me suis pas relevée (au cas où elle ait autre chose à m'annoncer.) L'idée ne me déplaît pas du tout… Bon, ça ne m'engage à rien de lui dire que je vais en parler à Sandro.

— Je vais lui en toucher un mot. Mais je ne te promets rien, que ce soit bien clair ! je précise, sur la défensive.

— C'est tout ce que je te demande. Rappelle-moi à ce numéro quand tu seras décidée.

— D'accord.

— À bientôt, Sarah Jones, susurre-t-elle dans le combiné.

Merdeuh !!! Ma culotte ! Et Sandro qui trouve le moment opportun pour arriver.

— Tu fous quoi par terre ?

— Je viens d'avoir un coup de fil de Maria, je l'informe, comme si ça expliquait ma présence au sol.

— Qu'est-ce qu'elle voulait ? me demande-t-il en m'aidant à me relever.

— Nous proposer un plan à trois.

Il me relâche sous le coup de la surprise et je me retrouve à nouveau le cul sur le carrelage. Je me mets donc seule debout et attends sa réaction. Il ne dit rien mais m'observe avec attention.

— Alors, tu en penses quoi ? je lui demande en le secouant un peu pour le sortir de son état de choc.

— Et toi ?

— Moi, j'en dis que je n'ai vraiment pas envie que tu la mâtes ou que tu la pelotes ou que…

— Je comprends, mais en même temps, c'est une lesbienne. Elle non plus n'en a sûrement pas envie.

— Oui, mais tu es un mec. Elle est sublime. Ne me dis pas qu'elle te laisse de marbre ?

— Tu es beaucoup plus belle qu'elle, tente-t-il d'éluder.

— Vil flatteur, réponds à la question que je t'ai posée !

— Tu demandes à ton mec si un plan à trois le brancherait ?

— C'est ça.

Il se dirige vers la cuisine. Je lui emboîte le pas en trottinant, je n'en ai pas terminé. Surtout que je n'ai pas l'impression qu'il est vraiment si content que ça. Il nous sort deux bières et s'installe à table. Je m'assois en face de lui. Il attend que je poursuive.

— Admettons, je dis bien : admettons. Si nous nous lancions dans cette mini-partouze, il faudrait instaurer des règles.

— Ce n'est pas vraiment ce qu'on appelle une partouze. Mais je t'écoute.

— Tu ne la toucherais pas, même par accident. Tu te démerderais pour que vous soyez chacun dans un fuseau horaire différent de mon corps.

— Je vois.

— Tu ne la materais pas, tu me regarderais moi, juste moi.

— Donc dans l'histoire, ce serait toi qui en profiterais, déduit-il.

— Ne me dis pas que ça ne t'excite pas, même avec les deux conditions !

— Sarah Jones, tout ce qui te concerne m'excite.

— Tout ?

— Tout.

— Là, tu l'es ?

— Tellement que ça commence à me faire mal.

— Commençons par s'occuper de ça !

Je me lève de ma chaise et il m'imite pour m'attraper par la taille et me soulève sur le plan de travail entre la cafetière et le grille-pain. Top glamour. Il enlève ma culotte et me prend à la sauvage. Il m'aurait dit « Femme, écarte les cuisses » que ça ne m'aurait pas étonnée. Pour tout dire, ça m'aurait sûrement encore plus excitée ! Et je l'aurais aussitôt fait. Il me fait jouir rapidement, comme chaque fois que c'est bestial, et s'écroule sur moi. Et après, il ose critiquer mon poids ? Je vais mourir étouffée, empalée sur le sexe de mon amant. Ça ferait un carton dans les faits divers… ou dans la rubrique « Vie de merde »…

— Sandro… je murmure, le souffle court, tu m'écrases…

— Désolé.

Il s'écarte sur le côté et pousse un énorme soupir.

— Je vais voir avec Maria si elle accepte les conditions…

— Tu es sérieuse ?

— Quoi ?

— Tu veux vraiment le faire ?

— Ça pourrait être sympa… Tu le ferais, alors ?

— Je me ferais lyncher par tous mes potes si je te disais non.

— Tu n'as pas intérêt à leur en parler ! je crie en me redressant.

— Mais non, c'était une image… Putain, tu es tendue ce soir !

— Attends, après tout ce dont ils ont déjà été témoins, j'aimerais limiter les dégâts !

— C'est bon, ne t'en fais pas, je ne raconte jamais ce qu'on fait.

— Ah.

— Quoi ?

— Rien du tout ?

— Non, rien du tout.

— Ben, je raconte certains trucs, moi, j'avoue dans un murmure.

C'est lui qui se redresse, un sourire en coin.

— Vous vous vantez auprès de vos copines, Sarah Jones ?

— Quoi ? Tu veux savoir si je me pâme en racontant les exploits du dieu du sexe qui me sert d'amant ?

— Dieu du sexe ? répète-t-il en souriant de plus belle.

— Comme si tu ne savais pas l'effet que tu me fais !

— C'est toujours agréable de l'entendre de ta bouche.

— Bien sûr, c'est tout ce que tu aimes au sujet de ma bouche…

Mantra 19

Je ne vis pas dans une grotte troglodyte

— Alors ?

Deux jours se sont écoulés depuis que Maria m'a fait sa proposition indécente. Deux jours depuis que Sandro m'a dit être partant. Deux jours que je tergiverse. Je n'ai pas eu d'autre choix que de convoquer une réunion urgente du FLV. À présent, mes deux amies me fixent sans rien dire. Mon compte est bon : si ça n'était pas déjà le cas, comme j'en suis persuadée, je suis officiellement une obsédée irrécupérable.

Isa rompt le silence :

— C'est super-personnel, on ne peut pas répondre pour toi. Soit tu en as envie, soit tu n'en as pas envie.

— Je n'en sais rien… Je pensais que oui, mais…

— Ça coûte quoi d'essayer ? risque Mélodie avec sa retenue légendaire.

— Ben… Quand même… Tu t'imagines, en pleine action, je leur demande de se rhabiller parce que finalement ça ne me botte pas ?

— Et alors ? continue Isabelle. Tu ne vas quand même pas te forcer à faire une partouze ?

— Techniquement, ce n'est pas une partouze ! C'est juste un plan à trois ! je m'offusque en repensant à ce que m'a dit Sandro quand j'ai réagi de la même façon.

— Ouais, ben, pour moi, si vous êtes plus de deux, c'est une partouze.

— Je suis du côté de Sarah, pour le coup… me soutient Mélo.

— Ah, tu vois. C'est toi qui as l'esprit mal tourné ! je triomphe.

— Mais bien sûr ! C'est moi qui débride ma sexualité avec mon assistant depuis plusieurs semaines, peut-être ? C'est moi qui pervertis mes copines avec des œufs télécommandés ?

— Oh ça va, hein, amène-moi au bûcher, qu'on en finisse ! Comme si tu ne l'aimais pas, ton p'tit œuf !

— Moi, j'aime le mien… glisse Mélodie, toujours aussi discrète.

— J'avoue, il est bien, cet œuf, capitule Isabelle. Mais ça va loin, ton histoire de plan à trois… Tu changes de cour de récré, là…

— Je n'ai rien décidé, encore.

— J'imagine que Sandro t'en a reparlé ?

Je réfléchis un instant avant de répondre à Mélodie. Elle soulève là un point qui m'avait échappé : non, Sandro, n'en a plus parlé. Pas une fois, même. C'est louche, ça…

— Ben, en fait… non. Il n'a plus rien dit.

— Bizarre, marmonne Isabelle. C'est un mec, il devrait te harceler avec ça maintenant que l'idée est lancée.

— Ce n'est pas son genre, il n'est pas chiant comme type. Plutôt super-cool, même, je le défends, parce que c'est vrai.

— C'est bien ce que je dis, c'est bizarre, insiste Isa.

— Bon, on change de sujet, vous ne me servez à rien !

— Si ça peut t'aider, moi, je le ferais, chuchote presque Mélodie.

— Et Olivier, il en dirait quoi ?

— Sarah, tu sors d'où ? s'étonne Isa. Tous les mecs sont partants pour ce genre de plan !

— Donc, en gros, ça dépend de moi.

— Tu as le pouvoir, tu es une femme au pouvoir sexuel décisionnaire phénoménal, même ! ajoute Isabelle en souriant.

— Oh ben, tiens ! C'est mon nouveau mantra pour la peine ! je jubile. D'ailleurs, Mélo, on t'organise une soirée partouze pour ton enterrement de vie de jeune fille ?

Le reste de la semaine se déroule aussi normalement que possible, trop même. Sandro a toujours quelque chose à faire le soir, je commence à croire qu'il m'évite. Presque cinq jours sans pratiquer le péché de luxure, un record pour nous (si on exclut mes vacances en Tunisie.) Au bureau, mon assistant a une attitude exemplaire. Et en dehors du travail... je ne le vois plus. Nous sommes vendredi soir et je n'ai pas l'intention de le laisser filer comme ça. Je pivote ma chaise vers lui et l'observe. Toujours aussi craquant, mon ténébreux.

Il a pris l'habitude de laisser ses cheveux libres parce qu'il sait que ça me plaît. Mais il passe son temps à les ramener en arrière d'une main agacée. Aussi nunuche que ça puisse sembler, j'adore observer le moindre de ses gestes. Je suis donc perdue dans ma contemplation quand il m'interpelle, probablement pour la troisième ou quatrième fois.

— Sarah !

— Quoi ?

— Tu veux quelque chose ?

— Non, pourquoi ?

— Tu sais que ça frôle le harcèlement quand tu me mates comme ça ?

— Tu vas porter plainte ? je le provoque en papillonnant des cils.

Il s'appuie sur le dossier de sa chaise et croise les bras sur son torse, silencieux. Nous sommes en pleine joute visuelle et, foi de moi, je la gagnerai ! Ou pas. Je suis encore à la merci d'un réchauffement microclimatique centré sur ma petite personne, et plus précisément dans mon hémisphère sud. Ce type sait le pouvoir que son regard a sur moi, il exulte. Et j'adore ça, petite perverse sans vergogne que je suis ! Sur ma pierre tombale, on pourra lire : « Ci-gît Sarah Jones, obsédée sexuelle regrettée. »

Je décide de me la jouer provocation en dégrafant quelques boutons de mon chemisier, sans le quitter des yeux. Mais c'est bien entendu sans compter sur Mika qui entre en trombe dans le bureau pile à ce moment. Quand je dis que l'espace-temps est contre moi, que c'est une mutinerie générale, je n'exagère pas. Ou si peu.

— Salut, Sarah ! Sandro ! lance-t-il avec sa jovialité coutumière.

— Bonjour, Mika, je le salue, un brin agacée, sous l'œil plus qu'amusé de mon enfoiré d'assistant.

— Sarah… je me demandais… commence Mika, hésitant.

— Oui ?

— Tu as vu *Le Hobbit* ?

— Le quoi ?

— Le film, *Le Hobbit*, Tolkien… tout ça… ajoute-t-il en agitant la main comme pour signifier que j'aurais dû savoir de quoi il s'agit.

Je secoue la tête, je n'ai aucune idée de ce dont il me parle. Ni dans quelle langue il est en train de tenter de communiquer avec moi.

— Sarah vit dans une grotte troglodyte, intervient Sandro.

Je lui lance un regard noir qui ne lui fait ni chaud ni froid. Mika reporte son attention sur moi.

— J'ai des places, ça te dirait ? Ce soir ? reprend-il avec des yeux emplis d'espoir.

Merde. Le technicien de la boîte est vraiment en train de m'inviter au ciné, là ? Je me tourne vers Sandro, l'air étonnée. Je pensais pourtant que Lila avait déjà balancé l'info sur notre relation avant que je ne la surprenne avec le boss. Visiblement pas. Que faire ?

— Tu réponds au monsieur ? se moque Sandro.

Il va payer très cher cette attitude ! Je me concentre à nouveau sur Mika, un sourire crispé aux lèvres :

— Je ne sais pas trop, le cinéma ce n'est pas tout à fait mon truc.

Il a l'air tellement déçu que mon âme de Brigitte Bardot refoulée fait surface sans prévenir. Et que mon cerveau oublie encore de contrôler mon centre de la parole :

— Mais, pourquoi pas ? À quelle heure ? j'ajoute en tentant d'avoir l'air enjouée.

— C'est la séance de vingt heures trente, m'annonce-t-il.

— Quel cinéma ?

— *Le Sémaphore.*

— On s'y retrouve quinze minutes avant ?

— Super ! À tout à l'heure !

Il sort et je refais face à Sandro, réalisant avec effroi que mon chemisier est resté ouvert. Ceci explique pourquoi le regard de Mika a été aussi agité qu'un papillon de nuit sur une ampoule cent watts ! Je le reboutonne à la hâte sous l'air malicieux de mon assistant.

— Alors comme ça, tu sors avec Mika ?

Je me justifie :

— Tu voulais que je dise quoi ? Il était tout triste.

— Donc, tu vas aller au ciné avec lui, lui donner de faux espoirs et le planter ? résume-t-il avec son agaçante perspicacité.

— Merde. Je n'avais pas pensé à ça…

— Vous êtes une calamité, Sarah Jones… soupire-t-il.

— Tu aurais pu m'aider !

— Je suis ton assistant, pas ton père.

Je lui montre mon majeur et l'ignore pour me concentrer sur mon plan B. Je suis vraiment nulle quand je m'y mets. Et si… Bien sûr ! Ah ! On va voir qui a de bonnes idées, cher assistant !

— Je vais être malade et tu iras à ma place ! je déclare comme si je venais d'inventer l'eau tiède.

— Pas question.

— Allez… Je ferai ce que tu voudras en échange !

Je viens vraiment de dire ça ?

— Tout ce que je voudrai ? demande-t-il vicieusement.

Oui, je l'ai vraiment dit. Je vois déjà le pire arriver. Je me refais la scène du flip au sujet du godemiché potentiel. Et puis je pense à Maria. Et je suis probablement loin de toutes les idées tordues qui peuvent passer en cet instant précis dans son esprit sadique de mec ! Je déglutis difficilement.

— Laisse tomber, je vais y aller et lui expliquer que j'ai un copain.

— Comme tu voudras, répond-il nonchalamment, en haussant les épaules.

— Tu m'évites ? je lance, sans transition.

— Pardon ?

— Tu n'es pas venu chez moi de la semaine. Je te demande donc si tu m'évites ?

— J'avais des choses à faire.

— Quoi comme choses ? Tu ne me dis jamais ce que tu fais.

— Tu me fliques ?

— Mais pas du tout ! Je m'intéresse à ta vie, c'est différent.

— On dirait ma mère quand tu dis des trucs comme ça.

Merde. Pourquoi est-ce que je sens les larmes monter ? Il est odieux quand il veut ! Je ne dois pas lui montrer qu'il m'a atteinte. Je suis une femme forte ! C'est mon mantra de base, celui qui me suit depuis des mois. Mais, bon sang ! Je me contente de lui poser une innocente question. *Crac*. Merde, mon crayon n'a pas résisté à la tension qui m'envahit. Il faut que je m'isole un moment ou je vais encore trop parler et raconter tout ce qui pourrait être retenu contre moi ultérieurement. (Mon dossier est assez épais comme ça.)

— Je m'absente un moment, si on me cherche, j'annonce, le plus calmement possible.

Je me lève et sors presque en courant. Non, je ne vais même pas avoir mes règles pour justifier ma réaction. Non, je ne me comporte pas comme sa mère. J'ai quand même le droit de demander à mon petit ami ce qu'il fait les soirs où il n'est pas avec moi, non ? Quel con ! J'aurais dû m'en douter, il est trop parfait. Un bon baiseur, un mec pas chiant, qui dit être amoureux de moi, un canon sur qui toutes les filles bavent (moi y compris.) Il y avait forcément une faille : c'est un connard. Comme son frère, c'est génétique, à tous les coups !

Je rabats le couvercle des toilettes et m'y installe. Pourquoi ai-je envie de pleurer quand Sandro me compare à sa mère ? Les larmes commencent à couler sans me demander mon avis. Je tâche de rester silencieuse au cas où quelqu'un entrerait, mais quand je pleure, c'est pour de vrai. Scarlett O'Hara avait une classe folle quand elle chialait. Moi, je suis plus proche d'une sale mioche morveuse et bruyante. La nature est cruelle parfois (souvent, avec moi.)

Voyons voir, soyons logiques. Si je comprends pourquoi je pleure, je vais m'arrêter. Sandro m'a envoyée balader, je pleure. Bon, c'est pas compliqué. Je suis vexée parce que je l'aime. Tout simplement. Eh merde, je ne me suis pas encore habituée à ça... Allez, on respire un grand coup... et... Non ! Ne recommence pas, Sarah ! C'est reparti pour les chutes du Niagara... Et en plus, maintenant, j'ai la chanson « L'amour à la plage » (baoum, tcha, tcha, tcha) en tête et franchement, dans le genre ringard, je ne crois pas qu'on fasse pire !

— Sarah ?

Eh merde ! Qu'est-ce qu'il fout là ? C'est les toilettes des femmes, il est au courant le monsieur ?

— Sarah, je sais que tu es là-dedans, je t'entends renifler. Ouvre-moi.

— Tu n'as pas vu le dessin sur la porte ? C'est les toilettes des dames, ici, on n'est pas dans *Ally McBeal* !

— Ouvre-moi...

— Pas question ! je lance en ponctuant ma réponse d'un bruyant reniflement.

— Je plaisantais pour ma mère !

— Ben moi, je ne plaisante pas quand je te dis d'aller te faire foutre !

— Ouvre-moi, sale gosse ! s'impatiente-t-il.

— Ce n'est pas parce que tu es bi que tu as le droit de venir dans ces chiottes !

— Je ne suis plus bi, et tu le sais très bien, ouvre cette putain de porte ! s'énerve-t-il, sans aucun effet.

— Sinon quoi ? Tu vas la défoncer ? Tu te prends pour Van Damme ?

— Plus personne ne fait référence à lui depuis quinze ans, mamie.

— Tire-toi !

— Sarah, je suis désolé, je te dis ! Ouvre-moi.

— Non !

— Comme tu veux, je t'attends dans le bureau.

Je l'entends sortir et je renifle encore avant de me moucher, tout aussi discrètement. Je tape du pied tout en psalmodiant « Connard ! » à haute voix. Au bout d'une quinzaine de fois, je commence à être plus détendue et je sors de mon refuge… pour tomber nez à nez avec Sandro. Oups.

— Tu es calmée ?

— Je croyais que tu étais sorti ! dis-je, comme une excuse aux multiples insultes qu'il a entendues.

Il m'attire contre lui et me serre dans ses bras.

— Si tu me disais ce qui te travaille, vraiment ? Ce n'est pas juste cette histoire de ciné et ce que je fais le soir, si ?

— Mmmf.

— Quoi ? demande-t-il en desserrant son étreinte.

— J'étouffe contre toi !

— Alors ? insiste-t-il, ma diversion n'ayant aucun impact sur son cœur d'acier.

— Alors quoi ? Tu n'es pas sympa avec moi, c'est tout !

Oui, je suis en mode CP-CE1. Et autant dire que les gamins, à cet âge, c'est vache. Il faut les voir dans la cour… Les pires années de ma vie… Il ne va pas s'en tirer sans un coup de pied dans le tibia, au minimum !

— Je plaisantais ! Putain, Sarah, ne deviens pas une gonzesse chiante ! Je t'aime parce que tu n'es pas une plaie, ne change pas !

— Tu m'aimes ? Alors pourquoi tu te comportes un jour comme un amoureux transi et le lendemain comme un enfoiré de première ? Je ne t'ai pas vu de la semaine ! je me plains, pathétique.

— J'ai une vie, en dehors de toi ! Je ne te fais pas chier quand tu vois tes copines du Front de libération de la chatte en chaleur, s'agace-t-il à nouveau.

— Le Front de libération du vagin ! je le reprends, piquée au vif qu'il se moque de mon club.

— Pareil !

— Non, ce n'est pas pareil ! Et tu sais pourquoi on s'appelle comme ça ? Parce qu'on est LIBRES ! Tu saisis ? Je n'ai pas envie qu'un mec me traite comme de la merde, ou me prenne la tête !

— Heu… Je dirais que là, en fait, c'est toi qui me prends la tête, fait-il judicieusement remarquer.

Je le repousse sans ménagement. Il ne bouge pas, bien sûr. Il fait un pas vers moi, j'en fais un en arrière. Il continue et je recule jusqu'à ce que nous soyons tous les deux dans la cabine. Il en ferme la porte à clé et nous fait tourner. Il s'assoit sur les toilettes fermées.

— Sarah Jones, sans vouloir être vulgaire, je pense que vous avez besoin d'un bon coup de bite.

— Pour ça, il faudrait que j'en aie envie ! je mens éhontément.

Il m'attire contre lui et glisse les mains sous ma jupe, je prends appui sur ses épaules. Je suis en colère, mais je sais que ma réaction est disproportionnée. Je sais pourquoi je pète un plomb. Je dois accepter que je ressens quelque chose de vraiment intense pour lui, et tout ira mieux, je suis simplement déstabilisée. Il ne dit rien, mais ouvre son jean et libère son érection avant de me guider au-dessus de lui. Il attend. Il me laisse le choix. Je peux le planter là, qu'il se retrouve avec les couilles bleues, et me tirer. Ou je peux aussi reconnaître que j'ai exagéré. Je m'assois sur lui, lentement, sans le quitter des yeux. Je le fais entrer en moi et me penche un peu en arrière pour mieux le sentir. Il place ses mains sur ma taille et m'aide à adopter un rythme soutenu. Grâce à mes talons, je ne suis à la bonne hauteur et j'apprécie chaque mouvement. Chaque sensation. Chaque soupir.

— Je suis désolé, Sarah, j'avais vraiment des trucs pas cool à faire, je ne voulais pas t'emmerder avec ça… me confie-t-il avant de dégrafer mon chemisier et d'embrasser ma poitrine. De l'administratif pour mettre la maison en vente, des rendez-vous avec Dante… J'aurais dû t'en parler.

— Tu m'as manqué, c'est tout, je ne voulais pas te fliquer… je glisse entre deux gémissements.

— Je sais, on va faire en sorte que ça n'arrive plus, continue-t-il avant de repousser avec ses dents l'un des bonnets de mon soutien-gorge sous mon sein.

— Je veux que tu viennes vivre chez moi, je lâche sans préméditation.

Ça ne fait que quelques mois que je le connais… et pourtant il y a des moments, dans la vie, où l'on sait. Et là, je sais.

— J'attendais que tu me le demandes, répond-il entre deux coups de langue sur mon téton.

— Ce soir ?

— Ce soir.

Il se tait enfin et je peux me concentrer sur ce qui est important. À savoir lui, moi, et sa main qui se faufile entre mes cuisses. Nos gémissements seraient repérés aussitôt si quelqu'un entrait. Tant pis, ça m'est juste égal. Il me caresse et mordille mes seins en même temps, je sens déjà l'orgasme monter lentement. Je plaque les mains sur le mur pour prendre appui. Et je tire accidentellement la chasse. Ce qui me fait éclater de rire, pile au moment où la jouissance explose dans le bas de mon ventre. Sandro rit en même temps et s'empare ensuite de mes lèvres. Il gémit, sa langue frémissant contre la mienne.

Je reprends doucement mon souffle, la tête posée sur son épaule.

— Va à ma place au cinéma, s'il te plaît.

— Tu fais chier ! La prochaine fois, réfléchis avant d'accepter un rencard ! s'impatiente-t-il à nouveau, tous les effets de notre baise s'estompant instantanément.

— S'il te plaît, je ferai vraiment ce que tu veux, je le supplie.

— J'irai. Mais tu m'en devras une belle ! Il va falloir que j'explique à ce pauvre Mika que tu ne veux pas de lui.

— Pourquoi tu ne lui dis pas la vérité ? je risque en me relevant et me rhabillant.

— Tu es gonflée, c'est à toi de lui dire !

— Je lui dirai, mais tu vas quand même au ciné ?

Il me pousse contre le mur, prend mon visage dans ses mains et plonge son regard dans mes yeux suppliants de Chat Potté.

— Tu as de la chance que je t'aime, Sarah Jones. Parce que me faire un ciné en couple avec Mika, ce n'était pas vraiment mon plan de la soirée.

— Et c'était quoi, ton plan ? Me laisser toute seule et aller faite un truc mystérieux ?

— Non, c'était de me rattraper de la semaine, et je parle de sexe, précise-t-il de sa voix « *you know you want to fuck me.* »

— Tu dis ça pour me punir, je chuchote, tremblotante.

— Peut-être bien, tu ne le sauras jamais puisque je vais aller voir un film en amoureux avec Mika. Il est pas mal d'ailleurs ce type, tu ne trouves pas ?

Il joue à frôler de ses mains les parties de mon corps qu'il sait les plus réactives (oh, je ne fais pas dans l'originalité : mes seins, l'intérieur de mes cuisses, mon auguste postérieur.)

— Tu as dit que tu n'étais plus bi, je lui fais remarquer en fermant les yeux de plaisir.

— Je l'ai dit, mais je ne suis pas contre une petite expérience.

Je fais la moue, la boudeuse, et le fixe à nouveau. Mais il me sourit et se met à parcourir mon visage à grand renfort de lèvres et de langue. Je suis déjà en train de payer le service qu'il s'apprête à me rendre. Je ne peux retenir un gémissement et je le sens sourire de plus belle contre ma joue. Il glisse sa main sous ma jupe et ses doigts s'aventurent sous l'élastique de ma culotte. Et puis il se recule d'un coup.

— Excuse-moi, je dois me préparer pour mon rendez-vous de ce soir.

Il sort et me laisse toute flageolante, façon gelée à la menthe anglaise. Je le suis, mais il n'est déjà plus dans les toilettes. Je m'approche des lavabos et fais couler de l'eau dont je m'asperge le visage abondamment. Décidément, c'est un mythe à la con de dire que l'eau froide calme les ardeurs ! Ça donne froid, mais à l'intérieur je suis toujours en ébullition !

Je retourne à notre bureau d'un pas que je veux assuré. J'ai la surprise d'y trouver Mika en grande discussion avec Sandro. Je me recule vivement pour espionner leur conversation. Mon talon en profite pour se coincer entre deux plaques de moquette et je bascule en arrière en lâchant un cri digne d'une truie cherchant ses petits. Mes deux cibles arrivent aussitôt et je me relève d'un bond, prenant mon air naturel. Mais je sais qu'étant piètre menteuse, je dois avoir l'air coupable. Sandro esquisse un sourire, il commence à bien me connaître. Mika me sourit timidement et s'en va, les épaules basses. Je suis mon assistant qui reprend sa place.

— Il voulait quoi ?

— Me donner les places pour le ciné.

— Pourquoi ?

— Il vient d'apprendre qu'on était ensemble.

— Par qui ?

— Moi.

— Pourquoi tu as fait ça ?

Oui, c'est un interrogatoire…

— C'était plus simple.

— Il était triste ?

— Tu l'as vu, non ? Il était déçu. Mais il ne t'en veut pas, il trouve que c'était sympa de ta part d'accepter de sortir avec lui. Et de la mienne de ne pas m'y opposer.

— Ah.

— Tu me dois quand même une faveur.

Je m'installe à ma place et tâche de l'ignorer. Il n'est pas allé au cinéma avec Mika, alors pas question que je lui fasse une faveur.

— Sarah ?

— Quoi ?

— Tu me dois une faveur.

— Non.

— Viens au cinéma avec moi.

— C'est ça, ta faveur ?

— Oui.

— Qu'est-ce que tu mijotes ? je lui lance en le toisant suspicieusement.

— J'ai envie de faire un truc de couple normal avec toi. Viens avec moi ce soir…

— Va pour le ciné. Mais tu dois m'offrir un resto, après !

— Pourquoi ?

— Parce que c'est ce que font les couples normaux.

— Et après ? Je pourrai te faire l'amour ? Ou ce n'est pas ce que font les couples normaux ?

— Et c'est moi qui suis obsédée… je marmonne… Tu dois tenir ta parole, Sandro, ou alors…

Il hausse un sourcil et attend ma menace. De quoi puis-je le menacer sans me punir au passage ? Pas de sexe, c'est évident. Merde. Double merde. Je n'en ai aucune idée. Je ne sais pas du tout comment faire pression sur mon amant Ou alors…

— Sinon, on oublie cette histoire de plan à trois !

— Je pensais que tu avais déjà oublié… répond-il, pas le moins du monde affecté.

— J'y réfléchis !

— Sarah, tu sais que ce n'était pas mon idée ? Je m'en tape, si tu n'en as pas envie, on ne le fait pas.

— Tu t'en tapes ? je répète en clignant des yeux.

— Ouais… Complètement, même. Du moment que je peux avoir un plan à deux avec toi, le reste…

— D'accord. C'est bon à savoir.

Il se lève et je crois un instant qu'il vient me voir, me faire un câlin, tout ça quoi. Donc je souris bêtement quand il me dit :

— Je vais passer chez moi, on se retrouve comme prévu pour le ciné ?

— Oh, je réponds, toute déçue.

— Un souci ?

— Je n'aurais pas dit non à un p'tit câlin…

Il me fait signe de venir en agitant son index. Je me lève docilement. *Nope*, aucune dignité, et je le vis plutôt bien !

Mantra 20

Je ne suis pas une sale mioche capricieuse

J'arrive avec un peu d'avance par rapport à l'heure du rendez-vous. C'est la première fois qu'on se donne vraiment rencard comme ça. Autant dire que je n'ai pas l'intention d'être en retard, je vais profiter de chaque minute ! Sauf que mon assistant, lui, arrive pile au moment d'entrer dans la salle. Je ne fais pas de commentaire. Surtout parce que je me pavane au bras d'un canon et que je remarque bien les regards envieux des autres filles. Elles me détestent, et c'est précisément ce que j'adore. Je pousse la jubilation au point de mettre une main sur le postérieur de mon assistant. Voilà, si avec ça je n'ai pas réussi à marquer mon territoire, il ne me reste plus qu'à pisser sur ses bottes.

Dans la salle de cinéma, il m'entraîne vers la rangée du fond, contre le mur.

— Je ne vais rien voir, d'ici, je suis trop petite ! Avec le bol que j'ai, un grand type va se mettre devant moi ! je tente de protester.

— Et si tu arrêtais un peu de râler et de gâcher notre premier rendez-vous ?

— D'accord…

Je me tais, difficilement, mais je me tais. Je m'installe à la place contre le mur et Sandro se vautre dans le fauteuil à ma droite. Il allonge les jambes et me prend la main. La salle se remplit doucement, mais personne ne vient s'asseoir à côté de lui. Les lumières s'éteignent enfin pour laisser place aux bandes-annonces. Aussitôt, Sandro se penche vers moi et commence à m'embrasser dans le cou. Un petit gloussement m'échappe et je me ressaisis pour ne pas attirer l'attention. Sa bouche remonte jusqu'à mon oreille où il me chuchote :

— Prête ?

— Ici ? je crie presque, provoquant un regard curieux dans la rangée devant nous.

— Ici, et maintenant, confirme-t-il, salace.

Il n'attend pas ma réaction et passe la main sous ma jupe. Il ne perd pas de temps, et son arme secrète est en train de me pousser doucement, mais sûrement, vers un orgasme explosif… que je vais devoir contenir. Et tout le monde sait à présent que je suis nulle pour ça !

— Sandro… je murmure difficilement.

— Hum… ?

— Je ne vais pas pouvoir… tu sais… tu devrais arrêter…

Il pose doucement son autre main sur mes lèvres et place son index entre mes dents.

— Je sais que tu en as envie. Laisse-toi aller…

Je le mords sans le quitter des yeux et me tortille sur mon siège tout en laissant l'orgasme m'envahir. Il m'observe dans le clair-obscur que provoquent les images sur le grand écran. Images dont je n'ai pas la moindre idée de ce dont elles traitent, est-ce que le film a commencé ? C'est le cadet de mes soucis. Je suis en train de prendre mon pied (en public, encore) et il n'y a plus que ça qui compte. Pile quand Sandro retire son doigt, orné de l'empreinte de mes dents, un couple de retardataires vient s'installer à côté de lui. C'était moins une ! Il enlève sa main de ma culotte, comme si de rien n'était. Il a fait ça toute sa vie, ou quoi ? Je me pose sérieusement la question… Tout semble si naturel avec lui ! Il glisse discrètement, et surtout nonchalamment, son pouce entre ses lèvres et une dernière vague orgasmique se manifeste alors qu'il ne me touche même plus.

Il se penche à nouveau à mon oreille, qu'il taquine du bout de la langue.

— Ce n'était que le début, bien sûr.

Je n'ai plus qu'une idée en tête, impossible à mettre en pratique. Mais ces deux lourdauds à côté de lui m'empêchent de mettre mon plan à exécution ! Heureusement, il y a une justice, divine ou autre, car ils changent de place pour se rapprocher de l'écran, je n'hésite plus une seconde et m'affaire à dégrafer le jean de mon assistant. Il a enfin compris le message et n'a pas mis de ceinture ! Que c'est simple de dégager son érection et de me pencher pour la prendre dans ma bouche. Sandro pousse un gémissement ténu, preuve que je n'ai pas perdu la main durant ces derniers jours d'abstinence forcée. Je n'ai pas vraiment accès à toutes les pièces du service, mais ça fera l'affaire. Il passe une main dans mes cheveux pour les agripper et m'imposer le rythme qui lui convient. C'est-à-dire très rapide.

Il serre les accoudoirs de son fauteuil au moment d'éjaculer et j'avale cul sec la jouissance de mon homme, en souriant. *Za zdorovie !*

Je reprends ma place, m'essuyant négligemment le coin des lèvres, mais il m'attire et m'embrasse à pleine bouche. Je me libère, j'ai beau me contenir, certaines habitudes ont la peau dure.

— Alors ? je lui demande en ne retenant absolument pas le sourire qui se dessine sur mes *winneuses* de lèvres.

— Alors, Sarah Jones, vous êtes toujours la meilleure suceuse du monde, murmure-t-il les yeux encore brillants de son orgasme.

— Ouais, je sais. Mais je voulais savoir : on t'avait déjà sucé dans un cinéma ?

— Tu as vraiment un ego surdimensionné, tu le sais ?

— Réponds ! j'insiste, curieuse de savoir si je suis encore au top.

— Non, on ne m'avait jamais sucé au cinéma.

— Ahah ! je jubile, attirant encore un peu l'attention sur nous.

— Tu penses que tu fais un concours ?

— Ben tiens ! On se souvient toujours d'une première fois. Toute ta vie, tu te souviendras de cette bombe sexuelle qui t'a sucé comme une déesse dans un ciné !

— Tu me fais peur, des fois… s'inquiète-t-il face à mon enthousiasme.

— Ne me dis pas que tu n'y penses pas !

— À quoi ?

— À toutes les premières fois que tu m'as données et qui resteront dans ma mémoire !

— J'espère qu'elles ne resteront pas juste dans ta mémoire, mais que j'aurai l'occasion de te les faire revivre encore, et encore, et encore…

Il continue à murmurer « encore » à mon oreille tout en passant sa main sous mon T-shirt. Il dégage mon sein gauche de mon soutien-gorge et en pince l'extrémité, me faisant légèrement sursauter.

— Sandro, j'ai envie de rentrer…

— Le film commence à peine.

— J'en ai rien à foutre de… des…

— Des Hobbits ? m'aide-t-il.

— Voilà ! C'est toi que je veux, maintenant.

— Mademoiselle Jones, la gourmandise est un vilain défaut…

— Et tu dis ça tout en me pelotant ? Tu es vachement crédible !

— Je peux attendre la fin du film, moi.

— Gnagnagna… Monsieur Parfait !

— On rentre, parce que tu vas recommencer à faire la gamine capricieuse et on se fera virer de toute façon.

— Même pas vrai !

Voilà, comme ça, je viens de lui donner du grain à moudre… Non, mais ! Je ne suis pas une gamine capricieuse ! Je suis juste une femme qui sait ce qu'elle veut et quand elle le veut ! Mon nouveau mantra : « *Je ne suis pas une sale mioche gâtée pourrie.* » Je ne le suis pas, hein ? Un peu ? D'accord, un tout petit peu. Juste de quoi me donner du caractère !

Je… Ah, Sandro se lève et m'entraîne vers la sortie. J'ai gagné ! Na na nèreu !

Il roule sur le côté et m'enlace :

— Tu veux vraiment que je m'installe chez toi ? me demande-t-il en me caressant le dos.

— Oui, vraiment.

— Pourquoi ?

— Tu as toujours des questions débiles, toi aussi... Pour avoir un mec qui puisse me réparer la chaudière, voilà !

Ceci n'est pas une métaphore pour évoquer mon vagin. Quoique...

— Sarah...

— Quoi ?

— Je t'aime.

Mon cœur manque un battement, comme chaque fois qu'il me lâche l'information de but en blanc. Un jour, je vais tomber raide morte dans ses bras. Et ça fera désordre... Je ne me lasserai jamais de l'entendre me faire sa déclaration. Il peut être tellement cru et brutal un instant, et romantique celui d'après ! Pardon, je me perds dans mes pensées. C'était à moi de parler :

— Tu m'aimes comment ?

— Comme ça... dit-il en écartant le pouce et l'index de cinq misérables petits centimètres.

— Eh ben moi, je t'aime comme ça, je lui lance en ne laissant qu'un centimètre entre les deux.

— Tu n'es pas censée me dire que tu m'aimes encore plus ? réplique-t-il en haussant un sourcil.

— J'ai un ego surdimensionné, tu sais bien... Je veux que tu m'aimes plus.

— Je t'aime plus.

— Arrête, je plaisantais !

— Je sais, mais je t'aime plus quand même.

— C'est toi qui fais le bébé, là !

— Tu m'aimes comment, alors ?

— Je t'aime au point de te demander de venir vivre avec moi. Je t'aime au point de n'en avoir rien à foutre de perdre mon boulot. Je t'aime au point de…

Je ne peux terminer ma tirade (pourtant, j'en ai encore des exemples, c'est dommage) car il glisse sa langue dans ma bouche et m'embrasse tendrement. Je crois que Sandro vient de trouver un moyen efficace de m'obliger à la boucler. Futé, cet homme…

~

Je la vois arriver, car je me suis assise de manière à ce que la porte soit dans ma ligne de mire. Elle est vraiment, mais vraiment… belle. Tout simplement. Tous les mecs présents dans le pub, Marco compris, se mettent à baver. C'est dégueulasse, y en a partout. S'ils savaient… Elle me décoche un sourire Émail Diamant en m'apercevant. Je me lève à son arrivée et elle m'embrasse sur la joue. Juste une bise. Je sens déjà une certaine intimité entre nous. C'est pour ça que j'ai demandé un rendez-vous dans un lieu public. (Mais bien sûr, comme si c'est le genre de détail qui peut m'empêcher de m'envoyer en l'air…) Elle s'assoit en face de moi. Marco, qui prend habituellement les commandes au bar, arrive à notre table. Elle lui demande un Martini blanc, sans même le regarder. Elle me dévore des yeux. Je me tortille sur ma chaise.

— C'est mignon… me dit-elle en souriant.

— Quoi ?

— Tu es gênée…

— C'est-à-dire que…

— Ne te justifie pas, je comprends. Tu ignores juste que ça m'excite encore plus de te voir gigoter comme ça.

Je m'immobilise subitement à ses paroles. Pourquoi, oui, pourquoi faut-il qu'elle me mette dans cet état ? Je me rends bien compte que c'est purement physique. Mais on ne peut pas dire que mon amant ne me comble pas, quand même ! Je ne devrais pas avoir l'air affamée comme ça !

— Tu te demandes pourquoi ?

— Tu lis dans mes pensées !

— C'est normal, c'est courant comme réaction. Tu as envie de tester une nouveauté, c'est tout. Ne t'interroge pas sur ton orientation sexuelle. Je pense que tu es une hétéro pure et dure.

— Je le pense aussi, je confirme.

— On va juste s'amuser un peu.

— Voilà, je voulais qu'on en parle, histoire que tout soit clair.

— Je t'écoute.

J'attends que Marco soit assez loin après avoir déposé le verre de Maria devant elle. Il s'est un peu attardé, mais elle a simplement dit « merci » sans me quitter des yeux. Rien que sa façon de me regarder me donne envie de me caresser. Incroyable. Cette nana doit faire des ravages dans ses relations ! Une sorcière ! Et pas une moche avec des verrues, hein… Non, une pure merveille capable de vous ensorceler avec son regard vert émeraude. Je secoue un peu la tête pour reprendre le fil de mes pensées.

— C'était au sujet des conditions, tu sais…

— Sandro.

— Oui, Sandro.

— Il regarde, il *te* regarde, et il ne *me* touche pas.

— Voilà.

— Je peux être franche ?

— Oui.

— Je coucherais avec toi même si Sandro n'était pas là. Si tu en avais envie, je coucherais avec toi, maintenant. On prendrait une chambre et je te montrerais tout ce qu'une femme sait faire à une autre femme.

Oh. My. Vagina.

Je me recentre sur le moment présent.

— Je ne peux pas faire ça.

— Tu ne *peux* pas ou tu ne *veux* pas ?

— Ce serait comme si je trompais Sandro.

— Ce serait ça, oui, confirme-t-elle, pas le moins du monde troublée par cette idée.

— Ce n'est pas mon genre.

— Je comprends. Va pour le plan à trois, si c'est la seule façon de te mettre dans mon lit, concède-t-elle.

— On fait comment ?

— Tu veux vraiment des détails maintenant ? me taquine-t-elle.

— Non, je veux dire… on se donne rendez-vous quelque part ? On…

— Oh. Ça. Désolée, j'étais focalisée sur tes lèvres.

Tiens, j'ai déjà entendu ça quelque part. Je suis assaillie de tous les côtés par des pensées sexuelles, sensuelles, lascives… Un tout petit, minuscule, gémissement glisse entre mes fameuses lèvres. Pas assez discret cependant pour que Maria ne l'entende pas. Bien sûr. Mais après la scène de l'œuf, je n'ai plus grand-chose à lui cacher à ce niveau.

— Donc, je reprends en toussant pour relancer la discussion, tu veux venir chez nous ?

— Vous vivez ensemble ?

— Oui, depuis quelques jours.

— Intéressant… Il est amoureux ?

— C'est à lui qu'il faudrait le demander.

— Et toi ?

— Je ne crois pas que ça te regarde, je lance sèchement.

— Tu as raison. Moins j'en sais, mieux c'est. Chez vous, ça me va. Ce soir ?

J'avale une gorgée de bière de travers et Maria doit me taper dans le dos pour que je puisse respirer normalement.

— Déjà ? je lâche d'une voix rauque.

— Un autre soir, si tu préfères ?

— Non, ce soir, ça me va.

Elle me tend un papier et un stylo.

— Note-moi l'heure, l'adresse, et je serai là ce soir.

Elle se lève, s'approche et se penche vers moi pour déposer une bise au coin de mes lèvres. Sans comprendre ce que je fais, je tourne la tête pour l'embrasser sur la bouche. Elle est surprise, aucun doute, au moins autant que moi, mais me rend mon baiser. Je pense… Non, je suis sûre, qu'à cet instant, tous les mecs présents ont eu la gaule en même temps. Ça doit pouvoir rentrer dans le *Guinness des records*, un truc comme ça, non ? Parce qu'il y en a un paquet de mecs, là…

Maria sort après avoir déposé sur la table de quoi régler nos consommations. Très classieuse cette femme… Elle a un déhanché à faire pâlir d'envie Beyoncé. Elle fait exprès, elle sait que je l'observe quitter le pub ! Il me reste environ trois heures avant qu'elle n'arrive chez moi. Je vais vraiment faire ça ? Je n'en reviens pas. Après le désert fantomatique qu'a été ma vie sexuelle, j'enchaîne les nouvelles expériences. Et j'en redemande.

Maintenant, il faut que je prévienne Sandro. Je lui téléphone.

— Tu es à la maison ? je lui demande, tout en marchant.

Eh oui, « la maison », c'est chez nous, Nous n'avons pas bien défini les termes de cette cohabitation, nous nous laissons porter par le courant. Nous avons surpris tout le monde, bien entendu. On se connaît depuis à peine quelques mois et tout semble aller à une vitesse vertigineuse. Pourtant, tout me paraît absolument normal. C'est comme quand je m'assois et que je pense à ma vie avant l'arrivée de Sandro. C'est juste surréaliste. C'est comme si j'avais été en veille, avant. Et là, je vis enfin, je sais que peu de personnes peuvent comprendre, et je m'en fous pas mal. Je suis asociale, j'emmerde les gens. Mais surtout, je sais que je n'ai qu'une vie, je veux la vivre à fond. Et rien ne me semble plus adéquat que Sandro, chez moi, chez nous.

— Oui.
— J'arrive.
— Tu as vu Maria ?
— Elle sera là dans trois heures, ça te va ?
— Tu veux faire ça ce soir ? s'étonne-t-il.
— Tu as changé d'avis ? On arrête tout, hein, si tu n'es pas sûr !
— On dirait que c'est toi qui flippes, Sarah…
— Moi ? Mais non ! je m'insurge, un peu trop haut dans les aigus. Bon, j'arrive, fais-moi couler un bain, esclave.

En arrivant, je le trouve dans *mon* bain !
— J'avais dit « fais-moi » couler un bain, pas « fais-toi » couler un bain !
— Tu as aussi ajouté « esclave ». Tu m'aurais dit « s'il te plaît », tu aurais eu ton bain.
Je m'approche de la baignoire pour l'embrasser. Malgré tout, il est juste trop beau, là, tout ruisselant, avec à peine un peu de mousse pour cacher son entrejambe. Grossière erreur de ma part d'avoir réduit la distance de sécurité. J'aurais dû m'en douter. Il m'attrape par la taille et m'attire contre lui en souriant. Pas le sourire angélique qui dégrafe les soutifs à distance, non… celui du gars qui prépare un mauvais coup. Celui qui plonge sa copine dans le bain alors qu'elle a encore ses fringues sur elle !
— Ben voilà, tu l'as ton bain, tout va bien !
— Tu es vraiment con !

Je ne proteste que pour la forme. Je suis tout contre lui et ça suffit à mon bonheur. Oui je sais, moi aussi ma béatitude me donne envie de vomir parfois. Mais je suis tellement heureuse en ce moment que je suis sûre que je vomirais des arcs-en-ciel. Il commence à me déshabiller, mais je n'ai pas une baignoire de compétition, je suis trop à l'étroit. Je dois sortir pour terminer le boulot. Dégoulinante, je retire difficilement les vêtements qui me collent à la peau, sous le regard lascif sans équivoque de Sandro.

— Un strip-tease, Sarah Jones ? Vous pourriez y mettre un peu plus de sensualité…

Je lui balance mon chemisier à la figure, ça devrait aller pour la sensualité.

— Tu pourrais prendre comme mantra : « *Je ne dois pas provoquer mon boss.* »

— Je préfère : « *Ma boss fait un strip-tease pour moi.* »

— Je t'ai déjà dit que ce n'est pas un mantra, ça ! je lui réponds en me glissant dans l'eau.

Il s'assoit pour me faire un peu de place, mais je m'allonge sur lui et l'embrasse goulûment. Oui, on peut dire ça, étant donné l'ardeur que je mets à fourrer ma langue dans sa bouche.

— Tu es nerveuse pour ce soir ?

— Non. Si. Je ne sais pas, je soupire.

— Tu n'es pas obligée de le faire.

— Tu en as envie ?

— Avec toi, j'ai même envie d'aller me faire arracher une dent.

— N'importe quoi…

Il me repousse pour se lever et sortir du bain, me laissant seule et abandonnée. Je me console en matant sans scrupule le cul parfait de mon assistant. Il se sèche et s'en va de la salle de bains en roulant exagérément des hanches, me provoquant un fou rire.

Un moment après, je le rejoins dans la chambre. Mince, il a déjà eu le temps de s'habiller ! Il met ses chaussures quand son téléphone sonne. J'espionne sa conversation, l'air de rien. C'est-à-dire en le fixant et en écoutant attentivement ce qu'il dit.

— J'arrive tout de suite, dit-il avant de raccrocher.

Il se lève et m'attire contre lui.

— Une urgence, je dois y aller.

— Mais Maria arrive dans moins d'une heure !

— Commencez sans moi.

— Quoi ? Mais non ! Ce n'était pas ça le plan !

— Je ne sais pas pour combien de temps j'en ai, je suis désolé.

— Tu es souvent désolé, en ce moment ! Je râle.

— Sarah…

— C'est quoi ton urgence ? Ou tu vas dire que je te flique encore à te poser des questions ? je me renfrogne.

— C'est Dante, il fait une fête depuis le début de l'après-midi et ça tourne mal, a priori. C'était mon voisin, il faut que j'y aille avant qu'il n'appelle les flics.

— Merde, il fait chier ton frangin !

— Je reviens dès que je peux, d'accord ?

— Est-ce que j'ai le choix ?

— Non, mais je me rattraperai, promis…

Je le laisse m'embrasser et il part. Ce Dante commence vraiment à me taper sur les nerfs ! Je ne suis pas censée être seule à l'arrivée de Maria ! Qu'est-ce que je vais dire ou faire ou… Panique ! C'est la panique ! Bon, zen… Sarah, souviens-toi, tu es une femme libre, forte, indépendante. Tu n'as pas besoin de ton mec pour ce que tu t'apprêtes à faire. Voilà, mon nouveau mantra pourrait être : « *Je n'ai pas besoin d'un mec pour m'en sortir.* » Mes hormones tentent de protester en imaginant devoir se passer de tout ce qui est livré avec un mec, mais je les ignore. Je peux le faire. Et je vais commencer par me pomponner pour me donner un maximum confiance !

Je mets la musique à fond et m'occupe de moi : vérification pilaire, goutte de parfum bien placée, brushing et maquillage. Je choisis une tenue simple et pratique : petite robe à bretelles, je reste pieds nus et m'installe sur le canapé, anxieuse, regardant les minutes s'égrener sur l'horloge du salon. Quand on sonne à la porte, je me lève trop rapidement, me provoque une chute de tension et me cogne le petit orteil contre le pied de la table basse ! Dans le genre catastrophes en série, je pense que je peux passer pro. J'atteins la porte en sautant sur mon pied valide et ouvre en affichant un sourire crispé, devant l'air étonné de Maria. Sublime. Elle porte une robe bien trop courte pour être décente… et des talons qui m'impressionnent, moi qui suis pourtant habituée à dix ou douze centimètres. Elle a misé sur le lâcher de cheveux, elle n'en est pas à son coup d'essai ! Je me pousse pour la laisser entrer.

— Sandro n'est pas là ? demande-t-elle après avoir parcouru le salon du regard.

— Il arrivera un peu plus tard, un souci avec Dante.

— Ah… Dante, encore et toujours Dante…

— Tu veux t'asseoir ? j'articule difficilement sans pouvoir la quitter des yeux.

Elle me prend la main et me conduit au canapé. Sur un pied, toujours. Heureusement que je lui plais déjà parce que si j'avais dû la séduire, ça aurait été laborieux. Elle s'installe à trois ou quatre pauvres centimètres de moi, je suis tendue comme un string taille trente-six sur le cul de mon patron.

— Tu veux boire quelque chose ? je marmonne.

— Non, je te remercie.

Elle ne me quitte pas des yeux, j'ai l'impression qu'elle me déshabille avec un rayon X à la Superman. Je me tortille encore, mal à l'aise sous son inquisition visuelle.

— On attend Sandro ? me demande-t-elle sans me quitter des yeux.

— Non, il a dit de commencer sans lui… je murmure.

Je viens vraiment de répondre ça ? Dans le genre cash, c'est peu équivoque. Elle me sourit.

— Je préfère, me confie-t-elle en se penchant vers moi.

Elle pose une main sur ma cuisse et remonte lentement sous ma robe…

Mantra 21

Je dois vraiment faire un régime

J'ai encore un peu mal au petit orteil, mais le frisson qui me parcourt quand Maria atteint l'intérieur de ma cuisse annihile toute autre sensation. Elle se rapproche de moi et me pousse doucement pour m'obliger à m'allonger. Enfin, m'obliger… Ce n'est pas non plus comme si je n'étais pas consentante… Je me paye même le luxe d'un petit gémissement en posant la tête sur l'accoudoir. Je souris en réalisant que mon canapé va encore être témoin de mes élucubrations.

— Je te chatouille ? me demande la belle rousse.

Ah. Oui, c'est vrai. Maria n'a pas l'habitude de mes réactions bizarres. Merde, on n'est pas sorties de l'auberge si je dois en plus justifier mes délires mentaux… Mais devant mon absence de réponse, elle hausse les épaules et soulève ma robe pour atteindre l'élastique de ma petite culotte. J'entends à ce moment la clé dans la serrure. Lorsque je veux tourner la tête pour voir Sandro arriver, Maria me la maintient face à elle en posant ses lèvres sur les miennes. Je n'ose plus bouger. Ce n'est pas la première fois que j'embrasse une fille… Il faut bien s'entraîner au collège en vue de son premier baiser. Mais la créature qui caresse doucement ma bouche tient plus de la bombe sexuelle qu'autre chose et sa langue à elle seule me donne envie de me coller contre elle. Ce que je fais aussitôt, mon nouveau mantra étant : « *Je ne dois pas contrarier mes pulsions, la frustration me met de mauvaise humeur.* » La porte se referme et j'entends les pas de Sandro, enfin, j'espère que c'est lui et que Maria n'a pas invité quelques potes pour une super-partouze dans mon salon. En même temps, je n'ai aucune envie d'interrompre ce qu'elle me fait, à savoir que sa main est entre mes cuisses. Elle me caresse doucement sans cesser de m'embrasser et je perçois une présence derrière moi. Sandro (pourvu que ce soit bien lui, sinon je suis dans la merde) passe les mains dans mon décolleté et les faufile sous les bonnets de mon soutien-gorge. Il caresse mes seins comme il sait si bien le faire… Ou alors, il a un jumeau aussi doué que lui, il faut vraiment que je puisse me retourner pour le voir, ne serait-ce qu'une seconde ! Mais Maria décide que le moment est venu de passer à la vitesse supérieure et libère mes lèvres pour rejoindre… eh bien… mes autres lèvres. Elle remonte le long de ma cuisse en y déposant de petits baisers et sa langue ne met pas longtemps à venir se poser délicatement là où ses doigts ont déjà préparé le terrain.

J'ouvre les yeux et rejette la tête en arrière, autant sous le coup du plaisir que pour m'assurer que c'est bien Sandro qui me pelote. Mieux vaut dissiper tout malentendu, la situation est déjà assez… hum… impossible de penser correctement avec le contact expert de Maria. Quand il m'embrasse à son tour, je sais sans l'ombre d'un doute que c'est bien mon assistant qui fourre sa langue dans ma bouche avec un élan de possessivité que je lui connais bien. Est-il jaloux ? Je ne peux pousser cette réflexion bien loin, car je sens l'orgasme monter et de petits gémissements franchissent mes lèvres pour mourir contre la langue de mon amant. Maria redouble d'efforts et Sandro me pince l'extrémité des seins juste au moment où je ne peux plus me retenir et où je hurle mon extase. Il ne cesse de m'embrasser que lorsque mes cris se transforment en halètements. Merde alors, jamais je n'aurais cru qu'un plan à trois pouvait être aussi excitant !

Les chaises musicales démarrent : Sandro et Maria changent de place. Mon assistant dégrafe son jean et me pénètre brutalement, sans aucune résistance. Maria, contorsionniste de métier, aucun doute, s'est déshabillée en un temps record. Elle s'installe à cheval au-dessus de mon visage, tournant le dos à Sandro, me demandant silencieusement de lui rendre le plaisir qu'elle m'a procuré. J'ai du mal à me concentrer sur ma tâche, car il redouble d'efforts pour… attirer mon attention ? Sale gosse ! Je glisse deux doigts en elle et constate avec soulagement que je ne suis pas un monstre de foire à mouiller mes culottes sous un simple regard lascif. Elle rapproche son intimité de ma bouche et, tout en gémissant sous les coups de mon assistant, je m'agrippe aux fesses de Maria et trouve rapidement son point sensible du bout de la langue. Elle pousse un petit cri et positionne ses mains sur mes seins en se cambrant, pendant que je la mène sur le chemin de l'extase. J'ai un peu de mal à réaliser ce qui se passe, genre… il y en a de tous les côtés et un GPS n'aurait franchement pas été de trop. Mais quelque chose d'incroyable se produit alors ; je jouis à nouveau contre le sexe de Maria qui accueille son orgasme en même temps que Sandro laisse échapper un râle signifiant que lui aussi est au point de non-retour. Venez les gars, profitez-en : plus on est de fous, plus on rit ! Aujourd'hui c'est portes ouvertes chez Sarah !

— Sarah ?

— Hum ?

Je perçois ses lèvres sur les miennes, me tirant doucement du sommeil et de mon rêve érotique. Je souris en l'embrassant.

— Qu'est-ce que tu fais sur le canapé ?

— Je t'attendais… Il est quelle heure ? je bâille.

— Plus de deux heures, je suis désolé… Les flics sont venus, ça s'est éternisé…

Complètement réveillée, je l'attire contre moi pour l'embrasser encore. Il me serre dans ses bras.

— Ça va ? s'inquiète-t-il.

— Maintenant que tu es là, oui.

— Maria est venue ?

— Oui.

— Alors ?

— Alors, quoi ? Espèce de pervers ! Fallait être là !

— D'accord.

Il se referme d'un coup. Je souris de plus belle.

— Elle n'est pas restée longtemps, je lui ai demandé de partir.

— Pourquoi ?

— Parce que, Sandro, je ne supporte pas que quelqu'un d'autre que toi me touche.

Il m'embrasse violemment, me mordant la lèvre au passage, mais je m'en fous royalement. Il m'a trop manqué. Maria a été très compréhensive, déçue, mais compréhensive. Elle est partie en me faisant promettre de la contacter si je changeais d'avis.

Quand Sandro me laisse enfin respirer, il me fixe en silence.

— Je croyais que tu étais pour… je lui murmure.

— Je ferais n'importe quoi pour toi, Sarah.

— Tu aurais dû me dire que ça te dérangeait.

— Si ça te fait plaisir, ça ne me dérange pas.

— Tu ne dois pas t'effacer pour moi…

— J'en ai envie.

J'ai encore du mal à respirer. Pas parce qu'il est allongé sur moi ou parce qu'il m'a embrassée à m'en étouffer. Non. Parce que je prends conscience de l'ampleur de ses sentiments, et des miens au passage. Je suis terrifiée. Je n'ai jamais été aussi attachée à quelqu'un qui l'est avec la même intensité. Ça me rend dépendante de lui, je serais une épave s'il me quittait. Je pourrais trop facilement souffrir s'il décidait de ne plus m'aimer.

— Pourquoi tu pleures ? me demande-t-il, inquiet.

— Je ne pleure pas ! je proteste en revenant dans l'instant présent.

— Si…

Il essuie une larme et la porte à ses lèvres.

— Viens…

Il me pose sur le lit et s'allonge sur moi pour m'embrasser. Aucun de mes fous rires, aucune de mes gaffes ne pourrait gâcher ce moment. Ou peut-être que oui, en fait…

— Tu es à jeun ? me demande-t-il, comme si c'était le moment de parler bouffe…

— Heu… non… Quand Maria est partie, j'ai mangé.

— Je ne parle pas de ça.

— Je ne comprends pas.

— Sarah Jones, je vous demande si vous avez été baisée aujourd'hui.

— Bien sûr que non ! Tu me prends pour une traînée ?

— Hum…

— C'était une question rhétorique ! je m'offusque.

— Viens là, ma petite traînée, qu'on remédie à ton abstinence…

Il se contente de m'enlever ma culotte et de faire sa petite affaire dans la foulée. À la sauvage, comme ça, en plein milieu de la nuit. Voilà, c'est pour ça que je le veux à portée de main, chez moi. Pour ça, et tellement plus.

— Sarah… Réveille-toi, ta mère est là…

— Hum… Dis-lui que je suis pas là, je n'ai pas eu ma baise matinale, je peux pas voir le dragon… je réplique, persuadée d'être dans un rêve.

— Quand je dis qu'elle est là, c'est là, dans la chambre.

Je me redresse d'un bond et vois ma mère, tirée à quatre épingles comme d'habitude, qui me toise d'un air réprobateur.

— Le dragon va se faire un café. Je t'attends dans la cuisine, Sarah-Mary.

Je me frotte les yeux, espérant me réveiller.

Mais non, je le suis déjà.

— « Sarah-Mary » ? répète Sandro avec un sourire moqueur.

— Quoi ? je crache, vexée qu'il ait découvert ça.

— Rien, je ne savais pas que tu avais un prénom composé…

— Ne m'appelle jamais comme ça ! Cette vieille peau est la seule à insister avec ce prénom à la con !

— Je vais te laisser avec ta mère…

— Non !

Je m'accroche pitoyablement à lui dans un ultime geste désespéré.

— Si, Sarah-Mary Jones, je n'ai pas envie de prendre une balle perdue dans la bataille !

— Tu as dit que tu ferais n'importe quoi pour moi !!! je geins, sans le lâcher.

— Sarah, tu as passé l'âge de te comporter comme ça !

Il se lève et se dégage. Je le suis et me jette sur le sol pour saisir sa cheville avant qu'il n'ait le temps de sortir.

— Ne pars pas ! Tu ne sais pas de quoi elle est capable. Reste ! Je ne te lâcherai pas !

Ma mère choisit ce moment pour se manifester à nouveau, sa tasse de café fumant me narguant dans ses mains.

— Je vois que tu n'as pas changé. Veux-tu bien libérer ce jeune homme qui a sûrement mieux à faire que supporter tes caprices ?

Comme chaque fois que ma mère me demande de faire quelque chose, je m'exécute instinctivement. Je suis bien conditionnée. Contre toute attente, Sandro se baisse et m'aide à me relever. Je pousse ma fierté d'un coup de pied sous le lit. Et tâche de reprendre un peu de contenance dans ma robe froissée de la veille. Ma mère me scrute de haut en bas. Mon assistant passe un bras autour de ma taille.

— En fait, je m'apprêtais à prendre le petit déjeuner avec Sarah, annonce-t-il, bravant le regard hostile de ma mère.

Il m'entraîne à la cuisine sous mon air ahuri et se penche pour me chuchoter à l'oreille :

— Ne me fais pas regretter de rester…

— Merci, je lui souffle en le serrant un peu plus contre moi.

Sandro, bouclier humain pour petite fille en détresse.

Ma mère nous rejoint dans la cuisine. Elle ne s'assoit pas à table avec nous, mais reste droite comme un « i ». C'est tout elle : pas un cheveu qui dépasse de son chignon, pas un faux pli sur son tailleur Versace prout-prout, pas une ride… Quand Mme Jones pète, des perles de culture lui sortent du cul.

— Ton père voulait savoir si tu t'en sortais, demande-t-elle, sans qu'un trait de son visage ne bouge.

Elle me fait peur…

— Pourquoi il n'est pas venu lui-même ? je riposte sèchement.

— Il est très occupé.

— Je m'en sors très bien.

Sandro garde les yeux sur son café comme s'il essayait d'y lire l'avenir. Solidaire, mais prudent.

— Tu pourrais nous présenter ? insiste-t-elle, pincée.

J'ai toujours l'impression qu'elle se balade avec un godemiché mal inséré. Même si c'est carrément impossible, elle aurait un malaise si je ne faisais que prononcer ce mot devant elle. Mais ça ne m'empêche pas de me mettre à rire en imaginant la scène, recrachant un peu de mon café sur mon menton. Sandro peine à rester impassible.

— Sarah-Mary, pourrais-tu me présenter ?

— Sandro, voici ma mère, Helena Jones. Maman, voici Sandro, le type qui me baise.

Cette fois, c'est Sandro qui s'étouffe avec son café. J'ai toujours pris un malin plaisir à mettre ma mère mal à l'aise, mais j'avais zappé que mon pauvre assistant pouvait se formaliser de cette présentation. Ma génitrice, habituée à mon attitude, pose sa tasse sur la table et s'éclaircit la gorge :

— Bien. Je vous laisse. Tu sais où me joindre si tu as besoin d'argent.

— Merci, maman, mais je m'en sors très bien sans votre aide.

— Je passe le bonjour à ton père ?

— Non, il peut venir ou appeler s'il veut me dire bonjour.

— Très bien.

Tout est toujours « très bien » pour madame Jones. Elle sort et j'attends d'entendre la porte d'entrée pour pousser un énorme soupir de soulagement.

— C'est ça que je suis ? Le type qui te baise ? attaque direct Sandro.

— Hein ?

— C'est comme ça que tu me présentes ?

Merde, il est vexé…

— J'ai dit ça pour l'emmerder !

— C'est moi que ça emmerde. Tu me demandes de vivre avec toi et c'est comme ça que tu me présentes ? répète-t-il, visiblement très vexé.

Je ferme les yeux, réalisant que j'ai bien bouleté. Il se lève et je me mets en version « je suis une larve, une misérable larve ».

— Sandro, tu sais bien que tu es plus que ça ! C'était pour me débarrasser d'elle !

Il ne répond rien. Je tente une opération séduction en me collant derrière lui pour le prendre dans mes bras, il n'a aucune réaction. Ma mère réussit toujours à me faire chier ! (Non, je n'admettrai pas que je suis la seule fautive !)

— Je suis désolée, tu sais bien que tu n'es pas juste le type qui me baise…

— Je suis quoi, alors ?

— Tu es aussi celui que *je* baise… je tente, fidèle à mon humour douteux.

— Sarah…

Je l'oblige à me faire face. Enfin, il me laisse le tourner vers moi, parce que je ne suis qu'une faible femme incapable de bouger un cyborg comme lui.

— Tu fais chier, lâche-t-il, agacé.

— C'est toi qui fais chier à douter de moi en permanence !

— Tu pourrais être un peu plus chaleureuse, de temps en temps !

— Et toi, tu pourrais être moins relou !

— Je suis relou ?

— Mais merde à la fin ! J'ai demandé à Maria de partir, je t'ai demandé de vivre avec moi, je t'ai dit que je t'aimais… Tu veux quoi de plus ?

— Maintenant, j'aimerais que tu me fasses l'amour.

— Je peux le faire ! Je déclare avec détermination, sans baisser d'un ton.

— Vas-y !

— Je vais le faire ! je continue en criant.

— J'attends.

— Et après, tu arrêtes de faire la tronche ?

— Ça dépendra de ta performance, Sarah-Mary Jones.

— Ne m'appelle pas comme ça ! je m'énerve à nouveau.

Je le pousse sur sa chaise et m'assois à califourchon sur lui. Je n'ai toujours pas de culotte (voilà, mon nouveau mantra est : « *Je me balade cul nu, c'est plus pratique* »), et en deux temps trois mouvements, il est en moi. Je décide de lui faire un petit cadeau pour rassurer ce petit oisillon tombé du nid et démarre la conversation, comme il aime le faire pendant la baise.

— Sandro ?

— Hum ?

— Je t'aime. Vraiment.

Il passe ses mains sous ma robe et remonte jusqu'à mes seins. Je l'embrasse tout en lui faisant l'amour comme il me l'a demandé.

Il se lève en me portant pour rester en moi, sans cesser de m'embrasser. Il me pose sur la table de la cuisine. Note pour plus tard : penser à désinfecter avant d'y manger à nouveau. Je remonte les jambes pour enserrer sa taille et il se remet à me faire l'amour. J'entends « crac » sous mes fesses, mais, étant tout près de l'orgasme, je n'y prête pas attention. J'aurais dû. La table cède d'un coup et tout s'écroule : les tasses, le café, la table, nous. Sandro tombe sur moi et j'éclate de rire, à moitié asphyxiée sous lui.

— Merde, ça va ? panique-t-il dans cet imbroglio.

Je ne peux pas lui répondre, je n'arrive plus à m'arrêter de rire. Il rit aussi et essaie de me relever, mais je suis pliée en deux, les cheveux pleins de café, mon cul toujours en équilibre précaire sur le plateau de la table qui ne s'est miraculeusement pas cassé.

— Tu avais raison ! je réussis à articuler entre deux hoquets.

— Quoi ?

— Il faut absolument que je fasse un régime ! je crie, hilare, sachant que ce mantra ne tiendra pas une journée.

Mantra 22

Je ne serai jamais une meringue

Trois mois plus tard...

— Alors, les filles ? Vous en pensez quoi ?

Je me tiens bien droite sur la petite estrade au milieu de la salle d'essayage, simulant un bouquet entre mes mains et souriant de toutes mes dents. Mélodie soupire en levant les yeux au ciel et Isa se met à rire.

— Tu ressembles à une grosse meringue, réussit-elle à lâcher entre deux gloussements.

— Je sens que tu es jalouse, dis-je en faisant un tour sur moi-même, manquant tomber à cause de la crinoline qui doit faire, au bas mot, deux mètres de diamètre.

La vendeuse me vient en aide, sûrement plus inquiète pour sa robe que pour moi. Je reprends ma posture initiale et tire la langue à ma soi-disant amie.

Mélodie interrompt notre petite querelle :

— Si ça ne vous ennuie pas, les filles, celle qui se marie, c'est moi. Alors, Sarah, bouge de là !

Je hausse les épaules et la vendeuse m'aide à retirer la robe, visiblement soulagée de me voir sortir de son gigantesque gâteau de chantilly qui doit faire le bonheur de toutes les futures mariées ayant gardé un tant soit peu leur esprit de petite fille. Je remets mes vêtements civils et rejoins Isabelle sur le canapé, pendant que Mélodie enfile sa robe pour vérifier les retouches.

— Et puis, reprend cette dernière, je croyais que tu ne voulais pas te marier ?

— Ça ne m'empêche pas d'aimer les belles robes de princesse !

— Tu en auras une en tant que demoiselle d'honneur.

— Pitié, pas de vert ou de violet, ou pire : du fuchsia ! gémit Isabelle.

— Je vous ai déjà dit que les couleurs étaient ivoire et rouge, ça vous arrive de m'écouter ? s'indigne Mélodie.

— Ma chérie, lui répond Isa, tu ne parles que de ce mariage depuis plus de trois mois, alors oui, parfois, on ne t'écoute que d'une oreille…

La vendeuse nous sauve des représailles de la future mariée en la faisant se tourner afin de placer quelques épingles en vue des retouches.

Mon téléphone vibre à ce moment, c'est un SMS de Sandro :

TU RENTRES QUAND ? TU ME MANQUES.

— C'est qui ? me demande Isa en essayant de lire par-dessus mon épaule.

— Dis, tu permets que j'aie un peu de vie privée ? je m'offusque en cachant l'écran.

— Arrête ton cinéma, on sait très bien que tu vas tout nous raconter, ça ira plus vite si tu me laisses lire !

Je fais un signe de tête vers la vendeuse et Isa soupire, elle me chuchote à l'oreille :

— Elle en a vu d'autres, je pense, toi en meringue époque *Autant en emporte le vent* pour commencer…

— Vous vous dites quoi en secret ? demande Mélodie qui nous fait à nouveau face.

— Sarah refuse de me dire ce que lui raconte Sandro dans son SMS.

— Hé ! Je n'ai jamais dit que c'était Sandro !

— Mélodie est là, je suis là… Qui d'autre t'envoie des SMS ? ironise Isabelle.

— Tu fais passer ma vie pour un désert social, ce qui n'est absolument pas le cas !

— Bon, d'accord, ce n'est pas Sandro, c'est qui, alors ? demande Mélodie, la plus curieuse de nous toutes.

Je capitule.

— Oui, c'était Sandro. Mais ça aurait pu être Marc, par exemple ! j'ajoute précipitamment pour prouver que, non, je ne suis pas sans amis fixes.

— Alors, il voulait quoi ? Ça fait… une heure que tu es partie ? Et il te harcèle déjà ? s'étonne Isa.

— Ça fait deux heures qu'on est là, pour commencer. Ensuite, il ne me harcèle pas : il me dit juste que je lui manque !

— Fais attention, il ne va pas tarder à te passer la bague au doigt, toi aussi…

Isabelle fait référence au fait qu'avec Bastien, ils se sont fiancés quelques semaines auparavant et que leur mariage suivra de peu celui de Mélodie et Olivier. Il y a comme une épidémie, et heureusement pour moi, je suis immunisée !

— Non, merci ! je déclare. Quand je vois les fortunes que vous mettez dans une seule journée, franchement, je m'en passe !

— Heureusement pour nous ! s'écrie Isabelle. Tu n'imagines pas comme ce serait dur de te voir toute une journée en robe meringue sans se marrer !

Je lui lance mon regard noir à la Sydney Fox et reporte mon attention sur Mélodie.

— Alors ? demande-t-elle, anxieuse.

— Waouh ! je m'écrie en me levant. Elle tombe parfaitement bien !

Mélodie a choisi un bustier sans bretelles, rouge sang, qui met sa poitrine plus qu'en valeur. Pour tout dire, Olivier aura sûrement envie de fourrer sa tête entre ses seins dès qu'il la verra ! Et tous les mecs présents, aussi ! Isabelle siffle d'admiration pendant que je détaille la jupe ivoire agrémentée de fanfreluches de tulle qui se superposent sans pour autant alourdir l'ensemble. Quelques plumes rouges sont disséminées tout autour pour rappeler le corsage. La vendeuse fixe alors le peigne dans le chignon de Mélodie. C'est plus un bijou qu'un simple voile : décoré de plumes identiques à celles de la robe, il démarre dans un diadème finement travaillé et tombe dans le dos de mon amie. Et voilà, Mélodie est juste parfaite. J'en aurais presque envie de me marier juste pour être aussi belle. Presque.

Je profite que toute l'attention soit portée sur la princesse de la journée pour répondre à Sandro :

JE NE SAIS PAS. TU ME MANQUES AUSSI.

Ce à quoi il répond aussitôt, confirmant mon idée qu'il doit se morfondre en ce samedi après-midi.

J'AI UN CADEAU POUR TOI…

Le fourbe ! Il sait très bien que je suis incapable de résister à un appât comme ça ! Je tape rapidement ma réponse :

C'EST QUOI ?

Mais la sienne est celle à laquelle je m'attendais :

RENTRE ET TU VERRAS !

Quel petit enfoiré !

— Si ma séance d'essayage t'ennuie, dis-le tout de suite…

Je relève la tête : mes amies et la vendeuse me lancent des regards lourds de reproches. Je range mon téléphone et prends l'air le plus innocent en stock (à savoir que je ressemble à Gros Minet ayant la queue de Titi dépassant de sa gueule).

À mon grand soulagement, la séance ne s'éternise pas. Mélodie doit simplement vérifier les dernières retouches avant le jour J, dans un mois. Je suis égoïste, mais depuis des mois, tout tourne autour de ce mariage. Je suis heureuse pour eux, très, mais je commence à saturer. Comme ils ont voulu faire ça vite, ben forcément, ça fait une tonne de préparatifs de dernière minute. Avec Isa qui s'y est mise, je suis passée pro dans l'art de choisir les dragées, établir un plan de table ou encore coller les timbres pour les faire-part !

Or, si je refuse de me marier, c'est aussi pour éviter toutes ces corvées, pas pour les vivre en double, pour mes amies. Mais étant demoiselle d'honneur et témoin des deux mariées, j'ai assuré mon rôle à la perfection. Sauf que, pour l'heure, j'ai juste envie de rentrer chez moi, m'envoyer en l'air avec mon assistant et qu'il m'offre mon cadeau ! Ou plutôt, dans l'autre ordre… En fait, peu importe l'ordre.

En arrivant, je fonce tout droit dans la pièce où Sandro passe à présent tout son temps libre et, à mon grand désespoir, une partie de ses nuits.

— Il est où, mon cadeau ? je lance en ouvrant la porte.

— Sarah Jones, vous êtes trop pressée, répond-il calmement sans se retourner.

Je m'approche alors de lui et le prends dans mes bras, posant le menton sur son épaule, essayant de lire ce qu'il écrit sur son ordinateur. Il ferme la fenêtre trop rapidement, le bougre, il a quelques mois d'entraînement !

— Ne lis pas dans mon dos, m'ordonne-t-il, bougon.

— Mais…

— Sarah, quand ce sera prêt à être lu, tu seras la première à le savoir !

Il se retourne et me prend à son tour dans ses bras, la tête au niveau de ma poitrine. Je tente un coup bas, on ne sait jamais, sur un malentendu, ça pourrait fonctionner. J'ai toujours été une admiratrice de la philosophie Jean-Claude Dusse… Je gigote donc pour frotter mes seins sur son visage tout en le suppliant :

— Allez, juste le début…

— Sarah, tu veux m'étouffer, là ?

Il ne lâchera rien du tout, ce rat. Je me recule, vaincue.

— Alors, ce cadeau ?

— J'ai menti, je voulais juste que tu rentres, m'avoue-t-il en se levant et en prenant mon visage dans ses mains.

Il joue au traître, il sait très bien que je ne résiste pas à son regard « *fuck me right here, right now* ». Je soupire d'aise en sentant ses mains descendre le long de mon cou jusqu'au bas de mes reins pour prendre carrément mes fesses et me coller contre lui.

— Tu bandes depuis combien de temps ? je demande en le sentant contre moi.

— Depuis que tu es partie, Mademoiselle Jones. Et j'ai eu beaucoup de mal à me concentrer.

— Oh, donc, si tu as le complexe de la page blanche, c'est ma faute ? je lance sur un ton faussement outré.

— Tout à fait…

— Sandro, mes copines disent que tu me harcèles quand on n'est pas ensemble…

— Elles ont raison. Ça te pose un problème ?

Il plante ses yeux dans les miens et je m'y perds un instant. Il y a des choses auxquelles on ne s'habitue heureusement pas. Le regard de Sandro sur moi en fait partie.

— Non, ça ne me dérange pas, je finis par répondre. J'aime quand je te manque.

— Je sais, c'est ton truc de me torturer.

— Pas du tout, je m'indigne. Ça me rassure, c'est tout.

— Et de quoi tu as peur ?

— Que tu te lasses, Sandro…

— Tu fais chier à ne jamais me faire confiance.

Il ne réalise pas le nombre de pétasses qui se retournent sur lui dans la rue, même quand je suis accrochée à son bras comme si j'avais peur qu'il s'envole. Même quand il ne voit que moi. Un jour, j'en suis sûre, une autre Lara Croft comme Sindy avec un « S » ou Lila-la-morue finira par attirer son attention, et c'en sera fini de la petite Sarah Jones,

Nous nous rendons dans la cuisine pour dîner. Sandro a tout préparé. Depuis qu'il vit avec moi, il a tout du parfait petit Tony Micelli. Ça aussi, je suis sûre que ça prendra fin, et j'aurai bien du mal à m'en passer le jour où ça s'arrêtera. Il me traite comme une princesse, mais les contes de fées, ça n'existe pas dans la vraie vie.

Je m'installe et il nous sert la pizza maison qu'il a dû préparer pendant mon absence. Ça a certains avantages de vivre avec un Italien. En dehors des baises à toute heure, bien sûr. Ce qui n'a rien à voir avec le fait qu'il soit italien.

— C'est quoi ton souci, Sarah ?

— Rien, pourquoi ?

— Tu me prends la tête avec tes histoires d'insécurité, pourquoi ?

— Parce que tu es ce que tu es et je suis ce que je suis, et…

— Putain, ça y est, tu parles comme une gonzesse…

— Je *suis* une gonzesse ! je crie en tapant à poing sur la table.

Mais j'ai mal visé et c'est ma pizza que je pulvérise. Je me mets à pleurer en réalisant que je suis pleine de tomate et que j'ai gâché ma part. Sandro se retient de rire, il a appris à se laisser aller ces derniers mois, son côté cyborg a commencé à se fissurer.

— Ce n'est pas grave, c'est juste de la bouffe, tiens…

Il se lève et s'occupe de moi comme d'un bébé. Il nettoie ma main, me sert une autre part et s'agenouille à côté de moi :

— Sarah, parle-moi, me demande-t-il tendrement.

— Tu me manques… je lui avoue en reniflant.

— Quoi ?

— Maintenant, le seul endroit où on le fait, c'est ici, je lâche enfin, baissant les yeux sur mon assiette.

La lune de miel du cul porte bien son nom, elle n'est pas éternelle. Et nous nous sommes installés dans une petite routine plan-plan. On s'envoie en l'air, hein, je ne me plains pas. C'est juste moins créatif, plus prévisible… Il manque ce je ne sais quoi qui mettait du piment dans notre relation. Surtout depuis que nous vivons ensemble. C'était une idée de merde, et c'était la mienne.

— C'est ça le vrai problème ?

— Oui… je murmure, honteuse.

Oui, je le reconnais : je commence sérieusement à regretter toutes nos petites escapades du début. La passion est toujours là, on s'envoie en l'air plus que de raison, on se connaît de mieux en mieux ce qui augmente nettement la qualité du sexe qui était déjà bien élevée… N'empêche, les p'tits coups tirés vite fait avec le risque de nous faire surprendre, ça me manque.

Mantra 23

Je ne crierai pas au feu

— Je me ferai tout petit, je ne bouge pas de mon bureau ! tente de me convaincre Sandro.

— Non, je refuse que tu t'incrustes. Et puis, tu n'es pas invité à l'enterrement de vie de garçon d'Olivier, ce soir, pendant que les filles seront là ?

— Ouais…

— Cache ton enthousiasme !

— Mais…

— Bon, ça suffit, c'est moi la capricieuse, pas toi ! Alors, tu arrêtes ton cinéma et tu bouges de là ! je lui lance en terminant d'installer la décoration.

Juchée sur une chaise pour accrocher une guirlande en hauteur, je sens ses mains se glisser sous ma jupe.

— Sandro, je n'ai pas le temps… je tente de protester. (Comme si on y croyait…)

Il ne prend même pas la peine de répondre et me fait pivoter pour que je sois face à lui. Il me lance son regard « accroche-toi à ton string, baby » et soulève ma jupe. Il décale ma culotte avec ses doigts et plonge entre mes cuisses. Il n'a le temps que de mettre deux petits coups de langue avant qu'on sonne à la porte.

— Merde ! lâche-t-il en me libérant. Je croyais qu'elles ne débarquaient pas avant vingt heures !

Je ne relève pas et vais ouvrir. Isa entre en trombe et salue Sandro.

— Sans déconner, ce n'est pas compliqué d'être à l'heure ! On les paye pour faire des petits fours, alors pourquoi ils ne sont pas encore prêts, hein ?

— Peut-être parce que tu as deux heures d'avance ? lance Sandro en la fusillant du regard.

— J'interromps quelque chose ? demande Isabelle en affrontant mon assistant.

— Sandro, tu ne devrais pas te disputer avec une future mariée coorganisatrice d'une soirée d'enterrement de vie de jeune fille de sa meilleure amie, je tente.

Je le prends par la main pour l'entraîner jusqu'à la porte, faisant les gros yeux à Isa au passage. Ces deux-là s'adorent, mais depuis toutes ces histoires de préparatifs de mariage, Sandro s'est rangé de mon côté et est devenu réfractaire à cette tradition. Du coup, les étincelles ne sont pas rares quand mes amies sont sur les nerfs comme c'est visiblement le cas d'Isabelle ce soir.

— Je t'appelle quand elles sont toutes parties, d'accord ? je glisse à l'oreille de mon amant frustré.

— Font chier, ces gonzesses… bougonne-t-il.

— Essaie de t'amuser, je ne sais pas moi : picole !

— Ouais, bon, j'attends ton coup de fil…

Il m'embrasse passionnément, pour ne pas dire goulûment, tout en laissant ses mains s'égarer sur mon postérieur. Je les remets à leur place, un peu plus haut, mais ne le repousse pas. Il n'aime pas qu'on soit séparés, je ne vais pas m'en plaindre. Mais moi qui pensais être une petite fille capricieuse et difficile à vivre, j'ai trouvé mon alter ego !

— Le traiteur m'a dit de repasser dans une heure, lâche Isabelle en se vautrant sur le canapé, une fois Sandro parti.

— Mais tu es en avance, c'est normal qu'il ne soit pas prêt ! Tu ne lui es pas tombée dessus j'espère ? je demande suspicieusement.

— Un peu… murmure-t-elle, honteuse.

— Tu abuses ! Et s'il décide de cracher sur nos hors-d'œuvre ?

— Merde, je n'avais pas pensé à ça !

— Appelle et excuse-toi, dis que tu n'avais pas vu l'heure, démerde-toi pour qu'il ne sale pas les mignardises !

À contrecœur, Isabelle passe le coup de fil de la repentance et je poursuis les préparatifs,

La fête est assez sage, Mélo n'a pas voulu d'excursion dans les rues, déguisée en je ne sais quoi d'embarrassant. Nous avons respecté son choix et organisé une soirée avec des jeux marrants, (Twister en fait partie, bien entendu.) Alice, une collègue de travail de Mélodie, se lève comme un Zébulon quand on sonne à la porte, vers vingt-trois heures. Elle tape dans les mains en gloussant. Qu'est-ce que c'est encore que cette histoire ? Elle a trop bu, à tous les coups. Je vais devoir lui couper les vivres. Je vais ouvrir, méfiante, et à raison : Monsieur Connard en personne se tient sur le pas de la porte, en tenue de pompier.

— Tu es pompier depuis quand ? je lance à Dante sans m'encombrer de formules de politesse.

— Tiens, Sarah, ça faisait longtemps… susurre-t-il en s'appuyant sur le chambranle.

Je le pousse dans le couloir et ferme la porte derrière moi. Pas question qu'il vienne gâcher la soirée de mon amie ! Ces derniers mois, je l'ai souvent croisé et je dois avouer que moins je le vois, mieux je me porte. Je sais qu'il n'a pas encore perdu tout espoir de tout faire foirer entre son frère et moi. Il a aussi une dent contre moi à cause de sa castration dont il se souvient encore. Bref, lui et moi, c'est l'amour fou.

— Je n'ai pas remarqué qu'il y avait le feu et je ne vois pas de chat coincé dans un arbre, alors fous le camp ! je lui envoie, les dents serrées, en appuyant un index rageur sur son torse.

Index qu'il s'empresse de saisir pour tenter de l'embrasser, mais il récolte une gifle monumentale à la place. L'amour fou, comme je le disais. Il tente toujours. Je le frappe toujours.

— Ma chère future belle-sœur, je suis là pour le boulot, dit-il en se massant la joue.

— Il n'y a pas le feu, je répète un peu plus fort, parce qu'on sait ce qui rend sourd, hein, et Dante est célibataire depuis assez longtemps, d'après la rumeur, pour être obligé de s'adonner aux plaisirs solitaires.

— Je pense que ta copine Alice doit pourtant avoir le feu au cul, parce qu'elle nous a embauchés, moi et mes potes.

— Alors déjà, ou dit « mes potes et moi ». Et puis, c'est quoi cette histoire, quels potes ?

Au même moment, je vois deux dieux des casernes entrer dans le couloir. Un grand brun au regard dégoulinant de sexytude… et un blond, peut-être un peu jeune pour moi, mais ce serait malhonnête de dire qu'il n'est pas aussi bien foutu que les autres. Dante se penche et me murmure à l'oreille :

— Je crois que tu baves, fais attention, mon frangin pourrait avoir des échos…

Je lui écrabouille le pied de mon super-talon, lui arrachant un petit gémissement de douleur, tout en souriant aux deux nouveaux pompiers. Eh oui, mon superpouvoir, à moi, c'est le talon aiguille, Trouduc.

— Bonsoir, Messieurs, leur dis-je en retirant mon pied, je suis désolée que vous vous soyez dérangés pour rien, mais nous n'avons pas besoin de vous.

— Sarah… tente d'intervenir Dante à qui je cloue le bec en remettant mon talon à sa place.

— Peut-être dans le voisinage ? Mais, vous voyez, nous sommes en pleine petite fête et je n'aimerais pas que vous veniez troubler le…

— Sarah ! me crie Dante.

— Hé, tu permets, Monsieur Connard ? J'essaie de parler !

— Tu es vraiment longue à la détente comme nana ! Nous ne sommes pas de vrais pompiers !

— Mais si vous n'êtes pas des pompiers, que… je commence, en réalisant soudainement ma méprise.

Je deviens rouge écarlate et me mets à bafouiller :

— Mais… je…

— Ta copine Alice avait peur que la soirée soit mortelle, mais pas dans le bon sens du terme. Du coup, elle a fait appel à nos services. Nous sommes des *go-go dancers*.

— *Go-go dan…* je murmure. Vous allez vous foutre à poil et vous frotter à la future mariée ? je réalise en écarquillant les yeux.

— C'est le plan, parle enfin l'un des deux top models. Mais on se frotte toujours un peu aux autres filles, c'est plus fair-play… murmure-t-il en se penchant vers moi.

Alerte rouge ! Je recule vivement mais me retrouve contre Dante. Je bats donc en retraite vers la porte,

— Ne bougez pas, je reviens ! je leur ordonne en rentrant.

Je referme et m'appuie sur la porte. Seule Alice a remarqué mon absence et me regarde, perplexe. Je lui fais signe d'approcher et je dois vraiment avoir mon air de patronne contrariée, car elle avance à petits pas en baissant la tête.

— C'est quoi cette histoire de pompiers ? je lui demande à voix basse.

— Ils sont en pompiers ? s'écrie-t-elle, ravie.

— Il y a les pompiers ? demande Isabelle en s'approchant.

Pour la discrétion, ou repassera !

Je lève les yeux au ciel en comprenant qu'il me sera impossible de cacher plus longtemps les trois mâles qui se trouvent derrière la porte.

— Mélo, je t'assure que nous n'y sommes pour rien, ni Isa ni moi, lui dis-je en ouvrant.

Numéro trois allume le poste qu'il tient à la main et « Pour Some Sugar On Me » de Def Leppard démarre, ainsi que les festivités, Alice se met à crier de manière hystérique, suivie de près par les autres… Dante se tourne vers moi et lève un sourcil interrogateur, je lui indique Mélo du menton et m'appuie contre la porte pour secouer la tête, désespérée de la tournure que prennent les événements. Elle qui avait bien spécifié qu'elle ne voulait pas de strip-teaseur, elle en a trois…

Dante s'approche d'elle en se déhanchant lascivement et… Mais merde ! Elle glousse ! Elle n'essaie même pas de se dégager ! J'hallucine ! Isabelle s'y met aussi ! Triple merde ! Je radote, mais merde, quoi !

Numéro deux prend la place de Dante qui vient vers moi. Je lui lance un regard sans équivoque sur ce qui lui arrivera s'il vient trop près, mais il doit être masochiste, car ça ne l'arrête pas. Il danse près de moi, mais assez loin de mon genou ou mon talon… Je reste obstinément les bras croisés, mais Numéro trois prend à cœur de me décoincer et rejoint Dante. Les filles sont survoltées et veulent m'encourager à me laisser aller. Mais non ! C'est Dante ! Numéro trois s'approche très près de moi, je n'ai pas le cœur de le repousser comme je l'aurais fait avec le frère de mon amant, il ne fait que son travail, après tout. Je garde tout de même les bras résolument croisés, mais il se colle un peu plus près et je ne peux pas reculer, ayant la porte dans mon dos. Au moment du refrain, les trois compères retirent d'un coup leur chemise qui tenait en fait par un astucieux système de velcro. Mince alors, ces tablettes ! Comment c'est possible ? Ce ne sont pas des vraies…

Impossible. Je les compte, pour voir… Numéro trois me prend les mains et m'attire contre lui, je me dégage et fais mine d'être occupée au buffet.

Mélodie et Isabelle ont trop bu pour garder leurs inhibitions en place et il me faut extraire des bras de Dante la future mariée qui bave littéralement sur son torse (que je zieute au passage, pour la science, et juste pour la science). La température monte d'un cran. Surtout qu'un nouveau refrain retentit et que, cette fois, c'est les pantalons qui volent dans la pièce, sous les hurlements primitifs des femelles en chaleur qui se frottent sans vergogne à ces mâles… Ah !… Ces mâles…

Concentration ! Je suis l'hôtesse, c'est à moi de faire attention à ce que mes invitées ne s'oublient pas avec ces invitations à la débauche qui sévissent dans mon salon ! Il n'y a pas de mal à s'amuser un peu, après tout… non ? Tant que… mais…

— Dante ! je hurle, attirant tous les regards. Sors ta langue de Stella ! Stella, mais merde, tu n'as pas un mec qui t'attend à la maison ?

L'accusée réalise qu'elle était en train de rouler un gros patin baveux à un illustre inconnu et se recule d'un coup. On a toutes bien picolé, certes, mais il faut se mettre à la place de nos mecs… Si Sandro roulait un patin à une strip-teaseuse, je pense que je péterais un plomb.

Je me dirige vers le poste et coupe la musique, déclenchant quelques protestations qui cessent quand je parcours la pièce du regard.

Je monte sur la table basse, piétinant quelques mini-pizzas, et lève les deux bras en l'air, à la manière d'un conquérant victorieux. Je pourrais me mettre à hurler « par le pouvoir du crâne ancestral » ça ne m'étonnerait même pas… Je me lance dans un discours enflammé :

— La tentation est là, juste sous nos yeux, et nous devons y résister ! C'est pourquoi, en tant que demoiselle d'honneur et témoin de la mariée, je suis obligée d'instaurer quelques règles de bonne conduite afin que cette soirée ne nous conduise pas toutes à la fin de nos couples ! On regarde, on touche un peu, mais pas de pelotage sous la ceinture ! Pas de roulage de pelle ! Maintenant que les pompiers sont là, profitez ! Amusez-vous ! Mais souvenez-vous que vous avez un mec qui vous attend à la maison. Et que nous sommes toutes déjà bien baisées, surtout celles qui vont se marier, ou qui le sont. Marie, désolée, je t'avais oubliée, tu es célibataire, tu peux toucher sous la ceinture, j'ajoute en voyant le regard dépité de cette pauvre fille seule depuis trop longtemps.

J'attrape une coupe de champagne et la vide pour me motiver à terminer ma déclaration.

— Donc, je disais : pas de coup bas ! On pense à l'homme qui partage notre lit. Personnellement, je suis extrêmement satisfaite de Sandro. Et je sais que vous êtes comblées par vos mecs puisque nous avons abordé le sujet un peu plus tôt dans la soirée. Donc, on est d'accord ? Pas de dérapage sous mon toit, jeunes gens !

Un silence religieux règne autour de moi. Je me vautre lamentablement en descendant de mon perchoir, atterrissant dans les bras de Dante qui s'empresse de poser les mains sur mon cul. Étant donné la position précaire et bancale dans laquelle je me trouve, je mets un petit moment à me dégager et, dans la foulée, je me frotte bien involontairement contre Monsieur Connard, dont l'érection perce maintenant très visiblement dans son petit moule-bite en Skaï.

— Sarah, arrête de m'allumer, murmure-t-il à mon oreille.

— Lâche-moi, vieille raclure de bidet !

— Deux minutes, arrête de bouger, laisse-moi me concentrer et je te libère.

— Pourquoi deux minutes ? je siffle entre mes dents sans cesser de gesticuler et en remontant ses mains dans mon dos.

— Parce que je voudrais bien débander et ne pas me donner en spectacle.

— C'est bien le moment de ne pas vouloir te faire remarquer. Tu portes un slip brillant et doré, je te rappelle.

— Je te relâche juste pour que tu ne sois plus collée à moi, mais attends un peu.

— Et pourquoi je ferais ça pour toi ? je demande en réalisant que la petite fête a recommencé et que les pompiers n'ont pas du tout été impressionnés par mon discours.

— Parce que tu voudrais bien que je ne répète pas à Sandro les détails croustillants de la soirée.

Merde, il marque un point. Je m'immobilise.

— Préviens-moi quand ton machin sera au repos, je marmonne en regardant ailleurs.

— Tu pourrais me faire passer ça plus rapidement, tu sais, susurre-t-il à mon oreille.

— Recule-toi, Dante.

— Je disais ça pour que tu sois plus vite débarrassée de moi, hein…

— Mais bien sûr, c'est ton altruisme légendaire qui te pousse à tenter de palper mon cul, là, tout de suite ?

— C'est bon, j'arrête, ricane-t-il.

— C'est fait, tu es présentable ? je demande en baissant les yeux et en constatant de visu que non, il n'est pas présentable.

— Dis-moi des trucs qui pourraient m'aider à débander, parce que si près de toi, ce n'est pas évident…

— Pense à ta mère et ton père en train de le faire.

— Mais c'est malsain ! s'insurge-t-il.

Je baisse à nouveau les yeux.

— Eh ben voilà, c'est radical. Lâche-moi et va-t'en avec tes potes. Mes copines ne sont pas dans leur état normal. Et bien que ton passe-temps favori soit de briser les couples…

— Non, juste celui de mon frère.

— Oui, ben, tu repasseras, hein. Parce que tu vois, ça ne fonctionne pas. Il faut que tu tournes la page, Dante.

Il se rhabille et je m'assois sur le canapé pour rajuster mes vêtements.

— Il ne t'a pas tout dit, je me trompe ?

— Quoi ?

— Il ne t'a pas expliqué pourquoi je lui en veux.

— Si, je sais qu'il a couché avec ta copine, je lance, fière de montrer que Sandro et moi ne nous cachons rien.

— Ah, tu sais donc qu'il a couché avec ma fiancée le matin du mariage. Bien, au moins tu as conscience d'avec qui tu vis.

Il rassemble ses affaires et fait signe à Numéro deux et Numéro trois de le suivre, me laissant la bouche ouverte comme un poisson hors de l'eau. Merde, alors. Sa fiancée ? Merde, merde. Merde… Tu m'étonnes qu'il lui en veuille autant ! Mais non, attends ma petite Sarah, il te raconte des conneries là, c'est obligé !

Je n'ai pas le loisir de cogiter plus loin sur le sujet, car Stella s'est accrochée au bras de Numéro deux et ne veut plus le laisser partir. Nous devons nous y mettre à trois pour le libérer.

Mantra 24

Je prévoirai toujours une culotte de secours

— C'est quoi ce putain de bordel ?

Je tombe du lit en tentant de me relever. J'ai une magistrale gueule de bois, les murs tanguent dangereusement autour de moi et Sandro se tient devant le lit. Je dois relever la tête à m'en déboîter les cervicales pour le voir. Oups, j'ai dû faire une grosse boulette à voir son air contrarié. J'ai juste du mal à me rappeler laquelle.

— Salut… je tente, ne sachant pas trop ce que j'ai fait de travers.

— Salut ? C'est tout ce que tu as à me dire ? répond-il calmement, trop calmement…

Je me relève comme je peux, mais il n'esquisse aucun geste pour m'aider. Je m'assois au bord du lit et il prend place à côté de moi. Je pose la main sur sa cuisse. Il la repousse.

— Tu n'as rien à me dire ? insiste-t-il.

— Heu… à quel sujet ? Tu pourrais m'aiguiller, histoire que je ne t'avoue pas la mauvaise connerie et que je ne me mette pas dix fois plus dans la merde ?

— Hier soir… vous avez fait quoi, avec tes copines ?

— Un enterrement de v…

— Ne te fous pas de moi… Tu peux m'expliquer pourquoi il y a une photo de toi, dans les bras de mon frère, ses mains sur ton cul, qui circule sur Facebook ?

— Je…

— Tu peux m'expliquer pourquoi il y a une autre photo de toi, dans les bras d'un pompier torse nu, qui circule aussi sur Internet ?

— C'est…

— Tu peux m'expliquer pourquoi…

— Attends, si tu veux que je m'explique, ferme-la, déjà ! je le coupe, tentant de rassembler mes esprits. Ce n'est pas ce que tu crois.

Mauvais choix de mots, c'est typiquement l'expression des coupables dans les films où le mari se fait surprendre au lit avec sa maîtresse et qu'il essaie de faire croire à son épouse que cette femme est en fait une infirmière et qu'elle doit le réchauffer en corps à corps parce qu'il était en hypothermie. Toutefois, je réussis tant bien que mal à exposer les faits à Sandro dont la mâchoire se serre par à-coups de manière très peu engageante. J'aimerais bien prendre un billet pour Tombouctou, là, tout de suite.

— Qui a mis ces photos ? je demande soudain, réalisant que je n'ai pas du tout vu quelqu'un prendre des photos.

— Alice, elle t'a identifiée, c'est pour ça que j'ai pu les voir.

— Quoi ? je m'écrie en me levant et en me dirigeant vers le bureau. Montre-moi ! Je lui ordonne en pointant l'ordinateur auquel je n'ai pas le droit de toucher. (Il sait que je ne résisterais pas et lirais son roman, aussi il a précisé que dans aucun cas je n'avais le droit ne serait-ce que de regarder l'ordinateur.)

Il se penche et affiche la série de photos. En effet, vu comme ça, on peut croire que je suis dans les bras de ces bombes sexuelles de mon plein gré, comme toutes les autres filles, d'ailleurs. Putain, il faut supprimer ces photos, et rapidement ! Je regarde l'heure sur l'écran, merde. Il est déjà quinze heures, beaucoup trop de personnes ont déjà dû les voir, surtout si je me fie aux commentaires… En faisant défiler les photos, je vois qu'une vidéo a été postée. Je clique. Je n'aurais pas dû.

« La tentation est là, juste sous nos yeux et nous devons y résister ! C'est pourquoi, en tant que demoiselle d'honneur et témoin de la mariée, je suis obligée d'instaurer des règles de bonne conduite afin que cette soirée ne nous conduise pas toutes à la fin de nos couples ! »

J'arrête la vidéo d'un geste vif, mais Sandro m'arrache la souris des mains et la relance, m'intimant le silence d'un regard assassin. Il visionne toute la vidéo, sans un mot, pendant que je pars à reculons dans l'objectif de m'enfermer dans la salle de bains. J'atteins mon but assez rapidement pour me mettre à l'abri et me barricade à double tour.

— Ouvre cette putain de porte, Sarah, m'ordonne Sandro, toujours trop calme.

— Non !

— Arrête de faire l'enfant et ouvre.

— Tu vas te fâcher !

— Je peux aller chercher un tournevis et…

— Ha ! Toi ! Avec un tournevis ! Il va falloir que je t'emmène aux urgences dans la foulée ! je raille, en référence à son peu de talent de bricoleur (pour ne pas dire à sa malédiction.)

— Sarah-Mary Jones, ouvre cette porte !

— Si tu crois m'avoir avec ta voix prébaise, tu te trompes !

Je n'entends plus rien. S'il est vraiment parti chercher un tournevis, j'ai un petit moment devant moi, car il ne sait même pas où je range les outils.

Un quart d'heure plus tard, j'entends un léger bruit de moteur et une douce odeur vient chatouiller mes marines… Du café ! Je suis au saut du lit, il sait qu'il me faut du café et il en a fait pour m'obliger à sortir ! Je résiste deux minutes avant de capituler. J'entrouvre la porte et il y glisse un mug de café fumant, suivi d'un pied, je suis prise au piège. Il ouvre en grand et je découvre le ventilateur avec lequel il a poussé l'odeur de mon breuvage sacré vers moi !

— Fourbe ! je lâche avant de prendre une gorgée.

Il me reprend la tasse, la pose sur le lavabo et se jette sur moi. Il m'embrasse et me malaxe les fesses en me poussant vers la baignoire.

— Ce cul est à moi, c'est compris ? Tu ne laisses personne le toucher et encore moins mon connard de frère !

— Compris, je murmure.

— Alors comme ça, Mademoiselle Jones, vous vous estimez satisfaite ?

— Heu…

— Je suis désolé de vous faire mentir, surtout maintenant que c'est en vidéo, mais quand j'en aurai terminé avec vous dans quelques minutes, là vous pourrez dire que vous êtes bien baisée. Avant, c'était juste les préliminaires…

Je gémis en sentant ses doigts s'insinuer dans ma culotte pendant qu'il mordille mon téton, déjà bien dur après ses promesses.

— Tu n'es pas fâché ? je risque alors qu'il sort son arme secrète en trois doigts.

— Contre toi, non.

— Bien…

— Mais je vais devoir péter les doigts de mon frère pour t'avoir touchée.

— Contente-toi de t'occuper de *tes* doigts… je souffle, avant de crier quand il me pénètre (sans prévenir, comme toujours.)

— On a du mal à résister à quelques abdos huileux…

— Non… je te jure que je n'ai…

— J'ai vu, je suis fier de toi, Sarah.

— C'est une baise de récompense ?

Je ris, pendant qu'il me plaque au mur, les jambes autour de sa taille.

— C'est bien ça, me répond-il en souriant et en accélérant les coups de hanches.

— J'inviterai des *go-go dancers* plus souvent si c'est tout l'effet que ça te fait, je le provoque pour qu'il me baise un peu plus sauvagement.

Ce qu'il ne manque pas de faire, en souriant, sachant que je prends bien mieux mon pied quand il est un peu brutal. Il agrippe mes fesses au point de me faire mal, pile quand je sens l'extase exploser dans tout mon corps. Pour me venger des marques que je vais sûrement récolter, je le mords dans le cou tout en jouissant. Il vient dans la foulée puis me conduit dans la chambre.

Essoufflée et ruisselante de transpiration, je me blottis contre lui :

— Je te jure que je n'étais pas au courant… C'est Alice…

— Je sais, mais ça me rend fou de voir un autre te toucher.

— Je ne les ai pas laissé faire, Sandro. Promis.

Il m'embrasse et l'incident est clos, Enfin… pas pour tout le monde. Mais ce n'est pas mon problème. J'ai fait ce que j'ai pu pour limiter les dégâts.

Mon couple est sauvé, le reste m'importe peu.

— Sandro ?

Je tergiverse depuis deux jours sur la situation, mais là, je ne tiens plus. C'est mon maximum.

— Hum…

— Je peux te parler ?

Le ton sérieux que j'emploie doit l'inquiéter, car il se retourne et m'accorde toute son attention.

— C'est sûrement trois fois rien… Mais l'autre soir, Dante… Enfin… Bref… Ton frère. Il m'a parlé de la fois où tu… Enfin…

— Crache le morceau !

Je prends une grande inspiration avant de me lancer :

— Tu as couché avec sa fiancée le matin du mariage ?

— J'ai fait ça.

Ah oui. Il a fait ça. J'espérais qu'il allait nier parce que je trouve ça particulièrement… C'est ignoble.

— J'étais con, très con. Et je n'ai pas envie que mes actions passées définissent qui je suis aujourd'hui.

— *Tes* actions passées ? Tu en as beaucoup, des comme ça ?

— Quelques-unes, oui. Mais comme je te le dis, j'aimerais que ça reste à sa place. Dans le passé.

— D'accord. Oui, bien sûr. Je voulais juste… je te laisse travailler.

Je referme doucement la porte de son bureau et vais m'installer sur le canapé. J'ai du mal à imaginer Sandro en frangin sans pitié. C'est bizarre, cette facette de lui m'est si étrangère que j'ai l'impression que nous parlons de quelqu'un d'autre.

— Sarah…

Je sursaute, il a encore activé son mode furtif, le fourbe ! Il vient se placer devant moi, accroupi, et pose les mains sur mes genoux. Son visage se retrouve à hauteur du mien.

— Est-ce que ça change la façon dont tu me perçois ?

— Non, certainement pas.

— Tu en es sûre ? Parce que tu as l'air…

— J'essaie de t'imaginer en enfoiré de première, je n'y arrive pas. Ça me laisse perplexe.

— Tant mieux. Parce que je ne suis plus ce type et tu mérites bien mieux que le connard que j'ai pu être.

— Je ne suis pas parfaite, tu sais. J'ai fait des trucs pas très nets, aussi.

— Quoi, par exemple ?

— J'ai embrassé le petit copain de ma meilleure amie.

— Quand ?

— J'avais quinze ans.

— Ça ne compte pas, on a les hormones déchaînées à cet âge.

— J'ai fantasmé sur le fiancé d'une amie !

— Tu n'es pas passée à l'acte, ça ne compte pas. Laisse tomber, tu es une sainte.

— Mais pas du tout ! Je suis une rebelle ! Je…

— Sarah. Laisse tomber, c'est comme ça que je t'aime. Je me fous de savoir ce que tu as pu faire. Ce qui compte, c'est maintenant.

Je lui souris. C'est exactement ce que je ressens.

— Tu as déjà présenté tes excuses à ton frère ?

— Il n'en veut pas, crois-moi.

— Bien sûr, ça fait longtemps, là…

— Chacun porte sa croix, la mienne s'appelle Dante.

— Mais je pense que tu devrais quand même lui dire que tu es désolé, que tu t'en veux et que tu as changé.

— Sainte Sarah, priez pour nous.

Ben attends, ce n'est pas parce que je suis égocentrique, asociale, égoïste, vaniteuse et superficielle que, de temps en temps, je n'ai pas un sursaut de bon sens et de compassion pour mon prochain. Aussi connard soit-il !

— Sarah, je voudrais être présentable, au moins pour la cérémonie… râle Sandro alors que je tente de l'allumer.

— Mais ce n'est pas de ma faute si je te trouve super-sexy en costume !

Je n'ai jamais en l'occasion de le voir autrement qu'avec son éternel jean noir et ses bottes, et il me demande de faire comme si je n'étais pas en train de dégouliner face à son joli petit cul moulé dans ce costume confectionné sur mesure pour l'occasion. Italien, le costume, bien sûr… Et la garniture aussi… miam…

— Sarah, tu as ton regard de perverse…

— Mais…

— On part dans trente minutes. Donc, si t'es pas encore maquillée, tant pis… me menace-t-il en nouant sa cravate.

Je le regarde faire, impressionnée, je n'aurais jamais cru qu'il ait déjà eu l'occasion de porter une cravate et encore moins de savoir la mettre !

— Sarah… me ramène-t-il sur terre en un soupir.

Il prend mon visage dans ses mains et baisse les yeux sur moi. Sainte Humidité, mère des pécheresses, viens-moi en aide ! Je déglutis, mais il se contente de m'embrasser, sans la langue, un chaste baiser d'amateur.

— Va te préparer, ta meilleure amie se marie dans… deux heures, dit-il après avoir regardé sa montre.

Je sors de la chambre en traînant les pieds et me rends à la salle de bains pour maquiller mon deuxième œil, car oui, je dois être flippante comme ça… Un regard dans le miroir me confirme cette hypothèse, et je comprends pourquoi Sandro a facilement résisté à mes avances peu subtiles.

Il me rejoint rapidement, un élastique en main.

— Tu me fais une tresse ? me demande-t-il.

Ses cheveux lui arrivent à présent sous les omoplates et il a décidé que, pour un mariage, la moindre des choses est de les attacher.

— Et un petit chignon ?

— Hein ?

— Le *man bun* est hyper tendance. Surtout maintenant que tu te laisses cette petite barbe courte et…

— Je ne suis pas un Ken, tu le sais ?

— Non, mais, attends… C'est un fantasme.

— De quoi ? De me voir avec un chignon ?

— Tu le présentes mal. J'ai vu des tas de photos sur Internet et…

— Tu mates des photos de mecs avec un chignon sur le Net ?

— Aussi, dit comme ça, tu me fais passer pour une perverse.

— Tu n'as pas besoin de moi pour ça…

— Je peux essayer, si tu aimes tant mieux, sinon je te fais la tresse que tu me demandes.

Il me regarde d'un air suspicieux, comme chaque fois que je propose quelque chose… Mais il s'assoit sur le bord du lit et je grimpe pour me placer à genoux derrière lui. C'est vrai quoi, le *man bun*, c'est LE fantasme du moment. J'ai un mec avec des cheveux longs, ce serait dommage de m'en priver ! Je lui fais donc un chignon haut avec la moitié de ses cheveux, comme une demi-queue, et je noue ça de manière un peu brouillonne, mais pas trop. Bref, j'ai effectivement assez bavé sur les photos sur Pinterest pour savoir exactement quoi faire. Il se lève, se regarde dans le miroir sous toutes les coutures sans avoir l'air franchement convaincu. Et puis il se tourne vers moi et je souris tellement que j'ai mal aux joues. Et là, je sais qu'il va le garder, pour me faire plaisir. Je le rejoins et l'embrasse en me hissant sur la pointe des pieds. Il me repousse doucement :

— Tu es prête ?

— Oui… je murmure sans cesser de l'embrasser le long de la mâchoire.

— Il nous reste dix minutes si on ne veut pas être en retard.

— D'accord… on y va…

Il me tapote le dessus de la tête d'un air compatissant.

Nous arrivons devant la mairie parmi les premiers. Mélodie a souhaité se préparer seule afin que personne ne la voie avant son arrivée à la mairie. Nous saluons donc les quelques personnes présentes et, en tant que témoin et demoiselle d'honneur, j'accueille les nouveaux arrivants au fur et à mesure, distribuant les sacs contenant le kit du parfait invité et expliquant à tout le monde qu'un petit sachet de confettis s'y trouve, ainsi que le plan pour rejoindre la salle de réception.

Enfin, la mariée arrive sous les acclamations. Une petite larme roule sur ma joue et Sandro la recueille entre ses lèvres. Difficile de ne pas laisser l'émotion me submerger en voyant ma meilleure amie en tenue de mariée.

C'est une cérémonie très sympa et pas chiante du tout comme ça peut l'être parfois. Mais juste après, le maire veut inviter les mariés à boire une coupe de champagne dans son bureau. Le père de Mélodie étant un ami de l'élu municipal, elle ne peut pas vraiment y couper. Nous partons tous les attendre devant l'hôtel de ville, chaque invité préparant consciencieusement son sachet de confettis. Mais juste avant de sortir, Sandro m'entraîne dans un couloir désert.

— Quoi ? je demande en regardant partout autour de moi.

— Il paraît que la baise en extérieur te manque…

— Sandro ! je m'offusque.

— Ils en ont au moins pour un quart d'heure avec le champagne, je te promets de te faire jouir en cinq minutes…

— Merde ! On y va ! je lâche, fébrile.

Il ouvre la première porte : c'est une salle de réunion. Elle est vide, bien sûr. Un samedi après-midi, aucun employé ne risque de débarquer. Il me plaque aussitôt contre la porte et glisse ses mains sous ma robe.

— Tu sais que tu es vraiment indécente dans cette tenue… murmure-t-il en insérant directement trois doigts en moi.

Je ne réponds pas, trop occupée à gémir et à écarter les cuisses pour lui laisser le plus de marge de manœuvre possible. Il retire ses doigts et s'agenouille, disparaissant sous ma jupe longue. Il retire ma culotte et la fourre dans la poche de sa veste, posant aussitôt sa langue sur mon clitoris qui est presque douloureux dans l'attente de l'orgasme.

— Hum… Sandro…

— Hu ? répond-il, sans la langue, difficile d'être intelligible…

— Je t'aime…

Pour toute réponse, il suçote mon clitoris extrêmement sensible et remet trois doigts en moi, utilisant son autre main pour remonter sous la robe et empoigner sans douceur mon sein gauche.

— Oh… merde… je vais… merde… Sandro…

La porte s'ouvre dans mon dos et je recule vivement pour la refermer. Putain ! Il veut arrêter mais je suis si près de l'orgasme…

— Si tu tiens à la vie, continue ! je le menace.

— Mais qu'est-ce qu'elle a, cette porte ? j'entends de l'autre côté.

Nouvelle ouverture, nouvelle fermeture. Je cherche à tâtons de quoi verrouiller, mais non, pas de clé, rien. L'orgasme monte doucement, trop doucement. C'est pire qu'une envie d'éternuer qu'on n'arrive pas à assouvir et qui nous chatouille le nez. On sait que c'est là, on sait qu'on va éternuer (ou jouir) sous peu, mais ça ne vient pas.

— Sandro, applique-toi, bordel ! C'est trop long à venir !

Il se marre et glisse un doigt entre mes fesses. C'est radical et je jouis en semi-silence. (Tout le monde sait que je suis incapable d'être totalement silencieuse.) Mon fantasme est tellement satisfaisant… Mon mec, à genoux devant moi, avec un *man bun*… c'est intense et j'en lâche quelques petits cris…

— Mais, qu'est-ce que… s'indigne la voix dans le couloir après un gémissement un peu plus fort et un coup de cul qui lui a encore refermé la porte dessus.

Enfin, la vague de plaisir s'apaise et Sandro se relève. Il s'essuie sur sa manche et me prend la main. Les yeux brillants, les fesses à l'air sous ma jupe, je le suis quand il ouvre la porte.

— Magnifique salle de réunion, lance-t-il à la petite dame qui nous regarde sortir, les yeux gros comme des soucoupes.

Je suis prise d'un de mes fameux fous rires et Sandro m'attire contre lui pour m'embrasser dans un coin avant de sortir.

— Prenez une chambre ! nous lance Mélodie alors qu'elle revient de son apéro improvisé.

Je lui souris innocemment et nous rejoignons le reste des invités qui nous dévisagent tous, pour accueillir les jeunes mariés comme il se doit.

Sandro m'enlace par-derrière et m'embrasse dans le cou.

— Promets-moi quelque chose, je lui demande en applaudissant le couple star.

— Tout ce que tu veux, Sarah Jones…

— Ne me propose jamais de me marier… mais propose-moi toujours des plans cul comme ça…

Il rit, promet, et je soupire de bonheur. La petite dame passe près de nous et nous lance un regard méprisant par-dessus ses lunettes en demi-lune. (Qui met encore ce genre de lunettes de nos jours, à part Dumbledore ?) Je lui adresse un magnifique sourire.

— Tu vois, je ne veux jamais avoir l'air aussi mal baisée qu'elle…

— Je te promets de toujours bien te baiser…

— Moi aussi…

— Voilà, tu vois, nous n'avons pas besoin d'échanger officiellement nos vœux, nous venons de le faire.

Je serre ses bras autour de moi en y posant les miens.

— Tu crois que tu peux me rendre ma culotte, à l'occasion ?

Remerciements

Au commencement, il y eut Christina & Lauren, mais elles ne le savent pas. Et puis il y eut Sonia, Francette, Alexis, Élanor, Caro PS, Lysssss, Emma, Pascale, Cyrielle, Maëva, Jacinthe, JJM, Sylvie, Franck, Angela…

Et puis il y eut aussi les paquets de Maltesers, les commandes de pizzas, les 14 cartes de fidélité, Dante, les coups de chaud, Muse, les fous rires, les larmes (mais toujours de rire), les surprises, les cris de joie, les rencontres, le soleil, les 33 tours, les tonnes de relectures, la phobie des virgules, les mots inventés, les brochettes, P'tit Joe, les BitChes, C et ses listes, la visite au *love shop*, les remerciements des maris, l'escalier de la gloire, les chocolats Kama Sutra… et au bout du 76 430e jour, il y eut *Feeling Good.*

Rendez-vous à la prochaine réunion du FLV…

Fleur

Composition et mise en pages réalisées
par IND - 39100 Brevans

Achevé d'imprimer par GGP Media GmbH, Pößneck
en juin 2017
pour le compte de France Loisirs,
Paris

N° d'éditeur : 89207
Dépôt légal : avril 2017

Imprimé en Allemagne